S'évader en Europe

DE LA MÊME AUTRICE AUX ÉDITIONS J'AI LU

Escapades amoureuses

1 – *Gentleman et vaurien*
2 – *Aimer à Venise*
3 – *Rêver en Égypte*

Secrets de famille

1 – *Un prince de rêve*
2 – *Un séducteur de rêve*
3 – *Un soir de folie*

Victoria

ALEXANDER

ESCAPADES AMOUREUSES – 4

S'évader en Europe

Traduit de l'anglais (États-Unis)
par Agathe Nabet

J'AI LU

POUR elle

Si vous souhaitez être informée en avant-première
de nos parutions et tout savoir sur vos autrices préférées,
retrouvez-nous ici :

www.jailu.com

Abonnez-vous à notre newsletter
et rejoignez-nous sur Facebook !

Titre original
THE LADY TRAVELERS GUIDE TO HAPPILY EVER AFTER

Éditeur original
Harlequin, Toronto

Toutes les traductions des citations de Shakespeare
et de lord Byron sont d'Agathe Nabet.

Je dédie ce livre à tous ceux
qui ont voyagé avec moi
au gré de mon imagination.
À mes amis, qui m'ont poussée,
tirée et encouragée chemin faisant.
À Nancy, qui m'aide à gérer les imprévus.
À Tory et Alex,
les meilleures parties de mon voyage.
Et à Chuck, qui m'a tenu la main
à chaque étape.
Le mariage n'est jamais
que le commencement.

Prologue

Londres, 1882

Richard Branham, comte d'Ellsworth, se tenait devant la fenêtre de sa bibliothèque, les mains nouées dans le dos et le regard tourné vers le jardin qui s'étendait à l'arrière de sa demeure. La raideur de ses épaules laissait présager un sermon concernant le comportement déplorable, l'irresponsabilité et l'avenir douteux de son neveu – son unique héritier. James Branham estimait pourtant que son avenir avait été clairement défini la veille.

— Oncle Richard ? demanda James en s'armant de courage face à la discussion qui s'annonçait. Vous avez demandé à me voir ?

Le comte se détourna de la fenêtre. La lumière rasante de cette fin de matinée faisait ressortir les rides de son visage – l'homme avait franchi le cap des soixante-quinze ans.

— J'ai pensé qu'il serait bon que nous ayons une conversation.

— Il me semble que nous n'avons rien fait d'autre que parler, ces derniers jours.

Son oncle l'observa longuement.

— Je suis fier de toi.

— Je vous demande pardon ?

James ne s'était pas du tout attendu à cela.

— Tu as fait ce qu'il convenait de faire, dit oncle Richard en traversant la pièce pour aller s'asseoir à son vieux bureau d'acajou. Il a pourtant dû t'en coûter.

James haussa les épaules et prit place sur le fauteuil à haut dossier qui faisait face au bureau. Ils s'étaient bien souvent retrouvés dans cette position depuis que James était venu vivre chez son oncle après le décès de ses parents, alors qu'il était âgé de neuf ans. Quinze ans plus tard, son comportement était toujours un sujet qui méritait discussion.

— Je n'avais guère le choix.

James avait estimé que son avenir était en jeu, mais aussi celui de la demoiselle impliquée. Il aurait survécu au scandale – un homme riche et titré s'en sort toujours –, alors que Violet aurait été déshonorée. Or, la faute lui incombait entièrement.

— Tu as épargné à cette jeune fille le scandale et une vie de célibat. Le destin d'une femme dépend de sa réputation.

— J'en ai bien conscience.

Il lui avait semblé injuste que Violet ait à souffrir d'une erreur qu'il avait commise. À quoi avait-il donc pensé ? Avait-il seulement pensé ?

Une erreur de jugement égoïste se soldait apparemment par un puissant sentiment de culpabilité, même après qu'on avait fait la chose qui convenait pour réparer son tort.

— La société pardonne rarement les faux pas en public, même ceux qui peuvent sembler mineurs. Se faire embrasser par un homme alors qu'on s'apprête à annoncer les fiançailles de celui-ci avec une autre femme est un incident qui a peu de chances d'être oublié.

— Elle m'a quand même giflé, dit James. Sacrément, même.

— Oui, j'ai vu cela aussi bien que tout le monde.

Oncle Richard tordit la bouche sur le côté comme s'il réprimait un sourire et regarda son neveu droit dans les yeux.

— Il s'agissait vraiment d'une erreur, n'est-ce pas ?

— Oui, bien sûr.

James hocha la tête avec un peu trop de véhémence. À quoi bon changer son récit maintenant ? Il avait embrassé Violet Hagen sur une terrasse obscure, au bal de ses fiançailles avec Marie Fredericks. Certes, en plein jour, personne n'aurait jamais pu confondre Violet avec Marie, mais il faisait sombre. Et il avait bu plus que de raison. Et puis...

Et puis la perspective d'épouser Marie lui était de plus en plus apparue comme un destin pire que la mort. Il aurait dû trouver un meilleur moyen d'échapper à ce mariage, mais il avait essayé de se convaincre que ce qu'il ressentait n'était que l'appréhension que la plupart des hommes éprouvent à l'idée de se retrouver unis pour toujours à une seule et même femme. Pourtant, alors que ses fiançailles étaient sur le point d'être annoncées publiquement, il avait eu l'impression de sentir un nœud coulant se resserrer autour de sa gorge. Un homme plus avisé se serait contenté de retirer son engagement. Seul un parfait imbécile pouvait voir le défi lancé par ses amis d'embrasser sa presque fiancée comme une échappatoire. Seul un parfait imbécile – ou un lâche – pouvait laisser croire à tout le monde qu'il avait embrassé une autre femme par mégarde, tout en sachant pertinemment qu'agir ainsi en public entraînerait forcément l'annulation de ses fiançailles. Pourtant, sur le moment, l'idée lui avait semblé brillante.

Il n'avait pas pensé un seul instant qu'une telle erreur se solderait par un mariage avec l'erreur en question.

— Est-ce qu'elle te plaît ? demanda oncle Richard à brûle-pourpoint.

— Qui cela ? fit James en fronçant les sourcils.

— Ta femme, précisa oncle Richard d'un ton sévère. Celle que tu as épousée hier.

— Ah, Violet. Ma foi, oui. Bien sûr. Elle est tout à fait charmante. Discrète, plutôt timide, même, je crois. Mais aussi vive d'esprit, sous des dehors très réservés. Et elle ne manque pas d'attrait.

De fait, c'était pendant qu'il courtisait Marie qu'il avait appris à connaître Violet. L'idée de l'embrasser lui était déjà passée par la tête. Mais en même temps, cette idée-là lui venait avec la plupart des femmes qu'il rencontrait.

— Qu'as-tu l'intention de faire, à présent ?

— Maintenant ? Franchement, oncle Richard, je n'en ai aucune idée, répondit James en secouant la tête. Je ne pense pas être prêt pour le mariage.

*

* *

Violet sentit son souffle se bloquer dans sa gorge alors qu'elle s'apprêtait à entrer dans la bibliothèque pour saluer son nouvel époux et l'oncle de celui-ci. À l'évidence, James ne se doutait pas qu'elle était déjà levée et habillée. La matinée était cependant bien avancée. Violet le soupçonnait de se lever rarement avant midi.

— Et pourtant, tu es marié, dit lord Ellsworth.

Qu'est-on censé faire quand on entend l'homme qu'on vient d'épouser dire qu'il n'est pas prêt pour le mariage ? Violet Hagen, désormais Branham, n'écoutait pas aux portes, d'ordinaire. Mais la situation n'avait rien d'ordinaire.

— Ma foi, oui, mais...

Le ton de lord Ellsworth se durcit.

— Mais ?

— Rien de tout cela n'est la faute de Violet. Ce n'est pas à elle de payer le prix de mon erreur, dit James avant de marquer une pause. J'ai fait d'elle mon épouse devant la loi, je lui ai donné mon nom. Je me suis dit que Violet et moi allions former un de ces mariages modernes. Vous savez, ce genre d'union où chacun mène sa vie de son côté.

Violet réprima un cri indigné et sentit son cœur se serrer.

Non ! Vingt et une années de comportement convenable, discret et réservé, d'abnégation et d'obéissance, qui l'avaient amenée à épouser un homme qui n'avait aucun désir de se marier, volèrent en éclats quand elle entendit ces mots.

— Elle et moi, nous pourrions...

— Nous pourrions quoi ? demanda Violet en faisant irruption dans la pièce.

Les deux hommes bondirent de leurs sièges en même temps.

— Bonjour, Violet, dit lord Ellsworth avec amabilité. J'espère que vous avez bien dormi.

— Très bien, merci, milord, répondit-elle en s'approchant. Je n'ai pas pu m'empêcher d'entendre. Puisqu'il est question de mon mariage et de mon avenir, ne pensez-vous pas qu'il serait bon d'avoir cette conversation en ma présence ?

— Si, bien sûr, dit James en s'empressant de lui présenter une chaise.

— Je préfère rester debout, dit-elle avant de prendre une inspiration. Corrigez-moi si je me trompe, mais vous en étiez à suggérer que nous continuions à vivre, vous et moi, comme si nous n'étions pas mariés. Vous comptez aller de votre côté, et que j'aille du mien ?

— Eh bien, oui, quelque chose comme cela.

— Je vois.

Mon Dieu ! Cet homme ne voulait vraiment pas d'elle. Un nœud se forma dans la gorge de Violet. Elle l'ignora. L'heure n'était pas à l'apitoiement. Elle avait cru, elle avait *espéré* qu'il l'appréciait assez pour s'investir dans ce mariage. Elle-même faisait plus que l'apprécier : elle s'était secrètement entichée de lui depuis le moment où elle l'avait rencontré. Sotte qu'elle était.

— La nuit dernière n'a donc été pour vous...

Elle prit son courage à deux mains, ne sachant trop si elle avait envie de connaître la réponse à la question qu'elle s'apprêtait à formuler. Mais seule une couarde l'aurait éludée, et l'heure n'était pas à la couardise.

— ... qu'une obligation ? La responsabilité d'un mari dévoué ?

— Non, pas tout à fait..., dit-il avant de s'interrompre pour prendre le temps de choisir ses mots. Disons que la nuit dernière efface toute question sur la légalité de notre union. Elle vous protège, s'il devait m'arriver quelque chose. Si je mourais, par exemple.

— C'est certainement la meilleure idée que j'aie entendue aujourd'hui, lâcha-t-elle sèchement.

Lord Ellsworth toussota.

— Je trouve ce commentaire injustifié, Violet, dit James avec un froncement de sourcils.

— Ah oui ? Eh bien, je le trouve quant à moi parfaitement justifié !

— N'avais-tu pas dit qu'elle était timide et réservée ? demanda en aparté lord Ellsworth à James.

— Elle l'était jusqu'ici.

— Je n'ai aucun intérêt pour le moment à me montrer timide et réservée, milord.

Elle serra les poings, gardant les bras le long du corps, autant par colère que pour maîtriser le tremblement de ses mains.

Le vieux comte posa sur elle un regard étrange, empreint de ce qui ressemblait fort à de l'admiration. À tout autre moment, Violet s'en serait délectée. Mais là, son avenir était en jeu. Son époux – son tout nouvel époux – s'apprêtait à faire d'elle une créature pathétique : une épouse qui ne le serait que de nom.

Ça, jamais ! Elle redressa le dos.

— Je ne retournerai pas vivre dans ma famille.

— Nous vous trouverons une maison, déclara James aussitôt.

— Elle restera ici, déclara lord Ellsworth en considérant son neveu d'un regard dur. Ellsworth House est sa maison, désormais.

— Oui, bien sûr, fit James, visiblement mal à l'aise.

Il pensait sans doute la même chose qu'elle : vivre sous le même toit risquait de se révéler extrêmement gênant s'ils devaient mener des vies séparées.

— Je ne suis pas certaine de le souhaiter, intervint Violet en croisant les bras. Dans le mariage que vous proposez, vous resteriez donc libre de continuer à mener une vie scandaleuse et irréfléchie.

— Oui, je suppose, quoique « scandaleuse et irréfléchie » me semble un peu exagéré.

Elle ignora sa remarque.

— Et je pourrais donc vivre comme je l'entends, moi aussi ?

— Je n'ai pas vraiment considéré…

Des plis de confusion apparurent sur le front de James. Visiblement, sa suggestion ne lui plaisait guère. Tant mieux.

— Je crois, oui.

Un lent sourire étira les lèvres de Violet, ce qui n'eut pas tellement l'air de lui plaire non plus.

— Puisque nous sommes d'accord sur ces règles, dit-elle en se tournant vers lord Ellsworth, pardonnez mon indélicatesse, milord, mais j'aimerais aborder l'aspect financier de cet arrangement.

Le comte opina du chef.

— James vous versera une allocation adaptée à votre rang. Libre à vous de la dépenser comme bon vous semblera.

James approuva d'un hochement de tête.

Violet regarda longuement son nouvel époux. Elle avait été bien sotte de croire que, sous prétexte qu'elle avait des sentiments pour lui et qu'ils partageaient une certaine amitié, leur union de façade pourrait devenir un vrai mariage. Elle reporta son regard sur le comte.

— Londres risque d'être inconfortable pour nous deux, du fait de cet arrangement. J'ai toujours voulu voyager. Cela peut-il s'arranger ?

— Oui, bien sûr, dit lord Ellsworth avant de jeter un coup d'œil à son neveu. À moins que tu n'y voies une objection ?

— Tout ce qu'elle voudra, déclara posément James.

C'était le moins qu'il puisse faire, il en était bien conscient. Il avait gâché sa vie. En la plaçant au cœur d'un scandale, il avait anéanti pour elle tout espoir de faire un bon mariage. Il ne lui restait plus qu'à s'amender en finançant sa liberté.

— Très bien, dit-elle en regardant son époux droit dans les yeux. Je partage votre avis, James. Je ne pense pas que vous soyez prêt pour le mariage. Je doute d'ailleurs que vous soyez prêt à endosser la moindre responsabilité.

Il eut l'audace de s'indigner.

— Allons, Violet, accordez-moi quelque crédit. Je vous ai épousée, et en agissant ainsi je vous ai épargné le déshonneur. On pourrait même dire que je vous ai sauvée.

— Vous oubliez que c'est vous qui m'avez mise dans l'embarras, détruisant ma vie au passage, répliqua-t-elle, choisissant volontairement d'oublier qu'elle avait répondu à son baiser avec tout l'enthousiasme d'un amour à sens unique.

— Involontairement, répondit James, comme si cela changeait quoi que ce soit. Ça n'a jamais été mon intention.

— J'arrangerai un rendez-vous avec mon notaire, intervint lord Ellsworth en adressant un sourire à sa nouvelle nièce. Je comprends que ce soit difficile pour le moment mais, où que puissent vous entraîner vos voyages, j'espère que vous voudrez bien considérer Ellsworth House comme votre foyer.

Elle se força à sourire.

— Merci, milord, dit-elle avant de reporter son attention sur James pour s'adresser à lui d'un ton que durcissait sa détermination. Quant à vous, je ne veux plus jamais vous voir !

— Il y aura des occasions…

— Jamais ! répliqua-t-elle, ignorant la douleur qui étreignait son cœur.

Elle découvrait la souffrance d'un cœur véritablement brisé, sans doute accentuée par l'espoir que la nuit précédente… Elle s'empressa de chasser cette pensée.

— Je suis sérieuse, James. Jamais.

Il la dévisagea, la stupéfaction déformant son beau visage, comme s'il prenait seulement maintenant la pleine mesure de ses actes et de leurs conséquences. Comme s'il comprenait enfin qu'il avait brisé ses espoirs et son cœur.

— Fort bien, jamais.

— À présent, si vous voulez bien m'excuser…

Violet inclina la tête et se dirigea vers la porte d'un pas mesuré et calme alors qu'elle mourait d'envie de se sauver en courant pour aller sangloter tout son soûl. Probablement jusqu'à la fin des temps.

Dans son dos, elle entendit le comte déclarer :

— Voilà qui semble résolu. Je dois dire que je suis assez déçu.

Des larmes embuèrent ses yeux tandis qu'elle prenait la direction de ses appartements. L'avenir qu'elle envisageait la veille en prononçant des vœux auxquels elle était apparemment la seule à croire venait de disparaître.

— C'est pour le mieux, mon oncle, répondit derrière elle la voix de James.

Et peut-être James avait-il raison sur ce point.

Première partie

Londres

1

Six ans plus tard

— Vous ai-je dit combien je m'estime chanceux de danser avec la plus belle femme de la soirée ? demanda lord Westmont de son ton le plus charmeur.

Un artifice destiné à la persuader qu'il n'avait jamais dit ces mots-là à une autre qu'elle.

— Non, milord, je ne crois pas que vous l'ayez fait.

Violet Branham suivait parfaitement les pas de son partenaire. Westmont était un excellent danseur, mais elle n'était pas en reste. Elle lui adressa un sourire entendu.

— Pas ce soir, du moins. Vous l'avez peut-être mentionné l'année dernière, cependant, quand nous avons dansé ensemble à ce même bal. Et l'année d'avant aussi, je crois.

Il écarquilla les yeux de surprise. Le pauvre Evan n'en revenait pas qu'une femme puisse se montrer aussi ouvertement franche. C'était un tel manquement aux règles du savoir-vivre. Mais Violet était fatiguée de jouer selon les règles imposées par d'autres.

Après être resté un instant muet de stupéfaction, il se mit à rire.

— Lady Ellsworth, vous parlez toujours sans détour. Je ne sais pas pourquoi je n'ai pas vu que vous étiez purement délicieuse il y a des années.

— Il y a des années, je n'étais pas particulièrement délicieuse. Mais vous ne vous souvenez même pas de m'avoir déjà vue, n'est-ce pas ?

Un air de panique presque attendrissant passa sur son visage.

— Mon Dieu, Evan, nous nous sommes rencontrés il y a neuf ans pour ma première saison, puis pour les deuxième et troisième. Vous n'avez tout simplement pas fait attention à moi, je dirais.

Il se rembrunit.

— Quelle effroyable accusation.

— Pardon, dit-elle en écarquillant les yeux d'un air innocent. J'étais censée me montrer aimable, n'est-ce pas ?

— Je commence à me demander si je mérite votre amabilité, répondit-il.

— Pas sur ce point. C'était en effet effroyable de votre part, vous savez. C'est du moins ce que j'ai ressenti sur le moment, ajouta-t-elle avec un haussement d'épaules. Mais vous n'étiez pas le seul à m'ignorer complètement.

Il grimaça.

— Pardon, Violet. Tout ce que je peux dire pour ma défense, c'est que j'étais beaucoup plus jeune alors, très imbu de moi-même et passablement idiot. Enfin non, complètement idiot, rectifia-t-il avant de marquer une pause. Libre à vous d'objecter, si vous en éprouvez le besoin.

— Oh non, je vous en prie, poursuivez.

Faire payer Evan pour sa grossièreté passée était assez amusant. Jadis, Violet n'aurait jamais osé lui renvoyer à la figure son comportement incorrect. Mais elle n'était plus la jeune fille qu'il avait autrefois ignorée. Avec le temps, elle s'était épanouie ; prendre de l'âge lui avait été bénéfique, à la façon d'un bon vin. À ses débuts en société, comme bien d'autres jeunes filles, elle n'était pas assez jolie pour que toutes les têtes se retournent sur elle, mais pas non plus assez vilaine pour faire tapisserie. Un état qui avait d'ailleurs évolué au fil des saisons, à mesure que ses perspectives de mariage s'amenuisaient. Il y avait encore de l'espoir pour Violet, comme disait souvent sa mère, si seulement elle avait bien voulu se soucier un peu plus de son apparence et fait un peu mieux semblant d'aimer flirter et badiner, alors qu'elle détestait les bals et les mondanités. Mais, au grand regret de sa mère, Violet préférait sa propre compagnie pour écrire de mauvais vers, lire les œuvres de lord Byron ou chevaucher toute seule. Il n'était donc guère étonnant que des hommes comme lord Westmont n'aient jamais fait attention à elle.

Mais ce temps-là appartenait au passé. Des années de voyages à l'étranger, de rencontres avec des personnes fascinantes et de folles aventures lui avaient poli le caractère, lui avaient donné le genre d'assurance qui ne s'acquiert qu'avec l'expérience. Et elle le savait. Elle n'était plus la jeune fille qu'elle avait été. Six ans d'un simulacre de mariage suffisent à changer une personne, la forcent à grandir et à renoncer aux fadaises romantiques.

— J'étais assez superficiel aussi, me semble-t-il.

Une authentique lueur de regret fit briller ses yeux. Violet n'était peut-être pas la seule à avoir changé.

— Ce soir, je trouve que vous êtes la femme la plus charmante, mais aussi la plus intéressante de l'assemblée.

— Et ce soir, je choisis de vous croire, répondit-elle en lui souriant.

— Suis-je donc pardonné ?

— Peut-être.

Il rit, puis reprit son sérieux.

— Pourquoi ne revenez-vous pas en Angleterre plus souvent ? Afin de me permettre de réparer le passé.

— J'envisage de le faire.

Il scruta son regard et sourit.

— Tant mieux.

Elle lui rendit son sourire, mais n'eut pas la sottise de croire à ses paroles. Evan était un incorrigible séducteur, et Violet n'avait pas l'intention de devenir la conquête de qui que ce soit.

Malgré ses nombreuses appréhensions, elle était contente d'être de retour à Londres. C'était toujours agréable de retrouver son foyer. Même si la demeure de Mayfair dans laquelle elle résidait quand elle séjournait en ville était à peine un foyer. Mais puisque c'était la maison de son mari, c'était aussi la sienne. Elle refusait de loger chez ses parents. En retournant dans la maison de son enfance, elle aurait reconnu que son mariage était un lamentable échec. C'était la vérité, bien sûr, et tout le monde à Londres le savait, mais elle n'avait pas envie d'entendre sa mère lui expliquer de façon détaillée tout ce qu'elle avait mal fait.

Violet savait parfaitement qu'elle avait laissé un stupide béguin de jeune fille et un incroyable baiser obscurcir sa raison au point de la priver de son bon sens et de son instinct de survie.

La musique ralentit puis s'arrêta. Elle se dégagea des bras d'Evan, qui l'escorta au bord de la piste.

— En dépit de votre douloureuse franchise, dit-il en portant sa main à ses lèvres, j'aimerais beaucoup vous rendre visite. Je serais honoré si vous m'accordiez la possibilité de racheter ma bêtise passée. J'ai la passion des défis, ajouta-t-il avec un sourire conquérant.

— Vous oubliez que je suis une femme mariée.

Il fit mine d'accuser le coup de façon théâtrale. Elle doutait qu'une seule personne à Londres puisse encore ignorer que son union n'était qu'un mariage de façade, que James et elle vivaient chacun de son côté depuis leurs noces. Cela faisait longtemps, certes, mais la société avait très bonne mémoire.

— Vous vous méprenez, Violet. Je souhaite seulement approfondir notre amitié.

— Attention, Evan. Vous n'êtes plus qu'à un doigt de vous transformer en véritable mufle.

Il eut un large sourire, puis aperçut quelque chose derrière l'épaule de Violet et se figea soudain, tel un lapin effrayé. Violet comprit alors, sans avoir besoin de se retourner.

— Lord Westmont.

La voix qui s'éleva derrière elle n'aurait pas dû lui paraître familière, et pourtant, quelque part dans son âme, elle lui sembla l'être. Et son cœur se serra.

— Ellsworth, répondit Evan avec bien plus de sang-froid qu'elle ne lui en aurait supposé un instant plus tôt.

Violet s'exhorta au calme. Elle avait anticipé ce moment, la manière dont elle réagirait, depuis qu'elle avait fini par accepter qu'il ne s'intéressait pas à elle. Elle se retourna et sourit poliment, ignorant le nœud qui s'était formé dans sa gorge. Avec ses cheveux bruns et ses magnifiques yeux bleus, il avait toujours été le plus bel homme de la salle, partout où il se rendait. Si elle était restée avec lui, il lui aurait forcément brisé le cœur. Plus d'une fois. Il était l'infidélité personnifiée.

— Lord Ellsworth.

Il plongea les yeux dans les siens. Elle ne cilla même pas.

— Lady Ellsworth.

Il prit sa main et la porta à ses lèvres, sans la quitter du regard un seul instant. Si Violet avait été du genre fantasque, elle aurait pu s'imaginer qu'un profond silence venait de s'abattre sur la salle de bal et que tous les yeux s'étaient posés sur eux, le couple séparé. Autrefois, cette pensée l'aurait terrifiée. Mais à présent, elle s'en moquait.

— C'est très long, « plus jamais », dit-il.

— Pas assez, visiblement.

Le regard de son époux reflétait un étrange mélange de prudence, de curiosité et de défi. Cela faisait six ans qu'ils ne s'étaient plus trouvés face à face. Dieu seul savait ce que les yeux de Violet trahissaient.

— Je crois que cette danse est la nôtre.

— Vraiment ? fit-elle en inclinant la tête.

Il était exactement tel que dans son souvenir. Les épaules toujours aussi larges, le regard insondable, les cheveux épais, noirs et vaguement désordonnés, tel le dernier bastion de sa nature rebelle.

Certes, au fil des ans, elle l'avait parfois aperçu depuis la fenêtre de sa chambre alors qu'il quittait Ellsworth House pour filer à la campagne et l'éviter pendant son séjour au pays, tenant ainsi la promesse qu'il lui avait faite six ans auparavant. Mais ils ne s'étaient encore jamais trouvés aussi près l'un de l'autre depuis le lendemain de leurs noces. À le regarder plus attentivement, elle lui trouvait quand même quelque chose de différent. Il avait évidemment de fines rides au coin des yeux, mais outre cela un changement s'était produit. Il avait acquis une certaine maturité, peut-être. Son regard autrefois insouciant, charmeur, débordant d'amusement mal contenu, était désormais direct, ferme, captivant. Six ans plus tôt, ses manières étaient celles d'un jeune homme dénué de soucis et de responsabilités. L'air de solide assurance qu'il dégageait maintenant était celui d'un homme qui n'entretient aucun doute sur sa place dans le monde. Il n'était plus le jeune inconstant qu'elle avait été obligée d'épouser quand elle avait tout juste vingt et un ans et lui vingt-quatre. Mais Violet n'était plus la jeune fille pâle et silencieuse qu'elle avait été, elle non plus.

— Êtes-vous certain de ne pas faire erreur ? fit-elle.

— Violet, demanda Evan, avez-vous besoin de mon aide ?

Quelle intervention étonnamment galante. Peut-être l'avait-elle mal jugé.

— Non, Evan, mais je vous remercie de me la proposer, dit-elle avec un sourire de refus poli. Puis-je toutefois vous demander une faveur ?

— Tout ce que vous voudrez, répondit-il en souriant.

— Voyez-vous les jeunes dames qui se trouvent là-bas ? demanda-t-elle en désignant un petit groupe de femmes assises ensemble qui tentaient de faire semblant de s'amuser alors qu'elles comptaient les minutes les séparant du moment où elles pourraient enfin retrouver la sécurité de leur foyer. Je vous accorde qu'elles sont réservées et discrètes, mais sans doute sont-elles aussi intéressantes et très aimables. Auriez-vous l'obligeance d'inviter l'une d'elles à danser ?

— Je ferai même mieux que cela, répondit Evan. Je vais demander à mon frère et à quelques-uns de mes amis de les inviter également.

Violet le gratifia d'un sourire rayonnant.

— Dans ce cas, vous êtes entièrement pardonné.

Le visage d'Evan s'illumina, et il prit congé.

Violet reporta son attention sur James qui, après le décès de son oncle deux mois plus tôt, était devenu le comte d'Ellsworth. L'homme qui avait gâché sa vie. Son époux.

— Je peux me tromper sur bien des choses, dit-il, mais je suis certain que cette danse est la nôtre. Et les gens nous regardent, ajouta-t-il à voix basse en se penchant vers elle.

Elle rit comme s'il avait dit quelque chose d'amusant.

— Évidemment qu'ils nous regardent, James. C'est la première fois qu'on nous voit ensemble en public. Ils attendent que nous fassions quelque chose dont ils pourront parler pendant des jours. La question qui se pose est donc : leur donnerons-nous satisfaction ?

— Que diriez-vous de les décevoir, plutôt ? répondit-il en lui offrant son bras. Dansez avec moi, Violet.

— Rien au monde ne me ferait plus plaisir.

Rien au monde, à part peut-être marcher sur des charbons ardents ou être livrée en pâture aux lions. Elle posa la main sur son bras, l'autorisant ainsi à l'escorter jusqu'à la piste de danse.

Elle avait souvent répété les paroles qu'elle prononcerait le jour où cette scène se produirait, mais elle était incapable de s'en souvenir. Peut-être parce que le fait de se retrouver entre ses bras était profondément troublant. D'autant plus troublant qu'elle n'aurait pas dû s'y trouver.

Six ans plus tôt, le soir où les fiançailles de James et de Marie Fredericks auraient dû être annoncées, James avait embrassé la discrète Violet Hagen sur la terrasse obscure. Il avait déclaré par la suite qu'il l'avait prise pour Marie car elles étaient toutes deux rousses et portaient une robe bleue. L'une des deux robes était toutefois bleu ciel et l'autre bleu cyan, et les cheveux de Marie tiraient davantage sur le blond vénitien que sur le roux. En outre, Violet était nettement plus grande et moins ronde que Marie. Les amis de James avaient reconnu par la suite qu'ils l'avaient mis au défi de donner un « vrai baiser » à sa fiancée – le genre de baiser qu'un homme donne à celle qu'il a l'intention d'épouser – et qu'ils l'avaient poussé vers la terrasse sur laquelle ils étaient persuadés que se trouvait Marie. Une consommation d'alcool déraisonnable avait également été mentionnée. Et puis, malheureusement, dans leur zèle à être témoins du baiser, ils s'étaient pris les pieds dans les tentures des fenêtres qui donnaient sur la terrasse et lesdites tentures s'étaient déchirées, attirant l'attention des invités sur le « vrai baiser » qui s'échangeait au-dehors.

Comme s'il ne suffisait pas que James l'ait embrassée, Violet avait répondu à ce baiser avec un enthousiasme choquant de la part d'une jeune fille qui avait à peine été embrassée jusqu'alors. Les frôlements de lèvres hésitants qu'elle avait expérimentés pouvaient-ils compter comme d'authentiques baisers ? Certes, Violet les avait trouvés très excitants avant que James l'embrasse. Et elle avait été prise de court quand il l'avait prise dans ses bras. Mais alors, et presque sans marquer la moindre hésitation, elle l'avait enveloppé des siens, convaincue qu'il avait enfin compris que Marie n'était pas faite pour lui et qu'elle-même lui convenait infiniment mieux. Lorsque leurs lèvres s'étaient rencontrées et qu'elle avait senti le corps de James se presser contre le sien, elle avait découvert une passion qu'elle n'aurait pu imaginer. C'était un vrai baiser, ou du moins l'avait-elle pris pour tel. Elle ne s'était pas demandé ce qui lui valait une telle attention. Ce qui n'était pas très malin, comme elle l'avait compris ensuite. Elle ne s'était pas doutée que James l'avait prise pour Marie jusqu'à ce qu'il relève la tête et découvre ce qu'il venait de faire. À cet instant précis, son cœur s'était fêlé une première fois.

La deuxième fêlure s'était produite quand il s'était exclamé, visiblement choqué :

— Bon sang, c'est vous !

Qu'aurait-elle pu faire, sinon le gifler avec force ? Elle l'avait donc giflé. Avec force.

Mais le mal était fait. Un mal qui, dans les esprits les plus prompts à crier au scandale, tenait davantage à l'intensité de l'étreinte qu'à celle de la gifle. L'un dans l'autre, cette séquence était le Saint Graal du commérage : un homme dont les fiançailles étaient sur le point d'être rendues officielles, découvert dans une situation compromettante avec l'amie de sa promise. Les parents de Violet avaient aussitôt exigé le mariage : le scandale était tel que la jeune fille ne trouverait plus jamais aucun parti décent, selon sa mère. L'oncle de James, le vieux comte d'Ellsworth, avait laissé son neveu libre de sa décision, gardant le silence sur les questions d'honneur et de responsabilité. Malgré la réputation de grande désinvolture de James, personne ne doutait qu'il ferait ce qui s'imposait. Violet avait protesté – James n'avait visiblement aucun désir de l'épouser. On s'était contenté de relever qu'il n'avait plus le choix, et elle non plus. James avait donc pris la décision que lui dictait l'honneur, et deux jours plus tard, ils étaient mariés.

Au fil des années suivantes, Violet s'était souvent demandé ce qui se serait passé si elle avait refusé de l'épouser. Si elle avait osé se rebeller.

Elle n'avait pas manqué de le faire au lendemain de leur nuit de noces, quand elle avait appris qu'il désirait que leur union ne soit qu'un mariage de façade. Quand son cœur avait volé en éclats. Jusqu'à ce moment-là, Violet avait vraiment cru qu'ils arriveraient peut-être à tirer le meilleur parti de cette mésaventure. Qu'il y avait entre eux un genre d'amitié. Mais si elle avait souhaité, dans un coin de sa tête, que cette amitié évolue vers autre chose, elle s'était tout bonnement leurrée. Et il était absolument hors de question qu'elle reste avec un homme qui ne voulait pas d'elle.

Une semaine plus tard, Violet avait engagé une dame de compagnie – Mme Cléo Ryland, une veuve charmante qui n'avait que quelques années de plus qu'elle –, bouclé ses malles et pris la direction de Paris. James l'avait dotée des ressources dont elle aurait besoin pour visiter tous les lieux qu'elle avait toujours rêvé de voir de ses propres yeux. S'il n'avait pas l'intention d'être son époux, elle comptait quant à elle profiter pleinement de sa générosité.

Une générosité bien méritée.

*
* *

— Cela fait longtemps que nous n'avons pas dansé ensemble, susurra James.

Il avait plusieurs fois dansé avec Violet avant leur mariage, car à cette époque il ne pouvait pas avoir exclusivement Marie comme partenaire. Il existait des règles à ce sujet. Violet, ainsi que d'autres amis et connaissances, était toujours avec James et Marie, de façon que le couple ne reste jamais tout à fait seul. Marie souhaitait que son époux soit beau garçon, et qu'il ait un titre respectable et une fortune rondelette qui lui garantiraient une position estimée dans la société. Pas question que le moindre soupçon d'inconvenance vienne bouleverser ce projet. Aux yeux de Marie, James était le parti idéal.

— Cela fait longtemps que nous n'avons pas parlé ensemble, répondit Violet avec un sourire indéfinissable.

— La fierté est une maîtresse cruelle, Violet.

— Une maîtresse parmi tant d'autres, j'imagine, répondit-elle d'un ton léger.

Elle séjournait rarement à Londres, mais les rumeurs concernant les nombreuses liaisons de James lui étaient inévitablement parvenues, grâce à sa mère et à quelques amies bien intentionnées. Violet les avait ignorées, pour la plupart. James avait sa vie et elle avait la sienne.

— Quoi que vous pensiez de moi, je suis sincère. Je m'efforce de reconnaître mes erreurs passées.

— Que ferez-vous ensuite ?

— J'expierai, déclara-t-il en soutenant son regard.

Elle fronça les sourcils.

— Je ne suis pas certaine de comprendre ce que vous essayez de dire, James, mais je suis certaine que le bal annuel de lady Brockwell n'est pas le meilleur endroit pour cela.

— Au contraire, ma chère, répliqua-t-il avec un sourire moqueur qui lui rappela un instant l'homme qu'elle avait épousé. Nous allons faire du bal de lady Brockwell l'événement dont tout le monde parlera.

— Oh, je préférerais éviter. Je ne l'ai jamais particulièrement portée dans mon cœur.

— Vous résidez à Ellsworth House ? demanda-t-il.

— Comme d'habitude, oui. J'ai annoncé mon arrivée par télégramme depuis Lisbonne.

Chaque fois qu'elle revenait à Londres, elle adressait un télégramme à Andrews, le majordome d'Ellsworth House, pour qu'il prévienne le personnel de son arrivée. Et pour donner à James le temps de s'échapper.

— Toujours aussi prévenante, dit-il en la gratifiant de son plus charmant sourire. Je vous escorterai donc à la maison.

— Je ne suis pas sûre d'être disposée à rentrer.

— Pardonnez-moi si vous avez cru qu'il s'agissait d'une question. Ça n'en était pas une.

Elle haussa les sourcils.

— Il s'agit donc d'un ordre ?

Il eut un moment d'hésitation, qu'il ponctua d'une grimace.

— Bien sûr que non. Désolé, je n'ai encore jamais conversé avec une épouse.

— Pas avec la vôtre, vous voulez dire.

Il plissa légèrement les yeux, comme s'il trouvait qu'elle allait trop loin. *Tant mieux*.

— Et je n'ai encore jamais conversé avec un époux. Mais quitter le bal après une seule danse, cela ne risque-t-il pas de faire jaser ? « Pourquoi lord et lady Ellsworth sont-ils partis si tôt ? Qu'est-ce qui les pressait donc tant, selon vous ? » Ce genre de commentaires.

— Probablement. Jusqu'au prochain ragot intéressant. Ce qui ne devrait pas prendre plus d'un jour ou deux.

Protester était inutile. Et ils avaient à parler de choses qu'il valait mieux aborder en privé. Elle n'était toutefois pas certaine de vouloir le faire ce soir.

L'orchestre cessa de jouer. James glissa la main de Violet au creux de son bras et l'entraîna souplement vers la porte, s'arrêtant ici et là pour échanger quelques mots avec des connaissances, comme s'il n'y avait rien d'extraordinaire à ce que lord et lady Ellsworth se trouvent dans la même pièce et repartent ensemble.

Une fois qu'ils furent assis dans la voiture, Violet laissa échapper un soupir résigné.

— Vous avez conscience que ma mère va l'apprendre et qu'elle viendra nous voir dès demain matin.

— Je vous en demande pardon.

— Je ne sais pas si je serais venue si j'avais su que vous deviez assister à ce bal, dit-elle en choisissant soigneusement ses mots.

— Je savais quant à moi que vous seriez là et j'ai estimé préférable de vous saluer en public.

— Vraiment ?

— Je n'étais pas certain que vous viendriez, déclara-t-il abruptement. À Londres, je veux dire.

— Je suis ici à cause d'oncle Richard, dit-elle, feignant d'ignorer le nœud qui se formait dans sa gorge. L'annonce de sa mort m'a beaucoup peinée. J'aurais aimé le revoir.

Le vieux comte n'avait jamais jugé nécessaire de partir quand elle revenait à Londres. Violet et lui avaient passé de longues heures ensemble à chacun de ses séjours, à jouer aux cartes ou aux échecs, à aller au théâtre et à discuter de tout et de rien. Il était malade depuis un certain temps, mais lors de sa dernière visite, un an auparavant, elle avait cru qu'il allait mieux. Il était le seul à l'avoir acceptée telle qu'elle était plutôt que telle qu'elle avait été ou telle qu'elle aurait dû être. Une bouffée de chagrin la saisit à l'idée qu'elle ne reverrait plus jamais le cher vieil homme.

— Vous n'êtes pas venue quand il est mort, voilà deux mois.

— Cela m'a paru inutile.

— Je suppose que son notaire vous a informée de la rencontre qui doit se tenir demain ?

Elle acquiesça. La lettre qu'elle avait reçue insistait pour qu'elle revienne à Londres le plus tôt possible, sur les instructions d'oncle Richard. Elle y avait répondu par un télégramme confirmant sa présence à la réunion du lendemain.

— Savez-vous de quoi il sera question ?

— Des dernières volontés d'oncle Richard, répondit-il avec un haussement d'épaules. Au-delà de cela, je n'en ai pas la moindre idée.

— Dans ce cas, nous serons tous deux surpris, murmura-t-elle.

Leur dialogue avait beau être ordinaire, la tension n'en demeurait pas moins palpable entre les parois de l'habitacle. Entretenir une conversation polie semblait absurde ; il y avait tant de sujets importants à aborder et de problèmes à régler. Violet ne trouva cependant rien à dire. De quoi était-on censé parler avec un époux qu'on n'avait pas revu depuis six ans ? Le silence lui parut l'option la plus sage. Mieux valait entendre ce que le notaire avait à leur dire avant d'aborder les sujets sérieux. Un ou deux jours d'attente supplémentaires ne feraient pas grande différence.

James l'aida à descendre, puis l'escorta à l'intérieur de l'imposante demeure, voisine de Grosvenor Square. Andrews les salua, remit l'étole de Violet à un valet, puis s'empressa de disparaître, restant sans doute à portée de voix au cas où ses services seraient requis. Le majordome était la discrétion incarnée. Violet le soupçonna cependant, lui et un certain nombre d'autres domestiques, de les observer à la dérobée.

— Je prends généralement un verre de cognac dans la bibliothèque avant d'aller me coucher, annonça James avec désinvolture. Vous plairait-il de vous joindre à moi ?

— Je crains que la journée n'ait été longue. Je préfère me retirer pour la nuit.

Elle lui adressa un sourire poli et se dirigea vers l'escalier.

Lâche, souffla une voix dans sa tête. Un verre de cognac, dans le confort de la bibliothèque d'oncle Richard, aurait été l'occasion rêvée pour une discussion calme et rationnelle. Mais elle ne se sentait pas encore prête. Elle n'avait pas pensé revoir James avant la rencontre chez le notaire. Elle n'avait pas imaginé qu'elle le verrait et qu'elle danserait avec lui ce soir.

— J'avais espéré que nous pourrions parler.

Elle se retourna vers lui.

— Maintenant ? Pourquoi ? demanda-t-elle en plissant les yeux.

— Le moment me semblait opportun, c'est tout. Nous n'avons jamais vraiment parlé, ajouta-t-il.

— Non, c'est vrai.

À qui la faute ? Elle se retint de répondre cela et laissa échapper un soupir las.

— Cela fait six ans, James. J'imagine que ce que vous avez à dire peut attendre un jour de plus.

Il la dévisagea un long moment, puis hocha la tête.

— Bien sûr, dit-il, avant de ménager une pause. C'était très aimable à vous d'encourager Westmont à danser avec ces jeunes filles.

— Je *suis* très aimable, répondit-elle en soutenant son regard. Et je sais ce qu'elles ressentent.

— Oui, j'imagine, en effet.

Il parut sur le point d'ajouter autre chose, puis se ravisa.

— Bonne nuit, Violet.

— Bonne nuit, James.

Elle reprit la direction du grand escalier et résista à l'envie de se retourner pour le regarder. Elle pouvait sentir son regard sur elle, comme si ses yeux avaient eu le pouvoir de lui brûler le dos.

Sa chambre était située à l'exact opposé de celle de James. Leur nuit de noces exceptée, ils n'avaient encore jamais dormi sous le même toit. Cette simple idée suffisait à l'empêcher de fermer l'œil de la nuit. Avec, en plus de cela, les mystérieuses dernières volontés d'oncle Richard et son propre désir de régler les choses entre James et elle, toute forme de repos lui devint impossible.

Comme si cela ne suffisait pas, le commentaire de James s'obstinait à tourner dans sa tête. Était-il vraiment prêt à affronter ses erreurs passées ? Celles-ci incluaient-elles Violet, selon lui ?

Et comment diable avait-il l'intention d'expier ?

2

— La voilà qui revient, chuchota Ophélia Higginbotham, résistant à l'envie de se glisser sous les couvertures et de les rabattre sur sa tête.

— Comment te sens-tu, ma chère Effie ? demanda Perséphone Fitzhew-Wellmore en pénétrant dans la chambre tel un aveuglant rayon de soleil.

Elle jeta un coup d'œil à lady Guenièvre Blodgett, assise près du lit d'Effie, occupée à consulter la rubrique nécrologique du *Times*, comme chaque jour ces dernières années.

— Comment va-t-elle ?

Gwen ne leva même pas les yeux de son journal. Il faut dire que Poppy lui posait cette question chaque fois qu'elle revenait dans la pièce.

— Beaucoup mieux, je crois.

— C'est vrai, assura Effie en hochant la tête aussi gaillardement que possible. Je me sens vraiment beaucoup, beaucoup mieux. Je pense que je serai bientôt sur pied.

— J'en doute, répliqua Poppy, le front plissé, en l'observant attentivement. Je te trouve très pâle. Pas toi, Gwen ?

— Oh, mon Dieu, si, murmura Gwen.

— Ah, tu vois ? Gwen est d'accord avec moi, déclara fermement Poppy. La question est réglée.

Tu peux quand même lire le courrier, si tu t'en sens la force, ajouta-t-elle en posant une petite pile de correspondance sur le plateau qui reposait sur les genoux d'Effie.

— Absolument, s'empressa d'affirmer cette dernière.

Consulter des factures serait un répit à l'ennui de voir tout le monde être aux petits soins avec elle. Mais elle ne pouvait rien y faire.

— Nous verrons comment tu te sentiras demain, dit Poppy en secouant la tête d'un air de réprimande. C'est ta troisième rechute. Je me demande bien quelle est la maladie qui t'empoisonne la vie de la sorte. Il faudrait peut-être demander au Dr Wrenfield de...

— Non, dirent Gwen et Effie en même temps.

— Effie déteste déranger, tu le sais, ajouta vivement Gwen. De toute façon, le docteur est déjà venu, et il n'a pas été capable d'identifier la nature de sa maladie.

— Oui, mais je n'étais pas là lors de sa visite, objecta Poppy. Si je lui faisais part de mes observations, ça l'aiderait peut-être à déterminer la nature du problème.

— Je n'ai pas les moyens de payer une nouvelle consultation, ajouta Effie.

C'était un point que Poppy ne pouvait pas discuter.

L'état de leurs finances était de plus en plus inquiétant pour les trois veuves. Leurs maris étaient tous décédés au cours des années précédentes – sir Charles, l'époux de Gwen, et Malcolm, celui de Poppy, avaient perdu la vie trois ans plus tôt, suivis l'année suivante par William, le partenaire d'Effie. Ces trois hommes, qui avaient tous mené une vie palpitante d'aventures et d'explorations, étaient morts dans les circonstances les plus ordinaires : sir Charles avait succombé à une crise de malaria, Malcolm s'était éteint si paisiblement dans son fauteuil, devant la cheminée, qu'il avait fallu plusieurs heures à Poppy pour se rendre compte qu'il était passé de vie à trépas, et William, qui avait effectué une longue et illustre carrière au sein de l'armée de Sa Majesté sans une égratignure, était tombé d'une échelle sur laquelle il n'aurait jamais dû se trouver. Savoir qu'elle lui avait pourtant bien dit de ne pas monter sur cette maudite échelle n'était pour Effie qu'un piètre réconfort.

Bien que ces trois hommes aient été d'excellents époux – même s'ils n'étaient presque jamais présents au foyer, ce qui, de l'avis de certains, avait peut-être contribué au bonheur et à la longévité de leurs mariages –, ils n'avaient pas pensé à assurer l'avenir financier de leurs femmes au cas où il viendrait à leur arriver malheur. Selon l'avis de Gwen, ils avaient survécu à tant d'aventures périlleuses qu'ils n'avaient pas imaginé que leurs jours puissent brusquement s'interrompre dans la relative sécurité de leur foyer. Leur manque de prévoyance avait pour conséquence que leurs veuves se retrouvaient aussi lentement qu'inéluctablement à court d'argent. Chacune des trois amies avait mis un peu d'argent de côté au fil des ans, et Effie bénéficiait d'une petite pension militaire, mais elles estimaient qu'il ne faudrait plus longtemps pour qu'elles se retrouvent sans le sou. Et être sans le sou quand on a plus de soixante-dix ans n'a rien d'une perspective agréable.

— Je sais bien, lâcha Poppy en soupirant. Il faut vraiment que nous fassions quelque chose à ce sujet. Mais pour l'instant, déclara-t-elle en redressant les épaules, je vais voir si ta cuisinière a fini de préparer le bouillon.

— Oh, chouette, murmura Effie sans conviction en se forçant à sourire. Du bouillon.

— Tu as de la chance que ta cuisinière soit si douée pour le bouillon, dit Poppy en lui adressant un sourire encourageant avant de quitter la pièce.

— Mmm, encore du bouillon, marmonna Gwen, les coins de sa bouche frémissant de l'effort qu'elle faisait pour se retenir de rire.

— Je déteste le bouillon, lâcha Effie avec un soupir résigné. Tu trouveras ça moins drôle la semaine prochaine, quand ce sera ton tour d'être clouée au lit.

Gwen baissa son journal.

— Oh, non. Nous avons décidé de ménager au moins deux ou trois semaines entre les maladies pour ne pas éveiller ses soupçons.

— Je ne suis pas certaine de pouvoir recommencer, dit Effie en consultant les enveloppes sur le plateau. Il n'y a rien de pire que de se forcer à rester couché quand on est en pleine forme.

— Je crois savoir cela mieux que personne.

À l'origine, c'était un rhume persistant de Gwen qui leur avait donné l'idée de feindre la maladie. Une idée qui leur avait semblé brillante sur le moment. Aucune d'elles n'avait imaginé que jouer les convalescentes se révélerait aussi épuisant. Mais elles n'avaient pas eu de meilleure idée, et elles tenaient absolument à faire quelque chose pour tirer Poppy de sa profonde mélancolie.

Les trois veuves étaient amies depuis plus de quarante ans – elles étaient comme des sœurs, en fait. C'était l'absence de leurs époux, occupés à parcourir le monde en quête d'aventures, qui les avait rapprochées. Si l'on exceptait la nièce et le petit-neveu de Gwen, aucune d'elles n'avait d'enfant ni de véritable famille. Mais elles avaient toujours pu compter les unes sur les autres. Et pour l'instant, bien qu'elle n'eût jamais voulu le reconnaître, Poppy avait besoin d'elles.

Poppy était leur cadette de deux ans et la plus enjouée du trio. Elle était persuadée qu'il y avait toujours une solution heureuse à tout. Gwen était la plus réaliste, et Effie savait depuis longtemps qu'elle était la plus prompte au sarcasme, aux commentaires narquois et à l'emploi d'un vocabulaire souvent trop coloré. Elle avait un jour décidé qu'elles étaient semblables à des déesses de la Grèce antique. Poppy était la déesse de la paix, de l'amour et de toutes les choses lumineuses et heureuses ; Gwen était la déesse de la sagesse et du sens pratique ; Effie était la déesse de la guerre. Une idée qui lui plaisait assez.

L'énergie solaire de Poppy avait cependant commencé à s'estomper après la mort de Malcolm. Effie et Gwen avaient elles aussi été très affectées par le décès de leurs époux mais, sans doute parce qu'elles ne voyaient pas le monde de la même façon que Poppy, elles avaient eu moins de mal à faire face à leur sort.

Gwen pensait, et Effie partageait son avis, que ce n'était pas seulement la mort de Malcolm qui avait attristé Poppy. Son décès avait été suivi par celui de sir Charles, puis par celui de William. Gwen avait comparé cette hécatombe à une sorte de fléau biblique, les sauterelles en moins. Effie et elle s'étaient dit qu'elles étaient capables de se débrouiller toutes seules, contrairement à tant d'autres veuves de leur connaissance. À ce moment-là, elles n'avaient pas encore vraiment pris la mesure de l'état désastreux de leurs finances, pas plus qu'elles ne s'étaient attendues à ce que l'humeur mélancolique de Poppy perdure.

De façon plus ou moins accidentelle, elles avaient remarqué que, lorsqu'elle était occupée, leur amie semblait presque redevenir la Poppy d'avant. Elles l'avaient alors habilement incitée à se porter volontaire pour réorganiser la bibliothèque et les collections du Club des Explorateurs. Une activité qui l'avait occupée pendant près d'un an, mais qui avait aussi accaparé bien plus de leur temps qu'elles ne l'avaient prévu – qui aurait pu se douter que Poppy était aussi douée qu'un général pour aboyer des ordres et déléguer des tâches ? Et quand l'une des organisatrices du Comité des Dames avait déménagé à York pour se rapprocher de sa fille, elles avaient encouragé Poppy à postuler pour prendre sa place. Tout le monde adorait Poppy, et personne ne s'était présenté contre elle, mais le poste ne l'avait pas accaparée autant qu'Effie et Gwen l'avaient espéré. Cette dernière avait alors attrapé un vilain rhume, et Poppy s'était aussitôt empressée à son chevet. Ses amies en étaient arrivées à la conclusion que feindre d'être malades était une excellente idée pour occuper son temps. Du moins en attendant de trouver mieux.

— Il va vraiment falloir trouver autre chose, tu sais. Quelque chose qui remplisse ses journées et qui lui évite de broyer du noir.

Effie classa son courrier en deux piles, les factures à payer et la correspondance intéressante. Cette dernière pile ne comportait qu'une seule enveloppe couleur crème.

— J'essaie de trouver une idée. Je n'ai aucune envie de passer de nouveau mes journées au lit, dit Gwen avant de reprendre son examen de la rubrique nécrologique. Oh, tiens, la pauvre Mme Hackett est morte. Quel dommage.

— Je croyais que tu détestais Mme Hackett, dit Effie en prenant l'enveloppe pour l'examiner.

Le papier était d'excellente qualité et l'écriture, qui ne lui était pas familière, un peu tremblante. Elle la retourna. Un sceau fermait le rabat. Voilà qui était intéressant.

— Oui, mais maintenant qu'elle est morte, c'est un peu comme si j'avais gagné, répondit Gwen.

— Celui qui survit serait donc le vainqueur ? demanda Effie en décachetant l'enveloppe à l'aide d'un coupe-papier.

— Quelque chose comme ça, répondit Gwen. Je ne sais pas pourquoi je m'obstine à lire ces avis de décès.

J'y trouve presque chaque jour le nom de quelqu'un que je connais. À croire qu'ils tombent tous comme des mouches.

— Ce genre de chose a tendance à arriver quand on atteint un certain âge, commenta Effie.

Elle tira une liasse de feuilles de l'enveloppe et entreprit de lire.

Ophélia chérie,

Pardonnez-moi de prendre la liberté de vous appeler « chérie ». C'est que, dans le secret de mon cœur, je vous ai toujours chérie. J'ai su, le jour où je vous ai présentée à mon bon ami William, en ce si lointain soir d'été, que je n'aurais jamais l'occasion de vous appeler « ma chérie » à voix haute.

Effie interrompit sa lecture, le souffle coupé. *Richard !*

— En même temps, j'ai horreur de ne pas savoir, poursuivit Gwen. Imagine que je doive lancer des invitations pour une fête. Si je conviais quelqu'un qui est déjà mort, ce serait affreusement gênant, dit-elle avant de réfléchir un instant. Enfin, comme le mort ne viendrait pas, ce ne serait peut-être pas si gênant que ça.

J'espère que vous avez reçu ma lettre de condoléances à la mort de William. C'était un véritable ami et il m'a souvent manqué. Le fait que nos chemins se soient séparés fait partie des nombreux regrets de ma vie.

Quel dommage de ne reconnaître ses regrets qu'une fois qu'il est trop tard pour y remédier ! Pour moi, le plus grand de tous, et de loin, c'est de ne pas m'être battu pour votre affection. Mais la façon dont vous vous êtes regardés, William et vous, lors de cette première rencontre, donnait clairement l'impression que vous étiez seuls au monde. J'ai compris que mes espoirs resteraient vains et j'ai choisi de me retirer. Je demeure persuadé que c'était la chose à faire, mais j'ai découvert par la suite qu'il existe un mot capable de vous hanter votre vie durant. Ce mot, c'est « peut-être »...

Stupéfaite, Effie accusa le coup. Elle avait dû mal lire.

— Une séance de spiritisme pourrait se révéler intéressante, fit Gwen. Je me demande si ça se fait, d'envoyer une invitation à un mort.

Je suis depuis longtemps malade et je sais que mes jours sont comptés. Le jour où vous lirez ceci, j'aurai, je le crains, déjà rendu mon dernier souffle. Cette lettre est une manière pour moi de formuler mes dernières volontés, que je confie à vos mains compétentes.

— Ce serait extrêmement amusant, enchaîna rêveusement Gwen. Quoique nous n'ayons sans doute pas les moyens de nous offrir un vrai médium. Je crois cependant que la cousine de Mme Addison se pique de communiquer avec les esprits. Elle est très douée, à ce qu'on m'a dit, et je doute qu'elle se fasse payer...

Je n'ai pas le pouvoir de changer le passé, mais depuis la tombe je serai peut-être en mesure d'influencer l'avenir. Au cours de ma vie, j'ai été témoin de trois grands amours. Le premier fut le vôtre, à vous et William. Le deuxième fut mon amour pour vous. Dans la mort, je peux vous avouer ce que je n'ai jamais réussi à vous dire dans la vie. J'espère que ma révélation ne vous embarrassera pas trop. Je n'ai pas voulu m'immiscer dans votre bonheur, et le simple fait de vous savoir heureuse m'a suffi.

— La dernière chose dont Poppy puisse avoir besoin, c'est revoir Malcolm, continua Gwen. Ça ne l'aiderait pas du tout.

Je suis convaincu d'avoir vu un autre grand amour, même si les personnes concernées par cet amour refusent de le reconnaître.

— Gwen, dit sèchement Effie, parmi tous ces avis de décès que tu lis, est-ce que tu n'en aurais pas vu passer un concernant le comte d'Ellsworth ?

— Ellsworth ? Je ne sais pas. Ça me dit quelque chose, répondit Gwen avant de réfléchir un moment. Oui, je crois bien avoir vu passer ce nom-là. Il y a quelques semaines, je dirais. Ou davantage. Pas plus de quelques mois. Pourquoi ? Est-ce que tu le connaissais ?

Effie hocha la tête.

— J'ai cru un jour qu'il serait l'homme que j'épouserais, avant de rencontrer William.

— Oh ? fit Gwen en écarquillant les yeux.

Effie parcourut le reste de la lettre, puis la tendit à Gwen.

— Lis ça.

Gwen commença à lire, puis regarda Effie.

— Es-tu sûre de vouloir que je la lise ? Cela me semble très personnel, non ?

— Je te raconterai tout ce que ça dit, de toute façon.

— Dans ce cas..., répondit Gwen en reportant son attention sur la missive.

Effie trouva qu'elle prenait son temps. Elle-même avait été si surprise qu'elle s'était contentée de lire la fin en diagonale. Elle pianota impatiemment sur son plateau.

Finalement, Gwen leva les yeux.

— Cet homme t'a aimée toute sa vie, murmura-t-elle.

— Je n'en ai jamais rien su, dit Effie avec une grimace navrée.

— À aucun moment il n'a laissé paraître ses sentiments ?

— Bien sûr que non. De toute façon, William était comme un frère pour lui. Du moins quand nous étions jeunes. Ils ont fini par s'éloigner au fil des ans. L'armée a fait voyager William un peu partout dans le monde et il est mort peu de temps après avoir arrêté sa carrière. Tu sais aussi bien que moi qu'il n'était pratiquement jamais là. Quant à moi, je n'ai que très peu revu Richard après mon mariage.

Effie songea qu'il était possible que Richard ait eu du mal à continuer à fréquenter William à cause des sentiments qu'il avait eus pour elle.

— Les rares fois où je l'ai croisé, il s'est montré poli et cordial, sans plus, comme n'importe quel vieil ami.

Gwen hocha la tête.

— Comme c'est noble de sa part de ne pas t'avoir informée de ce qu'il ressentait.

— Oui, je trouve aussi. J'aurais été très gênée s'il l'avait fait.

— Aurais-tu agi différemment s'il t'avait révélé ses sentiments ?

— Non, répondit Effie en secouant la tête.

— Lui as-tu jamais laissé entendre qu'il pourrait y avoir quelque chose entre vous, après que tu as rencontré William ?

— Bien sûr que non !

— Alors, tu n'as aucune raison de te sentir coupable.

— Je ne me sens pas coupable, dit Effie. Je n'étais au courant de rien. Mais j'ai de la peine pour lui. C'est très triste, tu ne trouves pas ?

— Tout amour à sens unique l'est forcément.

— C'était un homme merveilleux, charmant et d'une grande gentillesse. Il était assez proche de la perfection, je dirais. Alors que William était tout sauf parfait, ajouta-t-elle en souriant.

— As-tu l'intention de relever le défi qu'il te propose ?

— Cela semble demander beaucoup d'efforts.

— C'est le dernier souhait d'un mourant. Tu n'as pas le droit de refuser. Et puis, il dit que tous tes frais seront couverts et que tu seras payée car il sait que cela te prendra beaucoup de temps. Crois-tu qu'il ait été au courant de tes difficultés financières ? demanda Gwen en faisant la grimace.

— Je n'y avais pas pensé. Je ne pourrais pas accepter son argent si c'était le cas, dit Effie en secouant la tête. Je serais obligée de le restituer.

— Tu ne pourras pas le lui restituer, il est mort.

— Alors j'en ferais don à des œuvres de charité, déclara sèchement Effie.

— Dans moins d'un an, c'est nous qui aurons recours à ces œuvres de charité, remarqua Gwen.

L'espace d'un instant, Effie avait oublié leur situation délicate.

— Je reconnais que, vu sous cet angle…

— Il me semble aussi que les dernières pensées de cet homme n'ont pas été pour lui-même mais pour ceux qu'il aimait. Et que tu figures en bonne place sur cette liste.

— Si je choisis d'accepter, je vais devoir rencontrer son notaire et les parties concernées dès demain.

— Et ?

— Et je me dis que si un homme qui n'est plus de ce monde souhaite faire quelque chose d'admirable, une personne qui est toujours en vie aurait mauvaise grâce à lui refuser son concours.

— Tu vas donc accepter ? demanda Gwen d'un air détaché.

— Je crois bien, oui. Mais je ne le ferai pas toute seule.

— Cela va de soi.

Effie fronça les sourcils.

— Il s'agit toutefois d'une affaire d'amour. Ce n'est pas le genre de mission dont on se charge pour de l'argent.

— Tu ne le fais pas pour l'argent. Tu le fais parce qu'un homme qui t'a secrètement aimée toute sa vie a sollicité ton aide. C'est la seule chose qu'il t'ait jamais demandée. L'argent n'est qu'un dédommagement. Il n'en a plus besoin, mais avec un peu de chance cette somme te permettra de tenir jusqu'à ce que nous trouvions un moyen d'échapper à l'indigence.

— *Nous* permettra de tenir, corrigea fermement Effie.

— Encore mieux ! approuva Gwen avec un grand sourire.

Poppy entra dans la chambre, chargée d'un bol de bouillon fumant sur un plateau.

— Qu'est-ce qui est encore mieux ? demanda-t-elle.

Effie et Gwen échangèrent un regard.

— Ma chère amie, je crois bien que nous avons un nouveau projet, répondit Effie avec un sourire malicieux.

3

— As-tu perdu la raison ?

La question avait jailli de la bouche de James avant qu'il ait pu la ravaler. Toutefois, les mots que le notaire venait de prononcer et qui l'avaient atteint comme un soufflet, aussi inattendu que déplaisant, laissaient douter de sa santé mentale.

— Ce n'est pas mon idée, James, répondit patiemment Marcus Davies. C'est entièrement le fait de ton oncle.

Le jeune notaire s'était visiblement préparé pour cet entretien. James et lui étaient allés à l'école ensemble, mais ils n'étaient vraiment devenus amis qu'après le mariage de James. Ils s'étaient initialement rapprochés parce qu'ils partageaient la même affinité pour un mode de vie tapageur, essentiellement guidé par le souci de se divertir. Mais quelques années plus tôt, les deux hommes avaient rangé leur passé sulfureux derrière eux, Marcus rejoignant l'étude de son père – celle qui était chargée depuis de longues années des affaires du comte d'Ellsworth – et James s'impliquant dans la gestion du domaine et des intérêts de son oncle. Tous deux avaient mûri. Et s'ils s'étaient jadis livrés ensemble à des pitreries déshonorantes, ils avaient fini par découvrir les avantages qu'il peut y avoir à adopter un comportement respectable.

— Oncle Richard n'aurait jamais fait quelque chose d'aussi absurde.

— Ne soyez pas ridicule.

Violet lui jeta un regard de réprimande. Ou d'agacement. Ou d'exaspération. Ou d'une étrange combinaison féminine de tout cela et de quelque chose d'autre. Les femmes lui avaient adressé toutes sortes de regards au cours de sa vie, généralement bien plus plaisants et engageants que celui-ci.

— C'est typiquement le genre de chose qu'il aimait faire, poursuivit-elle. Je ne lui ai jamais rendu une seule visite pendant laquelle il n'a pas évoqué l'idée qu'il était temps de nous réconcilier. C'était même son sujet préféré. Qu'en pensez-vous, madame Higginbotham ? ajouta-t-elle à l'intention de la vieille dame assise près du bureau de Marcus.

— Je ne pense assurément pas que Richard avait perdu la raison, si c'est ce que vous insinuez, milord, répondit Mme Higginbotham en lui décochant un regard étonnamment similaire à celui de Violet. D'après la lettre qu'il m'a écrite, il voulait... disons, réparer une erreur, redresser un tort ou empêcher un grand désastre, quelque chose de cet ordre-là.

La veuve avait apparemment été une proche amie d'oncle Richard, bien que James ne se souvienne pas de l'avoir entendu citer son nom. Quoi qu'il en soit, le vieux comte d'Ellsworth tenait Ophélia Higginbotham en assez haute estime pour placer le destin de son neveu entre ses mains.

— Je suggère que vous continuiez, dit celle-ci en adressant un signe de tête à Marcus. Car il y aura sans doute d'autres interruptions et je ne tiens pas à m'éterniser ici plus longtemps que nécessaire.

Les deux dames dardèrent de nouveau sur James des yeux accusateurs.

— Très bien, dit Marcus en jetant à son ami un regard lui intimant de garder le silence.

L'étude notariale gérait les affaires d'oncle Richard, mais Marcus veillait personnellement sur tous les intérêts juridiques de James. Il était à la fois son ami, son conseiller et parfois même son protecteur. Il s'éclaircit la voix.

— Comme je le disais, si tu hérites automatiquement du titre de ton oncle, ce dernier n'en demeurait pas moins libre de faire ce qu'il voulait de ses biens dans le cadre de ses dispositions testamentaires – des biens au rang desquels figurent son domaine de province, sa résidence londonienne et sa fortune personnelle.

James balaya l'explication d'un geste de la main.

— Nous savons tout cela. Viens-en au fait, je te prie.

— Je tiens simplement à m'assurer que vous compreniez bien, lady Ellsworth et toi, les différents aspects du testament de ton oncle, afin qu'il n'y ait aucun malentendu.

Les autres personnes présentes n'en avaient sans doute pas conscience, mais James voyait très bien que le testament de son oncle amusait beaucoup son ami. Il faudrait qu'ils aient une petite conversation à ce sujet, plus tard.

— En tant que seul héritier, tu pourrais arguer que tu as droit à ses propriétés et à sa fortune, mais le comte a posé des conditions très spécifiques à remplir pour les obtenir. Premièrement, comme je viens de le dire il y a une minute, tu t'en souviens certainement…

— C'est inscrit dans mon esprit en lettres de feu, marmonna James.

— … lady Ellsworth et toi devrez résider ensemble pendant une période de deux ans, onze mois, une semaine et trois jours, à compter de la date de la réunion d'aujourd'hui. Ton oncle voulait que la lecture du testament se tienne le plus tôt possible après sa mort. Comme lady Ellsworth se trouvait à l'étranger, la contacter a demandé du temps.

— Oncle Richard a toujours su précisément où je me trouvais, intervint Violet. Nous entretenions une correspondance régulière.

— Le blâme de tout retard repose entièrement sur nous, répondit Marcus en adressant un sourire d'excuse à Violet. Comme je le disais, une durée de deux ans, onze...

— Trois ans, le coupa James. Autant dire trois ans.

— Par commodité, nous dirons donc trois ans, convint Marcus. Et pendant chacune de ces années, vous ne pourrez pas passer plus de quatorze jours séparés. Deuxièmement, vous devrez paraître en couple – un couple en termes cordiaux – plusieurs fois par semaine...

— Trois, précisa Mme Higginbotham.

Marcus acquiesça et continua :

— Lesdites apparitions devront se faire dans des endroits publics ou en présence de témoins.

— Que veux-tu dire par « en présence de témoins » ? demanda James en fronçant les sourcils.

— Ce point est laissé à la discrétion de Mme Higginbotham, répondit Marcus avec un sourire en coin.

— Et « termes cordiaux » signifie que nous devrons avoir l'air heureux ? demanda Violet.

— Vous ne devrez pas avoir l'air malheureux, c'est certain. Une claire mésentente en public ferait s'agiter les langues. Ce que vous devez impérativement éviter, car la troisième stipulation requiert qu'il n'y ait aucune sorte de scandale. Pas la moindre inconvenance, pas le plus petit souffle de rumeur déplaisante. Aucun ragot, aucun sous-entendu, aucune insinuation, énuméra Marcus, son regard allant se poser sur Violet. Ni sur l'un ni sur l'autre. Est-ce que vous comprenez ? demanda-t-il en reposant les yeux sur James.

— Tout à fait, répondit James avec un haussement d'épaules. Ce ne sera vraiment pas difficile.

Trois paires d'yeux sceptiques se rivèrent sur lui.

— Voilà bien longtemps que mon nom n'a pas même été murmuré en lien avec une affaire inconvenante, se justifia-t-il.

La durée qu'il entendait par « bien longtemps » étant définie selon des critères personnels très souples.

— Encore une chose, dit Marcus en baissant les yeux sur les papiers qui se trouvaient devant lui pour dissimuler son sourire. Il vous est interdit de porter le deuil ou de vous habiller en noir.

— Il avait horreur du noir, dirent James et Violet à l'unisson.

James lui jeta un coup d'œil, mais elle l'ignora.

— Mme Higginbotham a-t-elle également autorité pour décider ce qui constitue ou non un scandale ? demanda-t-elle en inclinant la tête vers la vieille dame, qui se contenta de sourire.

— Mme Higginbotham est seule juge et arbitre en cas de dispute ou de querelle. Dans ce domaine, son pouvoir est absolu et elle s'en remet à son propre jugement. Elle est en droit de faire ce qu'elle estime être le mieux. Elle peut même autoriser une exception aux précédentes stipulations si elle le juge nécessaire. En cas d'urgence imprévisible, par exemple. Le vieux comte a été très clair sur ce point, ajouta Marcus d'un ton d'excuse. Il ne doutait pas que Mme Higginbotham saurait user de l'autorité qu'il lui a octroyée avec toute la sagesse et la compétence d'une veuve de colonel, en plus d'être une femme pour laquelle il a toujours eu la plus grande admiration.

— Permettez-moi de m'assurer que j'ai bien compris, dit Violet d'un air pensif. Pour que James entre en possession de son héritage, nous allons devoir vivre sous le même toit, renvoyer l'image d'un couple uni et éviter tout soupçon de scandale pendant deux ans, onze mois, une semaine et trois jours ?

— Trois ans, marmonna James.

Marcus hocha la tête.

— Et si nous réussissons ?

— James héritera de tout, excepté quelques legs à des institutions caritatives et au personnel, dit Marcus. De votre côté, lady Ellsworth, vous percevrez le double de votre allocation actuelle, ainsi qu'une somme annuelle pour vos dépenses, et ce pour le restant de votre existence. Votre indépendance financière sera assurée. Vous serez tous deux également libres de reprendre le cours de vos vies.

— Je vois, dit Violet avant de prendre un moment pour réfléchir aux paroles de Marcus. Et en cas d'échec ?

— Dans ce cas, tout ira aux bonnes œuvres, répondit le notaire avec un haussement d'épaules navré.

Violet décocha un bref coup d'œil à James.

— Et si l'un de nous deux refuse de se soumettre aux conditions d'oncle Richard ?

— Là aussi, tout ira aux bonnes œuvres.

— Nous n'avons donc pas le choix, résuma platement James.

C'était parfaitement injuste. N'avait-il pas tout fait pour prouver à oncle Richard qu'il était digne de lui succéder ? Il avait appris comment gérer le domaine, toutes sortes de stratégies d'investissement et l'ensemble des détails liés aux affaires. Enfin quoi, il n'y avait qu'à voir de quelle façon la fortune d'oncle Richard s'était accrue entre ses mains !

James aurait pourtant dû s'attendre à quelque chose de ce genre-là. Oncle Richard n'avait jamais caché qu'il le tenait pour un idiot en ce qui concernait Violet. Et il avait raison, bien sûr. Mais oncle Richard était un homme bon, qui n'avait rien fait de déshonorant de toute sa vie. Il lui était impossible de comprendre que le fardeau de la culpabilité pouvait piéger un homme au point de le paralyser.

— J'ai fait établir une copie des conditions du comte pour chacun de vous. Elles incluent certains détails mineurs que nous n'avons pas abordés, mais je vous assure qu'ils sont insignifiants. Au cours des trois prochaines années, vos besoins financiers seront substantiellement réduits, car vous n'aurez qu'un foyer commun à entretenir. En dehors de cela, votre revenu restera tel qu'il est aujourd'hui. Avez-vous des questions ? demanda Marcus en balayant l'assemblée du regard.

Violet secoua lentement la tête. James eut l'impression de voir tourner les rouages de son esprit tandis qu'elle réfléchissait aux termes du testament d'oncle Richard. Violet avait toujours été intelligente. C'était l'une des choses qui avaient séduit James. Une pointe de culpabilité familière l'assaillit, comme chaque fois qu'il pensait à elle.

— Les questions ne manqueront pas d'advenir, monsieur Davies, dit Mme Higginbotham, son regard passant alternativement de James à Violet. Pour le moment, il est clair que lord et lady Ellsworth sont encore un peu sous le choc.

Elle se leva, et les deux gentlemen s'empressèrent de l'imiter.

— Puis-je suggérer que nous nous joignions à vous pour dîner, demain soir ? demanda-t-elle en rivant sur James un regard ferme. Nous discuterons de tout cela, et je pourrai répondre aux questions qui vous seront venues à l'esprit d'ici là. Je viendrai avec les deux amies qui m'assisteront dans ma tâche.

Peut-être pourriez-vous être également présent, monsieur Davies, ajouta-t-elle en se tournant vers Marcus.

Ce n'était pas une question. Marcus sourit faiblement.

— Je n'aimerais rien tant que cela.

— Parfait, déclara la veuve avant de s'adresser à James. Quand vous rentrerez à Ellsworth House, le personnel aura préparé pour vous la suite principale – avec chambres séparées, bien sûr –, selon les instructions de votre oncle.

Si un doute avait encore subsisté au sujet de l'objectif final de son oncle, il venait d'être dissipé.

— A-t-il pensé à tout, madame Higginbotham ?

— Je l'espère, milord, mais nous verrons bien, répondit-elle avec un sourire aimable. À demain soir, donc. Bonne journée, dit-elle avant de prendre congé sur un hochement de tête.

James attendit que la porte se soit refermée derrière elle.

— Où diable oncle Richard a-t-il trouvé cette femme ?

— Il a fait sa connaissance il y a des années, semble-t-il, répondit Marcus. Avant même qu'elle soit mariée.

James se rassit lourdement dans son fauteuil.

— Nous n'avons pas besoin d'une nounou, Marcus.

— Tu n'as pas le choix, James.

— Je n'aime pas remettre mon destin entre les mains d'une femme que je ne connais pas.

— Encore une fois, tu n'as pas le choix.

— Tu aurais pu me prévenir, quand même !

— Désolé, mon vieux, répondit Marcus en haussant les épaules. Il existe certaines règles de confidentialité que même moi suis réticent à transgresser. Et ton oncle m'avait spécifiquement demandé de ne rien te dire. Je l'aimais bien, tu sais.

— Tout le monde aimait oncle Richard, dit James avec un soupir de frustration. Existe-t-il un moyen de se sortir de là ? Pourrait-on contester le testament ou faire quelque chose de ce genre ?

— Je crains que non. Après avoir rédigé une version préliminaire des directives de ton oncle, nous avons veillé à ce que tous les détails soient en ordre. Mon père et un de ses frères ont travaillé avec ton oncle pendant des mois pour s'assurer que tout était exactement comme il le voulait et ne puisse en aucun cas être contesté.

— Et si nous...

— Je vous demande pardon, intervint Violet en les fusillant du regard. Vous avez peut-être oublié ma présence. Et comme cet arrangement ne peut pas se faire sans moi, je suggère que vous m'incluiez dans la conversation ou que vous vous taisiez.

Les deux hommes la dévisagèrent. Ce n'était pas la femme timide et discrète que James avait épousée qui venait de s'exprimer. Il se souvint de la dernière fois qu'il l'avait vue, le lendemain de leurs noces. Elle ne s'était pas du tout montrée réservée quand elle lui avait déclaré qu'elle ne voulait plus jamais le voir. James ne l'avait jamais entendue hausser le ton auparavant. Il ignorait qu'elle en était seulement capable. Il lui arrivait parfois de repenser à ce matin-là. Il avait gardé le souvenir d'une Violet formant une haute tour d'indignation et de rage, surmontée d'une chevelure rousse. Elle avait été magnifique. Oncle Richard l'avait remarqué. Pas James, malheureusement. L'attitude qu'elle avait alors eue était imputable à une colère bien légitime.

La veille, il avait été clair qu'elle n'était plus la jeune fille d'autrefois. La différence était visible dans la détermination de son menton et de son regard. Sa façon de se comporter clamait sans qu'il soit besoin de mots qu'elle était certaine de sa propre valeur. Violet était devenue une femme parfaitement sûre d'elle. Elle avait changé de bien d'autres façons aussi. Il ne se souvenait pas que sa chevelure était aussi flamboyante, ses yeux verts aussi captivants et sa silhouette aussi séduisante. Elle s'était affirmée, à tout point de vue. Comme si elle n'avait été jadis qu'une simple esquisse au fusain et qu'elle était maintenant devenue la version entièrement peinte à l'huile. Elle était éclatante. Vivante. Remarquable. Et infiniment plus jolie que dans son souvenir.

— Vous n'êtes pas le seul à ne pas avoir le choix, lâcha-t-elle sèchement, les yeux brillants d'agacement. Si je refuse de jouer mon rôle dans cette petite farce, il ne me restera pratiquement plus rien. N'est-ce pas, monsieur Davies ?

— Tout à fait. En outre, il n'y aura plus d'argent pour voyager...

— Oui, oui, j'ai bien compris, dit-elle en se levant. Mme Higginbotham a dit vrai. Les questions ne manqueront pas d'advenir. Soyez prêt à y répondre, ajouta-t-elle en clouant Marcus d'un regard dur, avant de le saluer d'un bref hochement de tête et de quitter la pièce.

James continua de regarder la porte après son départ.

— N'avais-tu pas dit qu'elle était timide ? demanda Marcus d'une voix teintée d'admiration.

— Elle a changé.

Marcus gloussa.

— Il semblerait. Tu vas devoir entrer dans ses bonnes grâces, si tu veux tirer ton épingle du jeu.

— Je sais, oui. Elle ne me tient pas en très haute estime.

— D'après ce que tu m'as dit, elle a de bonnes raisons pour cela. Les choses ne se feront pas sans effort de ta part. Et ce ne sera pas facile.

— Je suis touché par la confiance que tu m'accordes.

Marcus ouvrit un tiroir de son bureau et en sortit une bouteille de whisky écossais ainsi que deux verres. Il en remplit un et le tendit à James.

— Je ne devrais pas, dit-il en prenant le verre. Elle m'attend sans doute dans la voiture.

— À moins qu'elle n'ait pris la voiture et ne t'ait laissé te débrouiller tout seul. Je l'en crois capable.

— Moi aussi.

James sirota le whisky. Rien de tel qu'un bon scotch pour mettre les choses en perspective.

— Que faut-il que je fasse ?

— Tu ne peux rien faire d'autre qu'accepter les termes du testament. Je l'ai étudié à fond, tu peux me croire. Mon père et ses frères sont vraiment très doués, ajouta-t-il avant d'observer son ami un moment. Violet est très jolie, et tu as toujours eu un charme fou auprès des femmes. Et puis c'est ton épouse, après tout. Y aurait-il la moindre possibilité qu'elle et toi…

— Non. Peut-être, dit James avant de secouer la tête. Je ne sais pas, avoua-t-il finalement. Cela fait si longtemps…

Longtemps ou non, le souvenir de leur nuit de noces – et de Violet – continuait à le hanter. C'était sans doute pour cela qu'il n'avait pas fréquenté de femme depuis une éternité.

— Oncle Richard pensait que Violet et moi étions faits l'un pour l'autre. Qu'en cherchant à éviter le mariage avec une femme qui ne me convenait pas j'étais miraculeusement tombé sur celle qui m'était destinée. Ce testament, c'est sa façon de nous obliger à vivre ensemble.

— Il était très déterminé, dit Marcus. Puis-je te poser une question ?

— Pourquoi pas ? répondit James en se calant contre le dossier de son fauteuil.

— Si je me souviens bien, il y a de cela un moment, un jour où tu t'apitoyais sur toi-même après avoir bu plus que de raison, tu m'as dit que lady Ellsworth était le plus grand regret de ta vie.

— Et ?

— Et tu ne l'as pas dit que ce jour-là.

— Tu reconnaîtras que c'est un regret important. J'ai gâché sa vie, ajouta James avec un haussement d'épaules.

— Oui, tu as dit cela aussi, répondit Marcus en le considérant d'un air pensif. Tu as dit également que tu étais jeune, stupide, et que tu t'apprêtais à te fiancer avec une femme qui ne te convenait pas.

— D'où le regret.

— C'est compréhensible, approuva Marcus. Mais parmi toutes les choses dont tu as parlé sur ton infortuné mariage, il y en a une que tu n'as jamais dite.

— Laquelle ?

Marcus soutint son regard.

— Tu n'as jamais dit que c'était une erreur.

*

* *

James donna ses ordres au cocher, puis grimpa dans la voiture.

— Je ne pensais pas que vous m'auriez attendu.

— Il aurait été grossier de ne pas le faire, répondit Violet avec un sourire aimable. Je ne suis jamais grossière.

— À aucun moment je n'ai pensé que vous l'étiez, répondit-il prudemment.

— Il faut que nous prenions une décision.

— Je crois que nous n'avons pas le choix.

— Bien sûr que si, dit-elle. Les choix existent toujours. Certains sont meilleurs que d'autres. D'après ce qu'oncle Richard a dit de vous ces dernières années, vous semblez avoir un certain talent pour les affaires. Si l'un de nous deux décidait de ne pas se soumettre aux termes du testament, il vous faudrait chercher un emploi.

James ne doutait pas d'être en mesure de trouver un travail. Mais sa fréquentation du monde des affaires lui avait appris qu'un nom avait autant d'importance que les compétences, le talent ou l'intelligence. Un comte déshérité ne serait pas particulièrement recherché.

— En effet, répondit-il en remuant sur la banquette.

Il n'y avait pas que la fortune – quoiqu'il soit douloureux de faire une croix dessus. Perdre les propriétés qui étaient dans sa famille depuis des générations lui fendrait l'âme. Le domaine où il avait appris à monter à cheval et à nager, et son père avant lui. La maison de Londres qui était devenue son refuge, grâce à oncle Richard. Ces lieux que James avait toujours vus comme des foyers.

— Ma vie changerait, c'est certain. Et la vôtre aussi.

Elle hésita.

— Oui, bien sûr.

Il eut l'étrange impression qu'il y avait quelque chose qu'elle ne disait pas.

— Étant votre époux, il m'incomberait de vous entretenir.

— Il faudrait que vous trouviez un bon emploi, dit-elle en l'observant d'un air pensif. Vous avez été très généreux, au fil des ans.

Il chassa ce commentaire d'un haussement d'épaules. Générosité et culpabilité étaient apparemment les deux faces d'une même médaille.

— À la demande d'oncle Richard ? demanda-t-elle.

Avait-elle si peu d'estime pour lui ? Il n'aurait pas pu le lui reprocher, le cas échéant, mais il en fut tout de même agacé.

— Ce serait grave, si c'était le cas ?

— Peut-être pas. Mais c'est une question que je me suis toujours posée.

— Vous auriez pu la poser à mon oncle.

— Je ne suis pas certaine qu'il m'aurait répondu, dit-elle dans un soupir. Il vous aimait beaucoup et il était très fier de l'homme que vous êtes devenu.

C'était toujours bon à savoir.

— Non, votre soutien financier n'avait rien à voir avec oncle Richard, déclara-t-il.

— Je vois, dit-elle avant de garder le silence un long moment. Vous me demandez trois années de ma vie. C'est très long, trois ans.

— Peut-être est-il préférable d'y penser comme à deux ans, onze mois, une semaine et trois jours, après tout.

— Pas vraiment, dit-elle avant de poser sur lui un regard dur. Vous avez compris la signification de ces deux ans, onze mois, une semaine et trois jours, n'est-ce pas ?

— Évidemment, répliqua-t-il.

De quoi parlait-elle donc ?

— Vraiment ? demanda-t-elle en l'observant attentivement. Pouvez-vous me dire pourquoi oncle Richard a stipulé deux ans, onze mois, une semaine et trois jours ?

— Bien sûr que je le peux.

La réponse le frappa soudain, et il se demanda si oncle Richard veillait sur lui depuis les cieux. Il se pencha en avant et soutint fermement le regard de Violet.

— Nous sommes aujourd'hui mariés depuis cinq ans, dix mois, deux semaines et six jours. Deux ans, onze mois, une semaine et trois jours, c'est exactement la moitié de cette durée. Si vous étiez rentrée plus tôt, la période requise aurait été plus courte.

— Bravo, James, dit-elle froidement. À en juger par votre réaction dans le bureau de M. Davies, on aurait pu penser que vous n'aviez pas compris.

— On aurait eu tort, répliqua-t-il d'un air supérieur en adressant une silencieuse prière de remerciement à son oncle. Cela me semble toutefois excessif.

— Oncle Richard a probablement jugé cela approprié. Une sorte de pénitence adaptée à la durée de la faute.

— Ou bien une condamnation ?

— Tout aussi appropriée, dit-elle avant de secouer la tête. Oncle Richard ne manquait jamais de me sermonner sur l'absurdité de la situation. Chaque fois que je le voyais, il disait que cela avait assez duré et qu'il fallait que je revienne vivre à Londres. Ce à quoi je répondais qu'on ne me l'avait pas demandé, ajouta-t-elle, une lueur de défi dans le regard.

— Seriez-vous revenue si je vous l'avais demandé ?

Cela n'avait plus lieu d'être, mais il lui parut quand même important de le savoir.

— Question absurde. Vous ne l'avez pas fait.

— Mais si je l'avais fait ? insista-t-il.

Elle le dévisagea un long moment.

— Je ne sais pas, répondit-elle finalement. C'est du passé, maintenant. Et personne n'y peut plus rien changer.

— Autant avancer, dans ce cas, dit-il doctement. Nous aurions quand même dû nous attendre à une farce de cette nature.

Oncle Richard ne l'avait-il pas prévenu ? Combien de fois lui avait-il dit que si James ne faisait rien au sujet de son mariage, il faudrait que quelqu'un d'autre s'en charge ?

— Même mort, il marque un point, dit Violet avec un sourire contrit.

— J'en ai bien conscience.

Elle soupira.

— Il semble que nous n'ayons pas le choix. Mais je vais quand même devoir réfléchir. Si j'accepte les termes du testament, ma vie s'en trouvera complètement changée.

— Mon destin repose désormais entre vos mains, apparemment.

— Je crois bien, oui. C'est assez ironique, quand on y pense, murmura-t-elle en tournant les yeux vers la fenêtre.

Elle continua de regarder en silence les rues qui défilaient, apparemment perdue dans ses pensées. James n'avait pas la moindre idée de la teneur de celles-ci. De temps à autre, il avait un aperçu de son expression, à la fois sereine et déterminée. Il avait l'intuition que cela n'augurait rien de bon. Outre cela, il sentait qu'elle gardait quelque chose pour elle. Violet lui semblait bien peu préoccupée par la perte potentielle de son héritage. Car, au fond, s'il perdait tout, elle aussi.

Quand ils arrivèrent à Ellsworth House, ils furent accueillis par une jeune femme blonde que Violet lui présenta sous le nom de Mme Ryland, sa dame de compagnie qui faisait aussi office de secrétaire. Légèrement plus âgée que Violet, la dame était plutôt charmante - du moins l'aurait-elle été si elle s'était abstenue de fusiller James du regard comme s'il était l'incarnation du diable. Violet annonça qu'elles avaient des courses à faire et qu'elles seraient de retour en fin d'après-midi.

— Vous joindrez-vous à moi pour le dîner ? demanda-t-il.

Violet consulta l'autre femme du regard.

— Je pense que nous dînerons dans nos chambres, ce soir.

Il haussa les sourcils.

— Je croyais pourtant que nous avions beaucoup de choses à nous dire.

— J'ai surtout beaucoup de choses auxquelles je dois réfléchir, répondit-elle avec un sourire poli.

Elle adressa un signe de tête à Mme Ryland, et les deux femmes prirent congé de lui.

James les regarda s'éloigner. Ce n'était pas la Violet dont il se souvenait. La fille qu'il avait connue semblait avoir disparu. Il avait apprécié l'ancienne Violet. Cette nouvelle version lui était inconnue. Et l'intriguait beaucoup.

Violet Branham était une femme que tout homme aurait été fier d'avoir à son côté. Elle était énergique et sûre d'elle, indépendante et élégante. Une vraie femme du monde. Elle représentait un sacré défi. Six ans plus tôt, il n'aimait pas particulièrement les défis, mais il avait changé, lui aussi. Pour le moment, elle ne donnait pas l'impression de l'apprécier. Il se pourrait bien qu'elle refuse les termes du testament. Mais si elle les acceptait… Bien des choses pouvaient arriver en deux ans, onze mois, une semaine et trois jours.

Violet Branham, comtesse d'Ellsworth, son *épouse*, était peut-être bien celle qui lui convenait. Six ans plus tôt, il était trop jeune, trop stupide et trop effrayé pour s'en rendre compte et l'accepter. Aujourd'hui, en revanche…

Pendant une fraction de seconde, James eut la vive et troublante impression d'entendre oncle Richard ricaner depuis les cieux.

4

— Apparemment, James a vraiment un bureau en ville.

Violet ajouta une cuillerée de crème dans son café turc, qu'elle préférait à celui de Richard – ou plutôt à celui de sa cuisinière, qui était sans doute la sienne, désormais. Ayant passé une nuit agitée, elle s'était levée plus tard que d'habitude, et il était près de midi quand elle était descendue rejoindre Cléo dans la petite salle à manger, où celle-ci était occupée à trier la correspondance de Violet.

— Et il observe même des horaires de bureau.

— Qui l'eût cru ? répondit Cléo en réprimant un sourire.

Sa dame de compagnie trouvait visiblement amusant que les récents commentaires d'oncle Richard sur le fait que James ait changé, sur les responsabilités qu'il assumait et sur son sens des affaires aient pu reposer sur des bases solides, au lieu d'être de simples divagations d'un parent aimant.

Cléo Ryland était la dame de compagnie, la secrétaire et une amie chère de Violet pratiquement depuis le jour de son embauche. Âgée d'à peine trois ans de plus qu'elle, la jeune et jolie veuve avait été la première personne à répondre à l'annonce de Violet quand celle-ci avait décidé d'utiliser le soutien financier de

James pour voyager. Elle avait instantanément plu à Violet, et ce sentiment avait été mutuel. Cléo était bien éduquée et intelligente, elle avait l'esprit vif et le désir de faire autre chose de sa vie qu'épouser le premier venu pour de simples raisons financières. Elle était également fatiguée d'entendre sa mère la presser de trouver un nouvel époux avant d'être trop vieille pour se remarier. Violet et elle avaient beaucoup en commun quand on en venait à parler de leurs mères. En l'espace de quelques jours, Violet avait fait vérifier les références de Cléo, et les deux femmes étaient parties à la découverte du monde.

— Franchement, ajouta Violet, cela m'arrange. Je préfère qu'il ne soit pas là à chaque instant. Quand il n'était pas dans un de ses nombreux clubs, mon père passait tout son temps à la maison.

D'autant qu'elle n'avait aucune envie de poursuivre leur conversation de la veille. Celle-ci avait pourtant tourné dans sa tête toute la nuit. Elle rechignait à le reconnaître, mais James avait raison. Il n'y avait pas d'autre choix que d'accepter les termes du testament d'oncle Richard.

Violet promena son regard dans la pièce, qui aurait mérité d'être rafraîchie. De fait, c'était toute la maison qui aurait eu besoin d'une sérieuse remise à neuf. Ellsworth House avait trop longtemps été la demeure de deux célibataires. Elle pourrait peut-être s'atteler à cette tâche au cours des trois années à venir. Elle n'avait encore jamais été maîtresse de maison, et cela semblait plutôt amusant. Après tout, elle avait reçu l'éducation qui préparait à cette fonction. C'était même le seul rôle auquel elle avait été préparée.

— En dépit des circonstances, je suis contente d'être de retour à Londres, dit Violet en sirotant son café, dont elle savoura l'arôme et la puissante saveur, adoucie par la crème. C'est différent, cette fois, comme si j'étais revenue pour de bon.

— J'imagine que l'attrait de l'aventure et des voyages pâlit aussi avec le temps.

— Peut-être, répondit Violet en se disant qu'elle venait effectivement de vivre la plus somptueuse des aventures. Il est parfois plaisant de faire une pause. De reprendre son souffle.

— Trois ans, c'est plus qu'assez pour reprendre son souffle, répondit Cléo en l'étudiant d'un air curieux. Tu vas le faire, n'est-ce pas ?

Violet croisa le regard de son amie.

— Oui, je vais le faire.

Cléo jeta un coup d'œil vers la porte, comme pour s'assurer qu'elles étaient seules, et baissa la voix.

— Que comptes-tu faire à propos de tu-sais-qui ?

— Pour tout te dire, je n'ai même pas songé à lui, répondit Violet en faisant la grimace.

Cléo écarquilla les yeux.

— C'est assez révélateur, non ? Je pensais que lui et toi...

— Non, l'interrompit fermement Violet. Certes, nous avons évoqué la possibilité d'un divorce, mais il n'y a jamais rien eu entre nous. Et je lui ai clairement exposé mes sentiments. Il s'est toujours comporté en ami avec moi, et c'est un homme charmant. Si j'étais libre, ma foi... Mais je ne peux pas lui demander d'attendre trois ans dans l'espoir que mes sentiments deviendront plus profonds qu'ils ne le sont, ajouta-t-elle en secouant la tête.

— Je vois, dit Cléo. Mais tu vas quand même passer trois ans avec un homme à qui tu n'as pas parlé depuis six ans ?

Violet savait que Cléo ne comprendrait pas. Celle-ci était persuadée que James avait gâché la vie de Violet et qu'il était de ce fait responsable de tous les maux du monde.

— Je sais que tu n'aimes pas James...

Cléo ricana.

— ... mais je lui dois énormément.

Son amie eut un reniflement dédaigneux.

— Ridicule. Tu ne lui dois rien.

— Au contraire, Cléo. James aurait pu faire de ma vie un enfer. Nous connaissons toi et moi des femmes dont l'époux a fini par se lasser ou qui n'a jamais vraiment voulu d'elles, pour commencer. En apparence, la vie de ces femmes peut sembler enviable, mais tout le monde sait qu'elles sont profondément malheureuses. On s'en moque discrètement et on a ouvertement pitié d'elles. James m'a évité un tel sort. Il m'a épousée à cause d'une stupide erreur qui aurait gâché ma vie de toute façon. On doit lui reconnaître le mérite de s'être comporté en gentleman.

— Il t'a épousée, puis il a mené sa vie de son côté. D'après ce que nous avons entendu dire, il a continué de se comporter comme il le faisait avant d'être marié, rétorqua Cléo en rivant sur elle un regard ferme. Je pense que tu ferais mieux de lui dire de garder ses distances.

Violet rit.

— Tu es une amie merveilleuse, mais tu te trompes sur ce point. En me garantissant un généreux soutien financier, ainsi que la liberté et l'indépendance, James m'a offert le monde. Je ne serais pas devenue celle que je suis et je ne t'aurais jamais connue, Cléo, s'il avait insisté pour que j'adopte le comportement qui est attendu de la part d'une épouse. Pense à tout ce que nous avons vu et fait, aux gens que nous avons rencontrés et à ceux que nous avons pu aider, à notre petite échelle. C'est James qui a rendu tout cela possible, et je lui en suis vraiment reconnaissante. Je ne dis pas que ce sera facile, ajouta-t-elle avec un haussement d'épaules, et je ne dis pas que je m'en réjouis. Tu as raison, c'est long, trois ans, mais je n'oublie pas que James m'a sauvée. Aujourd'hui, c'est à moi qu'il revient de le sauver.

— Vas-tu lui faire part de ta reconnaissance ?

— Ne dis pas de sottises. J'ai décidé d'accepter les termes du contrat, mais je ne vais certainement pas lui dire que je lui suis reconnaissante. Ça lui monterait à la tête, ce qui ne serait pas drôle du tout, ajouta-t-elle avec un sourire malicieux. Et je n'ai pas non plus l'intention de lui faciliter la vie.

— Envisagerais-tu de te venger ?

— Plutôt qu'une vengeance, je préfère voir cela comme une épreuve. S'il veut son héritage, il devra travailler pour l'obtenir. Je ne sais pas encore comment je vais m'y prendre, mais je suis sûre que les occasions se présenteront. Savoir qu'il a une dette envers moi est une idée qui me plaît.

— Je n'avais pas pensé à ça. Très malin, approuva Cléo.

Violet but une gorgée de café.

— Mais, en dehors de tout cela, c'est la dernière volonté d'oncle Richard et je le lui dois, à lui aussi.

Violet était reconnaissante à James de l'avoir laissée libre de vivre sa vie, mais il y avait certaines choses qu'elle ne pouvait pas ignorer. Il n'avait jamais fait la moindre tentative pour que leur union soit un vrai mariage. Il n'avait jamais cherché à la voir ni à lui parler. Certes, elle avait dit qu'elle ne voulait plus jamais se retrouver face à lui, mais ce genre de décision avait tendance à s'assouplir avec le temps. Bien des fois – surtout au cours des premières années –, elle aurait été disposée à envisager une tentative d'approche, voire une réconciliation. Oui, elle aurait pu retourner auprès de lui pour être vraiment sa femme. Mais il n'avait jamais fait aucun effort. Il ne lui avait jamais demandé de revenir à la maison. Violet aurait aussi pu faire le premier pas. Mais, que ce soit par fierté, par entêtement ou par appréhension, elle ne s'y était jamais résolue. James avait décidé de ce à quoi ressemblerait leur mariage, c'était lui qui avait choisi le chemin qu'emprunteraient leurs vies, et c'était donc maintenant à lui qu'il revenait de changer ce chemin.

Violet était disposée à lui accorder trois ans, mais le pardon, c'était une tout autre question. Peu importait que ces années de séparation les aient tous deux transformés. Il avait suffi qu'elle le revoie pour savoir, au plus profond d'elle-même, qu'il lui faudrait garder ses distances et veiller à ce que les sentiments qu'elle avait eus pour lui autrefois ne s'avisent pas de refaire surface. James représentait un danger pour son cœur. Quelles que soient ses intentions et qu'il en soit conscient ou non, il lui avait brisé le cœur, six ans plus tôt. Elle ne le laisserait pas recommencer.

— Ce sera peut-être même amusant, dit Violet en souriant. D'être lady Ellsworth, je veux dire.

Cléo lui rendit son sourire.

— L'espoir est toujours permis. Tu es très demandée. Il y a un certain nombre d'invitations qui t'attendent ici.

— Quoi, déjà ?

— D'après le secrétaire de ton époux, le comte est systématiquement invité à tous les événements dignes d'intérêt, alors qu'il n'y assiste que très rarement. Même quand nous n'étions pas là, les invitations étaient toujours adressées à M. et Mme Branham – et maintenant, bien sûr, à lord et lady Ellsworth. Toute la société ne va plus parler que de votre réconciliation, tu sais. Vous serez le centre d'une attention permanente.

— Je te remercie de me le rappeler.

Violet avait presque réussi à se sortir de la tête l'injonction à paraître ensemble en société, en offrant l'image d'un couple heureux.

Elle savait parfaitement qu'ils ne pourraient pas espérer se montrer en public sans déclencher un raz de marée de commentaires. Partout ailleurs, Violet Branham passait pour une femme intelligente, sûre d'elle et sophistiquée, mais à Londres elle craignait de redevenir la petite créature docile d'autrefois. Comme si le fait d'être confrontée à l'impitoyable jugement de la société londonienne – et de sa mère – pouvait inverser le cours du temps et la faire redevenir aussi falote et discrète qu'elle l'était jadis. C'était précisément pour cette raison qu'elle ne s'attardait jamais bien longtemps en Angleterre.

— N'acceptons rien avant d'avoir vu Mme Higginbotham et ses amies ce soir. Elles auront sûrement des suggestions.

— Lady Ellsworth, lady Cranton est ici, annonça Andrews en apparaissant sur le seuil.

Cléo frémit.

— Dites-lui que je ne suis pas à la maison, dit Violet.

Une expression désespérée se peignit sur le visage du majordome.

Violet grimaça.

— Elle sait que je suis là, n'est-ce pas ?

— Je le crains, milady.

Violet soupira.

— Je n'ai pas le choix, je suppose. Faites-la entrer au petit salon, je vous prie. Oh, vous demanderez aussi du thé et des biscuits en cuisine, ajouta-t-elle avant de lancer un coup d'œil à Cléo. Tu sais comment elle sera si je ne lui offre rien.

Cléo frissonna.

— Autre chose, milady ? demanda Andrews.

— Du café, aussi, dit Violet. Ce sera tout. Merci, Andrews.

Le majordome hocha la tête et s'empressa de repartir.

— Passer trois ans en Angleterre signifie aussi que tu seras obligée de la voir.

— Je n'y avais pas pensé. Alors que ce seul point pourrait suffire à me faire changer d'avis, dit Violet en se levant.

— Es-tu certaine de vouloir lui parler seule ?

— Pas vraiment, mais je suis ici chez moi et il n'est pas question que je supporte ses sottises sous mon toit, répondit Violet en prenant la direction du petit salon. Récite quand même une prière pour moi, Cléo.

— Je doute qu'une seule prière soit suffisante, répondit Cléo dans son dos.

Violet prit le temps de s'arrêter devant la porte du petit salon, rassembla tout son courage, plaqua un aimable sourire sur ses lèvres, puis entra.

— Bonjour, mère.

Margaret, la vicomtesse Cranton, était aussi grande que sa fille, avec des cheveux d'un roux un peu plus soutenu. Violet avait toujours pensé que leur ressemblance s'arrêtait là. Sa mère était une belle femme, mais elle se montrait d'une impitoyable sévérité pour tout ce qui concernait les convenances et la respectabilité. Son caractère inflexible se reflétait dans son maintien et se lisait sur son visage. Violet la soupçonnait depuis longtemps de ne jamais avoir été heureuse. Elle en aurait volontiers été navrée pour son père, mais celui-ci ne semblait pas s'en soucier.

— Dieu soit loué, Violet, aurais-tu enfin retrouvé la raison ?

— Je suis ravie de vous revoir, mère, répondit Violet en se forçant à continuer de sourire. Je pensais vous voir plus tôt. Le bal de lady Brockwell a eu lieu avant-hier, après tout.

— J'étais à la campagne. Nous sommes rentrés hier soir. J'exige de savoir ce qui se passe, ajouta lady Cranton en la fusillant du regard.

— Asseyez-vous, je vous en prie, dit Violet en désignant le sofa avant de prendre place sur le fauteuil voisin.

Sa mère balaya le petit salon du regard, évaluant sans doute la qualité et le prix de chaque objet de la pièce. Elle n'avait pas remis les pieds à Ellsworth House depuis l'infortunée soirée de fiançailles de James, six ans plus tôt.

— Eh bien, je t'écoute.

— Je ne sais pas trop ce que vous voulez savoir.

— Ne sois pas évasive. Tu sais très bien ce que je te demande, répliqua sa mère en fronçant les sourcils.

On frappa discrètement à la porte du petit salon et Andrews apparut, poussant une table roulante. La mère de Violet serra les dents avec impatience. Elle ne discutait jamais d'affaires privées devant les domestiques.

— Voulez-vous que je fasse le service, milady ? demanda le majordome.

— Je m'en charge. Merci, Andrews, répondit Violet en inclinant la tête pour lui signifier son congé.

Le majordome ressortit, sans doute trop heureux de pouvoir prendre la fuite.

— Voulez-vous du thé ? demanda Violet en remplissant une tasse.

— Tu n'as pas oublié tout ce que je t'ai appris, c'est déjà ça, dit lady Cranton en acceptant la tasse, à laquelle elle ajouta du sucre.

— Je vous assure que je n'ai absolument rien oublié, répondit Violet en se versant une tasse de café.

— Du café ? fit sa mère d'un ton désapprobateur.

— Oui, répondit Violet en écarquillant les yeux d'un air innocent. Oh, je vous prie de m'excuser. Peut-être auriez-vous préféré du café ?

Elle savait pertinemment que sa mère considérait que le café était une boisson réservée aux classes inférieures, et par conséquent indigne d'elle.

— Ne sois pas ridicule. Tu y as sans doute pris goût dans l'un de ces endroits perdus où l'on en boit à l'étranger.

— Sans doute.

Sa mère sélectionna avec prudence deux biscuits, comme si elle tenait à s'assurer de leur qualité avant de les manger. Violet la regarda faire en se retenant de rire.

— Pourquoi êtes-vous venue, mère ?

— Au lieu d'attendre ta visite ? répondit sa mère en haussant les sourcils. Dieu seul sait combien de temps j'aurais attendu.

— Je ne manque pourtant jamais de venir dîner chez vous chaque fois que je suis à Londres.

Bien que cela ne fasse plaisir ni la vicomtesse ni à Violet, cette dernière rendait toujours visite à sa famille – une véritable épreuve qui incluait habituellement un dîner. La conversation tournait invariablement autour de la parfaite jeune fille qu'était Caroline, la sœur cadette de Violet, maintenant âgée de vingt et un ans, et de ses brillantes perspectives de mariage, ainsi que de l'état désastreux de celui de Violet. Un échec dont sa mère la tenait évidemment pour responsable, la vérité n'étant jamais très importante pour lady Cranton.

Sa mère ne lui avait jamais pardonné d'avoir fait l'objet d'un scandale et de ne pas être devenue la parfaite Mme Branham, désormais lady Ellsworth, qu'on attendait d'elle. Aux yeux de sa mère, Violet aurait dû s'imposer en société en tant qu'hôtesse de renom et mère d'une nombreuse progéniture. Une femme dont une mère ambitieuse aurait pu être fière. Et Violet n'avait jamais pardonné à lady Cranton d'avoir sauté sur l'occasion de la marier. Pas seulement à cause d'un scandale relativement mineur, mais parce qu'elle estimait que c'était la seule chance de Violet de faire un mariage acceptable. Ce qui était peut-être vrai, mais là n'était pas la question.

Personne n'évoquait jamais à voix haute le véritable problème entre la mère et sa fille. Entre elles, la difficulté principale tenait au fait que le lendemain de son mariage, pour la première fois en vingt et un ans d'existence, Violet Branham avait enfin trouvé son courage, sa voix et – grâce à James – son indépendance. Lady Cranton ne détestait rien tant qu'une fille qu'elle ne pouvait pas contrôler.

— Comment vont papa et Caroline ?

— Ton père est toujours égal à lui-même, répondit sa mère avec un haussement d'épaules.

Violet supposait que son père était plutôt bonne pâte, mais en fait elle le connaissait à peine. Il aurait peut-être manifesté plus d'intérêt pour ses enfants s'il avait eu des fils mais, comme il n'avait eu que des filles, il avait délégué toute décision concernant Violet et sa sœur à son épouse.

— Caroline va se fiancer avec le fils d'un duc, annonça sa mère avant de ménager un silence. Ce n'est pas l'héritier, mais l'un des fils cadets, avec trois frères avant lui. Il jouit toutefois d'un bon revenu et on ne peut jamais savoir ce que réserve l'avenir. Qui sait ? Ta sœur pourrait devenir duchesse, un jour.

— On ne peut qu'espérer, murmura Violet.

Il aurait peut-être fallu prévenir la famille du futur fiancé de Caroline que lady Cranton était disposée à joyeusement éliminer toute une fratrie pour atteindre ses ambitions. Si elle n'avait pas pu être duchesse elle-même, qu'une de ses filles le devienne ferait l'affaire.

— L'annonce officielle des fiançailles donnera lieu à un bal le mois prochain, comme il convient pour une union aussi prestigieuse. Je compte sur ta présence, ajouta sa mère en faisant peser son regard sur elle. Seras-tu toujours à Londres ?

— Mes projets sont encore incertains.

Elle n'avait pas envie de dire à sa mère qu'elle comptait rester en Angleterre avant de l'avoir annoncé à James.

— Tes projets sont toujours incertains, répliqua sa mère. Tu erres sans but de par le monde et tu reviens rarement en Angleterre, alors que c'est là que se trouve ta place.

— Au contraire, mère. Je suis loin d'être sans but.

— Ce n'est pas ainsi que se comporte une épouse convenable, dit sa mère en pinçant les lèvres. Il y a eu des rumeurs, tu sais.

— Oui, je sais, mère. Vous ne manquez jamais de m'écrire pour m'informer de chaque nouvelle rumeur et de chaque nouveau ragot concernant mon époux, et je vous en suis reconnaissante.

— Les rumeurs ne concernent pas que lui, précisa sa mère d'un ton d'avertissement.

— Tant mieux. Je n'aimerais pas qu'il soit le seul à s'amuser.

Sa mère la toisa un long moment et Violet soutint son regard. À une autre époque, par souci de facilité, elle aurait baissé les yeux, prononcé des paroles apaisantes et se serait excusée. La paix aurait alors été restaurée. Mais elle avait cessé de se comporter ainsi depuis qu'elle avait compris que cela ne changerait jamais rien à leurs relations, et que cela faisait en revanche une profonde différence dans l'estime qu'elle avait d'elle-même.

— Je peux vous assurer que les rumeurs me concernant sont très exagérées et qu'elles ne contiennent, au mieux, qu'une parcelle de vérité.

— J'espère bien ! s'exclama sa mère en l'étudiant avec intensité. On t'a vue danser avec lord Ellsworth.

— C'est un excellent danseur et c'est mon mari.

— Cela n'a jamais semblé te préoccuper, jusqu'ici.

Violet haussa les épaules.

— Vous vouliez que j'aie un mari et j'en ai un. Vous ne vous êtes jamais souciée de ce que nous ressentions l'un pour l'autre.

Sa mère l'ignora.

— On dit aussi que vous avez quitté le bal ensemble.

— Nous sommes mariés et nous résidons dans la même maison.

— Personne ne vous avait encore jamais vus ensemble, dit sa mère en plissant les yeux, comme si elle cherchait à sonder l'âme de sa fille. Vous seriez-vous réconciliés, ton mari et toi ?

— Cela ne vous regarde absolument pas, répondit Violet d'un air insouciant.

— Mais si, cela me regarde. Je suis ta mère. Je ne me soucie que de tes intérêts.

De mes intérêts ? Violet s'efforça de garder son calme.

— Vraiment, mère ? Et depuis quand vous en préoccupez-vous ?

— Je vous ai toujours placées au-dessus de tout, ta sœur et toi, répondit sa mère d'un ton hautain qui se serait sans doute révélé plus efficace si Violet avait pu se souvenir d'une seule fois où sa mère l'avait vraiment fait.

— Placiez-vous mes intérêts au-dessus de tout quand vous m'avez forcée à épouser un homme qui ne voulait pas de moi ?

Voilà. Elle venait de lancer la pique qu'elle retenait depuis six ans.

— Tu étais déshonorée ! s'exclama sa mère, les yeux écarquillés d'indignation. Mon insistance pour que ce mariage ait lieu t'a sauvée d'une vie de solitude.

— Et à quoi croyez-vous que ma vie ait ressemblé, jusqu'à présent ?

Les mots s'étaient échappés de sa bouche avant qu'elle puisse les réprimer. Elle ne savait pas pourquoi elle avait dit cela. Elle n'avait pas été seule ces dernières années. Loin de là. Elle avait eu Cléo et toutes sortes d'amis à l'étranger. Elle était sans doute la personne la plus entourée qu'elle connaissait. Et si elle n'avait pas de mari pour prendre soin d'elle, c'était le prix à payer pour son indépendance.

— Ta vie serait parfaite si tu n'étais pas aussi obstinée.

— Vous ne savez rien de ma vie, mère.

— J'en sais bien plus long que tu ne le crois, répliqua sa mère en se levant. Ton mari a-t-il finalement haussé le ton et exigé ton retour à la maison pour que tu assumes tes devoirs d'épouse ?

Violet se leva à son tour.

— Mon mari ne hausse jamais le ton, et je ne lui permettrais pas de le faire.

— C'est sans doute une part du problème.

— Vous refusez de l'accepter, mais en me forçant à me marier vous avez perdu le droit de me poser la moindre question.

— Je te demande pourtant si ton mari et toi...

— Pourquoi vous en soucier ? Quelle différence cela fait-il pour vous ?

— Les gens parlent, Violet, et cela fait six ans qu'ils parlent de toi. C'est une source d'humiliation constante pour toute la famille. Nous pouvons nous estimer heureux que ta vie scandaleuse n'ait pas affecté les futures fiançailles de Caroline !

— Remettez-vous, ce n'est qu'un fils cadet, mère.

— Si vous vouliez bien, ton mari et toi, redevenir raisonnables et..., commença sa mère avant de s'interrompre brusquement. Mon Dieu ! Ne me dis pas que tu es revenue pour demander le divorce !

— Cela ne vous regarde pas.

Sa mère prit une inspiration et retint son souffle.

— Il n'y a jamais eu de divorce dans notre famille. Le scandale rejaillira sur nous. J'insiste pour...

— Pour l'amour du ciel, l'interrompit Violet, en voilà assez, maintenant ! Je ne demande pas le divorce. Et oui, je suis revenue pour rester.

Elle prit une inspiration. Sa mère était experte dans l'art du commérage et se révélerait utile pour dissiper toute rumeur fâcheuse concernant l'apparente réconciliation de Violet et de James.

— Après toutes ces années de séparation, James et moi avons fini par reconnaître que nous partagions le genre de folle passion amoureuse dont rêve toute femme ! Voilà, êtes-vous satisfaite, à présent ?

— Pas du tout. Je sais que tu racontes n'importe quoi et je ne te crois pas un seul instant. On ne reste pas séparés pendant des années pour se réveiller un beau matin en découvrant que le véritable amour était là depuis le début.

— Eh bien, figurez-vous que si, mère, déclara Violet en relevant le menton. Cela se peut et cela arrive.

— Ma chère et tendre épouse !

Comme s'il avait attendu en coulisses le moment de faire son entrée et de lancer sa réplique, James entra dans la pièce, attira Violet dans ses bras et plongea son regard au fond de ses yeux.

— Cela fait seulement quelques heures, et il me semble que je vous ai quittée depuis une éternité.

— Vraiment ?

Que diable faisait donc James ? Violet s'absorba dans la contemplation de ses beaux yeux bleus, sombres, profonds et... amusés ?

— Quand je suis loin de vous, je compte les minutes qui nous séparent jusqu'à ce que je vous retrouve, ajouta-t-il, penchant la tête vers la sienne comme s'il avait l'intention de l'embrasser.

Violet retint son souffle.

Lady Cranton se racla la gorge.

— Oh, je suis désolé. J'ignorais que nous n'étions pas seuls.

Il relâcha Violet, mais passa le bras autour de sa taille dans un geste ouvertement tendre. Les marques d'affection ostentatoires étaient aussi répréhensibles aux yeux de lady Cranton que les épouses qui se comportaient de façon inconvenante.

— James, vous vous souvenez sans doute de ma mère, lady Cranton.

— Mais certainement.

L'étreinte de son bras s'affermit autour de sa taille d'une façon qu'on ne pouvait qualifier que de possessive. Violet en ressentit une étonnante satisfaction.

— Lord Ellsworth, fit sa mère en l'observant d'un œil soupçonneux. Je m'apprêtais à prendre congé.

— Ce fut un plaisir de vous revoir, répondit-il en désignant la porte d'un mouvement de la tête. Andrews va vous raccompagner.

— Violet, je compte sur ta présence au bal de ta sœur.

— Bonne journée, mère.

— Bonne journée, lady Cranton, dit James en frottant le bout de son nez dans le cou de Violet comme si sa belle-mère n'était déjà plus là.

Un frisson parcourut le dos de la jeune femme. Elle aurait dû protester, mais de quoi aurait-elle eu l'air ?

— Bonne journée, cher comte, marmonna lady Cranton avant de gagner la porte.

Violet s'arma de fermeté face à la délicieuse sensation que faisaient naître les lèvres de James sur la peau étonnamment sensible de son cou et attendit que la porte du petit salon se soit refermée derrière sa mère. Se résoudre à parler alors lui demanda un effort plus grand qu'elle ne s'y était attendue. Elle prit une profonde inspiration.

— Qu'êtes-vous donc en train de faire, James ?

5

— Je m'efforce de convaincre votre mère de notre réconciliation, répondit James en déposant un baiser au creux de son cou. Étant donné que c'est l'une des plus grandes commères de Londres, l'idée m'a semblé excellente.

Le parfum de Violet, un excitant mélange de jasmin et d'épices, l'enveloppait, et il résista vaillamment à l'envie de l'attirer contre lui.

— Oui, bon, mais elle est partie maintenant, dit-elle en se dégageant de son étreinte. Vous pouvez arrêter.

— Cela me plaisait bien, répondit-il avec un grand sourire.

— Évidemment.

À voir la façon dont Violet avait rougi et dont son regard s'était troublé, ce petit jeu ne lui avait pas déplu, mais elle ne voudrait sans doute jamais le reconnaître. James en prit cependant bonne note et son sourire s'élargit.

— Quoi qu'il en soit, c'était entièrement inapproprié. Tout ceci n'est qu'une farce, James. Rien de plus. Tâchez de vous en souvenir.

La voix de Violet était ferme, mais subtilement haletante. Ce que James nota également avec intérêt.

— Avez-vous dit cela à seule fin d'irriter votre mère ?

— Quoi donc ?

— Que nous nous étions réconciliés. Et qu'après toutes ces années nous partagions une folle passion amoureuse.

— Je n'ai jamais rien dit de tel, non ? répondit-elle en s'empourprant d'une façon qui plut beaucoup à James.

— Je ne fais que vous citer mot pour mot.

— On a tendance à dire toutes sortes de choses quand on n'accorde pas beaucoup d'attention à ses paroles. Oui, bon, ajouta-t-elle avec un soupir, il est possible que je l'aie dit pour l'irriter. Mais ce qu'on dit dans le feu de la...

— Passion ?

— ... de *l'irritation* ne doit pas être considéré comme irréfutable. Vous vous souvenez donc de ma mère ? demanda-t-elle d'un air étonné.

— Elle continue à hanter mes rêves, répondit-il en frissonnant.

James n'oublierait jamais l'inflexibilité dont lady Cranton avait fait preuve pour imposer leur mariage. Ni sa colère envers lui – légitime – mais aussi envers Violet. Cette colère-ci avait été profondément injuste. Comme si la pauvre Violet avait eu la moindre part de responsabilité dans cette affaire de baiser volé.

— Ma mère ne trouve rien de plus scandaleux ou inconvenant qu'une folle passion amoureuse.

— En fait, je me posais surtout des questions à propos du reste, dit-il en adoptant un ton détaché. Sur le fait de rester à Londres. Avec votre époux. Cela aussi, vous l'avez dit pour l'irriter ? demanda-t-il avant de retenir son souffle tandis qu'il attendait sa réponse.

— Non. J'étais déjà parvenue à cette décision avant sa visite, répondit-elle. J'aime ma vie, James. Trois ans, c'est un faible prix à payer pour mon indépendance et ma liberté.

— Vous le ferez donc pour l'argent ? demanda-t-il avec prudence.

Il se sentait gagné par un soulagement... mêlé de déception. Certes, il ne pouvait pas espérer qu'elle le ferait pour une autre raison. Pourtant... la nuit avait été longue et il avait beaucoup pensé. À elle, exclusivement. Il faut dire aussi qu'il n'avait jamais cessé de penser à elle au cours des six années passées.

Au début, il avait repris le fil de sa vie comme s'il ne s'était jamais marié. À vrai dire, les beuveries, les fêtes et les parties de jambes en l'air s'étaient même accumulées après le départ de Violet. James mettait cela sur le compte de la culpabilité. Oublier qu'il était un mufle et qu'il avait gâché la vie de cette jeune fille se révélait plus facile quand il était fin soûl ou qu'une femme inconnue partageait son lit. Après son deuxième anniversaire de mariage, l'attrait des comportements tapageurs, des femmes de passage et de la torpeur de l'alcool s'était progressivement estompé. À cette époque-là, oncle Richard avait été frappé par une violente maladie, heureusement de courte durée, et James avait commencé à s'intéresser aux affaires du domaine. En y repensant plus tard, il s'était dit que ce moment marquait le commencement de sa vie d'adulte.

Violet haussa nonchalamment les épaules, comme pour dire que l'argent était une raison comme une autre.

— Inutile de prétendre que vous me faites une grande faveur, protesta James.

— Oh, mais si, je vous fais une grande faveur.

— Vous avez autant à perdre que moi.

— Absolument pas, répliqua-t-elle en soutenant son regard.

— Ah bon ?

Elle hésita, puis haussa de nouveau les épaules.

— C'est sans importance, lâcha-t-elle avant de se diriger vers l'escalier.

— Il me semble bien que si, dit-il en lui emboîtant le pas.

— Je ne vais pas discuter de cela maintenant, répondit-elle en commençant à gravir les marches du grand escalier. Disons que si j'accepte, ce n'est pas parce que je n'ai pas d'autre choix.

— Oui, j'ai entendu parler de vos choix, lança-t-il derrière elle.

Violet Branham, désormais lady Ellsworth, sa femme, n'en avait peut-être pas conscience, mais il y avait eu au moins autant de rumeurs la concernant ces six dernières années qu'il y en avait eu sur lui. Il connaissait la vérité sur son propre compte, mais il ignorait si ce qu'il avait entendu sur elle était vrai. Certaines histoires lui avaient été rapportées par Duncan, le vicomte Welles, qui disait avoir croisé Violet sur le continent. Welles était un vieil ami, un de ceux qui avaient eu la malheureuse idée de le mettre au défi d'embrasser sa fiancée, six ans plus tôt. L'information n'était pas de première main, mais ce que James avait entendu raconter sur le comportement de Violet était devenu de plus en plus préoccupant, au fur et à mesure que sa propre conduite s'assagissait.

— Mes choix ? répéta-t-elle en faisant soudain volte-face dans l'escalier pour le regarder de haut. Que voulez-vous dire ?

— Peu importe, répondit-il en agitant la main.

— Au contraire, répliqua-t-elle.

Elle n'avait clairement pas l'intention de laisser tomber le sujet.

Parfait. Que le jeu commence.

— Vous n'êtes pas passée complètement inaperçue, ces six dernières années. Il y a eu des rumeurs et des ragots.

Elle plissa les yeux.

— Qu'avez-vous entendu dire exactement ?

— Vous avez dit vous-même qu'on ne pouvait rien changer au passé, répondit-il, adoptant à son tour une attitude nonchalante. Ce qui est fait est fait.

— J'aimerais malgré tout savoir ce que vous avez entendu.

— J'en doute.

Il lui tourna le dos et se dirigea vers la bibliothèque. Ce n'était pas le genre de conversation qu'un homme avait avec son épouse sans un verre d'alcool à portée de main.

— Vous ne pouvez pas lancer de vagues accusations sans fondement et repartir sans rien expliquer, lança-t-elle derrière lui.

— Justement, si, je le peux.

Il entra dans la bibliothèque, referma la porte et traversa la pièce jusqu'au cabinet où oncle Richard gardait une réserve de cognac, de whisky et de liqueurs diverses.

Un instant plus tard, la porte s'ouvrit brutalement et il retint un sourire victorieux. Il avait parié que la nouvelle Violet serait incapable de résister à l'envie de poursuivre la conversation.

— Puisque vous avez commencé, ayez au moins le courage de finir !

James attrapa une bouteille de whisky et remplit un verre.

— Voulez-vous vous joindre à moi ?

— Juste ciel, James, il est à peine plus de midi.

— Si nous devons commencer le premier jour des trois prochaines années à revivre nos passés sordides, je vais avoir besoin d'un fortifiant.

— Sans aucun doute, répliqua-t-elle en s'avançant jusqu'à lui pour prendre le verre qu'il tenait à la main et en prendre une gorgée. Mon passé n'a rien de sordide, je vous remercie.

Il baissa les yeux sur le verre.

— Je crois que c'est le mien.

— Plus maintenant, rétorqua-t-elle avec un sourire narquois avant de boire une autre gorgée. Et je préfère appeler cela une mise au point. Si nous devons passer pour un couple heureux les trois prochaines années, autant jouer cartes sur table. Cela évitera les surprises fâcheuses.

— Oui, ce serait dommage, dit-il en se servant un verre.

— Je n'ai pas envie de paraître choquée quand une personne bien intentionnée décidera qu'il est temps de m'informer de toutes les infidélités de mon époux.

Il sirota son verre tout en l'étudiant. Si curieux qu'il soit de savoir à quel point les rumeurs sur Violet étaient fondées, il doutait que confesser ses propres écarts soit judicieux. Cela ne servirait qu'à jeter de l'huile sur le feu.

— Il me semble que nous avons bien des choses à nous dire à propos de ces six années. Êtes-vous certaine de vouloir commencer par ce sujet ?

— Pourquoi pas ? répondit-elle d'un air de défi. Je vous avoue que je suis surprise que vous ayez seulement eu le temps de vous intéresser aux commérages me concernant quand il y a eu une telle avalanche de ragots sur vous.

— Figurez-vous qu'un homme a tendance à se soucier des rumeurs qui courent sur son épouse, riposta-t-il plus durement.

— Tout comme une femme a tendance à se soucier de celles qui concernent son mari, répliqua-t-elle sur le même ton. Celle de son flirt avec une chanteuse d'opéra, par exemple...

— Ou celle de sa liaison avec un comte français...

Il vit qu'elle serrait les dents.

— De son amourette avec une actrice américaine.

— Ou de la sienne avec un sculpteur italien, rétorqua-t-il sèchement – il tenait cette rumeur-là directement de Welles.

— Des siennes avec Dieu seul sait combien de veuves joyeuses !

— De la sienne avec un poète grec dénué de talent !

Elle écarquilla les yeux. Il avait visiblement touché juste avec cette accusation. Non qu'il en soit satisfait. Jusqu'à présent, il n'avait pas été certain d'ajouter foi à aucune de ces rumeurs. Il s'agissait quand même de sa femme.

Violet pouffa de rire.

Il s'agissait de sa femme, soit... mais elle avait beaucoup changé.

— Vous trouvez cela amusant ?

— Très, répondit-elle avec un grand sourire. Pas vous ?

— Non ! Je ne trouve rien de tout cela amusant.

— Un rien suffisait pourtant à vous amuser, autrefois.

— Je ne suis plus l'homme que j'étais.

Elle eut un ricanement incrédule.

— Je vais passer un marché avec vous, Violet, déclara-t-il posément. Si vous ne me jetez pas l'historique de mes aventures à la figure, j'agirai de même envers vous. D'un commun accord, nous laisserons le passé reposer en paix.

— Je ne sais pas... Vous rappeler vos infidélités ne manque pas d'un certain attrait.

Elle prit une gorgée de whisky et l'observa. Elle n'avait pas l'intention de le laisser s'en tirer si facilement, apparemment.

— C'est une trêve que je vous propose.

— J'ignorais que nous étions engagés dans une bataille.

Il soutint ouvertement son regard.

— Nous sommes en guerre depuis le moment où je vous ai embrassée sur une terrasse obscure.

— N'importe quoi, fit-elle. Nous nous sommes à peine vus, depuis lors.

— Ai-je tort ? insista-t-il.

— Je suppose que nous avons mené une sorte de guerre silencieuse, concéda-t-elle.

Il sirota son whisky.

— Pensez-vous que nous puissions être amis à nouveau ?

— Des partenaires réticents, peut-être, mais des amis ? répondit-elle avant de vider son verre d'un trait d'une façon dont un homme aurait été fier. Je ne crois pas pouvoir être votre amie, non.

— Vous n'en restez pas moins mon épouse.

— Il y a six ans, vous ne vouliez pas d'épouse.

Il y a six ans, j'étais un imbécile.

— Et pourtant j'en ai une, qui va maintenant devoir se comporter comme telle, semble-t-il. De même que j'ai l'intention de me comporter en époux.

Elle haussa les sourcils.

— Vraiment ?

— C'est ce que voulait oncle Richard, répondit-il avant de ménager une pause. Nous étions amis, autrefois, vous et moi.

— Autrefois, c'était il y a longtemps, James, dit-elle en posant son verre avant de se diriger vers la porte. Lady Higginbotham et ses amies seront là pour dîner à 19 h 30. Ne soyez pas en retard. Et habillez-vous convenablement.

— Vous parlez en véritable épouse, lança-t-il dans son dos.

Elle jeta un coup d'œil par-dessus son épaule.

— Ce n'est qu'un début, mon cher James.

*

* *

— Le dîner était excellent, lady Ellsworth, déclara lady Blodgett avec un sourire plaisant. Vous ferez mes compliments à votre cuisinière.

— Mme Clarke sera ravie d'apprendre que vous l'avez apprécié, dit James.

Lady Blodgett et Mme Fitzhew-Wellmore étaient les amies de Mme Higginbotham. Elles lui apporteraient leur concours afin de superviser les conditions du testament. Les trois dames n'étaient plus toutes jeunes, mais elles avaient dû être charmantes autrefois.

Marcus et Mme Ryland complétaient l'assemblée. Un peu plus tôt dans la soirée, Marcus s'était fait la réflexion que James et lui se trouvaient en situation de grande infériorité face à toutes ces dames, et qu'ils allaient devoir se montrer prudents. S'il s'agissait bien d'une sorte de jeu, la façon dont ils étaient assis à table mettait en évidence trois factions distinctes. James présidait, avec Violet en vis-à-vis à l'autre bout de la table. Mme Ryland était assise entre Violet et Marcus, qui se trouvait à droite de James, et les trois vieilles dames étaient assises de l'autre côté.

Mme Higginbotham avait déclaré avant de passer à table qu'on n'aborderait pas la question du testament d'oncle Richard pendant le dîner. Durant la majeure partie du repas, James et Marcus firent donc de leur mieux pour charmer ces dames. Une tentative qui fut couronnée de succès, à deux exceptions près. Violet, qui dirigeait la conversation autour de la table, resta froide et distante avec James, et Mme Ryland dissimula à peine l'antipathie qu'elle avait pour lui. Elle ne semblait pas entièrement insensible au charme de Marcus, cependant, bien qu'elle fasse mine de résister au séduisant notaire. La jolie veuve n'était apparemment pas hostile à l'idée de pactiser avec l'ennemi.

L'un dans l'autre, le repas fut agréable, si l'on passait outre la conversation superficielle et les nombreuses tensions sous-jacentes.

— Bien, déclara finalement Mme Higginbotham en parcourant l'assemblée du regard. Commençons, voulez-vous ?

— Nous pourrions peut-être passer dans le petit salon, suggéra Violet en maîtresse de maison accomplie.

Sa mère serait fière d'elle, se dit James en se retenant de ricaner.

— Oh, je crois qu'il vaut mieux que nous restions ici, où nous sommes tous assis sur un pied d'égalité, dit Mme Higginbotham en tournant les yeux vers James. À moins que vous n'ayez une objection ?

— Aucune, madame Higginbotham, assura-t-il en souriant à la vieille dame, soucieux de rester dans les bonnes grâces de celle qui serait la gardienne du testament d'oncle Richard au cours des trois prochaines années.

La dame plissa légèrement les yeux, comme si elle n'était pas dupe de sa flagornerie.

Violet fit signe à Andrews, qui inclina la tête et quitta la pièce, revenant presque aussitôt avec les carafes de cognac, de porto et de sherry. Le majordome avait apparemment anticipé que les convives resteraient à table, et James se demanda si Violet et oncle Richard avaient procédé ainsi quand elle lui rendait visite.

Une fois la table débarrassée et les liqueurs servies – les vieilles dames avaient toutes trois préféré le sherry –, Mme Higginbotham commença.

— Je suppose que vous avez choisi d'accepter les termes du testament.

James croisa le regard de Violet, et ils hochèrent la tête.

— Parfait, fit Mme Higginbotham avant de porter son regard vers Marcus. Voulez-vous que nous étudiions les stipulations de Richard les unes après les autres ?

— Comme il vous plaira, répondit le jeune notaire.

— Très bien, dit Mme Higginbotham. Premièrement, donc, vous devrez vivre ensemble pendant deux ans, onze mois, une semaine et deux jours, sans jamais rester séparés plus de quatorze jours en tout chaque année, dit-elle en parcourant la tablée du regard. Cela me semble clair. Y a-t-il des questions ?

— Notre lieu de résidence est-il précisé ? Sommes-nous tenus de rester en Angleterre ? demanda Violet.

— Pas du tout, l'essentiel est que vous viviez ensemble sous le même toit, répondit Mme Higginbotham. Lady Blodgett, Mme Fitzhew-Wellmore et moi-même aurions toutefois du mal à superviser le respect des termes du testament si vous choisissiez de vivre à l'étranger. À Rome, par exemple.

— Auquel cas, Effie, Poppy et moi estimerions nécessaire de résider avec vous.

Lady Blodgett eut un sourire agréable qui n'atténuait nullement sa menace.

— Moi, par exemple, j'ai toujours eu envie de vivre à l'étranger, dit Mme Fitzhew-Wellmore d'une voix frémissante d'excitation.

— Je n'ai pas l'intention de vivre ailleurs qu'en Angleterre, déclara James d'une voix pompeuse qui l'étonna lui-même.

D'où diable ce ton lui venait-il ? C'était bien la première fois qu'il l'utilisait.

— Je ne m'y sens nullement prisonnier, ajouta-t-il plus sobrement.

Une légère crispation de la mâchoire trahit l'agacement de Violet, mais quand elle prit la parole ce fut pour s'exprimer d'une voix parfaitement cordiale.

— Je ne suggérais pas que nous allions vivre ailleurs. Je me demandais simplement s'il était possible de voyager.

— Tout à fait, ma chère, assura Mme Fitzhew-Wellmore, qui semblait être la plus affable des trois vieilles dames. Il vous suffirait d'emmener votre époux.

— Je n'ai aucune envie de voyager, annonça James d'un ton faussement léger.

Sa réticence à voyager tenait essentiellement à la violente réaction de son estomac dès qu'il mettait le pied sur un bateau. Le seul bercement du train, surtout quand celui-ci traversait des régions montagneuses, suffisait à le rendre nauséeux. La première fois qu'il s'était découvert cette disposition, James avait mis cela sur le compte d'une trop grande consommation d'alcool. Depuis lors, il avait préféré s'abstenir de vérifier s'il avait eu tort ou raison.

— Voyager, c'est la plus fabuleuse des aventures, James, dit Violet. Il existe tout un monde au-delà des côtes anglaises, vous savez.

— Je me suis rendu sur le continent après avoir quitté l'université et j'ai trouvé cela amplement suffisant.

— Ah, oui, ce fameux « Grand Tour » qu'effectuent les jeunes gens bien nés pour se livrer à de scandaleuses activités sous prétexte de voyage culturel.

Violet sourit plaisamment, mais son regard exprimait clairement ce qu'elle pensait de ceux qui faisaient leur Grand Tour d'Europe.

James choisit d'ignorer ce regard.

— En outre, reprit-il, j'ai bien trop de responsabilités ici pour pouvoir prendre le temps de voyager.

Cinq paires d'yeux sceptiques se rivèrent en même temps sur lui. James sourit et sirota son cognac.

Violet ouvrit la bouche pour dire quelque chose, puis se ravisa et pressa ses lèvres l'une contre l'autre.

— La deuxième condition, enchaîna lady Blodgett, vous impose de paraître ensemble en société trois fois par semaine.

— Cela semble beaucoup, dit Violet.

James se pencha en avant et soutint son regard.

— Vous déplaît-il d'être vue en ma compagnie ?

— Pas particulièrement.

Il eut un lent sourire.

— Vous n'avez pas vraiment le choix.

Elle l'ignora et reporta son attention sur Mme Higginbotham.

— Qu'est-ce qui constitue une apparition en tant que couple ?

Les trois dames échangèrent des regards.

— Nous avons justement discuté de ce point, commença lady Blodgett. Nous ne pensons pas qu'il soit nécessaire d'assister à un bal ni à quoi que ce soit d'équivalent trois fois par semaine.

— Ce serait épuisant, ajouta Mme Fitzhew-Wellmore.

— Paraître ensemble en société n'a rien de compliqué, dit Mme Higginbotham. Le dîner de ce soir en est la parfaite illustration, puisque vous y assistez en couple parmi d'autres personnes.

— Vous pourriez dîner avec nous tous les soirs, suggéra James, très pince-sans-rire.

— Vous faites du sarcasme, milord ? dit lady Blodgett en posant sur lui un regard dur qui lui donna envie de se tortiller sur sa chaise.

— Désolé, murmura-t-il.

— Nous ne pourrions pas venir ici chaque soir, dit Mme Fitzhew-Wellmore. Bien que la cuisine soit excellente, ajouta-t-elle dans un soupir.

— Le simple fait de recevoir des invités à dîner nous paraît suffire à remplir cette obligation, déclara Mme Higginbotham. Surtout les premiers temps. Nous proposons de venir manger chez vous une fois par semaine, et vous pourrez convier d'autres personnes. Ce sera considéré comme une apparition publique hebdomadaire, et cela vous permettra de nous tenir informées des deux autres.

— Nous avons pris la liberté de demander à vos secrétaires respectifs de réunir les invitations que vous avez reçues dernièrement, dit lady Blodgett. Nous établirons une liste de celles qui conviendraient le mieux pour vos premières apparitions en public.

James eut un froncement de sourcils.

— Je pense que nous sommes plus que capables de gérer nos sorties en société.

— Non, elle a raison, dit Violet en adressant un regard admiratif à la vieille dame. Bien que je me sois tenue informée des changements de la société londonienne, certaines nuances m'auront certainement échappé. Autant commencer cette nouvelle vie en douceur plutôt que de plonger la tête la première.

— J'ai toujours aimé plonger la tête la première.

James ricana de sa propre saillie et Marcus réprima un sourire.

— Oui, cela vous a pleinement réussi par le passé, commenta Violet d'un ton excessivement suave.

— Nous suggérons aussi des promenades dans Hyde Park, enchaîna lady Blodgett, à cheval ou en calèche, des visites de galeries d'art, des conférences, des soirées au théâtre, des expositions, des concerts, enfin, ce genre de choses. Cela peut se révéler très plaisant.

— Cela fera quatre cent vingt-quatre apparitions en couple, selon mes calculs, résuma Mme Fitzhew-Wellmore. Enfin, quatre cent vingt-trois, puisque le dîner de ce soir compte aussi.

— Calculer leur nombre n'était pas forcément nécessaire, Poppy, commenta Mme Higginbotham tandis que son regard passait alternativement de James à Violet. Je crains que tu ne les aies effrayés.

— Il y a de quoi se sentir submergé, approuva lady Blodgett.

— Sornettes, objecta Mme Fitzhew-Wellmore, chassant ce commentaire d'un geste de la main. Je doute que lady ou lord Ellsworth se laissent facilement effrayer.

— La perspective de passer du temps en compagnie de ma femme n'est pas de nature à me faire peur, c'est certain, déclara James en tournant les yeux vers Violet.

— La dernière chose qui m'effraie, c'est bien vous, James, dit-elle en soutenant son regard.

— Parfait, fit Mme Fitzhew-Wellmore. La troisième stipulation concerne l'interdiction de tout ragot à votre sujet, poursuivit-elle. Les commérages concernant la façon dont lord et lady Ellsworth ont su se réconcilier et semblent très heureux ensemble feront toutefois exception. Disons les rumeurs positives par opposition aux rumeurs scandaleuses. Je suis sûre que vous comprenez.

Le regard de Mme Higginbotham parcourut l'assemblée.

— Ni Mme Fitzhew-Wellmore, ni lady Blodgett, ni moi-même n'aimons cancaner..., commença-t-elle.

Mme Fitzhew-Wellmore s'étrangla. Lady Blodgett persista à sourire d'un air serein.

— ... ce qui ne nous empêche pas d'avoir des relations. Nous sommes au courant des dernières rumeurs concernant chacun de vous. Celles-ci n'auront plus lieu d'être.

— Cela ne me pose aucun problème, assura Violet en souriant.

— À moi non plus, approuva James.

— Pour toutes les personnes extérieures au petit cercle que nous formons ici, vous offrirez l'apparence d'un couple parfaitement réconcilié. Et je crois qu'il serait sage de ne parler à personne des stipulations du testament - afin d'éviter les commérages, dit Mme Higginbotham avant de se tourner vers Violet.

Il va de soi que vous prendrez en charge la gestion de la maison, un devoir qui vous incombe en tant que lady Ellsworth.

— Tout à fait, répondit Violet en hochant la tête. Aurai-je carte blanche ? demanda-t-elle à James. Serai-je autorisée à diriger le personnel à ma guise ? Et à prendre toutes les décisions domestiques qui s'imposeront ?

— Bien sûr, dit James. Même si vous avez passé peu de temps ici, cette maison est la vôtre, tout comme Ellsworth Manor. Vous êtes lady Ellsworth, après tout.

Ce nouvel aspect des choses – le fait qu'il y aurait dorénavant une maîtresse de maison à Ellsworth House – lui avait échappé. L'idée lui parut agréable.

— La première lady Ellsworth depuis longtemps, étant donné que Richard ne s'était jamais marié, commenta Mme Higginbotham.

Violet eut un sourire satisfait. Un peu trop satisfait, en fait.

— Il faudra toutefois garder à l'esprit que même les domestiques les plus loyaux cancanent, dit lady Blodgett. Ce qui veut dire que même ici, vous devrez vous comporter de façon cordiale l'un envers l'autre.

Violet secoua la tête.

— On se croirait dans un mauvais vaudeville français.

— Il ne tient qu'à vous de le rendre meilleur, ma chère, dit Mme Fitzhew-Wellmore en souriant.

— Je n'ai pas envie de perdre une propriété qui est dans ma famille depuis des générations, mais il s'agit surtout d'honorer le souhait d'oncle Richard, dit James, choisissant ses mots avec soin. La façon dont il nous impose sa volonté ne m'enthousiasme guère, mais si Violet est prête à s'y conformer, alors moi aussi.

— Comme je l'ai déjà dit au comte, je suis disposée à accepter les termes du testament d'oncle Richard, ajouta Violet à l'intention de Mme Higginbotham. C'était vraiment un homme merveilleux.

— Dans ce cas, permettez-moi de proposer un toast, dit Marcus en se levant. À la mémoire de feu le comte d'Ellsworth !

Toute la tablée lui fit écho, et James déglutit pour faire passer le nœud qui s'était formé dans sa gorge. Certes, il aurait préféré que son oncle trouve un autre moyen d'encourager sa réconciliation avec Violet, mais il savait aussi qu'il avait pensé faire au mieux. Si sa méthode était discutable, il ne pouvait douter de la pureté de ses intentions.

— Et à lord et à lady Ellsworth, ainsi qu'aux trois prochaines années, ajouta Marcus.

L'assemblée lui répondit avec plus ou moins d'enthousiasme, et James fut certain d'être le seul à avoir entendu la fin du toast de Marcus.

— Dieu puisse-t-Il vous venir en aide à tous deux.

*

* *

— N'était-ce pas charmant de la part du comte de nous prêter sa voiture et son cocher pour rentrer à la maison ? dit Poppy, confortablement adossée au cuir capitonné de la banquette.

— C'était bien le moins qu'il puisse faire, répondit Effie. Nous sommes, après tout, les garantes de sa fortune.

— Bien que le testament de son oncle n'ait pas été rédigé dans cette intention, releva Gwen.

— La lettre de Richard était très claire, dit Effie. À ses yeux, ces deux personnes partagent potentiellement un grand amour et sont faites l'une pour l'autre. Cela ne me saute pas vraiment aux yeux, mais nous devons lui faire confiance. Il nous a chargées de nous assurer que cet amour voie le jour et nous a donné trois ans pour que ses vœux s'accomplissent.

— Trois ans ne suffiront peut-être pas. Ce sera plus difficile que je ne l'avais cru, dit Gwen en fronçant les sourcils. Il y avait longtemps que je n'avais pas assisté à un repas aussi pesant.

— Mais la nourriture était excellente, murmura Poppy.

Effie pouffa.

— Vous ne pensiez quand même pas qu'il suffirait à Richard de les réunir pour que tout se déroule selon ses souhaits ?

— Moi, je l'avais espéré, dit Poppy. Et puisque le vieux comte était persuadé qu'ils étaient voués à être ensemble, il me semble qu'il incombe au destin de leur tendre une main secourable.

— On ne peut pas compter sur le destin, ajouta Gwen. En revanche, le destin peut compter sur nous.

— Personne n'a jamais dit que ce serait facile, fit observer Effie en haussant les sourcils. Je reconnais toutefois que la tension était palpable, ce soir.

Gwen approuva d'un hochement de tête.

— Tout n'a pas été dit, à cette table.

— Ils ne se sont pas jetés l'un sur l'autre pour s'étrangler, remarqua Poppy.

— C'est déjà quelque chose, j'imagine, dit Gwen avec un soupir.

— Je n'y vois rien d'encourageant, objecta Effie. J'ai trouvé qu'il manquait quelque chose... Je n'ai senti aucune... je ne sais pas... aucune étincelle entre eux. Il y a eu de bons moments, bien sûr, mais l'un dans l'autre il se montre plaisant et elle reste polie. S'ils se disputaient, au moins, si leur sang bouillonnait, ce serait le signe d'une sorte de... de passion.

— De passion ? répéta Poppy en élevant la voix. À quoi diable penses-tu donc ?

— Elle pense que la limite est ténue entre la passion inspirée par la colère et la passion d'un autre genre, répondit Gwen en souriant. Ce qui n'est pas faux.

— Il n'y a rien de plus satisfaisant que de gratter une démangeaison persistante, déclara Effie avec un petit sourire satisfait.

— Je ne comprends pas, dit Poppy en secouant la tête. Nous allons leur donner des démangeaisons ?

— Métaphoriquement, c'est à peu près cela, dit Gwen. D'après ce que j'ai pu observer ce soir, je dirais que James est plus enclin que Violet à la réconciliation. Tous deux me semblent entêtés, mais Violet est aussi extrêmement méfiante. Notre prochaine étape consistera donc à déterminer ce qu'ils ressentent vraiment l'un pour l'autre.

Effie acquiesça.

— Plus nous aurons d'informations, plus vite nous pourrons faire avancer les choses. Il ne faut surtout pas qu'ils prennent l'habitude d'une cohabitation pure et simple. Non, il faut battre le fer tant qu'il est chaud.

— Je ne voudrais pas paraître vénale, intervint Poppy, mais plus cela durera, plus longtemps tu seras payée.

— C'est un point à prendre en compte, renchérit Gwen. L'argent nous est effectivement nécessaire.

— Les honoraires de Richard nous offrent un répit momentané, rien de plus. Cela nous permet de réfléchir au moyen de sauver nos finances, répondit Effie avec une assurance qu'elle était loin de ressentir. Quoi qu'il en soit, les considérations pécuniaires ne devront jamais influencer nos efforts. Je ne tiens pas à passer les trois prochaines années avec le dernier souhait d'un mort suspendu au-dessus de ma tête.

Richard était persuadé que Violet et James étaient faits l'un pour l'autre, et nous ferons tout pour qu'ils restent ensemble, ajouta-t-elle en projetant le menton vers l'avant d'un air résolu. Que cela leur plaise ou non.

6

Violet nota une nouvelle idée concernant la remise à neuf de la maison sur le calepin placé près de son assiette, ignorant l'arrivée de James dans la salle du petit déjeuner. La veille, sitôt les convives partis, elle s'était retirée dans sa chambre, déclinant poliment l'invitation de James à se joindre à lui dans la bibliothèque.

— Bonjour, dit-il affablement en longeant la table pour aller se servir au buffet.

— Bonjour, murmura-t-elle sans lever les yeux de son carnet.

— J'imagine que vous avez bien dormi.

— Parfaitement bien, merci.

En réalité, elle avait à peine fermé l'œil de la nuit. Le dîner avec Mme Higginbotham et ses amies lui avait permis de mieux prendre la mesure du défi qui l'attendait durant les trois années à venir. En outre, elle n'avait pas réussi à se sortir de la tête l'idée que James souhaitait qu'ils redeviennent amis. Leur amitié avait autrefois constitué la première étape d'une douloureuse désillusion. Elle ne commettrait pas cette erreur une deuxième fois. Elle se montrerait cordiale, tout en gardant ses distances. Tel était le juste chemin à suivre si elle voulait garder son cœur intact pendant ces trois ans.

Elle n'avait pas bien réfléchi au jeu auquel ils allaient devoir se prêter. Ils allaient se retrouver constamment ensemble, à faire semblant de former un couple heureux. Plus d'une fois, au cours des longues heures de la nuit, elle avait remis en question sa décision d'accepter les conditions du testament d'oncle Richard. Et plus d'une fois, elle avait marmonné des commentaires destinés à oncle Richard dans l'au-delà.

Le plus agaçant de tout, c'était que le vieux comte avait placé l'avenir de son neveu entre les mains de Violet. Ce n'était que justice, tout bien considéré, mais cela représentait un sacré fardeau. Sauf erreur de la part de Violet, James ignorait qu'elle disposait de ressources financières personnelles.

Avant leur mariage, oncle Richard avait établi un fonds privé pour Violet qui, selon les termes de leur contrat de mariage et de la myriade de papiers qu'elle et James avaient signés, n'était destiné qu'à elle et rien qu'à elle. Quelques années plus tôt, Violet avait demandé à Richard s'il avait mis en place cette sécurité financière parce qu'il ne faisait pas confiance à son neveu. Richard avait seulement répondu que James était un bon garçon qui serait un jour fiable et responsable. D'ici là, le fonds privé de Violet constituait une réserve en cas de malheur. Une réserve dont Richard était persuadé qu'elle n'aurait jamais besoin. De fait, Violet n'avait jamais touché à cet argent, et son fonds représentait maintenant une petite fortune, grâce à de bons placements et à de sages conseils.

C'était ce qui rendait le testament d'oncle Richard d'autant plus mystérieux. Il savait que Violet pouvait s'en sortir sans son argent. Cette menace de ne pas léguer ses biens à James ne l'affectait donc pas autant que lui. Apparemment, Richard comptait sur elle pour accepter ses conditions afin de sauver son neveu. Le comte avait-il pensé qu'elle le ferait parce qu'elle avait toujours des sentiments pour son mari ? Ou parce que James lui avait offert une vie qu'elle n'aurait jamais pu mener autrement ? Ou simplement parce qu'elle était quelqu'un d'honnête ? Violet ne le saurait jamais.

James remplit son assiette et prit place à table.

— Et vous ? Avez-vous bien dormi ?

— J'ai passé une nuit excellente, répondit-il avec un enthousiasme qui ne la convainquit pas.

Elle savait à quoi s'en tenir. Le double vestiaire qui séparait leurs chambres n'était pas assez profond pour étouffer les bruits. Et le lit de James grinçait si affreusement qu'on aurait cru entendre la plainte des chiens de l'enfer.

Violet avait dormi dans de nombreux lits d'hôtel et ne se souvenait pas d'un seul qui ait été aussi affreux. D'après les incessants grincements de son lit, James avait passé la nuit à se retourner d'un côté, puis de l'autre, et il n'avait pas plus dormi qu'elle. Et si une chose avait le don de la rendre folle, c'était bien de ne pas pouvoir trouver le sommeil.

— Où est Mme Ryland ce matin ?

— Elle devait s'occuper d'une affaire familiale.

Après la visite de la mère de Violet, la veille, Cléo avait décidé d'aller voir la sienne avant que celle-ci apprenne qu'elle était de retour à Londres. La famille de Cléo n'appartenait pas aux mêmes cercles de la société que lady Cranton, mais l'une de ses sœurs avait épousé le frère d'un vicomte et se tenait généralement bien informée des derniers ragots.

— Irez-vous à votre bureau, aujourd'hui ?

— Je vais à mon bureau tous les jours, répondit-il d'un air sarcastique.

— Tous les jours ? répéta-t-elle en tournant une page de son carnet. C'est impressionnant.

— Vous trouvez ?

— Cela signifie que vous prenez vos responsabilités au sérieux.

— Pensiez-vous que mon bureau n'était qu'une sorte de leurre ? Un décor destiné à faire croire au monde que j'avais accepté mes obligations ? Que j'étais devenu l'homme que mon oncle espérait que je deviendrais ?

Elle leva les yeux et soutint son regard.

— Je ne sais pas trop que penser. Ces dernières années, Richard ne laissait jamais passer une occasion de faire valoir que vous aviez mûri. Accepté votre rang. Renoncé à vos mauvaises habitudes, ce genre de choses.

— Je n'ai pas renoncé à toutes.

Il sourit d'un air bien trop malicieux, et Violet sentit son cœur palpiter de façon inattendue. Et très agaçante. Elle l'ignora.

— Apparemment, reprit James plus sérieusement, c'est auprès de vous que je vais devoir faire mes preuves, désormais.

La sincérité de son regard n'était pas feinte. Pourtant, réconcilier ce nouveau James avec l'homme qu'elle avait épousé était difficile. Cela risquait même fort de se révéler impossible.

— Vous n'avez rien à me prouver.

— Oh que si, répondit-il en choisissant un toast sur le présentoir avant de l'enduire de confiture. Si nous voulons survivre à ces trois prochaines années, il est impératif que vous compreniez que je ne suis plus l'homme que j'étais.

— Nous verrons cela, murmura-t-elle en reposant les yeux sur la page vierge de son carnet.

Elle griffonna la première chose qui lui passa par la tête, à savoir exactement celle qu'elle venait d'écrire sur la page précédente.

Il garda le silence pendant plusieurs minutes, mais elle sentait son regard peser sur elle.

— J'aime bien avoir un bureau, dit-il finalement. Et je reconnais que c'est une sorte de symbole. Un symbole d'indépendance, essentiellement. Oncle Richard traitait toutes ses affaires ici, dans la bibliothèque, comme la plupart des gentlemen. Quand j'ai commencé à apprendre à les gérer moi-même, je travaillais sur une table à côté de son bureau. Mais quand je me suis mis à m'occuper de plus en plus de choses et quand j'ai engagé un secrétaire, j'ai eu besoin de plus qu'une table. Dans le même temps, oncle Richard s'est de moins en moins soucié de la supervision de ses entreprises et de ses propriétés. Certains jours, je lui jetais un coup d'œil et je découvrais qu'il se contentait de lire le *Times*.

Elle leva les yeux vers lui.

— Le bureau de la bibliothèque est dans la famille depuis des générations, poursuivit-il. C'était celui de son père et de son grand-père avant lui et ainsi de suite, au moins jusqu'au siècle dernier. Mon oncle m'a dit un jour qu'un de ses souvenirs d'enfance dont il se rappelait le mieux était celui de son grand-père assis derrière ce monumental bureau d'acajou. C'est un meuble très impressionnant, vous savez.

— Je sais, oui, répondit Violet avec un bref sourire.

— Estimez-vous heureuse de n'avoir jamais eu à vous asseoir face à ce bureau afin d'être réprimandée pour vos bêtises.

— J'imagine que ce devait être intimidant.

Violet s'était assise face à ce bureau au cours de ses visites, pour discuter de ses comptes et de ses investissements avec oncle Richard. Il ne l'avait jamais réprimandée. Il faut dire qu'excepté les rumeurs qui circulaient à son sujet, il n'avait eu aucune raison de le faire.

James ricana.

— Intimidant ? C'était terrifiant, oui.

L'espace d'un instant, Violet imagina James enfant, assis face au bureau, attendant de subir le jugement qu'oncle Richard estimait adapté aux transgressions de son neveu.

— Ce bureau a toujours été un symbole, l'autel sacré de l'autorité. Il a toujours appartenu au chef de famille. Oncle Richard m'avait proposé de l'utiliser, mais en acceptant j'aurais eu l'impression de lui dire qu'il avait fait son temps. Qu'il n'était plus utile ni désiré. Je n'ai pas pu m'y résoudre, conclut-il en secouant la tête.

— Vous avez donc pris un bureau, commenta-t-elle d'une voix douce.

Si elle n'avait jamais douté de l'affection de James pour son oncle, cette certitude était uniquement fondée sur les commentaires de Richard. Mais, à cet instant précis, l'affection que son mari avait eue pour le vieil homme apparaissait de façon évidente.

— En effet. En dehors de cette maison et d'Ellsworth Manor, mon oncle possédait plusieurs immeubles de bureaux, ici à Londres. J'ai pris des locaux dans l'un d'eux. Maintenant que mon oncle est mort, je suppose que je pourrais y renoncer, mais j'aime assez quitter la maison chaque jour. Sortir. Sentir que je fais partie du monde, lui confia-t-il avec un sourire gêné.

— Vraiment ?

Il hocha la tête.

— Je sais que c'est étrange à dire pour quelqu'un de mon milieu, mais le monde – celui d'oncle Richard et de tous les comtes qui ont existé avant lui – change rapidement. La fortune des familles dépendait autrefois de leurs terres, mais ce ne sera bientôt plus le cas. Si nous ne changeons pas au même rythme que notre époque, nous resterons à la traîne. Nous serons bientôt à l'aube d'un nouveau siècle, vous savez, conclut James en coupant un morceau de saucisse qu'il porta à sa bouche.

Violet garda le silence, impressionnée par ce discours.

James continua de manger comme s'il ne se rendait pas compte qu'il venait de dire quelque chose d'intelligent, de profond et de visionnaire.

— Mais la vraie raison, reprit-il alors qu'il sirotait son café, c'est que même si c'est un héritage familial, j'ai toujours détesté ce meuble.

— Ah bon ?

— Bonté divine, Violet, l'avez-vous seulement regardé ?

— Il est assez imposant.

— Les pieds sont sculptés de créatures mythologiques qui dévorent des pécheurs impénitents.

— Je n'ai jamais remarqué.

— Sans doute parce que vous n'avez jamais été un garçon de dix ans attendant sa sentence, assis devant ce bureau, avec les yeux au niveau d'un dragon ou d'un serpent dévorant un villageois qui tord la bouche d'horreur.

— Oui, ce doit être assez décourageant.

— Ce n'est rien de le dire, confirma-t-il en secouant la tête. Je n'ai pas envie d'infliger cela à mes enfants.

— Vous voulez des enfants ? demanda-t-elle sans réfléchir.

— Pas vous ? répondit-il en haussant les sourcils.

— Eh bien, si, mais…

— Nous parlerons de cela une autre fois, dit-il en finissant son café et en reposant sa serviette à côté de son assiette. Quels sont vos projets pour la journée ?

— Oh, je ne compte rien faire d'important, répondit-elle. Mme Higginbotham et ses amies m'ont invitée à prendre le thé.

— Ces femmes forment un petit groupe dangereux, déclara-t-il en souriant. Je me méfierais, à votre place.

— Je resterai vigilante.

— Bien, dit-il en se levant. Il faut que j'y aille. Bonne journée, Violet.

— Bonne journée, James, répondit-elle en le regardant quitter la pièce.

Violet tapota son carnet du doigt d'un air absent. Elle ne s'était pas du tout attendue à cela. Certes, ils avaient souvent bavardé avant leur mariage, à l'époque où il faisait la cour à Marie, mais ils s'étaient contentés d'échanger des propos légers, sans conséquence. Jamais ils n'avaient abordé un sujet sérieux, même de façon lointaine.

Elle se rendait compte avec stupeur qu'elle ne savait rien de l'homme qu'elle avait épousé et qu'elle n'avait sans doute jamais rien su de lui. Elle était tombée follement amoureuse de lui sur la base d'un flirt distant et d'un sourire malicieux. C'était affreusement superficiel de sa part. Et très bête.

James était visiblement bien autre chose que ce qu'elle avait cru, autant autrefois qu'aujourd'hui. Ce qui ne voulait pas dire qu'il pourrait y avoir quelque chose entre eux.

Dans un coin de sa tête, une petite voix ne put s'empêcher de lui souffler que cela ne l'interdisait pas non plus.

*

* *

— ... et nous pensons que le bal de printemps du Club des Explorateurs qui se tiendra dans deux semaines serait parfait pour faire votre première apparition publique, dit Effie en tapotant de son ongle la première ligne d'une longue liste d'événements mondains qu'elle avait placée devant Violet.

Mme Higginbotham et les deux autres dames avaient insisté pour que Violet les appelle par leurs surnoms, puisqu'elles étaient destinées à se revoir souvent au cours des trois années à venir et à devenir de grandes amies.

— Ce sera un bal tout à fait exceptionnel, en hommage au jubilé de la reine. Sa Majesté n'y assistera pas, bien sûr, mais le bal est donné en son honneur.

— Je ne suis pas sûre que nous y ayons été invités, murmura Violet, le regard rivé sur la liste.

Celle-ci était plus longue qu'elle ne s'y était attendue, pleine de noms de gens qu'elle n'avait pas revus depuis des années. Des gens qu'elle n'était pas du tout sûre d'avoir envie de revoir.

— Bien sûr que si, ma chère, dit Gwen avec un sourire. Et si vous ne l'aviez pas été, nous aurions fait en sorte que vous le soyez.

Les dames lui avaient demandé de les retrouver dans la salle de lecture exclusivement réservée aux dames de la librairie Fenwick & Sons pour bavarder autour de quelques rafraîchissements.

— Pourquoi le bal du Club des Explorateurs ? demanda Violet en examinant la liste. J'ignorais que James en était membre.

— Oh, mais si ! Et son oncle aussi avant lui, dit Poppy avant de baisser la voix. L'immense majorité des membres du Club des Explorateurs se compose d'hommes qui ne feront jamais rien de plus aventureux que d'en rester membres. Mais ils aiment beaucoup en faire partie. Ils apportent au club leur soutien financier ainsi qu'un statut prestigieux, vous comprenez.

Violet hocha la tête.

— Nous pensons que ce bal sera parfait pour prendre la température de la société, pour ainsi dire, déclara Gwen. Le fait que lord et lady Ellsworth aient finalement décidé de vivre ensemble sera le sujet de beaucoup de conversations partout où vous irez, bien sûr, mais le Club des Explorateurs n'est pas un événement aussi mondain que le bal annuel de lady Scarsdale, la fête de charité pour les veuves et les orphelins de l'armée ou la garden-party de la reine, auxquels vous êtes également invités.

— Vous serez toutefois tenus d'assister à certains d'entre eux, dit Effie.

— En outre, continua Poppy, nous sommes également conviées à ce bal, au cas où vous auriez besoin de nous.

— C'est très aimable à vous.

Par bonheur – ou par malheur –, ces femmes allaient faire partie de sa vie pendant trois ans. Autant se montrer franche avec elles.

— Connaissez-vous les circonstances de mon mariage avec James ? leur demanda-t-elle.

Les trois dames échangèrent des regards.

— Comme vous le savez, ma chère Violet, commença Gwen, la société londonienne est un petit monde dans lequel les frontières sont subtiles. Nos époux étaient des hommes épris d'aventure. William, le mari d'Effie, a été militaire la majeure partie de sa vie. Mon cher Charles et Malcolm, l'époux de Poppy…

— Qu'ils reposent en paix, chuchota Poppy.

— … étaient des explorateurs. Aucune de nous ne s'est mariée pour un titre ou une fortune. Mon mari a été fait chevalier longtemps après notre union. Nous n'avions pas les mêmes relations que feu le comte d'Ellsworth, même si Richard, William et Effie étaient de grands amis au temps de leur jeunesse…

— Viens-en au fait, intervint Effie avant de croiser le regard de Violet. Nous n'appartenions pas aux mêmes cercles, mais il existe beaucoup de liens entre nous. Et l'histoire d'un baiser passionné de la part d'un jeune homme sur le point d'annoncer ses fiançailles…

— N'oublie pas la gifle, dit Poppy avec un grand sourire. Je trouve que la gifle était le meilleur moment.

— … constitue un ragot si croustillant qu'il s'est très largement répandu, termina Effie, le regard brillant de compassion. Pour répondre à votre question, oui, nous savons tout des circonstances de votre mariage, et nous savions déjà tout bien avant que je reçoive les instructions de Richard au sujet de son testament.

— Je doute qu'il existe encore une seule personne à Londres qui n'en ait pas entendu parler, remarqua Poppy. Bien que les faits soient anciens, s'empressa-t-elle d'ajouter.

— Je m'en doutais, dit Violet avec un pâle sourire.

Elle poussa un soupir.

— Au moins cela m'épargne-t-il d'avoir à relater cette histoire aujourd'hui.

Poppy se pencha en avant.

— Est-ce que vous le détestez ?

— Qui donc ? demanda Violet en écarquillant les yeux de surprise.

— James, bien sûr, précisa Effie. Quoique j'imagine que vous devez aussi détester Richard, maintenant. C'est lui qui vous a placée dans cette situation.

— Je ne suis pas spécialement heureuse de ce qui m'arrive, mais non, répondit Violet en secouant la tête. J'aimais beaucoup oncle Richard. Je ne pourrais jamais le détester.

— Et James ? demanda Effie en rivant son regard au sien.

— James a commis une erreur stupide il y a six ans, répondit Violet, choisissant ses mots avec soin. Toutefois, bien qu'il n'ait eu aucune envie de se marier, il a agi en homme d'honneur et m'a épousée. Je pensais qu'il avait gâché ma vie, ajouta-t-elle après un temps de réflexion, mais récemment je me suis rendu compte qu'il m'avait en fait sauvée. Il m'a donné la liberté et les moyens financiers qui ont fait de moi la femme que je suis devenue. Et j'aime cette femme. Alors non, conclut-elle en secouant la tête. Lui non plus, je ne pourrais jamais le détester.

— Parfait, dit Poppy avec un grand sourire.

— Ce qui n'empêche pas, ajouta Violet, que James ne souhaitait pas se marier. Surtout pas avec moi. Découvrir que l'homme que vous venez d'épouser ne veut pas de vous est assez perturbant.

Les trois dames hochèrent la tête dans un bel ensemble.

— Je ne l'ai jamais oublié, et je ne le lui ai jamais pardonné. Aujourd'hui, même si James semble très différent de l'homme qu'il était autrefois, je ne sais toujours pas si je peux lui faire confiance.

— Cela se comprend, déclara Effie en relevant le menton. La confiance doit se mériter.

Les deux autres approuvèrent de la tête.

— Mais vous ne le détestez pas ? demanda Poppy.

— Je viens seulement de me rendre compte ce matin que je ne le connaissais même pas, répondit Violet. Je ne le déteste pas, mais je ne peux pas dire non plus qu'il me plaise.

— La confiance, affirma Poppy d'un air entendu. La confiance est la clé de tout.

— Ces trois prochaines années, j'ai l'intention de garder mes distances avec lui, déclara Violet en se redressant. Je serai polie et cordiale.

— Polie et cordiale, c'est déjà un début, fit Gwen. Toutefois, nous vous avons trouvée un peu trop docile, hier soir.

— Docile ? répéta Violet en fronçant les sourcils. Moi ?

— Les hommes vous marchent dessus si vous les laissez faire, dit Effie d'un ton de mise en garde.

Cela faisait six ans que Violet ne s'était plus montrée docile avec personne.

— Je me suis contentée d'observer la distance qui convenait.

— Nous parlerons de cela une autre fois, répliqua Effie en agitant la main pour balayer ce commentaire. Nous nous demandions quelles étaient vos pensées au sujet de votre position en tant que lady Ellsworth.

— Je suis en train d'étudier la maison, qui a besoin d'une profonde remise à neuf. En dehors de cela, je n'y ai pas beaucoup songé.

Pour le moment, Violet était surtout tracassée par cette histoire de « trop docile ». Seigneur, si elle était trop docile au bout de trois jours, comment serait-elle au bout de trois ans ? Elle ne voulait surtout pas redevenir la femme qu'elle avait été.

— Oh, vous devriez. Vous devriez vraiment. Vous occupez une place unique dans la société, et la société attend beaucoup de vous, déclara Gwen. Chacune de vos actions sera scrutée et commentée.

Violet haussa les épaules.

— Cela n'a rien de nouveau. On scrute le moindre de mes faits et gestes à chacun de mes retours à Londres.

Poppy sourit.

— Dans ce cas, vous serez fin prête. Nous n'avons entendu que des choses merveilleuses à votre sujet.

— C'est bon à savoir, répondit Violet en buvant une gorgée de thé, cherchant toujours à faire sortir ce « trop docile » de sa tête.

— Nous ne doutons pas que vous serez une brillante lady Ellsworth, au moins publiquement, déclara Effie. En privé, c'est une autre affaire.

Violet haussa les sourcils.

— Ah ?

— James a l'habitude d'une maison dans laquelle ne vivent que des hommes, dit Gwen. Il pense sans doute que rien ne sera différent. Les hommes sont très routiniers. Pendant la plus grande partie de l'existence de James, Richard et lui ont mené une vie de célibataires sans soucis, dépourvue de toute présence féminine.

— Vous êtes sur le point de changer cela, ajouta Poppy avec fermeté. Il est essentiel que cette relation commence du bon pied.

— Je pensais…

— Les hommes croient qu'ils commandent, mais nous savons qu'il n'en est rien, déclara Effie. Vous devez établir votre position dès le départ. Prendre le taureau par les cornes, pour ainsi dire. Saisir les rênes.

— Les hommes ont besoin d'être… Quel est le mot ? demanda Poppy en regardant ses amies.

— Tenus, dit Gwen. Comme on tient sa maison. Savez-vous tenir une maison ? ajouta-t-elle à l'intention de Violet.

— Je ne l'ai encore jamais fait, mais cela ne me posera aucun problème.

Elle devait au moins cela à sa mère.

— Il est toutefois préférable que les hommes ne sachent pas qu'ils sont tenus, commenta Effie en se resservant une tasse de thé. Question de fierté masculine.

— Je n'ai jamais vraiment envisagé…

— La plupart des hommes attendent des femmes qu'elles soient des créatures obéissantes et soumises, entièrement dévouées au confort de la vie de leur époux.

— Je dois dire que...

— Vous êtes une femme intelligente et indépendante, qui a passé des années à parcourir le monde, dit Gwen.

— Affirmez-vous, ma chère, renchérit Effie. Osez être la femme que vous êtes devenue.

Violet fronça les sourcils.

— C'est bien ce que j'ai l'intention de faire.

— Il n'est jamais trop tôt pour commencer, déclara Poppy en choisissant un biscuit sur le plateau à étages.

— Que ce soit en bien ou en mal, cet homme a changé le cours de votre vie, fit Effie. Désormais, il dépend de vous pour sauver le reste de la sienne.

— Et il vous a donné carte blanche, ajouta Poppy avec un sourire suave, tandis qu'une lueur déterminée faisait briller ses yeux. Nous vous suggérons d'accepter son offre.

— Après tout, dit Effie en croisant le regard de Violet, vous êtes lady Ellsworth. La première lady Ellsworth depuis très longtemps.

— Nous savons que vous serez à la hauteur de la tâche, affirma Gwen.

— Absolument, répondit Violet en relevant le menton.

Trop docile, non mais franchement !

— Excellent ! s'exclama Poppy. Et maintenant, vous devez tout nous raconter de vos voyages.

— Nos époux étaient toujours partis en voyage, mais aucune de nous n'est jamais allée nulle part, dit Effie avant d'incliner la tête vers Poppy. Enfin si, Poppy a visité Paris quand elle était petite.

— Et nous avons passé quelques semaines dans le Lake District, une fois, ajouta Gwen.

— Nous ne pouvons pas imaginer plus grande aventure que de visiter tous ces endroits que nous connaissons seulement à travers nos lectures, dit Poppy. Et nous avons tellement envie de tout savoir de vos aventures.

— Tout savoir de mes aventures ? En êtes-vous bien certaines ? demanda Violet. Je voyage depuis un bon moment, maintenant.

— Oh, oui ! assura Gwen. Ce sera comme si nous avions été là-bas avec vous.

— Eh bien..., fit Violet en réfléchissant. Par où vous plairait-il que je commence ?

— J'ai toujours rêvé d'aller en Italie, avoua Poppy, les yeux brillants d'excitation. Et en Suisse.

— L'Inde, annonça Effie. L'Inde, définitivement. Et peut-être...

Apparemment, il n'existait aucun endroit au monde où le trio n'ait rêvé d'aller.

— Bien, dans ce cas, je vais devoir commencer par le début, décréta Violet. Après mon mariage, je me suis d'abord rendue à Paris. Mais si vous y êtes déjà allée, ajouta-t-elle en regardant Poppy, je devrais peut-être commencer par un autre endroit ?

— Oh, non, répondit celle-ci en secouant la tête. C'était il y a si longtemps que je m'en souviens à peine.

— Les photographies de Paris, et même les tableaux, ne lui rendent pas justice, reprit Violet. Paris, c'est avant tout un état d'esprit. La première chose que l'on remarque en arrivant...

Pendant l'heure qui suivit, Violet régala ses nouvelles amies d'histoires sur la Ville Lumière, sur les monuments fascinants qu'elle y avait vus et sur les gens tout aussi fascinants qu'elle y avait rencontrés.

Les trois dames avaient raison. Si elle ne s'affirmait pas, personne ne le ferait pour elle. Elle était disposée à jouer le rôle de l'épouse de James au cours des trois années à venir, mais il n'était pas question qu'elle redevienne la femme qu'il avait épousée.

Et trop docile était bien la dernière chose qu'elle avait envie d'être.

7

— Oh, oui, James ! Oui, oui, oui !

La chevelure rousse de Violet était répandue sur l'oreiller, ses mèches semblables à des flammes entortillées. Ses doigts s'incrustaient dans la chair de ses épaules et elle se tordait sous lui. Il plongeait en elle encore et encore, de plus en plus vite. Ses gémissements de plaisir résonnaient dans sa gorge, faisant écho aux siens, aiguillonnant ses poussées. Il se perdait dans la délectable sensation de son corps, dans la chaleur de sa peau, dans la pression des pointes de ses seins durcies contre son torse, dans le délicieux parfum de son essence qui venait envelopper son âme. La tête de lit cognait contre le mur, de plus en plus fort, au rythme des poussées de son sexe. Il la possédait enfin et se donnait à elle. Il concrétisait une délicieuse évidence. Leur union était destinée à être consommée. Désir et plaisir tourbillonnaient en lui tandis que le corps de Violet se soulevait pour venir à la rencontre du sien. Les coups s'intensifièrent, résonnant dans ses veines, son corps, son âme. De plus en plus forts et rapides et…

James se redressa brusquement dans son lit, le rêve de Violet gémissant son nom volant soudain en éclats.

— Nom de Dieu !

Il s'extirpa du lit tant bien que mal, enfila son peignoir, gagna la porte et l'ouvrit à la volée.

— Au nom du ciel, que se passe-t-il donc ?

Violet se tenait devant lui, vêtue d'une tenue d'équitation du même vert que ses yeux, son poing levé s'apprêtant à frapper de nouveau le battant.

— Vous ai-je réveillé ? demanda-t-elle d'un air innocent.

Elle l'inspecta de la tête aux pieds, son regard s'attardant sur la preuve évidente de son excitation, sous le peignoir.

— À moins que je ne vous dérange ? ajouta-t-elle, amusée.

Le moment était mal choisi pour lui avouer qu'elle venait de le tirer d'un rêve érotique dans lequel ils figuraient tous les deux – et que ce n'était pas la première fois que cela arrivait.

— Je dormais !

— Toutes mes excuses.

Son regard remonta vers ses yeux tandis qu'une rougeur charmante s'emparait de son visage.

— Ne devriez-vous pas faire quelque chose à ce sujet ? demanda-t-elle en agitant les doigts en direction de son entrejambe.

Dans d'autres circonstances, James se serait abrité derrière le battant pour préserver sa pudeur. Mais c'était elle qui avait ébranlé la porte de ses coups de poing, ce qui l'avait mis de très mauvaise humeur. Il se contenta donc de résister à l'envie urgente de l'attirer dans ses bras pour finir ce qu'il avait commencé dans son rêve et croisa les bras sur son torse.

— Que me suggérez-vous de faire ?

— Je ne sais pas. Quelque chose.

— Êtes-vous en train de me proposer votre aide ?

— Ne soyez pas grossier, James, répondit-elle avant de s'éclaircir la voix. Je pensais que nous pourrions aller chevaucher au parc. Nous nous acquitterions ainsi d'une de nos apparitions publiques obligatoires.

— Maintenant ?

— À moins que les choses n'aient radicalement changé en mon absence, personne ne va jamais faire du cheval avant 10 heures. Ce qui fait que nous aurons tout l'endroit pour nous.

Il secoua la tête dans l'espoir de s'éclaircir les idées.

— Il fait encore nuit.

— Le soleil se lèvera dans quelques minutes. Ce qui vous laisse juste le temps de vous habiller.

— Vous êtes donc venue me tirer du lit avant l'aube pour aller chevaucher au parc ?

— Oh, j'ai toujours aimé une bonne chevauchée, tôt le matin. C'est très stimulant, dit-elle avant de prendre apparemment conscience du double sens de cette déclaration, la rougeur de ses joues s'accentuant.

— Je ne voudrais surtout pas vous priver de stimulation, dit-il avec une pointe d'ironie.

Elle adopta un sourire charmant, mais sa rougeur ne la quitta pas. James trouva le phénomène intéressant, chez une femme prétendument expérimentée.

— Parfait. Je vous retrouve au rez-de-chaussée, dans ce cas.

Elle tourna les talons et s'éloigna dans le couloir, faisant onduler son derrière joliment agrémenté d'une tournure.

Il refusa de se dépêcher pour s'habiller et prit même un peu plus de temps que nécessaire, d'autant qu'il avait effectivement besoin de calmer son excitation. Il ne pouvait pas espérer monter à cheval dans cet état. Et, de toute façon, il était bien trop tôt pour être debout.

Ce rêve qu'il avait fait d'elle n'était pas le premier. Il avait de plus en plus souvent rêvé d'elle ces dernières années. À cause de l'incessante campagne d'oncle Richard pour leur rapprochement. À cause de sa culpabilité aussi. Et parce qu'il ne se souvenait pas de la dernière fois qu'il avait couché avec une femme. Mais les rêves qu'il faisait depuis qu'elle occupait la chambre voisine de la sienne étaient bien plus intenses, intimes et passionnés que ceux qu'il avait faits jusqu'alors. Celui de ce matin était le pire. Ou plutôt le meilleur. Il avait peut-être été provoqué par leurs commentaires sur le fait d'avoir ou non des enfants. Or, il n'existait qu'une façon de faire des enfants.

Il voulait la reconquérir – bien qu'il ne l'ait encore jamais conquise. Maintenant, grâce à oncle Richard, il allait pouvoir agir. Violet voulait bien faire semblant d'être sa femme de façon provisoire, mais cela ne lui suffisait pas. Il voulait davantage. Il n'aurait pas su dire à quel moment il en avait pris conscience, mais il le savait. Il voulait que Violet fasse vraiment partie de sa vie, et ce pendant bien plus que trois ans. Il la voulait dans son lit. Et il voulait gagner son cœur. Elle avait conquis le sien avec ce premier baiser sur la terrasse, même s'il avait refusé de l'admettre pendant des années. Quel idiot il avait été ! Jusqu'à présent, il n'avait jamais tenté de faire en sorte qu'une femme tombe amoureuse de lui, mais cette fois c'était différent. Il s'agissait de sa femme. De Violet.

James descendit au rez-de-chaussée, gagna la porte d'entrée et ne trouva personne. Jonas, le valet de pied, qui ne semblait pas très bien réveillé, ouvrit la porte une seconde avant que James l'ait atteinte. Violet était dehors, déjà en selle, un valet d'écurie ensommeillé tenant les rênes d'un second cheval.

— Je suis si heureuse que vous soyez enfin en mesure de me rejoindre, milord, dit Violet en détaillant sa mise du regard. Quand je pense que l'on prétend que les femmes mettent une éternité à s'habiller, ajouta-t-elle en faisant tourner son cheval en direction du parc.

James se mit en selle et amena sa monture auprès d'elle.

— Oh, je n'aurais surtout pas voulu manquer ça. On ne commence jamais la journée de façon trop stimulante.

Elle lui lança un coup d'œil acéré qu'il ignora.

Du fait de l'heure matinale, ils ne croisèrent que fort peu de véhicules sur leur trajet. Bientôt, ils franchirent les grilles de Hyde Park et se dirigèrent vers Rotten Row.

— Vous avez raison, dit-il en prenant une longue inspiration. Ce moment est idéal pour une bonne chevauchée. Je devrais le faire plus souvent.

— Cela suppose de quitter son lit de bonne heure, vous savez, dit-elle, une pointe d'amusement tordant le coin de ses lèvres. Vous n'y semblez guère enclin.

— J'aurais préféré rester au lit, mais comme il n'y avait personne pour m'y retenir et que vous étiez très insistante, me voilà, répondit-il en réprimant un sourire. Je constate que vous êtes toujours aussi bonne cavalière.

— Comment diable pouvez-vous savoir cela ? demanda-t-elle. Je ne me souviens pas que nous ayons jamais monté ensemble.

— Quelqu'un l'aura sans doute mentionné devant moi.

— Marie, je suppose. Même si les seuls sujets susceptibles de l'impressionner étaient plutôt la mode, les événements mondains et le rang social des uns et des autres.

James aurait eu du mal à le nier. Six ans plus tôt, il avait senti qu'il n'avait pas envie de se retrouver piégé jusqu'à la fin de ses jours avec une femme aussi égocentrique et superficielle que Marie.

— Votre amitié avec elle m'a toujours semblé étrange. Vous n'aviez rien en commun, elle et vous.

— Nos mères étaient amies et insistaient pour que nous le soyons aussi, répondit-elle avec un haussement d'épaules. Et Marie aimait bien m'avoir près d'elle. Je ne représentais aucune menace pour elle.

— Ce n'est pas le souvenir que j'en ai gardé, dit-il en s'esclaffant.

— Votre mémoire est peut-être fautive.

— Peut-être, dit-il. Je me rappelle que vous étiez très discrète et réservée. J'avais été frappé de constater que vous préfériez toujours rester dans l'ombre.

— Oui, je suppose que c'est ce que je faisais. Me taire et garder mes opinions pour moi était plus facile que de courir le risque d'être réprimandée ou, pire encore, ostracisée.

— Vous étiez étonnamment cultivée et savante.

L'expression de Violet se durcit.

— Des qualités rarement encouragées chez une fille.

— C'était très agréable de parler avec vous.

— De sujets sans importance, si je me souviens bien.

— J'abordais rarement des sujets importants, à cette époque-là, admit-il. Mais je me souviens que nous parlions beaucoup de toutes sortes de choses.

— Non, James. Vous parliez, vous charmiez, vous flirtiez outrageusement, et je vous écoutais attentivement tout en hochant la tête, que je sois d'accord ou non. Nous pensions peut-être que nous nous connaissions, à l'époque, mais ce n'était pas le cas.

— Et pourtant, je le croyais, répondit-il, attristé par la description qu'elle venait de faire de leur amitié d'antan. Nous dansions beaucoup aussi. Vous étiez une excellente danseuse.

— Merci. J'avais eu de très bons professeurs. Ma mère y avait veillé, répondit-elle avant d'observer un moment de silence. Vous arrive-t-il de regretter de ne pas l'avoir épousée ?

— Marie ? Je regrette la façon dont les choses se sont terminées avec elle, répondit-il. Mais ne pas l'épouser aura été la deuxième chose la plus intelligente que j'aie jamais faite.

— Seulement la deuxième ? Quelle est donc la première ?

— Vous avoir épousée.

Elle tira sur les rênes de son cheval pour le mettre à l'arrêt et le fusilla du regard.

— Au nom du ciel, James, espérez-vous vraiment que je vais croire cela ?

— Je me contente d'être franc avec vous.

— Est-ce le reflet de votre volonté de vous amender pour vos erreurs passées ?

— Pas seulement. C'est davantage lié au fait d'accepter mes responsabilités. Je veux affronter l'avenir en sachant ce que j'attends de la vie, dit-il en soutenant son regard.

— Parce que vous savez ce que vous en attendez ? demanda-t-elle d'une voix où perçait le défi, les yeux brillants.

Il la dévisagea longuement.

— Cela m'a pris six ans, mais oui, je le sais.

— Parfaitement absurde, répliqua-t-elle en faisant avancer son cheval à un trot rapide.

James calqua son rythme sur le sien, mais lorsqu'elle s'élança au galop il ralentit, fasciné par la vision de liberté et d'indépendance qu'elle offrait. Il n'aurait jamais pu envisager de monter en amazone, mais la grâce et la beauté d'une femme et d'un cheval chevauchant comme si leurs corps ne faisaient qu'un forçaient le respect. Cette femme était admirable. Oncle Richard ne le lui avait-il pas répété pendant des années ? Son ventre se serra. Dire que cette femme lui appartenait. Légalement, du moins.

Ils se parlèrent à peine sur le chemin du retour. Il glissa de sa selle dès qu'ils eurent franchi le portail et se retourna pour l'aider à descendre sans lui laisser le temps de protester.

— Ce n'est pas ma mémoire qui est fautive, dit-il sans ôter ses mains de la taille de Violet, plongeant son regard dans le sien. Vous faisiez bien plus qu'écouter et hocher la tête quand nous bavardions. Vous me disiez que vous aimiez les écrits de Jane Austen parce que les héroïnes de ses histoires étaient fortes et rebelles. Vous trouviez que les mots de lord Byron étaient les plus romantiques qui aient jamais été écrits. Vous appréciiez Charles Dickens, et si vous étiez d'accord avec lui à propos des réformes sociales, cela vous déplaisait qu'il utilise le prétexte d'un divertissement pour vous faire la morale.

Violet écarquilla les yeux, stupéfaite, et il enchaîna sans lui laisser le temps de prononcer un mot :

— Vous aimiez les œuvres de Gilbert et Sullivan, mais vous n'étiez guère friande d'opéra sérieux. Vous pensiez que les femmes devaient être autorisées à voter et qu'elles finiraient un jour par être entendues, et vous estimiez que le chocolat était un cadeau des dieux. Vous ne vous contentiez pas d'écouter et de hocher la tête, Violet. Et je ne faisais pas que parler et flirter, même si je reconnais que cela m'arrivait souvent. Je faisais attention à ce que vous disiez, aussi. Que nous le voulions ou non, Violet, oncle Richard nous offre à tous deux une seconde chance. Et moi, j'ai l'intention de saisir cette chance.

— Ne craignez-vous pas qu'il soit un peu tard pour cela ?

— Non. J'ai pris de terribles décisions et j'ai commis d'effroyables erreurs…

— Et maintenant, vous avez l'intention d'expier et de vous amender ?

— Absolument.

Il la relâcha et se dirigea vers le perron.

— Je monte me changer avant le petit déjeuner, annonça-t-il tandis qu'il s'éloignait.

— Quand avez-vous l'intention de vous engager sur la voie de l'expiation ? lança-t-elle dans son dos.

— J'ai déjà commencé, répliqua-t-il.

Une puissante sensation de satisfaction le traversa. Ce serait peut-être la dernière chose qu'il ferait sur terre, mais il gagnerait son affection. Même s'il lui fallait bien reconnaître qu'il n'avait encore pas la moindre idée de la manière dont il allait procéder.

Il n'avait fait la cour à aucune femme depuis Marie, et appeler cela faire la cour était très exagéré. Marie lui était tombée dans les bras sans qu'il ait besoin de faire le moindre effort. Son naturel charmeur, mais surtout sa fortune et son statut d'héritier avaient suffi. Il n'en avait pas fallu plus pour gagner le cœur de la jeune femme. D'ailleurs, avec le recul, il se rendait compte que ça n'avait jamais été le cas. Marie avait été conquise par *ce* qu'il était, pas par *celui* qu'il était.

Violet serait bien plus difficile à séduire. Mais elle méritait amplement les efforts qu'il aurait à fournir.

L'homme qu'il était six ans plus tôt n'avait pas été à la hauteur de la tâche. Celui qu'il était aujourd'hui refusait l'idée d'échouer.

Violet relèverait-elle le défi qu'il venait de lui lancer ? Cela restait à voir.

De plus d'une façon, le jeu ne faisait que commencer.

*

* *

La porte de la bibliothèque pivota sur ses gonds avec bien plus de force que nécessaire. Une petite sensation de triomphe envahit James.

Violet se tenait sur le seuil.

— Il faut que nous parlions.

Derrière le bureau d'oncle Richard, James se laissa aller contre le dossier du fauteuil et la dévisagea.

— Vous n'aviez pourtant pas tellement envie de parler au petit déjeuner, après notre promenade. Ni au dîner, quand vous n'avez pas jugé nécessaire de m'inclure dans votre passionnante conversation avec Mme Ryland.

— C'était peut-être impoli de ma part.

— Peut-être ? répéta-t-il avec un haussement de sourcils.

— Ce n'est pas dans mes habitudes. Je vous prie de m'excuser.

— Excuses acceptées, dit-il en se levant pour contourner le bureau. Cognac ?

— Ma foi, oui.

Il gloussa, lui servit un verre, puis traversa la pièce et le lui tendit. Ses doigts frôlèrent les siens et il l'entendit retenir son souffle.

— Merci.

Elle s'éloigna de lui et prit une gorgée de cognac.

— Voulez-vous vous asseoir ? demanda-t-il en désignant de la tête le fauteuil qui se trouvait devant la cheminée.

— Non. Oui. Je ne sais pas.

Elle soupira, puis lui lança un regard noir.

— Pourquoi avez-vous dit cela, aujourd'hui ? demanda-t-elle.

— J'ai dit beaucoup de choses, aujourd'hui, répliqua-t-il en retournant prendre son verre sur le bureau.

Elle plissa les yeux.

— Commençons par vos terribles décisions et vos effroyables erreurs.

— La soirée promet d'être longue, fit-il avec un grand sourire.

— Ce n'est pas drôle, lâcha-t-elle sèchement.

— Allons, reconnaissez que ça l'est quand même un petit peu. Deux personnes qui se sont mariées pour éviter le scandale et qui ne se sont plus jamais vues, désormais forcées de vivre ensemble et de se faire passer pour un couple heureux, tout en évitant un nouveau scandale ? On dirait une comédie de Shakespeare.

— Ne soyez pas ridicule, dit-elle, une pointe d'amusement faisant toutefois briller ses yeux.

— C'est vous qui avez dit que cela ressemblait à un mauvais vaudeville.

— Vous marquez peut-être un point, mais cela n'a aucune importance. Nous discutons des erreurs que vous avez faites. Desquelles préférez-vous que nous parlions d'abord ?

— Par où dois-je commencer ?

— Pourquoi ne choisissez-vous pas ?

— Vous n'avez pas l'intention de me faciliter les choses, n'est-ce pas ?

— En effet, répondit-elle avec un fin sourire.

— Très bien, dit-il en parcourant mentalement la longue liste de ses erreurs. Ce fut une erreur de vivre chacun de notre côté, de ne pas tenter d'avoir une vie conjugale.

— Je peux être d'accord avec ça.

— Toutefois, ajouta-t-il, nous aurions tous deux été malheureux. J'étais jeune, stupide et arrogant. J'aurais fait un époux lamentable.

Elle émit un ricanement.

— Poursuivez.

— Je vous aurais brisé le cœur, dit-il en haussant les épaules. La seule bonne chose que j'aie faite a été de reconnaître que je n'étais pas prêt pour le mariage.

Violet l'étudia pendant un long moment.

— C'est possible.

— Mon erreur suivante a été d'accepter de ne plus jamais vous revoir.

— Ce décret était de mon fait.

— Et je m'y suis plié. Je n'aurais pas dû. Pas aussi longtemps que je l'ai fait, du moins.

— À tout moment, au cours de ces six ans, vous auriez pu me demander de rentrer à la maison.

— Encore une autre erreur. Vous pouvez l'ajouter à la liste.

— Je n'y manquerai pas. Y en a-t-il d'autres ?

Elle s'adoucissait. Pas complètement, mais il pouvait le lire dans ses yeux.

— Indubitablement, fit-il avec une grimace. Aucune ne me vient à l'esprit pour le moment, cependant, ajouta-t-il en levant son verre. Je vous préviendrai quand cela se produira.

Le regard de Violet se fit soupçonneux.

— Vous avez dit aussi que vous aviez l'intention de saisir la deuxième chance qu'oncle Richard vous avait donnée.

— Qu'il *nous* a donnée.

— Qu'il nous a donnée, répéta-t-elle à contrecœur. Qu'entendiez-vous par là ?

— J'entends par là, ma chère lady Ellsworth, que j'ai trois ans pour vous prouver que je ne suis plus l'homme que j'étais autrefois, dit-il en faisant un pas vers elle.

Elle recula.

— Trois ans pour vous faire changer d'avis à mon sujet.

— Pour me faire changer d'avis ?

— Vous ne m'aimez pas, c'est évident.

Il fit un autre pas. Elle recula de nouveau, visiblement méfiante. James trouva cela intéressant.

— Je ne vous déteste pas.

— Je vous plaisais, autrefois.

Il avança encore. Elle recula encore, et ses yeux s'agrandirent quand son charmant derrière heurta le bureau.

— Comme un ami, rien de plus.

Il fit tournoyer son cognac dans son verre et plongea le regard au fond de ses yeux.

— Vous avez dit que vous ne vouliez pas être mon amie.

Elle fit un pas de côté, parvenant ainsi à lui échapper.

— Non, j'ai dit que je ne pensais pas *pouvoir* être votre amie.

— Pourquoi pas ?

— Cela fait six ans que nous ne nous sommes pas vus. Nous n'avons rien en commun…

— Excepté le mariage.

— Oui, bon, il y a cela. Mais toute cette idée d'une deuxième chance…, dit-elle avant d'avaler la fin de son verre et de secouer la tête. Je ne sais pas. Peut-être pourrions-nous être amis, finalement.

Il réfléchit un moment.

— Je crains que l'amitié ne soit plus possible.

— Quoi ?

— Je veux davantage.

Le front de Violet se plissa.

— Je ne comprends pas.

— Je veux mon épouse, lâcha-t-il simplement.

— Moi, vous voulez dire ?

— Vous êtes la seule épouse que j'aie.

Il s'avança jusqu'à la carafe de cognac, puis se retourna. Elle lui tendit son verre vide.

— Et la seule femme que je souhaite conquérir.

Il remplit son verre, reposa la carafe et s'avança de nouveau vers elle.

— Attendez, fit-elle en levant la main devant elle pour l'arrêter. Vous me voulez en tant qu'épouse, avec tout ce que cela implique ?

— Oui, répondit-il en hochant la tête.

— Y compris les aspects les plus intimes du mariage ?

— Je n'exclurai certainement pas cela, confirma-t-il avec un grand sourire.

— Je vois. C'est intéressant, commenta-t-elle.

Elle le regarda pensivement, son visage adoptant une expression qui l'intrigua. James n'aurait su dire si c'était de bon ou de mauvais augure, mais il eut l'impression que l'atmosphère - l'équilibre - de la pièce se modifiait.

— Vous avez raison, James, l'amitié ne conviendrait sans doute à aucun de nous deux. Mais cette idée d'épouse a effectivement du mérite, ajouta-t-elle en souriant.

— Vraiment ? demanda-t-il prudemment.

Que mijotait-elle donc ?

— Je ne manquerai pas d'y accorder toute l'attention qu'elle mérite, déclara-t-elle, avant de réfléchir un instant. Quoi qu'en pense votre instinct, ce n'est pas une chose dans laquelle on peut se lancer à corps perdu.

— Sans doute pas, répondit-il.

— Je m'en tiendrai donc aux termes du testament avec beaucoup d'enthousiasme. Et peut-être qu'une fois ces trois années passées j'embrasserai effectivement la part intime du mariage. Quand cela relèvera de mon choix, sans que la menace de perdre votre héritage pèse au-dessus de nous, dit-elle en se penchant vers lui avec un sourire suave. Quand je l'aurai décidé.

Elle se retourna et se dirigea vers la porte.

— D'ici là, je serai la meilleure lady Ellsworth que le monde ait jamais vue. Vous vouliez une épouse, et vous en aurez une, dit-elle avant de lui jeter un regard par-dessus son épaule. Vous étiez sérieux pour la carte blanche, n'est-ce pas ?

— Vous êtes lady Ellsworth.

— Parfait. Bonne nuit, James, dit-elle avant de marquer une légère pause. Dormez bien.

La porte se referma derrière elle.

Que diable venait-il donc de se passer ? Il avait eu l'avantage, mais elle avait trouvé le moyen de reprendre le dessus. Bon, elle avait aussi reconnu qu'elle ne le détestait pas, ce qu'on pouvait considérer comme prometteur.

Il sourit.

Pour l'instant, il se contenterait de cette promesse.

8

— Elle me rend fou. Complètement fou.

James fit signe au serveur de lui apporter un autre whisky. Marcus et lui étaient installés dans leurs fauteuils préférés, dans leur club préféré. Un club un peu moins conservateur que celui d'oncle Richard, et dont les membres étaient généralement plus jeunes. Il n'en restait pas moins respectable et avait été fondé bien avant le couronnement de la reine Victoria. C'était un sanctuaire pour les hommes, et ce jour-là c'était exactement ce dont James avait besoin.

— Tu n'as pas l'air fou, pourtant, déclara Marcus.

— Tu ferais bien d'y regarder de plus près, marmonna James.

— Maintenant que tu le dis, c'est vrai que tu as l'air un peu fou, dit Marcus en pointant le doigt vers le visage de son ami. Là, juste autour des yeux. On distingue nettement la folie. Des soucis avec la charmante lady Ellsworth ? s'enquit-il en le dévisageant avec curiosité.

— Je ne peux pas dire que ça se passe mal, répondit James. Mais je ne peux pas dire non plus que ça se passe bien. Ou peut-être que ça se passe trop bien, ajouta-t-il après réflexion.

Marcus sourit.

— Apparemment, j'avais tort. Tu es fou.

James se pencha en avant.

— Elle dit qu'elle a l'intention d'être la meilleure lady Ellsworth qu'on ait jamais vue. Je ne sais pas trop ce que cela signifie, mais je pense qu'elle a l'intention de me rendre...

— Oui, oui, je sais, le coupa Marcus en balayant le commentaire de la main. Pourquoi diable voudrait-elle faire cela ?

— Pour se venger, lâcha James d'un ton lugubre.

— Puis-je te faire remarquer qu'elle a accepté les stipulations de ton oncle ? Rien ne l'y obligeait.

— Elle a autant à perdre que moi.

— Je n'en suis pas si sûr, dit pensivement Marcus. Je suis tombé sur une note dans le dossier de ton oncle l'autre jour, au sujet de laquelle je compte me renseigner.

— Une note à quel propos ?

— Je ne sais pas encore, c'est pourquoi je n'en dirai pas plus pour le moment.

— Tu adores te montrer à la fois vague et suggestif, remarqua James en fronçant les sourcils.

— En effet. C'est un don, répliqua Marcus en souriant. Comment fait-elle pour te rendre fou, exactement ?

— Cette femme a complètement envahi ma vie. Et ma maison. Elle dit qu'Ellsworth House a trop longtemps été un repaire d'hommes célibataires et qu'il lui faut une remise à neuf. Mon foyer est envahi par une cohorte de marchands armés de peinture, de papier peint et de tissu. La bibliothèque est le seul endroit encore sûr. Le seul endroit qui soit encore à moi.

— Lady Ellsworth est la maîtresse d'Ellsworth House, dit Marcus. Elle joue son rôle.

— La maison est très bien comme elle est, déclara fermement James. Par ailleurs, elle est constamment polie, guillerette, joyeuse, et le sourire ne quitte jamais ses lèvres. Pas un de ces sourires doux et plaisants signifiant « le monde est un endroit merveilleux », mais plutôt un sourire sous-entendant « j'attends le moment propice » ou « attends un peu pour voir ». Un sourire qui ne me dit rien qui vaille, conclut-il.

Marcus ricana.

— Te ferait-elle peur ?

— Pas un instant. Oh, je reste prudent, mais… je dois reconnaître que le petit jeu auquel nous nous livrons ne me déplaît pas, dit James avec un sourire réticent.

— Eh bien, c'est déjà quelque chose, n'est-ce pas ? Je pensais que tu aurais recours à des aspects plus charmants de ta personnalité pour gagner son affection.

— Mais je *suis* charmant. Je suis aussi charmant qu'il est humainement possible de l'être.

Il prit le nouveau verre de whisky que lui apportait le serveur et en but une gorgée, dont il avait grand besoin.

— Elle parle très peu, uniquement quand c'est nécessaire. En dehors de nos apparitions publiques, je la vois à peine, précisa-t-il, sa mâchoire se crispant. Et quand nous nous retrouvons au petit déjeuner ou au dîner, son espèce de chien de garde est presque toujours là.

— Ah, la délicieuse Mme Ryland !

James soupira.

— Ne la trouves-tu pas charmante ? demanda Marcus. Avec sa masse de cheveux blonds et ses ravissants yeux bleus ?

— J'ai tendance à ne pas apprécier les femmes qui me méprisent, répondit James sèchement.

— Je comprends ton point de vue. Mais moi, elle ne me méprise pas.

— Dans ce cas, épouse-la et débarrasse-m'en du même coup, lâcha James en se redressant dans son fauteuil. Quelle excellente idée !

— Pour toi, peut-être. Je ne vais pas épouser une femme à seule fin de te faciliter l'existence.

— Ne viens-tu pas de dire qu'elle était charmante ?

— Ce n'est pas une raison suffisante.

James s'affaissa dans son siège.

— Je le ferais pour toi, moi.

Marcus éclata de rire.

— Non, tu ne le ferais pas.

— J'attendais mieux de ta part, déclara James d'un air solennel.

— Navré de te décevoir, répliqua Marcus en souriant. Allons, du nerf, mon vieux, ça ne peut pas aller si mal que ça.

— Je pense que Violet a l'intention de me torturer à petit feu pendant trois ans.

— Au cas où elle n'arriverait pas à te rendre fou ?

— Elle se livre à une attaque sur deux fronts.

— Cela fait six ans que vous ne vous êtes pas vus. Il faut t'attendre à une période d'adaptation. Vous cohabitez depuis à peine plus de deux semaines.

— Deux longues et interminables semaines.

Deux semaines au cours desquelles, en plus de tout le reste, il avait à peine dormi.

Comment l'aurait-il pu quand il avait une conscience aussi aiguë de sa présence dans la chambre voisine ? Une conscience qui induisait toutes sortes de pensées. Des désirs insidieux et malicieux. Sans parler des rêves... Seigneur. S'il les avait notés par écrit, ils auraient été censurés. Avec raison. Toutes les nuits, il avait été obligé de se prendre en main pour soulager son douloureux besoin.

— Je n'ai pas eu de nouvelles de Mme Higginbotham, dit Marcus. J'en conclus donc que tu te plies aux termes du testament en ce qui concerne les apparitions publiques.

James reporta son attention sur son ami et hocha la tête.

— Mme Higginbotham nous laisse une grande liberté d'action de ce côté-là. Apparemment, une chevauchée matinale au parc compte pour une apparition publique, bien que nous n'ayons encore croisé aucune connaissance. Il faut dire que nous nous y rendons très tôt – trop, à mon avis. Mais, chaque matin, nous allons faire galoper nos chevaux au parc.

— Vraiment très tôt ? demanda Marcus en haussant les sourcils.

— Dès l'aube, répondit James en frissonnant. La première fois que Violet est venue cogner à ma porte alors que le soleil n'était même pas levé, j'ai cru qu'il y avait le feu.

Marcus réprima un éclat de rire.

— Toi qui n'as jamais aimé être debout de bonne heure, sauf s'il s'agissait de prolonger les événements de la nuit !

— Ces temps-là sont révolus.

De fait, ses chevauchées matinales avec Violet s'étaient révélées étonnamment agréables, et il en était venu à trouver que c'était une façon très revigorante de commencer la journée. Selon son expérience, se promener au parc avec une dame constituait une activité digne, tranquille et assez ennuyeuse qui ne servait qu'à engager la conversation. Mais avec Violet, c'était tout autre chose. Comme il n'y avait pratiquement personne d'autre qu'eux, elle se sentait libre d'alterner petits trots et galops. La veille, elle l'avait même défié à la course. Pire, elle l'avait battu ! James avait prétendu qu'elle ne devait sa victoire qu'à son esprit chevaleresque. Les yeux de Violet avaient brillé de délice, et elle avait répondu que son aveuglement le rendait attendrissant.

— Lord et lady Ellsworth ne sont donc pas encore apparus ensemble en société ?

— Mme Higginbotham a suggéré qu'il serait sage de procéder en douceur. Et Violet ne semble pas particulièrement pressée.

— Elle a peut-être peur, dit Marcus avec un haussement d'épaules.

— Violet ? demanda James avec un haussement de sourcils sceptique. Je ne l'imagine pas avoir peur de quoi que ce soit. Autrefois, je ne dis pas, mais plus maintenant.

— Allons, James, fit Marcus en roulant des yeux. Réfléchis. Elle a quitté l'Angleterre tout de suite après un énorme scandale et y a rarement passé plus de quelques semaines depuis lors. Elle ressent forcément de l'appréhension à l'idée de reparaître dans le monde.

— J'en doute, déclara James avec une moue dubitative. Oncle Richard prenait toujours un malin plaisir à me dire que Violet assistait à toutes sortes d'événements mondains quand elle passait par Londres.

— Un bref séjour n'a rien de commun avec une résidence définitive.

— C'est possible. Quoi qu'il en soit, notre première sortie en société aura lieu demain soir, au bal du Club des Explorateurs. Te plairait-il de te joindre à nous ? demanda James en regardant son ami d'un air plein d'espoir.

— Le bal du Club des Explorateurs ? répondit Marcus en faisant la grimace. Je n'ai jamais rien entendu d'aussi peu enthousiasmant.

— Peut-être que si Mme Ryland devait nous accompagner…

— À quoi servent les amis ? lança aussitôt Marcus avec un grand sourire. Je serai ravi de me joindre à vous.

— Tant mieux, dit James en sirotant son verre. Au moins, si je danse avec Violet, elle ne pourra pas s'échapper. Je croyais la connaître il y a six ans, mais je me rends compte à présent que je la connaissais à peine.

— Oh ?

— Elle avait tendance à faire tapisserie. Plus intéressée par les livres et la poésie que par quoi que ce soit d'autre. Mais elle avait l'esprit vif, même si elle le laissait rarement paraître. Ce qui est troublant, c'est que nous nous souvenons différemment des conversations que nous avons eues à l'époque. Je me rappelle pourtant avec netteté qu'il m'arrivait de la surprendre en train de me regarder comme si j'étais quelqu'un de tout à fait remarquable.

— Et c'est alors que tu lui as brisé le cœur.

— Sornettes. Ce n'était pas la seule femme à me regarder de cette façon-là. J'étais considéré comme un très bon parti. J'ai peut-être gâché la vie de Violet, mais je ne lui ai pas brisé le cœur.

— En es-tu sûr ?

— Absolument.

En était-il si sûr que cela, cependant ? James n'y avait jamais vraiment pensé avant cet instant. Violet avait-elle eu pour lui des sentiments dépassant l'amitié, six ans plus tôt ? Il l'aurait certainement remarqué. Mais, au fond, n'était-il pas aussi égocentrique que Marie, en ce temps-là ?

— Mon Dieu, et si tu avais raison ? fit-il.

— Cela expliquerait certainement la réserve qu'elle manifeste aujourd'hui à ton égard.

— Ce qui éclairerait la situation sous un jour tout à fait différent, n'est-ce pas ?

Le matin du lendemain de leurs noces lui revint aussitôt en mémoire. Il avait cru qu'elle était vexée – légitimement vexée –, mais c'était peut-être un sentiment beaucoup plus profond qu'il avait lu dans ses yeux. Et quand elle avait décrété qu'elle ne voulait plus jamais le revoir...

— Comment ai-je pu être aussi aveugle ? dit-il dans un souffle.

Marcus garda sagement le silence.

— Nom de Dieu, ce que je peux être arrogant ! *Pouvais*, rectifia vivement James. Ce que je *pouvais* être arrogant. J'espère que je vaux un peu mieux que ça, aujourd'hui.

— Nous l'espérons tous, commenta Marcus avec un sourire ironique. Sa réticence à se trouver seule avec toi, enchaîna-t-il en retrouvant son sérieux, tient peut-être au fait qu'elle ne te fait pas confiance. Si elle a bel et bien eu des sentiments pour toi, et si elle a été blessée par ton rejet du mariage au lendemain de vos noces, il est tout à fait possible qu'elle redoute un éventuel retour de ces sentiments.

— Je n'avais jamais envisagé…, dit James avant de secouer la tête. Je vais devoir m'appliquer à gagner sa confiance, n'est-ce pas ?

— Au moins, répondit Marcus. Que ressens-tu pour elle ?

— Elle me plaisait bien, il y a six ans.

— Et aujourd'hui ?

— Aujourd'hui, je la trouve… intrigante. Fascinante. Elle est déterminée. Intelligente. D'une façon assez terrifiante. Elle n'hésite pas à dire tout haut ce qu'elle pense. Elle représente un vrai défi, pour tout dire.

— Et tu n'as jamais eu à affronter de vrai défi, n'est-ce pas ?

— Pas une seule fois, répondit James en haussant les épaules. Tout m'est toujours venu facilement. Et je n'ai pas l'intention de m'en excuser.

— L'arrogance ne te rendra pas service, tu t'en rends compte ?

— Encore un autre défi.

Marcus leva son verre.

— J'ai confiance en toi.

— Ça en fait au moins un, commenta James en s'armant de courage avant d'affronter le regard de son ami. Je veux plus que trois ans, Marcus. Je veux passer le restant de ma vie avec elle.

— Que dis-tu ?

— Tu m'as parfaitement entendu.

— J'ai toutefois du mal à le croire.

— Rassure-toi, je suis aussi surpris que toi, dit James en grimaçant. Maintenant qu'elle est ici, je vois ce que j'ai laissé filer et ce que je veux.

Marcus le dévisagea.

— Es-tu amoureux d'elle ?

— Je ne sais pas. Je ne suis pas sûr d'être tout à fait prêt à employer ce mot-là, mais... peut-être que je l'ai toujours été, déclara-t-il avant de marquer une pause, le temps de rassembler ses pensées. Peut-être que j'étais trop jeune, stupide et arrogant pour m'en rendre compte.

Ou peut-être qu'il l'avait su dès l'instant où ses lèvres avaient touché les siennes.

— Je n'ai sans doute été qu'un maudit imbécile pendant six ans. Je pense qu'oncle Richard avait raison, ajouta-t-il avec un soupir.

— Voilà un autre développement inattendu.

— C'est pourtant vrai, non ? demanda James, qui n'était pas encore tout à fait sûr d'y croire lui-même. Qui aurait cru que la seule femme que j'aurais envie de séduire serait ma propre épouse ?

*

* *

James remit son chapeau et ses gants à Jonas d'un geste absent, puis se dirigea vers la bibliothèque. Sa conversation avec Marcus l'avait fait réfléchir. Que Violet ait pu avoir pour lui des sentiments allant au-delà de l'amitié ne lui avait encore jamais traversé l'esprit. Or, une telle idée expliquait parfaitement sa volonté de le tenir à distance.

Il jeta un coup d'œil à l'intérieur du salon et gémit. Des rouleaux de tissu et de papier peint occupaient tout l'espace. Où qu'il pose les yeux, des ouvriers mesuraient le sol, les fenêtres et les murs. D'autres couvraient le mobilier de draps et roulaient les tapis. Il recula pour laisser passer deux hommes qui faisaient sortir de la pièce un gros meuble. Mme Ryland se tenait au centre de ce chaos, donnant ses directives.

— Où est-elle ? demanda-t-il en la toisant d'un œil noir.

Mme Ryland tourna les yeux vers lui.

— Bonjour, milord.

— Bonjour, bougonna-t-il. Où est ma femme ?

— Je crois qu'elle est dans la bibliothèque.

— *Ma* bibliothèque ?

Elle eut un sourire poli, mais une lueur malicieuse étincelait dans ses yeux.

— Malédiction, grommela-t-il, s'apprêtant déjà à foncer vers la bibliothèque puis, se ravisant soudain : Vous ne m'aimez pas beaucoup, n'est-ce pas ?

— J'ignorais que j'étais censée le faire, répondit-elle le plus plaisamment du monde, avant de lui tourner le dos pour reprendre sa discussion avec un petit homme dégarni muni d'un grand carnet de notes.

— Sans doute pas, marmonna-t-il avant de se diriger vers la seule pièce de la maison qu'il considérait comme son sanctuaire.

Tandis qu'il longeait le couloir, il constata que la scène de confusion organisée du salon se répétait dans la salle à manger, la salle du petit déjeuner et toutes les autres pièces devant lesquelles il passa.

Quand il atteignit la bibliothèque, il ouvrit brutalement la porte.

— Que faites-vous dans ma bibliothèque ?

Assise au bureau – *son* bureau –, Violet leva les yeux et lui adressa un de ses sourires trompeusement charmants.

— *Notre* bibliothèque, James. Je ne m'attendais pas à ce que vous rentriez aussi tôt de votre bureau.

Elle griffonna quelque chose dans ce maudit carnet dont elle ne se séparait jamais. James en était venu à détester tous les carnets.

— Mes horaires m'appartiennent.

Il referma sèchement la porte et s'approcha du bureau.

— Quelle chance vous avez.

— Violet..., commença-t-il du ton de celui qui s'apprête à faire une sévère remontrance.

Elle posa son stylo-plume avec un soupir exagéré et croisa les mains sur son calepin.

— Oui, James ?

— Répondez à ma question.

— Pourquoi ne pas vous asseoir ?

— Je préfère rester debout.

— Vous me surplombez de toute votre hauteur, James, dit-elle en s'adossant au fauteuil pour lever les yeux vers lui. Je n'aime vraiment pas cela.

— Je m'en contrefiche.

— Je suis dans la bibliothèque parce qu'il y a beaucoup d'activité dans la maison et que j'avais besoin d'un endroit où je puisse m'entendre réfléchir, dit-elle en balayant la pièce d'un regard pensif. Afin de jeter des idées sur le papier, prendre des notes, ce genre de choses.

— Des notes concernant la bibliothèque ? demanda-t-il, les yeux écarquillés par le choc. *Ma* bibliothèque ?

— *Notre* bibliothèque.

Il inspira longuement par le nez.

— Je vous interdis de toucher à un seul tabouret de cette pièce.

Elle l'ignora.

— Les rideaux ont besoin d'être remplacés, pour commencer.

— C'était la pièce préférée d'oncle Richard, déclara-t-il en plaquant ses mains sur le bord du bureau, le buste penché en avant et le regard rivé au sien. Je vous somme de laisser cette pièce tranquille !

Elle se leva et imita sa posture, s'inclinant vers lui au-dessus du bureau jusqu'à ce que son nez se retrouve à quelques centimètres du sien. Le décolleté de sa robe se creusa, ne révélant rien d'autre qu'une ombre. Une ombre très déconcertante.

— Vous avez dit que j'étais libre de faire ce que je voulais.

— Oui, mais je ne voulais pas dire…

— Que vouliez-vous donc dire ?

— Je ne sais plus trop, en fait…

Que diable lui avait-elle fait ?

— … mais je ne voulais pas dire que vous pouviez perturber toute la maison.

— Toute *notre* maison. Et cette perturbation n'est qu'un début, dit-elle en se rasseyant dans le fauteuil. Une fois le rez-de-chaussée terminé, je m'attaquerai aux chambres et aux salons des étages.

James serra les dents.

— Je ne pense pas que ce soit nécessaire. Rien de tout cela.

— Moi, si. Et je ne suis pas la seule, répliqua-t-elle avec un fin sourire. Oncle Richard était d'accord avec moi.

James la fusilla du regard.

— Oncle Richard n'aurait jamais été d'accord avec le chaos qu'il y a dans cette maison !

Elle lui décocha un regard de pitié.

— Et pourtant, il l'était. Il me l'a assuré plus d'une fois, ici même. Dans cette pièce.

— Dans ce cas, pourquoi cela n'a-t-il jamais été fait ? répliqua-t-il du ton de celui qui savait tout mieux qu'elle.

Ah ah ! Il l'avait bien coincée, là.

À en juger par le regard qu'elle lui lança, elle n'en avait pas conscience.

— Parce qu'oncle Richard voulait que ce soit moi qui prenne les choses en main. Il m'a dit qu'il ne confierait cette tâche à personne d'autre. Ce changement n'avait que trop tardé, James, déclara-t-elle en faisant glisser son regard sur lui. Et franchement, cette maison n'est pas la seule à avoir besoin d'une remise à neuf, ajouta-t-elle en le détaillant d'un regard sévère. À quand remonte le dernier renouvellement de votre garde-robe ?

— Ce costume est neuf, répondit-il d'un ton indigné. Voilà moins de deux mois que mon tailleur me l'a livré.

— Votre tailleur ? demanda-t-elle en haussant un sourcil hautain.

— Le même que celui d'oncle Richard.

Ah ! Qu'elle ose trouver à redire là-dessus !

— Oncle Richard avait plus de quatre-vingts ans. Vous en avez à peine trente, dit-elle en inspectant de nouveau sa tenue. Le style de ce costume ne peut convenir qu'à un gentleman d'âge avancé. Vous devriez envisager de trouver un autre tailleur.

Cela ne lui suffisait donc pas d'essayer de changer sa maison, elle s'avisait en plus de vouloir le changer, lui !

— Mon tailleur convenait à oncle Richard et il me convient aussi.

— Évidemment, dit-elle. S'il vous plaît d'avoir l'air raide, empoté, démodé et plus âgé que vous ne l'êtes… libre à vous.

— Vous déraisonnez.

— Je me contente d'être honnête, James. Je crois que la franchise entre mari et femme est la clé de voûte d'un partenariat réussi.

— D'un quoi ?

Elle sourit.

— Un partenariat. Sur un pied d'égalité.

— Un partenariat sur un pied d'égalité ?

C'était parfaitement absurde.

— Nous n'arriverons à rien si vous n'arrêtez pas de répéter ce que je dis.

— Ce que vous proposez ne ressemble à aucun mariage que je connaisse.

— Dans ce cas, nous serons un modèle unique, dit-elle comme si cela suffisait à régler la question.

— Si nous devons être des partenaires sur un pied d'égalité, reprit-il en prenant soin de bien choisir ses mots, j'ai mon mot à dire sur la façon dont les choses se passent dans cette maison.

— Pour l'amour du ciel, James, la tenue du ménage a toujours incombé à la maîtresse de maison. L'éducation que j'ai reçue me destinait à assumer cette fonction.

— Toutefois...

Elle leva la main pour le faire taire.

— Quoi qu'il en soit, et dans l'intérêt de notre partenariat, je limiterai les changements de la bibliothèque à ceux que j'estime absolument nécessaires. Vous ne les remarquerez même pas, ajouta-t-elle avec un sourire enjôleur.

— J'en doute, répliqua-t-il.

— Vous m'avez donné carte blanche, lui rappela-t-elle, une lueur de triomphe dans le regard.

— C'est vrai, je l'ai fait, maugréa-t-il en se dirigeant vers la porte.

Cette maudite femme croit avoir le dessus, songea-t-il avant de s'arrêter à mi-chemin pour se retourner lentement vers elle.

— Au fait, je me demandais combien de temps Mme Ryland comptait encore rester parmi nous.

— Je n'ai pas accordé la moindre considération à cette question, répondit-elle, le regard méfiant. Pourquoi ?

— Maintenant que vous résidez ici de façon permanente, vous n'avez plus besoin d'une dame de compagnie, répondit-il. Et je préfère ne pas avoir sous mon toit une femme qui me déteste. Je suggère que vous lui donniez son congé.

Elle écarquilla les yeux.

— Certainement pas ! J'ai besoin de son aide. En outre, c'est aussi mon amie.

— Elle peut le rester, répliqua-t-il en réprimant un sourire satisfait. Mais vous n'avez plus besoin d'une dame de compagnie et je veux qu'elle quitte ma maison.

— C'est également ma secrétaire.

— Elle pourra conserver cet emploi si vous le souhaitez. Cependant, étant donné que mon secrétaire ne réside pas avec nous, il n'y a aucune raison pour que la vôtre le fasse.

Le regard de Violet lança des éclairs, mais James tint bon.

— Très bien, dit-elle d'un air pincé. Dans l'intérêt de notre partenariat, je me plie à vos souhaits. Je concède que votre point de vue est légitime et je reconnais que vous avez raison. Cléo ne vous aime pas.

Il émit un ricanement.

— Mais je ne la jetterai pas à la rue, ajouta-t-elle. Elle aura besoin d'un peu de temps pour trouver un nouveau logement.

— Une semaine devrait suffire, je pense.

James pouvait se montrer généreux. Ne venait-il pas de remporter cette manche ? Une victoire bien modeste, mais une victoire tout de même.

Elle se leva et lui décocha un regard acéré.

— Y a-t-il autre chose dont vous souhaiteriez discuter ? demanda-t-elle.

— Je ne comprends toujours pas ce qui vous pousse à tout changer dans cette maison.

— Vous avez voulu une épouse, James, eh bien, vous en avez une, répliqua-t-elle en le gratifiant de ce terrifiant regard plaisant dont elle avait le secret.

— Ce n'est pas ce que j'avais à l'esprit.

— Ah, le bien ne va pas sans mal, comme on dit, répondit-elle en ramassant son carnet avant de s'immobiliser pour désigner le bureau de la tête. Oh, et je vends le bureau, aussi.

James la dévisagea.

— Pourquoi diable voudriez-vous le vendre ?

— D'abord parce que vous ne l'aimez pas. Et ensuite parce que, bien qu'il s'agisse d'un cadeau offert par un membre de la famille royale voilà plusieurs générations, personne de votre famille ne l'a jamais aimé. J'ai consulté vos archives.

— Mais...

— Et enfin, parce que sa vente couvrira une partie des dépenses de la remise à neuf, conclut-elle avant de se diriger vers la porte.

— Les dépenses ?

— Je ne peux certainement pas faire ce qui a besoin d'être fait sans dépenser une certaine quantité d'argent.

— Combien d'argent ?

— Je n'en ai pas la moindre idée, répondit-elle gaiement.

— Violet, insista-t-il en adoptant son ton le plus sérieux pour lui rappeler qu'il était le comte d'Ellsworth.

Elle l'ignora.

— Vous ne voulez pas que ma plus chère amie vive dans notre maison et je ne veux pas de cette monstruosité dans la mienne.

— Quand bien même…
— Partenariat, James, lança-t-elle par-dessus son épaule. Partenariat égalitaire. C'est donnant-donnant.
— Je suis le seul à donner !
— Carte blanche, vous vous souvenez ? dit-elle en agitant la main au-dessus de sa tête avant d'ouvrir la porte. Tout cela promet d'être très drôle.
— « Drôle » n'est pas le terme que je choisirais, lança-t-il derrière elle alors que la porte se refermait.
Enfer et damnation. Cette femme était agaçante au possible, mais le pire de tout, dans le petit jeu auquel ils se livraient, c'était qu'elle gagnait. Elle était aussi diablement excitante et au moins aussi rusée que lui. James n'aurait jamais imaginé aimer autant se battre contre une femme, mais c'était bel et bien ce qui lui arrivait. Et, à l'évidence, Violet y prenait elle aussi un malin plaisir. Un sourire retroussa lentement ses lèvres.
James avait toujours su reconnaître ses torts.
Ce petit jeu était effectivement fort amusant.

9

Mme Higginbotham et ses amies avaient raison. Le bal du Club des Explorateurs était un bon moyen de faire son retour en douceur dans la société. Étendue sur son lit, Violet contemplait le dais du baldaquin en s'efforçant d'ignorer les gargouillements de son ventre. Difficile de trouver le sommeil quand votre estomac insiste pour faire valoir qu'il n'a pas été correctement nourri. La collation proposée au Club des Explorateurs avait tristement manqué d'attrait, et Violet, très anxieuse à l'idée du bal, n'avait rien pu avaler. Une anxiété qui s'était révélée parfaitement injustifiée.

Violet avait brillamment navigué parmi les salons d'Europe et les salles de bal de Bruxelles, de Vienne et de Copenhague, et il fallait bien reconnaître que le Club des Explorateurs ne figurait pas parmi les échelons les plus élevés de la société. Mais Londres restait le témoin de sa jeunesse et du scandale de son mariage, aussi son anxiété n'avait-elle rien eu de surprenant.

Excepté quelques moments gênants qu'elle préférait oublier, la soirée s'était remarquablement bien passée. Elle avait revu plusieurs connaissances, et tout le monde l'avait cordialement saluée. Personne ne l'avait ignorée ni traitée en paria. Certes, elle était désormais lady Ellsworth, une grande voyageuse sophistiquée, bien différente de Mlle Violet Hagen, la jeune fille timide qui préférait lire et écrire de mauvais vers plutôt que d'assister à des réceptions mondaines. Lady Ellsworth, elle, savait faire la conversation à des gens qu'elle ne connaissait pas et s'amusait beaucoup à flirter, émaillant ses reparties de sous-entendus audacieux.

James avait poliment dansé avec chacune des amies de Mme Higginbotham et, à en juger par l'expression de leurs visages, les avait toutes charmées. Le jeune comte savait y faire avec les dames. Toutefois, c'était à la comtesse qu'il avait réservé la plupart des autres danses.

Quand elle avait tournoyé autour de la piste au rythme d'une valse de Strauss, une des mains de James fermement plaquée au creux de ses reins tandis que l'autre enveloppait la sienne, Violet s'était sentie transportée à l'époque de ses vingt et un ans, lorsqu'elle dansait avec l'homme le plus éblouissant de toute la salle. Celui qui, sans le savoir, détenait aussi sûrement son cœur qu'il la tenait entre ses bras.

Ils s'étaient toujours merveilleusement accordés pour danser, comme s'ils avaient été conçus pour cela. Destinés à rester éternellement ensemble. Mais Violet savait désormais à quoi s'en tenir. Un excellent partenaire de danse n'a rien à voir avec le destin. Ni avec l'éternité.

Certes, le fait qu'il se souvienne des choses dont ils avaient parlé à l'époque où il courtisait Marie avait été un choc, et elle n'avait pas pu s'empêcher d'en être attendrie. Il n'était plus l'homme qu'elle avait épousé, cela ne faisait aucun doute. Elle n'aurait pas su le définir précisément, mais il y avait chez lui quelque chose qui n'était pas là auparavant. Comme s'il avait été un vaisseau en construction à l'époque où elle l'avait connu et qu'il avait maintenant sa forme définitive. Elle ne savait pas s'il fallait attribuer cela à la maturité, à la reconnaissance de ses responsabilités ou au décès de Richard. Sans doute une combinaison des trois. Quoi qu'il en soit, ce nouveau James était intrigant et indéniablement attirant. Un peu terrifiant, aussi.

Il disait beaucoup de bêtises aussi – cette déclaration ridicule, comme quoi l'avoir épousée était la chose la plus intelligente qu'il ait jamais faite. Ou cette profession de foi absurde concernant sa volonté de se racheter pour toutes ses mauvaises décisions et ses erreurs passées. Sans parler de cette affirmation saugrenue de vouloir d'elle en tant qu'épouse, jusque dans les aspects les plus intimes du mariage ! Tout cela était parfaitement insensé. Il était cependant difficile de douter de sa sincérité. Une sincérité assez effrayante.

James prétendait s'efforcer d'être un époux parfait, et il était effectivement impossible de lui trouver le moindre défaut.

Pour autant, elle n'allait certainement pas se précipiter dans ses bras, ni – Dieu l'en préserve – dans son lit. Quoi qu'il en soit, ils avaient passé une excellente soirée et, vers la fin du bal, Violet avait décidé qu'elle n'avait plus vraiment besoin de garder ses distances. Elle pouvait très bien apprécier sa compagnie tout en protégeant son cœur. Car après tout, bien que James ait déclaré préférer une épouse à une amie, rien ne les empêchait de créer un lien d'amitié.

James avait peut-être déjà décidé ce qu'il voulait, mais tout ce que souhaitait Violet, c'était survivre à ces trois années de cohabitation avec un cœur intact.

Et quelque chose à manger ! S'affamer ne lui ferait aucun bien. Elle ignora donc la petite voix qui se manifesta dans un coin de sa tête, et qui ressemblait étrangement à celle de sa mère, pour lui rappeler qu'une dame digne de ce nom ne va pas fouiller dans les cuisines en pleine nuit. Elle enfila le kimono de soie rouge qu'elle avait acheté dans un adorable petit marché sur la côte méditerranéenne et se rendit au rez-de-chaussée.

*

* *

Violet ouvrit la porte de la cuisine et s'arrêta net.

James était assis à la grande table, enveloppé de son peignoir, tenant un livre dans une main et une tartine dans l'autre. Devant lui se trouvaient un morceau de fromage, un petit pot de beurre, des tranches de pain et une assiette de poulet froid.

Il leva les yeux vers elle, puis désigna d'un signe de tête la chaise qui se trouvait de l'autre côté de la table.

— Joignez-vous donc à moi.

— Festoyez-vous toujours à cette heure de la nuit ?

— Pas toujours, répondit-il en souriant. Quoique ce ne soit pas entièrement inhabituel.

— Cela n'agace-t-il pas Mme Clarke ? demanda Violet en s'asseyant.

— Qui laisse ces assiettes ici, selon vous ? répliqua-t-il en désignant la pile qui se trouvait au centre de la table. Je tiens d'oncle Richard ce besoin de manger quelque chose quand je n'arrive pas à dormir. J'ai découvert cela une nuit où je m'étais aventuré ici, peu de temps après être venu vivre chez lui. C'est à cette table, au beau milieu de la nuit, que nous avons eu nos meilleures conversations, dit-il avec un sourire attendri.

— De quoi parliez-vous ? fit Violet en attrapant une assiette.

— De tout et de rien. Ce qui nous passait par la tête.

Elle gloussa et prit un morceau de fromage ainsi qu'une tranche de poulet.

— Richard avait un vrai talent pour ça, commenta-t-elle. Nous avions le même genre de discussion dans la bibliothèque quand je venais ici, généralement après le dîner.

— Et de quoi parliez-vous ?

— De tout et de rien, répondit-elle avec un grand sourire. De l'état du monde. De mes voyages. De vous.

— Je vois, lâcha-t-il avant de réfléchir un moment. Et vous évoquiez aussi la façon dont nous gâchions tous deux nos vies en vivant séparément, j'imagine.

— Il abordait assez fréquemment ce sujet, en effet.

Mais elle n'avait pas envie de parler de cela maintenant.

— Que lisez-vous ? s'enquit-elle en désignant son livre.

— *Orgueil et Préjugés*.

Elle prit une bouchée de poulet.

— Pourquoi ?

— Parce que vous avez dit un jour que c'était votre ouvrage préféré de Mlle Austen. J'ai pensé que nous pourrions en discuter. Partager nos impressions, si vous voulez.

— Pourquoi ?

Il soupira.

— Ces trois années vont être longues si nous n'arrêtons pas de nous quereller.

— Lire un livre que j'apprécie ne nous en empêchera pas.

— Non, mais cela nous permettra de parler d'autre chose que de mes erreurs ou de votre acharnement à détruire mon foyer.

Elle réprima un sourire.

— N'oubliez pas vos effroyables décisions.

— Je ne crois pas que vous me laisseriez les oublier.

— Devrais-je ?

Il croisa son regard et Violet sentit un étrange frisson, très inattendu, parcourir sa colonne vertébrale.

— Je peux vous assurer que je ne pourrais pas les oublier, même si je le voulais, dit-il.

Elle le dévisagea.

— Vous avez vraiment mûri, n'est-ce pas ?

Il émit un gloussement.

— Il semblerait. Qui l'eût cru ? ajouta-t-il en secouant la tête. Il arrive un moment dans la vie d'un homme où il doit affronter toutes les choses qu'il a faites. Les bonnes et les mauvaises. Et décider ce qu'il va faire à partir de ce moment. Ce moment s'est produit pour moi il y a quelques années, quand oncle Richard est tombé malade et que j'ai bien cru que j'allais le perdre.

Violet écarquilla de grands yeux surpris.

— Je n'ai jamais entendu parler de cette maladie.

— Il y avait peu de chances pour qu'il vous écrive à ce sujet. D'autant qu'il s'est rétabli. Assez rapidement, en fait, ajouta-t-il avec ironie. Je soupçonne à présent cette maladie de n'avoir été qu'une ruse destinée à me mettre face à mes responsabilités. Une ruse qui a très bien fonctionné, d'ailleurs.

— Je commence à penser que Richard était encore plus malin que je ne le croyais. Mais il a aussi toujours été déterminé à faire ce qu'il estimait être le mieux.

Elle rompit un morceau de fromage et le mit dans sa bouche. Rien de tel qu'un bon cheddar anglais. Elle savoura la subtile acidité de l'attaque en bouche, et un petit gémissement de satisfaction franchit ses lèvres.

Le regard de James vint se poser sur sa bouche et elle se figea. Il s'éclaircit la voix.

— Alors ? demanda-t-il. Notre première incursion dans la société vous a-t-elle plu ?

— Bien plus que je ne m'y attendais. Je ne sais pas pourquoi je l'appréhendais autant. Ce n'est pas comme si je n'avais assisté à aucun événement mondain au cours de mes visites en Angleterre.

— Cela signifie-t-il que nous pouvons arrêter nos chevauchées matinales dans le parc ?

— Certainement pas, répliqua-t-elle. C'est une façon très rafraîchissante de commencer la journée. Je pensais que vous commenciez à aimer cela.

— Il m'en coûte de l'avouer, mais je crois que vous avez raison, dit-il avant de garder le silence un instant. Je me doutais que votre retour dans la société londonienne représentait pour vous une étape difficile.

— Le bal du Club des Explorateurs ne s'apparente pas vraiment à un événement de la haute société, mais oui, je reconnais que j'avais quelques inquiétudes.

— Je suis navré de vous avoir mise dans cette position.

— Ce n'est pas vous, c'est oncle Richard.

— Pas vraiment, fit-il en secouant la tête. L'origine de toute cette affaire repose sur mes actes. Je vous ai plongée au cœur d'un scandale. J'ai changé le cours de votre vie.

— Ma foi, cela n'a pas eu que de mauvais effets. Ce n'était pas la vie à laquelle je m'attendais, mais vivre en femme indépendante et voyager à travers le monde n'a pas que des mauvais côtés, vous savez. J'ai le sentiment d'avoir vécu une aventure remarquable.

— Vous ne m'en voulez donc pas ?

Le regard de James brillait.

— Non, je ne vous en veux pas.

Elle fut sur le point d'avouer qu'elle lui en était même reconnaissante, mais elle retint ses mots et changea de sujet.

— Vous avez donc l'intention de lire les livres que j'aime pour alimenter nos conversations ?

Il hocha la tête.

— Selon mes estimations, au cours des trois prochaines années, je pourrai lire entre trente et soixante livres.

— Cela fait beaucoup de sujets de conversation, déclara-t-elle en attrapant une tranche de pain.

— Je n'ai jamais été tellement porté sur les romans, admit-il en poussant vers elle le petit pot de beurre. Ces derniers temps, mes lectures se limitent au *Times*, à des rapports financiers, à des brochures d'investissement ou à des bons de chargement.

— Il est temps que nous fassions de vous un homme cultivé.

— Je *suis* un homme cultivé. J'ai fréquenté l'université de Cambridge, d'où je suis sorti diplômé. Plus près de la queue du classement que de la tête, ajouta-t-il avec une grimace.

— Non ? s'exclama-t-elle, feignant l'étonnement.

— Je n'étais pas un étudiant aussi attentif qu'on aurait pu l'espérer, expliqua-t-il avec un sourire chagrin. Alors, dites-moi, que pensez-vous de Mlle Bennet ?

— Allons-nous commencer nos discussions maintenant ?

— Pourquoi pas ?

— Très bien, dit-elle, avant de réfléchir un moment. Elizabeth Bennet était indépendante et avait tendance à s'affirmer alors qu'il aurait été beaucoup plus simple pour elle de faire ce qu'on attendait d'elle. Et elle avait un père qui souhaitait qu'elle soit heureuse, quelles qu'en soient les conséquences.

— Votre père souhaite-t-il que vous soyez heureuse ?

— Franchement, James, je n'en ai pas la moindre idée, répondit-elle en étalant plus de beurre qu'il n'en fallait sur son pain. Je ne connais pas bien mon père. Il ne s'est jamais beaucoup intéressé à ses enfants. Sans doute parce qu'il a eu des filles, et non des fils. Et le vôtre ? demanda-t-elle. Souhaitait-il que vous soyez heureux ?

— Mes parents sont morts dans un accident de bateau quand j'avais neuf ans, mais j'imagine qu'il le souhaitait. Je n'ai gardé que de bons souvenirs de mon père et de ma mère, ajouta-t-il avec un sourire mélancolique. Mais c'était il y a longtemps. Richard a été pour moi un père autant qu'un oncle, une fois que je suis venu vivre avec lui. Et oui, je pense qu'il souhaitait que je sois heureux, affirma-t-il en croisant son regard. Il était persuadé que mon bonheur dépendait de vous.

Leurs regards restèrent soudés un long moment. Des questions informulées flottaient dans les yeux bleus de James. Des questions et de la détermination. Violet prit une inspiration et reporta son attention sur son pain.

— Qu'avez-vous l'intention de lire ensuite ? s'enquit-elle, adoptant un ton plus léger.

— Je l'ignore. Que me suggérez-vous ?

— Je ne sais pas trop ce qu'on peut lire après *Orgueil et Préjugés*. Quelque chose d'un peu moins romantique, peut-être ?

— J'aime qu'il y ait un peu de romance, dit-il avec désinvolture. Le frisson inattendu provoqué par le frôlement d'une main. Le cœur qui s'emballe quand vous sentez soudain un parfum dont vous savez qu'il ne peut appartenir qu'à *elle*. L'instant où votre regard croise le sien et où une complicité s'établit entre vous. Sur la piste d'une salle de bal, d'un bout d'une pièce à l'autre, ou au-dessus d'une assiette de poulet froid...

— Oh.

Elle le dévisagea et sentit quelque chose palpiter au plus profond d'elle-même.

— Eh bien, souffla-t-elle avant de s'éclaircir la voix et de s'écarter de la table pour se lever. Si vous voulez bien m'excuser. Je crois que j'arriverai à dormir, maintenant.

Il afficha un sourire entendu, presque satisfait.

— Dormez bien, Violet.

— Bonne nuit, James, répondit-elle en inclinant la tête avant de s'empresser de prendre congé.

Elle avait presque atteint la porte quand elle se rendit compte qu'elle n'était pas simplement partie : elle venait carrément de prendre la fuite, telle une biche effarouchée. Elle n'était pas effarouchée, bien sûr. Elle était... quoi donc ? Perplexe ? Intriguée ? Par cet homme – son *mari* – qui semblait avoir l'intention de faire tout ce qu'il faudrait pour entrer dans ses bonnes grâces.

Était-elle censée lui pardonner de n'avoir pas voulu d'elle ? Alors qu'il n'aurait sans doute même pas tenté de gagner son affection si Richard ne l'avait pas mis de force dans cette situation ? Si son héritage n'avait pas été en jeu ?

Non, James avait peut-être beaucoup changé, mais il n'était pas question qu'elle le laisse entrer dans son cœur. C'eût été une erreur bien plus grande qu'aucune de celles qu'il avait commises, car elle savait à quoi s'en tenir. Il n'y avait aucun doute dans son esprit à ce sujet.

L'idée qu'elle puisse retomber amoureuse de lui était ridicule, quand on y songeait. Violet était une vraie femme du monde, désormais. Et une femme du monde ne perd pas la tête pour un homme sous prétexte qu'il est charmant, qu'il a toujours le mot juste au bon moment, un sourire parfait, et qu'il sait donner l'impression à une femme qu'elle est à ses yeux la créature la plus parfaite qui soit.

Une femme du monde pouvait très bien côtoyer un homme tel que James Branham sans perdre la tête. Ou le cœur.

Il y avait toutefois un point sur lequel Violet s'était trompée.

Elle se révéla incapable de fermer l'œil de la nuit.

10

— Ai-je rêvé, ou bien t'ai-je vue danser avec tu-sais-qui, hier soir ? demanda Cléo à voix basse quand Violet entra dans la salle du petit déjeuner.

Elle avait dormi plus tard que d'habitude. La nuit avait été longue, remplie d'irritantes pensées au sujet de son époux, dont le lit n'avait pas cessé de grincer dans la chambre voisine.

— Ce n'est pas la peine de faire allusion au vicomte Welles de cette façon, répondit Violet tandis qu'elle remplissait son assiette au buffet.

— Je préfère rester discrète, chuchota Cléo. On ne sait jamais qui peut entendre. Quoique lord Ellsworth soit parti il y a déjà un moment. Oh, il m'a dit qu'il connaissait une agence qui se charge de trouver des appartements à louer. Je l'ai ignoré. As-tu dit à lord Welles que…

— Non, mais je vais le faire, l'interrompit Violet. Il a dit qu'il passerait me voir aujourd'hui.

Étrangement, toute pensée de l'arrivée imminente de Duncan avait complètement déserté son esprit.

Violet aurait dû faire quelque chose à son sujet, mais elle avait été lâche. Elle en avait pris conscience quand elle avait dansé avec lui, la veille ; elle n'avait pas été aussi claire qu'elle l'avait cru avec lui sur ses sentiments.

— Vas-tu lui parler du testament ?

— Nous avons décidé de limiter le nombre de personnes qui en seront informées. J'ose à peine imaginer l'ampleur des commérages si les dernières volontés d'oncle Richard venaient à être connues, ajouta Violet en frissonnant. Mais j'ai confiance en Duncan, et je ne vois pas d'autre moyen de lui expliquer la… situation.

— Le fait que tu vives maintenant sous le même toit que ton mari et que vous paraissiez tous deux en société comme un couple réconcilié et heureux, tu veux dire ?

— Voilà, répondit faiblement Violet.

Cléo laissa échapper un petit soupir ironique.

— Tu penses que je n'aurais pas dû accepter, c'est ça ?

— Je pense que tu risques de perdre un homme qui est disposé à t'offrir un avenir, pour des raisons qui m'échappent complètement.

— Je t'ai déjà dit que je…

— Oui, oui, je sais, tu éprouves de la reconnaissance envers lord Ellsworth, fit Cléo en ramassant les journaux du matin avant de se lever. Je ne le comprends pas et je ne pense pas que ce soit une bonne idée, mais je n'ai pas voix au chapitre.

— Duncan est un homme raisonnable, je suis certaine qu'il comprendra.

— Oh, oui, les hommes raisonnables comprennent toujours quand une femme qu'ils souhaitent épouser décide de passer trois ans avec un autre.

— Avec mon mari, précisa Violet d'un ton ferme. Et je n'ai jamais accepté quoi que ce soit avec Duncan.

— Vraiment ?

— Bien sûr que non. Je n'étais pas libre de le faire. Certes, nous avons évoqué ce qui pourrait se passer si j'étais libre, mais nous n'avons jamais dit que cela se passerait vraiment.

— Tu joues sur les mots, Violet, déclara Cléo en la gratifiant d'un regard de pitié. Quoi que tu aies pu lui dire, tu sais très bien que les hommes n'entendent jamais que ce qu'ils ont envie d'entendre. Le vicomte Welles comme les autres. Je regrette de ne pas pouvoir assister à cette scène, mais je dois aller visiter un bien. M. Davies m'accompagne, ajouta-t-elle avec un grand sourire. Il a entendu parler d'un appartement dans un quartier respectable et il a arrangé une visite.

— Tiens donc, fit Violet en haussant les sourcils.

— J'ai mentionné hier soir que je cherchais un nouveau logement, et il m'a fait parvenir un message ce matin, expliqua Cléo avec un léger haussement d'épaules. J'ai trouvé cela prévenant de sa part.

— Très prévenant, approuva Violet en observant son amie. J'ai l'impression qu'il te plaît un peu, je me trompe ?

— Il est intelligent, il a de l'esprit et il est plutôt gentil. Sans compter qu'il est aussi charmant et très bel homme. Cette chevelure blonde qui a toujours l'air un peu ébouriffée ! Et ces yeux bruns, les plus profonds que j'aie jamais vus, comme s'ils recelaient toutes sortes de secrets merveilleusement coquins. Je ne vois pas pourquoi il ne me plairait pas.

— Mon Dieu ! s'exclama Violet en écarquillant les yeux. Il fait plus que te plaire un peu !

— Non, répliqua Cléo avant de faire la grimace. Enfin, peut-être, reprit-elle dans un soupir. Voilà sept ans que je n'ai pas ressenti la moindre attirance pour un homme, depuis la mort de mon mari. Pour être tout à fait franche, je ne sais pas trop ce que je ressens et il est beaucoup trop tôt pour éprouver quoi que ce soit. Je le connais à peine. Mais…

— Mais ?

— Mais je me dis que ça ne me déplairait peut-être pas. De le connaître un peu mieux, je veux dire.

Tout cela est assez perturbant, lâcha-t-elle dans un nouveau soupir.

— Je vois, dit Violet, qui prit soin de choisir ses mots avant d'ajouter : Tu viens de passer ces six dernières années auprès de moi. À sacrifier ton propre bonheur pour le mien...

— Ne dis pas de bêtises. Je n'ai rien sacrifié, surtout pas le bonheur. Ces années ont été les plus excitantes de ma vie. Sans toi, je n'aurais jamais pu parcourir le monde. Voir des choses que la plupart des gens ne voient jamais. Ni rencontrer autant de personnes extraordinaires. Je n'échangerais ces six dernières années pour rien au monde.

— Même ainsi, poursuivit Violet avec douceur, il est peut-être temps de faire passer tes désirs avant les miens.

Le front de Cléo se plissa.

— Alors ça y est ? Tu me renvoies ?

— Absolument pas ! assura aussitôt Violet, avant de poursuivre d'un ton plus posé : Mais peu d'hommes souhaitent que leur épouse occupe un emploi et je serais...

Cléo rit.

— Mon Dieu, Violet, tu me vois déjà mariée avec lui ! Nous avons seulement échangé quelques phrases et dansé ensemble. Ni Marcus ni moi ne sommes prêts à nous présenter devant l'autel.

— Ah, parce que tu l'appelles Marcus, maintenant ?

— Oui, et nous sommes simplement... je ne sais pas, disons amis pour le moment. Pour ce qui est de la suite, ajouta Cléo avec un grand sourire, seul l'avenir nous le dira.

Violet rendit son sourire à son amie.

— Oui, nous verrons bien ce que nous réserve l'avenir.

Elles bavardèrent encore du bal de la veille pendant quelques minutes avant que Cléo parte rejoindre *Marcus*. Une demi-heure plus tard, Andrews vint annoncer à Violet qu'un visiteur l'attendait au salon. L'heure de vérité avait sonné.

Violet vérifia son apparence dans le miroir placé près de la porte du salon, adopta son sourire le plus accueillant, puis pénétra dans la pièce et referma la porte derrière elle.

— Bonjour, Duncan. Comme c'est aimable à...

Le vicomte Welles était appuyé contre la cheminée, les bras croisés devant lui, plus beau que jamais et l'air passablement courroucé.

— Si j'en crois la rumeur, votre mari et vous seriez réconciliés.

— Quoi ? Pas le moindre préambule de politesse ? Pas de « Bonjour, Violet » ? Ni de « Vous êtes plus jolie que jamais, Violet » ? Vous mettez directement les pieds dans le plat ?

Le vicomte serra les dents.

— Bonjour, Violet. Vous êtes plus jolie que jamais, Violet.

— C'est beaucoup mieux, dit-elle en le gratifiant d'un sourire radieux.

— Si j'en crois la rumeur...

— Allons, Duncan, vous savez bien ce que valent les rumeurs, le coupa-t-elle en balayant son intervention d'un geste.

— Pourtant, vous êtes ici, déclara-t-il d'un ton presque lugubre. Imaginez ma surprise quand j'ai appris, à mon retour à Londres, que James et vous viviez sous le même toit, que vous assistiez à des bals et que vous alliez chevaucher au parc tous les matins. *Ensemble.*

Elle fronça les sourcils.

— Comment diable savez-vous cela ?

— Peut-être avez-vous oublié ce qu'est la vie à Londres ? Personne n'a de secrets, ici.

— Je suppose que j'aurais dû m'y attendre, dit-elle en prenant place sur le sofa avant de lui désigner le siège le plus proche.

Il l'ignora et s'assit à côté d'elle.

— James et vous êtes-vous…

— Non, s'empressa-t-elle d'affirmer avant de faire la grimace. C'est… Disons que c'est compliqué.

— Vraiment ?

— Et c'est assez difficile à expliquer.

— Parce que c'est compliqué ?

— Oh, tant mieux, fit-elle en lui souriant. Je savais que vous comprendriez.

Les sourcils du vicomte se rapprochèrent.

— Que je comprendrais quoi ?

Elle prit une profonde inspiration.

— Vous devez me promettre de ne révéler à personne ce que je m'apprête à vous dire.

— Violet, de quoi diable s'agit-il ? demanda-t-il, son regard se faisant inquiet. James vous a-t-il menacée de quelque faç…

— Non, bien sûr que non. Ne dites pas de bêtises. Ce n'est pas sur moi que pèse une menace. Du moins, pas entièrement.

Duncan plissa les yeux.

— Laissez-moi vous expliquer, reprit-elle.

— Il me tarde de vous entendre.

Elle réussit à produire un petit sourire.

— Comme vous le savez, Richard, l'oncle de James, est mort il y a quelques mois.

Duncan hocha la tête.

— Oncle Richard a toujours pensé que James et moi étions faits l'un pour l'autre, poursuivit-elle en s'efforçant de trouver les bons mots, navrée de constater que ceux-ci semblaient s'obstiner à lui faire défaut. James ne pourra hériter du patrimoine et de la fortune de son oncle qu'à condition de partager sa résidence avec moi, de paraître en société avec moi et d'éviter tout scandale pendant… presque trois ans.

Le vicomte la dévisagea.

— Trois ans ? répéta-t-il, ébahi.

— Pas tout à fait, répondit-elle d'un ton léger. Deux ans, dix mois, deux semaines et cinq jours.

Il l'ignora.

— Et vous avez accepté ?

— Je n'avais pas vraiment le choix.

— Bien sûr que vous aviez le choix, répliqua-t-il en la fusillant du regard. Vous auriez pu refuser. Dire à James que vous aviez fait des projets qui ne l'incluent pas. Lui dire que vous aviez l'intention de demander le divorce.

— Je suppose que j'aurais pu le faire, répondit-elle en baissant les yeux.

— L'année dernière, vous refusiez d'aborder le sujet du divorce parce que vous ne vouliez pas perturber le vieux comte. Je pensais que vous aviez décidé, maintenant qu'il n'est plus là, qu'il n'y avait plus aucune raison de reporter une demande de divorce.

— C'était le cas, toutefois…

— C'est compliqué ?

— Oui, ça l'est ! s'exclama-t-elle en se levant pour arpenter la pièce. Je n'attends pas de vous que vous compreniez, reprit-elle en cessant soudain de marcher. En fait, si, j'attends justement de vous que vous compreniez mieux que quiconque.

Il se leva.

— Je suis navré de vous décevoir, Violet, mais je ne comprends pas. Je sais que financièrement rien ne vous oblige à faire cela. Et que, s'il le fallait, je pourrais prendre soin de vous.

— Je vous remercie de cette offre généreuse, mais je n'ai nul besoin qu'on prenne soin de moi. Pas plus besoin qu'envie, d'ailleurs.

Le vicomte poussa un soupir.

— Oh, je sais. Vous avez déjà été très claire sur ce point.

En dépit de ses nombreuses qualités, Duncan ne parvenait tout simplement pas à comprendre qu'une femme puisse avoir envie de jouir de son indépendance financière et de la liberté de prendre ses propres décisions.

— Les hommes ne sont pas les seuls à vouloir voler de leurs propres ailes, vous savez.

Le regard du vicomte se fit méfiant.

— Je sais que vous ne vous lassez jamais de dire cela.

— On ne le répétera jamais assez, répondit-elle avant de ménager une pause. Pour ce qui est de mon union avec James, enchaîna-t-elle en redressant les épaules pour le regarder droit dans les yeux, sachez qu'il ne m'a pas abandonnée quand il aurait très facilement pu le faire. Il n'est donc pas question que je l'abandonne alors qu'il est en mon pouvoir de le sauver.

— Parce que vous êtes amoureuse de lui ? s'enquit Duncan d'un ton dont la dureté s'accordait à son regard.

— Ne soyez pas ridicule. L'amour n'a rien à voir avec ça, dit-elle en croisant les bras sur sa poitrine. Nous nous sommes rencontrés en plusieurs endroits du monde pendant près de deux ans, vous et moi. Vous ai-je jamais donné des raisons de penser que j'étais amoureuse de James ?

— Pas que je me souvienne.

— L'idée que je sois amoureuse de mon mari est bien la chose la plus absurde que j'aie jamais entendue.

— « Il me semble que vous faites trop de protestations. »

— Oh, pour l'amour du ciel, fit Violet en roulant des yeux. Chaque fois qu'un homme sent qu'il perd pied dans une dispute, il lâche une citation de Shakespeare comme si cela pouvait suffire à lui donner raison. Sachez que la citation exacte est : « La dame fait trop de protestations, ce me semble[1]. » Et que je ne proteste pas exagérément. Je trouve même que je ne proteste pas assez. Amoureuse de James, moi ? C'est parfaitement ridicule.

— En êtes-vous sûre ?

— Tout à fait.

— C'est déjà quelque chose, j'imagine, répondit-il, son regard scrutant le sien. J'ai toujours su que mes sentiments pour vous étaient plus forts que les vôtres à mon endroit...

Violet ne pouvait pas le nier. Le reconnaître à voix haute aurait cependant été cruel.

— J'ai beaucoup d'affection pour vous, Duncan.

— Et j'étais disposé à m'en contenter dans l'espoir que vos sentiments se renforceraient avec le temps.

— Je ne vous ai jamais menti. Je vous ai dit dès le début ce que je ressentais.

— Nous avions fait des projets, Violet.

— Non, Duncan, dit-elle en secouant la tête. Nous avons seulement évoqué des possibilités.

— J'avais espéré qu'il s'agissait de quelque chose de plus sérieux, avoua-t-il dans un soupir. Mais vous avez raison. Vous ne m'avez fait aucune promesse.

— Je vous considère comme un ami très cher..., déclara-t-elle.

— Oui, mais cela ne suffit pas, n'est-ce pas ? demanda-t-il en l'étudiant attentivement.

— Je crains fort que non.

— Seulement parce que vous avez accepté...

---

1. « The lady doth protest too much, methinks. », *Hamlet*, acte II, scène 2. *(Toutes les notes sont de la traductrice.)*

— Ce n'est pas cela, l'interrompit-elle. Pas entièrement. James m'a accordé la liberté et les moyens financiers de voir le monde. De devenir celle que je suis devenue. Avant mon mariage, je n'étais pas le genre de fille à laquelle un homme prête attention. Ce n'est que lorsque nous nous sommes croisés par hasard, voilà quelques années, que vous m'avez remarquée.

Il la dévisagea.

— Vous étiez effectivement timide et discrète, mais déjà intelligente et d'une modestie charmante. Pas du tout le genre de fille qui aurait pu s'intéresser à l'idiot bruyant et irréfléchi que j'étais alors.

— Comment ?

Violet secoua la tête, confuse. Était-elle donc la seule à se souvenir précisément du passé ? Ou bien étaient-ce les souvenirs des autres qui étaient plus exacts que les siens ?

— Je n'étais absolument pas digne de vous, Violet, et je le savais. Mais je le suis, aujourd'hui. Et si je dois passer les trois prochaines années à vous le prouver, je le ferai, dit-il.

— Je ne peux pas vous demander d'attendre trois ans, objecta-t-elle.

— Vous ne le faites d'ailleurs pas, répondit-il en se rapprochant d'elle pour prendre sa main. Je ne peux pas imaginer mon existence sans vous, Violet, et si je dois attendre toute une vie la simple possibilité que vous puissiez vraiment m'appartenir, je le ferai, assura-t-il en portant sa main à ses lèvres, rivant son regard au sien. Cela semble un faible prix à payer.

— Duncan, je…

— Je n'ai pas l'intention de renoncer, déclara-t-il en effleurant le dos de sa main de ses lèvres. Je me battrai pour vous s'il le faut.

— Je ne pense pas que ce sera nécessaire, répliqua-t-elle d'une voix ferme en ôtant sa main de la sienne.

Si elle avait été amoureuse de lui, il n'aurait pas été question de lui demander d'attendre trois ans. Mais elle ne l'était pas et elle doutait fort de l'être un jour. Certes, dans un coin de sa tête, elle avait autrefois eu la faiblesse de penser qu'un jour, peut-être, ils auraient un avenir ensemble. Mais cela ne suffisait pas. Et lui donner de faux espoirs n'aurait pas été correct. Duncan méritait mieux. Elle prit une profonde inspiration.

— Je pense qu'il vaut mieux que nous nous séparions maintenant.

Duncan plongea son regard au fond du sien.

— Est-ce vraiment ce que vous voulez ?

— Je ne peux pas vous demander de renoncer à trois ans de votre vie en vous fondant sur l'espoir que mes sentiments changeront un jour, répondit-elle en soutenant son regard. Toute cette situation, ma vie tout entière, c'est...

— Compliqué ? suggéra-t-il en souriant.

Elle soupira.

— Oui. Je suis sincèrement navrée, Duncan. Je ne voudrais surtout pas vous peiner...

— Mes sentiments n'ont pas changé, dit-il en se dirigeant vers la porte. Mais je comprends les nouvelles règles et je les accepte.

— Que voulez-vous dire ? demanda-t-elle en fronçant les sourcils. Quelles règles ?

— James et vous devez passer pour un couple heureux et éviter tout scandale. Je ne m'immiscerai pas dans ce scénario. Mais il existe forcément une issue légale.

— Oncle Richard était très déterminé et ses hommes de loi très consciencieux.

Il sourit de nouveau.

— Pas aussi déterminé que moi. Et puisque vous n'êtes pas amoureuse de James, il me reste une chance. Une chance qui mérite que je patiente trois ans.

— Je ne crois vraiment pas…

— J'étais sérieux quand j'ai dit que je n'avais pas l'intention de renoncer, assena-t-il.

Il s'apprêta à ouvrir la porte, mais laissa son geste en suspens.

— Souvenez-vous bien d'une chose, Violet. Je suis prêt à me battre pour vous. Pensez-vous que votre mari sera jamais disposé à en faire autant ?

Ayant prononcé ces mots, il quitta la pièce.

Violet fronça les sourcils. Les choses ne s'étaient pas passées comme elle l'avait prévu. Mais Duncan méritait vraiment mieux qu'une femme qui se contenterait de l'apprécier. Et que diable voulait-il dire quand il prétendait ne pas vouloir renoncer ? Elle avait pourtant cru lui avoir conseillé clairement de passer à autre chose.

Le plus absurde, c'était que Duncan avait craint qu'elle ne soit amoureuse de son mari. C'était bien la chose la plus stupide qu'elle ait jamais entendue. Jadis, il y avait une éternité de cela, elle s'était crue entichée de James. Mais quels qu'aient pu être ses sentiments à cette lointaine époque, elle s'était bien trop émancipée depuis lors pour permettre à ceux-ci de renaître.

— Bonjour, Violet, lança James en entrant dans le salon. Un télégramme est arrivé pour vous à l'instant où je rentrais, ajouta-t-il en lui tendant une enveloppe.

Violet lui sourit.

— Merci, dit-elle en acceptant le pli.

Elle hésita un moment. D'après son expérience, les télégrammes étaient rarement porteurs de bonnes nouvelles. Elle s'arma de courage, le décacheta et parcourut le message.

— Est-ce bien Welles que j'ai vu repartir à l'instant ?

— Lord Welles, oui, répondit-elle d'un air absent.

Elle avait sûrement dû mal lire.

— Que voulait-il ?

— Il m'a juste rendu visite. Il voulait me présenter ses hommages à mon retour à Londres, ce genre de chose, lâcha-t-elle en se laissant choir sur le sofa.

Il s'agissait forcément d'une erreur.

— Ne l'avait-il pas déjà fait hier soir ?

Elle haussa les épaules, le regard rivé sur les mots qui semblaient flotter sur la feuille.

— Violet ? s'enquit-il, la voix teintée d'inquiétude. Quelque chose ne va pas ?

Elle contempla le papier qu'elle tenait à la main. D'après son ami de Paris qui gérait sa fortune, celle-ci s'était envolée. Entièrement. Ses investissements avaient échoué. Une lettre suivrait bientôt pour tout expliquer, même si la façon dont c'était arrivé était loin d'être aussi importante que le fait en lui-même.

— Violet ! s'exclama James d'un ton qui retint l'attention de la jeune femme et l'incita à lever les yeux. Que se passe-t-il ? De mauvaises nouvelles ?

— De mauvaises nouvelles ? répéta-t-elle d'une voix mécanique.

Son argent avait disparu, et avec lui son indépendance. Respecter les stipulations de Richard par gratitude et sens de la justice, c'était une chose, mais ne pas avoir le choix, c'était entièrement différent. Désormais, si James perdait tout, elle perdait tout aussi.

— Vous sentez-vous bien ? demanda James en s'asseyant près d'elle sur le sofa.

— Oui, dit-elle en se forçant à adopter un ton détaché. Justes quelques nouvelles inattendues. Rien de sérieux, je vous assure.

— En êtes-vous certaine ? insista-t-il, son regard examinant le sien. Vous paraissez troublée.

— Non, vraiment, je vais très bien.

Elle comprit soudain que si le fait d'accepter les termes du testament d'oncle Richard relevait de son seul choix, cela lui laissait une sorte d'échappatoire au cas où elle en aurait eu besoin. Plus important encore, cela lui permettait de garder son sort entre ses mains. Or, la perte de ses finances l'en privait, et cela changeait tout. La mise, dans le jeu imposé par oncle Richard, venait subitement de grimper. Désormais, elle avait autant à perdre que James.

Six ans plus tôt, les décisions concernant son avenir avaient été prises pour elle. Et il semblait à présent que la chose se reproduisait.

Sans qu'elle puisse y changer quoi que ce soit.

11

Violet contempla le miroir placé près de la porte du salon.

L'espace d'un instant, une jeune fille sur le point d'assister au bal de fiançailles de son amie avec l'homme qui avait conquis son cœur lui rendit son regard. Une jeune fille qui avait compris depuis longtemps qu'il valait mieux garder ses opinions pour soi, faire ce qu'on attendait d'elle et suivre les règles édictées par la société et par sa mère. Une jeune fille qui n'avait aucune confiance en elle et qui ne savait pas quelle femme elle deviendrait un jour. Ni quelle femme elle avait envie d'être.

Elle secoua la tête pour s'éclaircir les idées. Le reflet de la Violet Hagen de vingt et un ans disparut, laissant place à la comtesse d'Ellsworth. Sophistiquée, confiante, la comtesse était une femme très sûre d'elle, qui savait parfaitement qui elle était. Six semaines avaient passé depuis que sa mère l'avait informée du bal de fiançailles de sa sœur. Elle avait donc eu six semaines pour se préparer à cette soirée, mais toute une vie n'aurait pas suffi. Ce soir, pour la première fois, elle allait devoir affronter la crème de la haute société londonienne en tant que lady Ellsworth. Certes, au fil des années, elle avait assisté à quelques événements mondains chaque fois qu'elle était revenue à Londres, mais elle s'était toujours montrée très prudente, se contentant de brèves apparitions.

Affronter la haute société était une chose, mais affronter sa mère serait une épreuve d'une tout autre nature. Quelques mois plus tôt, lady Cranton aurait été ravie d'ignorer l'existence de sa fille aînée. Mais maintenant que James et Violet étaient apparemment réconciliés, et surtout maintenant qu'ils étaient lord et lady Ellsworth, sa fille aînée n'était plus une source d'embarras. Au contraire, sa présence ajouterait une touche de distinction supplémentaire à la famille. Sa mère avait toujours prisé la distinction.

La femme élégante et maîtresse d'elle-même qu'elle voyait dans le miroir releva le menton et arbora un sourire éclatant. Cette soirée serait une sorte de mise à l'épreuve. Violet Hagen n'aurait pas su être à la hauteur d'un tel défi. Mais lady Ellsworth était une femme du monde, aussi à l'aise dans un château en Bavière ou dans une villa du sud de la France que dans les somptueuses demeures de Mayfair, et qui ne connaissait pas l'échec.

Six ans plus tôt, un autre bal de fiançailles avait changé sa vie. L'ironie de la situation ne lui échappait pas. C'était un peu comme si la boucle était sur le point d'être bouclée.

— Vous êtes exquise, déclara James en apparaissant derrière elle, son regard croisant le sien dans le miroir. Tout simplement époustouflante.

Elle voulut protester, mais se contenta de sourire. Dès qu'elle avait su la date du bal, elle avait commandé une robe à la maison Worth, à Paris. Le célèbre couturier avait ses mesures, et il lui suffisait de lui écrire en expliquant ce qu'elle voulait. Comme toujours, M. Worth s'était surpassé. La robe de satin vert pâle, avec ses mancherons ornés de perles qui dénudaient les épaules, son élégante jupe décorée et l'astucieux drapé de son bustier, était l'une des tenues de soirée les plus flatteuses qu'elle ait jamais portée. Sa couleur illuminait son regard, rehaussait la pâleur crémeuse de son teint et faisait ressortir le roux cuivré de sa chevelure.

— C'est très gentil à vous.

— Avec vous à mon bras, je serai l'homme le plus chanceux du bal, dit-il d'un ton plein de ferveur.

— Mon Dieu, James, on pourrait croire que vous cherchez à me faire tourner la tête.

Il sourit, de ce sourire malicieux qui promettait toutes sortes de choses délicieusement coquines. Ignorer ce genre de promesses se révélait de plus en plus difficile.

Ils avaient fait du chemin, en six semaines, songea-t-elle. Il se passait rarement une nuit sans qu'ils se croisent dans la cuisine, une fois le personnel couché, pour de longues conversations à propos de tout et de rien. James avait fini de lire *Orgueil et Préjugés* ainsi que *Les Hauts de Hurlevent*, qu'il avait trouvé trop sombre et lugubre pour véritablement l'apprécier. Elle l'avait taquiné sur son manque de sensibilité littéraire et avait résisté à l'envie de lui dire qu'elle était d'accord. Elle lui avait alors conseillé *Les Mines du roi Salomon*, dont il avait déclaré après l'avoir lu qu'il s'agissait du meilleur livre jamais écrit. Violet avait eu du mal à le contredire entièrement, mais à défaut d'être le meilleur ce livre était certainement le plus amusant.

Ils continuaient leurs chevauchées matinales au parc et, bien sûr, chaque mercredi, Effie, Poppy et Gwen se joignaient à eux pour le dîner. De temps à autre, Cléo et Marcus étaient également présents. Les devoirs de Cléo en tant que secrétaire de Violet l'amenaient chaque jour à la maison, mais elle avait pris l'appartement que Marcus lui avait trouvé, fort commodément situé dans le même immeuble que celui du notaire.

Violet ne l'aurait jamais imaginé au début, mais ils avaient fini par former un petit groupe tout à fait convivial. Les trois vieilles dames avaient des histoires fascinantes à raconter au sujet des exploits de leurs époux respectifs, et elles insistaient toujours pour entendre le récit détaillé de ses voyages. Violet surprenait parfois James en train de l'écouter d'un air captivé, ce qui était aussi gratifiant qu'agaçant.

Jusqu'ici, le bal du Club des Explorateurs demeurait l'événement le plus important auquel ils aient assisté ensemble, mais ils avaient aussi participé à des réceptions plus modestes et quelques garden-parties, assisté à un vernissage dans une galerie et visité une exposition dans un petit musée, entre autres choses. Violet avait ainsi croisé plusieurs personnes qu'elle avait connues autrefois et, malgré la curiosité que James et elle suscitaient – et à laquelle il fallait évidemment s'attendre –, ces personnes l'avaient toujours traitée avec la plus grande cordialité. À croire qu'elle était peut-être la seule qui soit encore hantée par le spectre du scandale qu'elle avait connu. Chaque nouvelle apparition publique renouvelait son assurance et renforçait son courage. Un courage dont elle allait avoir grand besoin ce soir.

— J'ai quelque chose pour vous, annonça James en souriant.

— Un cadeau ? demanda-t-elle en haussant les sourcils.

Il acquiesça.

— Chercheriez-vous à me soudoyer ?

— Seulement si c'est efficace. Fermez les yeux.

— Ne soyez pas sot.

— Si vous ne fermez pas les yeux…

— Très bien, fit-elle en obtempérant.

Elle sentit se poser sur son cou un collier dont le fermoir donna un peu de fil à retordre à James.

— Voilà, vous pouvez regarder, déclara-t-il d'un ton satisfait - et elle sentit cette fois ses mains se poser sur ses épaules.

Des mains bien plus chaudes qu'elles n'auraient dû être autorisées à l'être. Pourtant, un frisson la parcourut, et ses bras se couvrirent de chair de poule.

Elle ouvrit les yeux et retint son souffle. Une parfaite rangée d'émeraudes, alternant avec des diamants, reposait sur sa gorge.

— Vous plaît-il ?

— Mon Dieu, James, c'est magnifique, murmura-t-elle en observant son reflet. Je n'ai jamais rien porté d'aussi raffiné.

— Ma foi, nous sommes conviés au bal de fiançailles d'un fils de duc. J'ai estimé qu'il serait sage de faire bonne impression.

James avait bien conscience qu'elle appréhendait cette soirée, et la prévenance de ce geste la toucha.

— Ce collier appartenait à ma mère. Il est à vous, désormais.

— Je ne sais pas quoi dire, avoua-t-elle en caressant l'émeraude centrale.

— Elle aurait voulu que vous l'ayez, dit-il en croisant de nouveau son regard dans le miroir. Vous êtes ma femme.

Pendant un long moment, leurs regards restèrent rivés l'un à l'autre, puis il s'éclaircit la voix et ôta les mains de ses épaules. Le sentiment de perte qui s'empara d'elle la troubla. Il lui tendit un écrin de velours.

— Il y a aussi des boucles d'oreilles assorties.

— Merci, chuchota-t-elle en ouvrant l'écrin.

Des émeraudes semblables à celles du collier, encerclées de diamants, étincelaient sur la doublure de velours.

— Elles sont parfaites.
— Tout comme vous.
— Mon Dieu, James, vous dites de ces choses !
Elle regarda le miroir et remplaça les boucles d'oreilles en or toutes simples qu'elle portait par celles que James venait de lui offrir.
— Je sais que vous essayez de me charmer. D'entrer dans mes bonnes grâces. De gagner mon affection.
— Moi ? répondit-il d'un air innocent. Jamais je ne chercherais à vous soudoyer pour que vous m'aimiez.
Elle écarquilla les yeux et captura son regard dans le miroir.
— Mais je vous aime bien quand même.
— Plus qu'avant ?
— Bien plus qu'avant.
— Je savais que vous finiriez par céder à mon éclatante beauté et à mon charme inestimable.
— Oui, c'est ce qui m'a conquise, répondit-elle d'un ton d'ironie désabusée.
C'était inévitable, au fond. À force de jouer au couple heureux, ils devaient finir par se détester – ce qui ne leur aurait rendu aucun service – ou par s'apprécier. Et par redevenir amis. Amis, c'était bien. Rien de plus, évidemment, mais amis, oui, c'était très bien.
Violet finit d'ajuster ses boucles d'oreilles, adressa un petit hochement de tête satisfait au miroir et se tourna vers James.
— Nous ferions mieux d'y aller si nous ne voulons pas être en retard. Ma mère ne nous le pardonnerait jamais.
— Allons, descendons dans l'arène, lady Ellsworth, dit-il en lui offrant son bras. Ensemble, nous ferons bravement face aux dragons.
Elle haussa les sourcils.
— Traiteriez-vous ma mère de dragon ?

— J'appelle dragon tout ce qui fait peur. Nous avons tous nos dragons, Violet. À combattre ou à occire. Et à fuir quand ils nous pourchassent dans la nuit.

— Vous voilà bien philosophe, dit-elle en prenant son bras. Je ne vous connaissais pas ce penchant.

— Oh, je suis un homme aux nombreuses pensées abstraites et insondables, répliqua-t-il en remuant les sourcils d'un air mystérieux. Aux nombreux secrets, aussi. Les profondeurs de mon esprit recèlent toutes sortes d'étrangetés. Vous avez à peine effleuré la surface du puits de science qu'est James Branham.

Elle éclata de rire.

— Je devrais me sentir vexé, mais cela me semble inutile, déclara-t-il avec un grand sourire.

Il l'escorta sur le perron et prit sa main pour l'aider à monter en voiture. En grimpant sur le marchepied, Violet se dit soudain qu'elle n'aurait aimé avoir personne d'autre que James auprès d'elle ce soir.

— Vous avez tout à fait raison, vous savez, déclara-t-elle une fois qu'ils eurent pris place sur la banquette.

— Cela va de soi, répondit-il avant de se taire un instant. À quel sujet ?

— Ma mère est un vrai dragon.

*
* *

Ils se présentèrent à la somptueuse demeure qui appartenait à la famille de Violet depuis des générations plusieurs minutes avant le début du bal, mais une longue file de véhicules s'était malheureusement formée avant leur arrivée, et les festivités étaient déjà bien entamées quand Violet et James finirent par franchir la porte.

Une fois au sommet du court escalier qui menait à la salle de bal, ils attendirent d'être introduits par le majordome. Wilkens, que Violet avait toujours connu au service de sa famille, était vêtu de sa plus élégante livrée – sa mère n'aurait jamais permis qu'il en soit autrement.

James pressa la main de Violet qui reposait sur son bras.

— Prête ? lui demanda-t-il à voix basse.

— Fin prête, dit Violet avec une assurance qu'elle ne ressentait pas tout à fait.

Elle prit une profonde inspiration et plaqua sur ses lèvres un sourire radieux.

Le majordome lui adressa un clin d'œil discret avant d'annoncer leur arrivée. Violet eut envie de rire. Wilkens n'avait jamais apprécié sa mère.

Ils descendirent les marches pour saluer ses parents ainsi que sa sœur, Neville, qui serait après ce soir le fiancé de Caroline, et les parents de ce dernier, le duc et la duchesse de Trentham.

Son père les gratifia d'un sourire qui indiqua clairement à Violet qu'il aurait préféré se trouver n'importe où ailleurs, mais qu'il connaissait son devoir. Lady Cranton étudia sa fille aînée de la tête aux pieds et ponctua son inspection d'un hochement de tête réticent. Visiblement, Violet avait réussi l'examen.

— Vous êtes en retard, observa sa mère avec un froncement de sourcils.

— Impossible de faire autrement, lady Cranton, dit James d'un ton suave avant que Violet ait pu ouvrir la bouche. Nous avons été retardés par le nombre impressionnant de voitures qui attendaient pour laisser descendre leurs passagers. Ce bal promet d'être l'événement de la saison, ajouta-t-il à voix basse en se penchant vers elle.

Lady Cranton rayonna d'aise.

— Comme c'est aimable à vous, lord Ellsworth.

Caroline était aussi éblouissante qu'à son habitude, avec ses yeux d'un bleu saisissant et sa chevelure blond vénitien. Elle était presque aussi grande que sa sœur, mais les courbes de sa silhouette étaient nettement plus prononcées. Elle en était à sa deuxième saison, et Neville et elle formaient un couple parfaitement assorti. La sœur de Violet acceptait l'attention de tous comme un dû et dégageait une impression de vague ennui. Ayant près de sept ans de plus qu'elle, Violet ne connaissait pas très bien sa cadette. Peut-être que si elle était restée à Londres... Non. Elle n'avait aucun regret d'avoir quitté Londres. Mais elle regrettait de ne pas mieux connaître sa seule sœur. Quoique, même enfant, Caroline ait toujours été la digne fille de sa mère.

Neville était un jeune homme assez petit et potelé, avec un regard très doux et un sourire enjoué qui rappela à Violet celui d'un jeune chien enthousiaste. Il regardait Caroline comme si elle était la plus belle créature de l'univers, et Violet ne put s'empêcher de se demander si le jeune homme savait dans quoi il s'engageait. Le duc se tenait auprès de son fils et, avant de saluer la duchesse, Violet et James échangèrent quelques mots avec lui à propos d'oncle Richard – avec qui le duc avait apparemment été ami, ainsi qu'avec le père de James.

— Ma chère enfant, dit la duchesse en prenant la main de Violet dans la sienne, nous sommes si heureux de vous voir enfin de retour à Londres et de vous découvrir aussi splendide.

Elle examina sa robe et haussa un sourcil connaisseur.

— Worth, si je ne m'abuse ?

Violet acquiesça.

— En effet, Votre Grâce.

— J'en étais sûre, déclara la duchesse avec un grand sourire satisfait. Je reconnais le travail de M. Worth au premier coup d'œil, commenta-t-elle avant de se pencher vers Violet d'un air complice. Ma belle-fille préférée est très impatiente de vous revoir.

— Je le suis tout autant.

Violet ignorait qui pouvait bien être la belle-fille de la duchesse. Pendant ses années d'absence, elle aurait vraiment dû s'intéresser davantage à l'actualité mondaine au lieu de ne se soucier que des rumeurs concernant James.

La duchesse reporta son attention sur de nouveaux arrivants, et Violet et James s'avancèrent parmi l'assistance déjà nombreuse. Toutes les personnes en vue de la société londonienne étaient là. Les lampes à gaz de l'énorme lustre qui dominait le centre de la salle étincelaient autant que les joyaux qui ornaient le cou des dames. D'immenses vases de fleurs fraîches garnissaient chaque niche et chaque alcôve, et de grands palmiers flanquaient toutes les portes. Lady Cranton s'était surpassée. « Extravagant » fut le premier mot qui vint à l'esprit de Violet. Peut-être même excessif. L'endroit ressemblait tellement à un palais féerique de magie étincelante, de romantisme insolent, qu'on en oubliait qu'on était dans une salle de bal londonienne. Ce qui intrigua passablement Violet, car sa mère n'avait jamais été friande de magie ni de romantisme, qu'ils soient fièrement exhibés ou non.

Violet et James firent le tour de la salle. Il la présenta à un certain nombre de personnes qu'elle ne connaissait pas encore, et elle retrouva toutes sortes de gens qu'elle avait connus dans sa jeunesse. Personne ne parut lui tenir rigueur de son absence au cours des six dernières années, ni désapprouver sa récente réapparition dans la société. Lady Dalrymple elle-même, une très proche amie de sa mère, grande habituée des réceptions et plus commère encore que lady Cranton, semblait heureuse de la revoir.

Violet s'était dit et répété qu'elle n'avait rien à craindre de cette soirée, et il existait maintenant de vraies preuves pour soutenir cet optimisme. Chaque nouvelle personne rencontrée, chaque connaissance retrouvée venait renforcer son assurance, atténuant sa crainte persistante de redevenir la timide Violet Hagen. Elle incita James à aller bavarder avec des connaissances sans l'ombre d'une hésitation. Il n'était pas nécessaire qu'il reste auprès d'elle à chaque instant. Ce soir, Violet Branham était prête à faire face à tout ce que la société jetterait en travers de son chemin.

— Violet, dit une grande femme brune en s'approchant d'elle pour lui prendre les mains, j'ai été ravie d'apprendre que tu étais de retour à Londres.

Violet la dévisagea un moment.

— Jenny Smythe ?

La femme lui adressa un large sourire.

— Lady Larkfield, désormais. J'ai épousé un des frères de Neville.

À l'époque où Violet passait les bals à attendre sur une chaise qu'on l'invite à danser, Jenny s'était souvent trouvée assise à côté d'elle. Elle était la seule personne à qui elle avait confié ses sentiments pour James. Elle ne l'avait pas revue depuis son mariage, mais la femme qui se tenait devant elle n'avait qu'une vague ressemblance avec la jeune fille que Violet avait connue. La confiance en soi – et peut-être le bonheur ? – avait le remarquable pouvoir de transformer du tout au tout l'attitude et l'apparence d'une personne.

— C'est donc toi, la belle-fille de la duchesse ?

— L'une d'elles, en tout cas, acquiesça Jenny.

— Elle dit que tu es sa préférée.

Jenny rit.

— Elle dit cela de chacune de nous. Elle en a trois, pour le moment. Nous sommes toutes étonnamment proches, assura-t-elle.

Elle jeta un bref coup d'œil vers Caroline et Neville sur la piste de danse, et une expression de malaise passa dans son regard.

— Ta sœur sera la quatrième. Je suis sûre qu'elle s'entendra parfaitement avec nous.

— Vraiment ? s'enquit Violet en haussant les sourcils.

— Pas vraiment, non, admit Jenny, soudain rembrunie. Mais comme tu es sa sœur, je ne devrais rien dire. J'espère qu'elle saura faire le bonheur de ce cher Neville. C'est le benjamin de la fratrie et il est vraiment très sympathique. Il mérite d'être heureux.

— Je suis sûre que Caroline fera de son mieux, dit Violet avec une conviction qu'elle était loin de ressentir.

— Mon Dieu, Violet, il est évident que tu as changé de bien des façons, mais tu mens toujours aussi mal, répondit Jenny avant de marquer une courte pause. Dois-je conclure de ton retour que James et toi avez réussi à résoudre votre différend ?

Le regard de Violet alla se poser sur James, en pleine conversation avec un petit groupe de messieurs. Elle sourit.

— Tu le peux, oui.

Jenny l'étudia d'un air pensif.

— Tu sembles heureuse. L'es-tu ?

La question prit Violet au dépourvu.

— Eh bien, oui, je crois que je le suis.

— Tant mieux, fit Jenny en souriant. Toi aussi, tu mérites d'être heureuse.

Les deux anciennes amies bavardèrent encore quelques minutes. Elles en étaient à se promettre de se revoir bientôt quand James apparut soudain près de Violet pour réclamer la danse suivante.

— Notre première apparition dans la haute société est un grand succès, lui dit-il en souriant. Et j'avais raison.

— Vraiment ?

Il riva au sien un regard de braise.

— Je suis l'homme le plus chanceux de la soirée.

— James ! murmura-t-elle en arrachant son regard au sien, sentant qu'elle s'empourprait. Vous dites de ces choses...

Il gloussa mais, heureusement, ne poussa pas le sujet plus avant.

Un peu plus tard, alors que Violet venait tout juste d'achever une danse avec un gentleman d'âge avancé, elle fut approchée par une femme qu'elle s'était arrangée pour éviter depuis six ans. Seigneur, que lui voulait-elle donc ?

— Violet, lança Marie avec un sourire qui paraissait sincère, quel plaisir de te revoir.

Violet se força à répondre :

— Le plaisir est partagé.

Puis les mots lui manquèrent. Se retrouver face à face avec Marie constituait une épreuve à laquelle elle n'était pas préparée.

— Mon Dieu, comme cette situation est embarrassante, dit Marie en plissant le nez. C'est assez naturel, j'imagine, étant donné que nous ne nous sommes pas parlé depuis une éternité.

— Six ans, murmura Violet.

— En apprenant que tu étais de retour à Londres, j'ai été tentée de te rendre visite, mais je ne savais pas si tu y aurais été favorable, déclara Marie avant de secouer la tête. J'en ai longtemps voulu à James. Et à toi aussi.

— C'est compréhensible.

— Je ne m'en rendais pas compte à l'époque, mais je m'apprêtais à épouser James pour de mauvaises raisons.

Violet écarquilla les yeux.

— Ah bon ?

— Oh, il était beau, riche et héritier d'un titre impressionnant, et tout cela paraissait plus qu'assez pour faire de lui un bon parti. Mais ne pas épouser James est sans doute la meilleure chose qui me soit jamais arrivée.

— Je ne suis pas sûre de comprendre, fit Violet d'un ton prudent.

— Je ne l'aimais pas, expliqua Marie. Tu le savais sans doute, même si l'amour me semblait secondaire à l'époque. Il m'a fallu du temps pour comprendre qu'il avait blessé ma fierté, mais certainement pas mon cœur. Et que je me trompais moi-même. À propos de ce que je désirais, de ce que je croyais susceptible de me rendre heureuse. Aujourd'hui, je suis vraiment heureuse, conclut-elle en croisant le regard de Violet.

— Il paraît que tu es mariée ?

Marie hocha la tête.

— Son titre n'est pas aussi impressionnant que celui de James et sa fortune est bien plus modeste, mais c'est à lui que j'ai donné mon cœur, ajouta-t-elle d'un air enamouré.

Violet se sentit soudain délivrée d'un poids qu'elle n'avait jusqu'alors pas eu conscience de porter.

— Je m'en réjouis pour toi.

— Je n'ai pas été une très bonne amie, à l'époque. J'espère toutefois que, peut-être, tu estimes aujourd'hui que la voie est libre pour…

— Être amies ? suggéra Violet pour la tirer de son embarras.

Violet avait toujours su qu'elle finirait par croiser Marie, mais elle ne s'était pas attendue à la voir ce soir et ne s'était absolument pas préparée pour cela. Elle prit sa main dans la sienne.

— On n'a jamais trop d'amis, déclara-t-elle.

Marie sourit, visiblement soulagée. Elles parlèrent encore quelques minutes, et Violet fut frappée de se rendre compte qu'elles pourraient peut-être devenir en effet amies.

Un peu plus d'une heure après le début des festivités, les fiançailles de Caroline et de Neville furent officiellement annoncées avec toute la pompe et la cérémonie requises. Lady Cranton rayonnait, parfaitement dans son élément.

Le bal se révéla un franc succès. Les gens se pressaient auprès des tables de rafraîchissements, la musique ne s'interrompait jamais, et la piste était toujours remplie de danseurs. Ce fut aussi une soirée pleine de surprises pour Violet. Le scandale qui avait changé sa vie semblait oublié ou insignifiant. Marie elle-même paraissait sincèrement désireuse de renouer leur amitié. Et quand elle dansa avec lord Cranton, celui-ci s'excusa de ne pas avoir été un meilleur père pour elle et lui confia qu'il était fier de la femme qu'elle était devenue. Une déclaration apparemment encouragée par une conversation qu'il avait eue avec James.

Pourtant, Violet n'arrivait pas à se sortir de la tête la question de Jenny. Était-elle heureuse ? Elle n'était certes pas malheureuse. James et elle s'étaient installés dans une confortable camaraderie – il était impossible de garder complètement ses distances avec un tel homme –, et il lui semblait qu'elle appréciait presque autant sa compagnie qu'autrefois. Peut-être même davantage. Mais ce n'était rien de plus qu'une amitié. Et elle ne permettrait jamais que cela devienne autre chose.

Pourtant, quand elle avait tourné sur la piste de danse entre les bras de son mari, elle n'avait pu s'empêcher de penser qu'elle avait cru un jour que sa vie serait réellement celle-ci. Qu'elle serait acceptée dans la société en tant qu'épouse d'un homme qui partagerait ses sentiments. Une idée qui s'était envolée au lendemain de sa nuit de noces. Et pour le moment, ce qu'il y avait entre elle et James devrait suffire.

Cela signifiait-il pour autant qu'elle ne connaîtrait jamais de mariage heureux ? Et, plus précisément, voulait-elle vraiment que les choses demeurent ainsi ?

12

Violet était une véritable enchanteresse.

James pouvait à peine la quitter des yeux tandis qu'elle dansait avec un autre de ses chanceux cavaliers. Cette nouvelle Violet, mélange ensorcelant de la femme qu'il avait connue autrefois et de celle qu'elle était devenue, était irrésistible. C'était cette femme-là qu'il voulait, qu'il était déterminé à conquérir. Ils étaient faits l'un pour l'autre, c'était une évidence. Il disposait de près de trois ans pour gagner son cœur, et même si cela représentait une longue période, mieux valait ne pas gâcher davantage de temps.

— « Comme ils sont pauvres, ceux qui n'ont pas de patience[1] », lord Ellsworth.

James reporta son regard sur la duchesse.

— Shakespeare ? demanda-t-il.

— Bravo, dit-elle avant de l'observer un moment, James résistant difficilement à l'envie de se tortiller sous ce regard. Vous savez, quand on est duchesse, on attend des personnes auxquelles on s'adresse qu'elles nous accordent un tant soit peu d'attention.

— Mes excuses, Votre Grâce. Je ne…

1. « How poor are they that have not patience », *Othello*, acte II, scène 3.

— Vous regardiez votre épouse, l'interrompit la mère de Neville, balayant ses excuses d'un geste de la main. Vous êtes donc pardonné, fit-elle en reportant son regard sur Violet. Elle a merveilleusement embelli, ne trouvez-vous pas ?

— J'en suis convaincu.

— Si quelqu'un avait pris la peine de la regarder attentivement, voilà toutes ces années, il aurait vu ce potentiel en elle. Même vous.

— J'étais assez bête, en ce temps-là, reconnut James. Je ne savais pas que vous connaissiez Violet.

— Je ne la connaissais pas, mais ces dix dernières années je me suis renseignée sur chaque jeune femme qui a fait ses débuts dans le monde. J'ai cinq fils, ajouta-t-elle en souriant.

— Bien sûr.

— Elle a acquis beaucoup d'élégance pendant vos années de séparation. Et il est évident, du moins à mes yeux, que c'est une femme qui a bon cœur.

James acquiesça.

— Il y a eu des rumeurs à son sujet pendant les années qu'elle a passées à l'étranger. C'était une femme mariée, après tout, et le badinage n'est pas rare, surtout quand un couple est séparé depuis longtemps. Des commérages à votre sujet ont également circulé et nous savons à quoi nous en tenir sur leur véracité, dit-elle en lui décochant un coup d'œil. Croyez-vous aux bruits qui ont couru sur elle ?

Le ventre de James se tordit à l'idée que Violet ait pu aller avec d'autres hommes. Il aurait cependant été le dernier des hypocrites de la condamner pour cela. Son propre comportement était loin d'avoir été irréprochable, et c'était lui qui l'avait laissée partir, qui lui avait dit qu'elle pouvait faire ce que bon lui semblait. S'il voulait aller de l'avant avec elle, il lui faudrait laisser le passé derrière lui – le sien comme celui de Violet.

— Pour être tout à fait franc, je ne pense pas que ce soit important.

Un sourire étira lentement les lèvres de Sa Grâce.

— Excellente réponse. Il semble que vous ayez mûri, finalement. Il fut un temps où cette éventualité paraissait extrêmement lointaine.

— Votre approbation m'honore, fit-il avec un petit rire. Savez-vous toujours tout sur tout le monde ?

— Oui, répondit simplement la duchesse. Je mets un point d'honneur à m'informer. Être une figure importante de la société est loin d'être aussi facile que vous le pensez. J'ai trois belles-filles qui m'aident à rester informée. J'ai bien connu votre mère, vous savez, ajouta-t-elle après un silence.

— Vraiment ?

La duchesse hocha la tête.

— Nous sommes allées à l'école ensemble. C'était une bonne amie. Elle me manque encore aujourd'hui.

— Je l'ignorais.

— Comment l'auriez-vous su ? Vous étiez si jeune quand elle est morte, dit Sa Grâce en reportant une fois de plus son attention sur Violet. Lady Ellsworth lui aurait plu.

— Je le crois.

— J'en suis sûre, affirma la duchesse, qui regarda Violet encore un moment. Il est beaucoup question de vous et de votre épouse, ces temps-ci. Rien de fâcheux, rassurez-vous, mais on spécule sur les raisons de votre réconciliation. Certaines de ces spéculations – à propos de votre fortune et de votre rang – sont assez malveillantes. Elles vous concernent, mais elles concernent surtout Violet.

Il aurait dû s'attendre à quelque chose de ce genre.

— Je vous remercie de m'en parler.

— Veillez à ne rien faire qui puisse aggraver ces rumeurs.

— Je ferai de mon mieux.

— Il faudra bien s'en contenter, n'est-ce pas ?

La musique s'arrêta, et la duchesse fit signe à Violet de les rejoindre.

— J'étais en train de dire à votre époux que vous étiez radieuse, ce soir, lui confia-t-elle. Rares sont les gentlemen qui ne souhaitent pas danser ou échanger quelques mots avec vous.

Violet rit.

— Mon Dieu, j'espère bien que non. J'ai à peine eu le temps de respirer !

— Sa Grâce a malheureusement raison, intervint James avec un soupir théâtral. Je n'ai réussi à obtenir qu'une seule danse avec vous. Avoir une femme aussi brillante et charmante que Violet n'est pas chose aisée, ajouta-t-il sur le ton de la confidence.

— Une telle épouse est un véritable trésor, lord Ellsworth. Et elle a besoin de savoir qu'elle est adorée. Vous feriez bien de vous en souvenir, ajouta la duchesse en le considérant d'un air pensif.

— Je n'ai pas l'intention de l'oublier, répondit-il avec un grand sourire, qu'il adressait également à Violet.

Les joues de son épouse étaient colorées, sans doute du fait de la danse et de la chaleur qui régnait dans la pièce. James sentit toutefois son cœur manquer un battement.

— Vous formez un couple splendide, tous les deux, déclara Sa Grâce avec un petit sourire satisfait. Je l'ai toujours pensé. J'aime que tout finisse pour le mieux. Qu'un conte connaisse une fin heureuse, riche d'une promesse de bonheur éternel.

— Le nôtre n'est pas encore terminé, répondit Violet avec un haussement d'épaules désinvolte. Qui sait ce qui nous attend ? L'incertitude fait partie de la vie, elle nous guette à chaque instant.

— Mais je vous assure, Votre Grâce, déclara James en souriant, que le bonheur conjugal vaut bien tous les efforts qu'il peut parfois exiger.

— Ah, te voilà, Violet ! claironna lady Cranton en les rejoignant, escortée de lady Dalrymple. Oh, vous êtes là aussi, Votre Grâce ! ajouta-t-elle, feignant d'être surprise de découvrir la duchesse.

— Margaret, Éloïse, fit la duchesse plaisamment. Je dois dire que vous vous êtes surpassée, Margaret, déclara-t-elle en parcourant la salle du regard. Cette soirée est un succès incontesté.

— Merci, Votre Grâce, répondit lady Cranton en se rengorgeant. Je tenais à donner aux fiançailles de nos enfants toute la splendeur qu'elles méritent.

— Oui, vous y avez certainement réussi, dit la duchesse en souriant.

James trouvait tout cet étalage assez prétentieux, mais il devait admettre qu'il n'avait encore jamais donné de bal.

— On aime marquer une saison de son empreinte, proclama lady Dalrymple. Surtout pour des fiançailles. Il aurait été fâcheux que tout ne soit pas parfait.

— La perfection, comme tant d'autres choses, réside essentiellement dans l'œil de celui qui regarde, répliqua suavement la duchesse.

— Oui, bien sûr, Votre Grâce. Je redoutais simplement que quelque chose ne tourne mal. Comme cela a pu se produire par le passé, ajouta lady Cranton, ses lèvres ne formant plus qu'une fine ligne désapprobatrice.

James sentit Violet se crisper à côté de lui, mais elle conserva un sourire serein.

— Heureusement, James et Violet ont promis de bien se tenir, ce soir, ajouta lady Cranton.

— Je ne me souviens pas d'avoir fait une telle promesse, dit Violet avec un sourire aimable. Je ne pense pas qu'elle ait été nécessaire.

— Tout s'est déroulé de façon charmante, jusqu'ici, renchérit la duchesse, son regard passant alternativement de la mère à la fille.

— Nous ne voudrions pas une redite du dernier bal de fiançailles auquel Violet a assisté, lâcha lady Dalrymple en décochant à la jeune femme un regard de réprimande.

— Allons, Éloïse, c'était il y a longtemps, dit Sa Grâce d'un ton ferme. Mentionner cela ce soir n'est pas nécessaire.

La mère de Violet ignora ce commentaire.

— Promesse ou non, tu ne voudrais pas gâcher ce bal comme tu as gâché celui de James. Et ses fiançailles du même coup.

Violet se figea.

Pourquoi, au nom du ciel, sa mère jugeait-elle bon d'évoquer cela maintenant ? se demanda James. N'avaient-ils pas laissé ce souvenir derrière eux ? Cependant, ce malheureux rappel lui donnait l'occasion de voler à son secours. De la défendre. D'être son chevalier servant. Son héros.

— C'était entièrement ma faute, lady Cranton, dit-il en regardant sa belle-mère droit dans les yeux. Violet s'est seulement retrouvée piégée par ma propre méprise.

— Si mon souvenir est bon, lord Ellsworth ne donnait pas l'impression d'être le seul fautif, ce soir-là, marmonna lady Dalrymple, assez fort pour être entendue.

— Et pourtant, répliqua James d'un ton plus dur, je l'étais.

— Il était cependant flagrant qu'il y avait beaucoup d'enthousiasme des deux côtés, persista lady Dalrymple en grimaçant. Excepté la gifle, bien sûr.

— Que j'avais bien méritée, s'empressa-t-il d'affirmer en jetant un coup d'œil à Violet, qui ne s'était toujours pas départie de son calme apparent.

— Quoi qu'il en soit, intervint la duchesse, ce n'était qu'un simple baiser. Franchement insignifiant, au regard de tout le reste.

— Des fiançailles ont été gâchées, murmura lady Dalrymple. Je ne qualifierais pas cela d'insignifiant.

— Je le qualifierais de malencontreux, dit James en adressant un sourire à Violet, qui ne faisait absolument pas attention à lui.

— Si la saison n'avait pas été aussi ennuyeuse cette année-là, ajouta la duchesse, cela n'aurait même pas fait scandale. Et il me semble que tout a fini pour le mieux.

— C'est fort aimable à vous de le dire, mais le scandale a été effroyable, lui rappela lady Cranton en plissant les yeux. Et comme si cela ne suffisait pas, alors que James s'était comporté en gentleman en acceptant de l'épouser, elle a fui le pays pour s'en aller faire Dieu sait quoi avec Dieu sait qui !

— Lady Cranton, fit sèchement James.

Violet n'avait même pas cillé, mais elle avait fortement pâli.

La belle-mère de James continua sur sa lancée :

— Elle n'en fait jamais qu'à sa tête. Elle est bien trop indépendante pour être respectable. Nous pouvons nous estimer heureux, Votre Grâce, que vous ayez accepté de fermer les yeux sur le comportement honteux de ma fille aînée en autorisant votre fils à épouser ma chère Caroline.

La duchesse fronça les sourcils.

— Mon Dieu, Margaret, je vous trouve sincèrement trop sévère.

La mère de Violet releva le menton.

— Je dirais plutôt que je ne l'ai pas été assez. Je l'ai accueillie chez moi chaque fois qu'elle a daigné revenir en Angleterre et je l'ai même invitée ce soir, ce qui était sans doute une err…

— En voilà assez ! intervint sèchement James.

Violet posa la main sur son bras.

— Ce n'est pas nécessaire, James. Je suis tout à fait capable de parler pour moi.

— C'est nécessaire. C'est même plus que nécessaire, répliqua James en toisant lady Cranton d'un regard dur. Votre fille est une femme que je suis fier et honoré d'appeler mon épouse. De fait, je me considère comme l'homme le plus chanceux de cette salle. Que dis-je ? Comme l'homme le plus chanceux du monde.

— James, dit Violet, le front plissé.

Il l'ignora.

— Si vous n'êtes pas capable de la traiter avec le respect qui lui est dû, elle ne viendra plus chez vous, et vous ne serez plus la bienvenue chez nous.

— Dans ce cas, il est peut-être temps que vous preniez congé, répliqua lady Cranton.

— Il me semble que la tension de la soirée perturbe vos nerfs, déclara Violet en se penchant vers sa mère tout en baissant la voix, conservant un sourire parfait. Si nous partons maintenant, cela se remarquera et ne manquera pas d'être commenté, créant ainsi le genre de rumeur que vous souhaitez éviter. Et la soirée de Caroline en sera immanquablement ternie. Je refuse que cette fête soit gâchée pour elle.

Lady Cranton la fusilla du regard.

— Je suppose que…

— Non, mère, vous ne direz pas un mot de plus.

La voix de Violet était froide et contenue, mais la colère enflammait son regard. Elle était vraiment superbe.

— James et moi allons rester jusqu'à une heure convenable. À ce moment-là, et pas avant, nous prendrons congé.

— Joliment joué, ma chère, murmura la duchesse.

— À présent, si vous voulez bien m'excuser, j'aperçois quelqu'un à qui je dois absolument parler. C'est une très belle soirée, mère, dit Violet avant de gratifier la duchesse d'un sourire sincère. Votre Grâce, fit-elle avant de se tourner vers les autres dames, qu'elle salua également.

Elle se retourna et se fraya un chemin parmi la foule des invités d'un pas sûr et serein.

— Cette remarque était déplacée, Margaret, déclara la duchesse. Vous m'avez grandement déçue.

— Avec tout le respect que je vous dois, Votre Grâce, répondit lady Cranton en se redressant de toute sa taille, vous n'avez pas de filles. Vous n'avez pas idée du mal que peut vous donner une fille indisciplinée. Et leurs époux ne valent apparemment pas mieux, siffla-t-elle en décochant à James un regard de vipère. Et maintenant, si vous voulez bien m'excuser, ajouta-t-elle en adoptant un sourire radieux, il me faut retourner à mes devoirs d'hôtesse. Votre Grâce, dit-elle avec un hochement de tête avant de s'éloigner, adoptant une démarche presque aussi digne que celle de sa fille.

James se surprit à espérer qu'il s'agissait d'une simple coïncidence et non de l'indication d'un trait de caractère transmis de mère en fille.

Lady Dalrymple regarda son amie s'éloigner avec des yeux écarquillés, puis reporta son attention sur la duchesse.

— Votre Grâce, murmura-t-elle en faisant la révérence avant de se sauver.

La duchesse soupira.

— Mon Dieu !

— Votre alliance avec cette famille vous donnerait-elle à réfléchir, Votre Grâce ? demanda James.

— Malheureusement, il n'y a rien que je puisse faire. Mon pauvre Neville est follement épris de Caroline. Mais ils ne sont pas encore mariés, ajouta-t-elle avant de hausser les sourcils. Vous avez bien fait de défendre Violet.

James tenta sans grand succès de réprimer un petit sourire satisfait.

— Toutefois, cela a peut-être été une erreur, ajouta la duchesse en secouant la tête. Les femmes qui ont pris l'habitude de ne compter que sur elles-mêmes n'apprécient pas toujours qu'un homme parle pour elles.

James fronça les sourcils, perplexe.

— C'est absurde. Je suis persuadé qu'elle a apprécié. Tout à fait persuadé.

— Vous avez beau jouir d'une certaine réputation auprès des femmes, vous ne savez strictement rien d'elles.

— J'ai tenté de me comporter... disons, en héros.

— Le ciel nous préserve des hommes qui se prennent pour des héros, fit la duchesse en levant les yeux au ciel. Cela dit, c'était gentil, même si c'était mal inspiré.

— J'hésite à vous remercier, répondit James.

La duchesse devait certainement se tromper. Il était certain que Violet avait été heureuse qu'il fasse front avec elle contre sa mère.

— Je crois que vous feriez bien d'aller retrouver votre épouse. Malgré son impressionnante manifestation de civilité, je la soupçonne d'être profondément perturbée.

— Oui, bien sûr.

— Et, James..., ajouta la duchesse dans un sourire. Je crois que vous avez raison. Il est fort possible que vous soyez l'homme le plus chanceux du monde.

— Merci, Votre Grâce, répondit-il avec un grand sourire. J'en ai bien conscience.

13

Violet traversa la salle de bal d'un pas serein, un sourire fermement accroché à ses lèvres, comme si elle ne se préoccupait pas d'autre chose que de son prochain cavalier. Une multitude d'émotions fourmillaient pourtant dans son ventre et dans sa tête. Elle avait besoin de se retrouver seule un moment, de respirer profondément et d'attendre que le tremblement de ses mains et celui qui la secouait tout entière se dissipent.

Elle quitta la salle de bal aussi gracieusement qu'elle le put et se dirigea vers la bibliothèque. Avec ses rayonnages interminables, ses odeurs puissantes, évocatrices de terres inconnues et d'aventures insoupçonnées, la bibliothèque avait toujours été sa pièce préférée quand elle était enfant, une pièce qui était même devenue un refuge quand elle avait grandi. Combien de fois était-elle allée se lover dans le profond canapé de cuir qui trônait au bout de la pièce, face à la cheminée, pour se plonger dans une nouvelle histoire ? Les portes-fenêtres en vitrail donnaient sur un petit balcon où elle pouvait s'imaginer qu'elle était l'une de ces héroïnes pleines d'entrain dont elle lisait les aventures. Un refuge était certainement ce dont elle avait besoin dans l'immédiat. Et la bibliothèque se trouvait fort heureusement tout près de la salle de bal.

Elle se glissa dans la pièce, referma la porte derrière elle et laissa aller son dos contre le battant. Seigneur, qu'est-ce qui n'allait pas chez elle ? On aurait pu penser à bon droit que les dîners en famille de ces dernières années l'avaient préparée à l'attitude désagréable de sa mère. Mais ce soir, c'était différent. Sa mère avait tenu à l'humilier devant des témoins de son erreur passée. Une erreur qui avait été commise au cours d'un bal de fiançailles, si bien que chacun pouvait faire le lien entre le bal du jour et celui qui avait eu lieu six ans plus tôt.

Elle avait bien fait de se sauver. Même si prendre la fuite lui donnait l'impression de se retrouver six ans en arrière et qu'il suffisait d'un seul sarcasme de sa mère pour faire craqueler le fin vernis d'assurance et de raffinement qu'elle avait acquis depuis lors.

— Dieu merci, c'est toi, dit une voix depuis le fond de la pièce alors que la tête de Caroline surgissait derrière le dossier du canapé.

— Qu'est-ce que tu fais là ? demanda Violet.

— Oh..., dit sa sœur en tapotant sa coiffure. Rien de bien important.

Un rire masculin mal étouffé s'éleva du dossier du canapé.

— Tu n'es pas seule, n'est-ce pas ? fit Violet, choquée.

— Quelle perspicacité, ma chère sœur, dit Caroline d'un ton railleur.

— Mon Dieu, Caroline, mais à quoi penses-tu ? s'écria Violet en levant les yeux au ciel. Venez, Neville, ajouta-t-elle. Maintenant que je suis ici, nous allons pouvoir sortir tous ensemble, et personne ne se doutera de rien.

— Il y a juste un petit problème...

Un très beau jeune homme surgit du canapé, un grand sourire aux lèvres. Un sourire que Violet trouva aussitôt familier. Un jour, elle était tombée amoureuse d'un sourire semblable. C'était le même que celui de James.

— Je ne suis pas Neville !

Violet lança un regard noir à sa sœur.

— Est-ce que tu te souviens que c'est ton bal de fiançailles ?

— Évidemment que je m'en souviens.

Le jeune homme se redressa, puis aida Caroline à se lever.

— Peut-être ne m'as-tu pas entendue, dit Violet en haussant les sourcils. Je t'ai demandé ce que tu faisais là.

La question était franchement stupide. Ce que faisait Caroline était plus qu'évident.

— Faut-il que je m'en aille ? demanda le jeune homme à Caroline, tout en ramassant sa veste sur le bras du canapé pour l'enfiler.

— C'est sans doute préférable, répondit Caroline en lissant les plis de sa robe.

— Oui, c'est assurément préférable, déclara Violet.

Le jeune homme au sourire malicieux porta la main de Caroline à ses lèvres en la regardant comme si elle était l'unique femme de toute la création. Violet ne put s'empêcher de penser qu'il faisait montre d'un talent des plus prometteurs.

— À bientôt, ma charmante.

Caroline gloussa.

— Il n'y aura pas de bientôt, gronda Violet. Ma sœur est sur le point de se marier.

Le jeune séducteur gagna la porte d'un pas sautillant, s'arrêtant au passage devant Violet. Il était vraiment exceptionnellement beau.

— Je suis prêt à passer outre, répondit-il en lui décochant son sourire à damner une sainte avant de quitter la pièce.

Dès que la porte se fut refermée derrière lui, Violet se tourna vers sa sœur.

— As-tu la moindre idée de ce qui serait arrivé si quelqu'un d'autre que moi vous avait découverts ?

— Cela aurait sans doute posé problème, répondit Caroline en chassant un grain de poussière de sa robe. Mais ce n'était pas un rendez-vous arrangé, tu sais. C'était complètement imprévu.

Tout en s'approchant de la fenêtre pour inspecter son reflet face à l'obscurité de la nuit, elle ajouta :

— Tout le monde fait ça.

— Certainement pas ! s'exclama Violet.

— C'était la passion, Violet. Une passion irrésistible, dit sa sœur en lissant sa coiffure, dont elle rajusta les épingles. D'après ce que j'ai entendu dire, tu comprends la passion…

Violet la dévisagea.

— Je te demande pardon ?

— Oh, allons, tu sais parfaitement de quoi je parle, répondit sa sœur, son regard croisant celui de Violet sur la vitre. Si j'en crois la rumeur, tu n'es pas en position de me reprocher mes incartades.

— À ta place, je ne croirais pas tout ce que j'entends dire.

— Oh, je ne crois pas tout, répondit Caroline en disciplinant une mèche de cheveux. Mais entre la réputation de ton mari et la tienne, tu n'as vraiment aucune raison de te croire supérieure.

Violet faillit protester, puis jugea cela inutile. Apparemment, le prix à payer quand on laissait se répandre des rumeurs infondées, c'était une sœur décidée à suivre son propre chemin scandaleux. Elle prit une longue inspiration.

— Rien ne t'oblige à épouser Neville si tu n'en as pas envie.

Caroline écarquilla les yeux.

— Pourquoi diable n'aurais-je pas envie d'épouser Neville ?

— Si tu lui préfères quelqu'un d'autre.

— Ne sois pas sotte. Neville est exactement ce que je veux, et avec moi il obtient exactement ce qu'il cherche, déclara Caroline en se retournant pour faire face à sa sœur. Je ne suis pas idiote, Violet. Grâce à Neville, je jouirai d'un statut élevé dans la société. En retour, il aura une femme éblouissante et les héritiers dont il a besoin. Une fois que je les lui aurai donnés, mes obligations seront remplies. Et maintenant, ce n'est pas que ce tête-à-tête entre sœurs m'ennuie, déclara-t-elle avec un sourire plaisant en se dirigeant vers la porte, mais je dois retourner auprès de mon fiancé.

— Je te trouve bien injuste envers lui.

— Ma chère sœur, dit Caroline en jetant un coup d'œil à Violet par-dessus son épaule, Neville n'a jamais été aussi heureux de sa vie.

Et, sur un petit sourire satisfait, Caroline quitta la pièce, laissant derrière elle la porte de la bibliothèque entrouverte.

Sous le choc, Violet resta un instant pétrifiée, puis tourna les talons, traversa la pièce et sortit sur le balcon. Accoudée à la balustrade, elle prit une longue inspiration et laissa son regard se perdre dans la nuit. Elle ne s'était absolument pas doutée de la véritable nature de sa sœur. Pas plus que de la rancune que sa mère éprouvait encore à son égard.

— Tout va bien ? s'enquit James en la rejoignant sur le balcon.

Violet se souvint qu'il l'avait agacée, lui aussi.

— Qu'avez-vous entendu, exactement ? demanda-t-elle.

— J'atteignais la porte à l'instant où Caroline sortait, répondit-il. Elle arborait une expression que je qualifierais de triomphale.

Violet haussa les épaules. James plissa le front.

— Vous a-t-elle dit quelque chose ?

— Elle m'a dit toutes sortes de choses. J'ignorais qu'elle ressemblait à ce point à ma mère. Mais ma sœur, je m'en accommode. Et de ma mère aussi, d'ailleurs. Le fait est que vous n'aviez pas besoin de vous en mêler.

James parut sur le point de répondre, mais garda le silence.

— Qu'y a-t-il ? demanda-t-elle en plissant les yeux.

— Sur le moment, vous donniez l'impression d'avoir besoin d'aide.

— C'était une fausse impression, répliqua-t-elle en reportant son regard sur le jardin.

— J'ai cru que vous en aviez besoin, dit-il. Je le pense toujours.

— Eh bien, vous avez tort.

Il redressa les épaules.

— Je vous ai défendue.

— Je n'ai pas besoin qu'on me défende. Je ne veux pas qu'on le fasse. Je me suis très bien défendue toute seule ces six dernières années, merci.

— Certes, mais maintenant vous êtes ici et…

— Et ?

— Et vous n'avez plus besoin de vous défendre.

— Pourquoi cela ? demanda-t-elle en haussant les sourcils.

— C'est désormais ma responsabilité. Je suis censé veiller sur vous.

Violet le toisa d'un regard sceptique.

— C'est un peu tard pour cela, vous ne trouvez pas ?

— Je tâche d'y remédier.

— Ah, oui, votre volonté de vous amender.

— Cela y participe, bien sûr, mais… je suis votre mari, déclara-t-il en se redressant. Je dois veiller à votre entretien ainsi qu'à votre protection.

Violet pouffa.

— Pas dans ce mariage.

— C'est ainsi que fonctionnent tous les mariages, répliqua-t-il d'un ton ferme.

— Selon qui ?

— Tous les hommes que je connais.

Dans d'autres circonstances, Violet aurait peut-être trouvé cette déclaration plutôt amusante. Mais elle n'était pas d'humeur à s'amuser.

— Avez-vous la moindre idée de ce que j'ai ressenti face à votre *défense* ? Elle a donné l'impression que je n'étais pas capable de me défendre seule. De n'être qu'une faible femme. J'ai détesté cela.

— J'ai seulement essayé de vous aider, répondit-il d'un ton un peu plus vif. D'être votre héros.

— De grâce, James ! lâcha-t-elle en levant les yeux au ciel. Voilà longtemps que j'ai cessé de croire aux héros.

— Je peux peut-être vous faire changer d'avis.

Elle l'étudia un long moment. Elle n'avait pas souhaité son aide, n'en avait pas eu besoin, mais il était plutôt attendrissant. Elle soupira.

— Peut-être.

Il la dévisagea à son tour.

— Vous le pensez vraiment ?

C'était inévitable, au fond. Il se contentait de se comporter en ami loyal et en époux parfait. Elle hocha la tête.

— Je suppose que oui.

— Parfait, dit James en souriant. Je savais que je vous aurais à l'usure.

Elle haussa de nouveau les sourcils.

— Pas tout de suite, s'empressa-t-il d'ajouter. Mais un jour.

— Qu'est-ce qui vous rend aussi déterminé ?

Elle n'était pas certaine de vouloir entendre sa réponse. Elle retint son souffle.

— Ne pas essayer d'arranger les choses entre nous fut l'une de mes erreurs, déclara-t-il en croisant son regard. Et je pensais sincèrement ce que j'ai dit à votre mère. Ces six dernières années sont entièrement ma faute, et tout a commencé le soir où je vous ai embrassée.

— C'était une erreur, James. Vous m'aviez prise pour Marie, dit-elle.

— Me pardonnez-vous, alors ?

— Ma foi, oui. Pour le baiser, je suppose que je vous pardonne.

— Tant mieux. Je préfère commencer notre nouvelle vie ensemble sur des bases honnêtes.

Seigneur, il ressemblait à un pauvre enfant perdu. Violet réprima un sourire.

— L'honnêteté est généralement une bonne idée.

— C'est ce que je me suis dit, approuva-t-il, avant de marquer une pause. J'ai autre chose à vous avouer. À vrai dire, cela fait déjà un bon moment que j'y pense.

— Il me tarde d'entendre cela.

Il poussa un long soupir et croisa son regard.

— Ce n'était pas une erreur.

Elle fronça les sourcils.

— Qu'est-ce qui n'était pas une erreur ?

La réponse la frappa soudain, et elle prit une brève inspiration avant de demander :

— L'incident ?

— J'y ai toujours pensé en appelant cela « le baiser », mais « l'incident » convient aussi.

— Vous m'avez embrassée délibérément ? s'enquit-elle avec prudence. En sachant que c'était moi et non Marie ?

Il ne pouvait pas avoir dit ça. Elle devait se tromper.

— Je le crains, confirma-t-il en grimaçant.

— Mais… pourquoi ? demanda-t-elle en secouant la tête.

— Je ne voulais pas l'épouser. Je savais que si je vous embrassais, elle l'apprendrait forcément et qu'elle romprait avec moi.

Elle le dévisagea, incrédule.

— C'est bien la chose la plus stupide que j'aie jamais entendue !

— Oui, je m'en rends compte à présent.

— Si vous ne vouliez pas l'épouser, il vous suffisait de parler ! D'annuler !

— J'avais l'intention de le faire. Mais je ne savais pas comment. Et puis l'occasion s'est présentée, et quand j'ai vu un nouveau moyen d'y couper je l'ai saisi, dit-il avec un haussement d'épaules désabusé. *Carpe diem* et toutes ces sortes de choses.

— *Carpe diem* ? répéta-t-elle avant de hausser le ton. *Carpe diem* ? Est-ce que vous avez songé aux conséquences ?

— Quand on saisit l'instant présent, on pense rarement aux...

— Vous avez détruit ma réputation !

— Je sais et je m'en exc...

— Vous avez gâché ma vie !

— Je sais cela aussi et je suis...

— Vous avez fait de moi l'objet d'un scandale ! rugit-elle en le fusillant du regard. Vous m'avez privée de toute possibilité de mariage convenable.

— Je vous ai quand même épousée, fit-il comme si cela suffisait à tout excuser.

— Sous le coup d'un sentiment d'obligation déplacé !

— Parce que c'était mon devoir de gentleman, déclara-t-il d'un ton résolu.

— À seule fin de réparer un problème que *vous* aviez causé, dit-elle en secouant la tête. Vous n'aviez aucune envie de m'épouser.

— Non, ce n'est pas je ne voulais pas vous épouser. Je ne voulais pas du tout me marier, rectifia-t-il. Et puis, vous auriez pu dire non.

— Ah, vraiment ? Parce que vous croyez que j'avais le choix ?

— Eh bien, je...

— Et après cela, vous m'avez jetée aux orties !

— Ce n'est pas tout à fait exact, objecta-t-il en fronçant les sourcils.

— Ah, non ? fit-elle en dardant sur lui un regard noir. C'est *vous* qui avez décidé que nous vivrions chacun de notre côté. C'est *vous* qui avez voulu que chacun mène sa vie comme bon lui semble. *Vous* ne m'avez pas laissé le choix.

Le front de James se plissa.

— Je me suis efforcé de faire ce qui était le mieux. Pour nous deux.

— Pour nous deux ? Ah, ça ! lâcha-t-elle en s'efforçant de garder un semblant de sang-froid, auquel elle renonça aussitôt. Vous vouliez le beurre et l'argent du beurre, voilà la vérité !

— Nous avons déjà établi que j'avais commis de nombreuses erreurs...

— De terribles décisions et d'effroyables erreurs ! dit-elle en croisant les bras. De quoi s'agissait-il, cette fois ?

— Des deux à la fois ! répliqua-t-il.

— Exactement ! Des deux à la fois !

Elle avait encore du mal à se faire à l'idée que son baiser mal inspiré avait été délibéré.

— Pourquoi moi ? demanda-t-elle finalement.

Il secoua la tête, perdu.

— Comment cela, pourquoi vous ?

— Pourquoi m'avez-vous embrassée, moi ? Pourquoi pas une autre ?

— Parce que vous étiez... Violet.

Elle le dévisagea.

— Qu'est-ce que ça veut dire ?

Il fit la grimace.

— Je ne sais pas.

— Que cette pauvre cruche de Violet pouvait bien endurer un baiser, c'est ça ? Qui sait, ça la rendrait peut-être plus attirante aux yeux des autres, c'est ça ?

— Non ! protesta-t-il. Je vous ai dit que je n'avais pas réfléchi aux conséquences.

— Et dire qu'il m'est arrivé de ressentir de la pitié pour vous ! dit-elle en secouant la tête. Forcé d'épouser une femme que vous ne vouliez pas épouser à cause d'une stupide erreur. Jamais je n'aurais pu imaginer...

Sans crier gare, James l'attira dans ses bras et pressa ses lèvres contre les siennes. Elle se figea. Il suffit du contact de ses lèvres sur ses lèvres, de l'impression que c'était inévitablement ce qui devait être, pour qu'elle soit transportée à une autre époque et revive un autre bal, un autre baiser. Dieu lui vienne en aide, elle se sentit alors fondre et, comme six ans auparavant, lui rendit son baiser. Elle s'immergea dans la saveur de sa bouche, la tiédeur de son parfum épicé et la sensation de son corps pressé contre le sien.

Finalement, il leva la tête et plongea le regard au fond de ses yeux.

— Pourquoi avez-vous fait cela ?

Elle avait eu toutes les peines du monde à prononcer ces mots.

— Il m'a semblé entendre quelqu'un dans la bibliothèque.

— Il n'y a personne, répondit-elle d'une voix haletante dont elle s'agaça secrètement.

— J'ai sans doute fait erreur.

— Une de plus ?

— Mieux vaut éviter d'être surpris en pleine dispute. Cela susciterait des rumeurs et...

— Et vous perdriez tout, le coupa-t-elle en se dégageant de ses bras. Il faut que je retourne dans la salle de bal, ajouta-t-elle en reculant.

— Au moins, cette fois, vous ne m'avez pas giflé.

Il sourit, et Violet lui trouva l'air idiot.

— Pas encore, mais je me réserve le droit de le faire plus tard, dit-elle en se dirigeant vers la porte. Et vous pouvez cesser de sourire, maintenant, James.

— J'ai trouvé cela assez impressionnant de perfection, lança-t-il derrière elle.

— Oui, je reconnais que vous avez toujours su embrasser ! fit-elle avant de pivoter vers lui. Vous m'avez menti, James, gronda-t-elle d'un ton accusateur. Pendant six ans, vous m'avez menti.

— Oui. Et j'ai menti à tout le monde. Non que ça constitue une excuse, j'en ai bien conscience.

— Les autres, je m'en contrefiche. Je vous avais accordé le bénéfice du doute. Comment pourrais-je jamais vous refaire confiance ?

Elle tourna les talons et quitta la pièce.

Le fait qu'il l'ait embrassée délibérément, qu'il ne l'ait pas confondue avec Marie, éclairait tout ce qui s'était passé entre eux d'un jour différent. Et puis il l'avait embrassée de nouveau, et tout ce qu'elle avait ressenti, tout ce qu'elle avait essayé d'ignorer, l'avait complètement submergée. Comment pouvait-elle espérer survivre aux trois années qui s'annonçaient devant elle ? Comment avait-elle pu ne pas voir la faille dans ce projet fou ?

Violet venait de comprendre qu'elle était amoureuse de son mari. Qu'elle n'avait jamais cessé de l'être.

14

— ... vous comprendrez donc sans peine qu'il m'est impossible de rester à Londres. Avec un homme à qui je ne peux pas faire confiance. Avec lui ! clama Violet, qui arpentait le salon, ne cessant d'aller et venir entre la cheminée et la porte tout en se tordant les mains. Je ne peux tout simplement pas faire cela. Personne ne le pourrait, c'est trop demander.

Effie, Gwen et Poppy étaient assises en rang d'oignons sur le canapé, leurs têtes suivant les va-et-vient de Violet comme si elles assistaient, captivées, à un match de tennis. Elles ne s'étaient pas attendues à cela en venant à Ellsworth House pour demander comment s'était passé le bal de la veille. Elles semblaient toutefois apprécier le thé servi par Andrews ainsi que les excellents gâteaux et les biscuits de la cuisinière.

— Nous comprenons ce qui vous contrarie, dit prudemment Effie en déposant un autre biscuit sur son assiette déjà surchargée.

— Ce que je ressens se situe bien au-delà de la contrariété. On est contrarié quand une valise tarde à arriver. Quand le départ d'un train est repoussé. Ou quand votre talon se prend dans l'ourlet de votre robe. Oh, non, je ne suis pas simplement contrariée. Je suis furieuse.

— N'importe qui le serait, commenta Gwen.

Violet s'immobilisa soudain à mi-parcours, le regard flamboyant de colère.

— Il m'a menti. Pendant six ans, il m'a menti. Six ans ! Depuis le premier instant.

Pendant un moment, la veille au soir, quand il l'avait embrassée, elle avait oublié l'infâme supercherie qui avait tout déclenché.

— Tout notre mariage reposait sur un mensonge, cracha-t-elle, serrant les dents de rage. C'était déjà assez terrible quand je croyais qu'il s'agissait d'une erreur...

— Une erreur parmi d'autres, apparemment, nota Gwen.

— Sa vie n'est qu'une longue série de mauvaises décisions. Et je figure apparemment au sommet de cette liste ! s'indigna Violet.

— Mais, d'après ce que vous avez dit, il a au moins le mérite de les reconnaître, glissa Poppy avec un sourire hésitant. Reconnaître ses erreurs, c'est le premier pas vers la volonté de les réparer et de s'amender.

— On ne peut pas réparer un tel mensonge. Comment le pourrait-on ?

Dire qu'elle avait commencé à croire tout ce qu'il n'arrêtait pas de dire sur elle – sur eux deux.

— Je lui avais pardonné, mais maintenant que je sais qu'il ne s'agissait pas d'une erreur et qu'il m'a menti pendant toutes ces années, maintenant que je connais la vérité... comment pourrais-je lui accorder de nouveau mon pardon ? Et, pour couronner le tout, dit-elle en se laissant choir sur l'un des fauteuils qui faisaient face au canapé, il m'a embrassée !

— Mon Dieu, souffla Poppy en écarquillant les yeux.

— Comme c'est intéressant, fit Gwen.

— Comme si un baiser pouvait racheter six ans de mensonges, marmonna Effie. J'espère que vous l'avez giflé. Avec force.

— À dire vrai… je lui ai rendu son baiser, avoua Violet d'un ton résigné.

Elle ne savait toujours pas pourquoi elle l'avait fait. Ses genoux s'étaient dérobés, son sang s'était mis à pulser dans ses veines, son cœur à enfler, et elle s'était accrochée à lui telle une femme qui s'agrippe à un canot de sauvetage pour éviter de se noyer. James l'avait tout simplement embrassée par surprise – il n'y avait rien d'autre à ajouter. Alors oui, elle s'était dit la veille qu'elle était amoureuse de lui et qu'elle l'avait toujours été. Mais, à la froide lumière du matin, elle avait catalogué cette idée comme complètement absurde.

— Je pense qu'il vous suffit d'oublier ça, dit Gwen. Il vous a prise au dépourvu, voilà tout. Franchement, Violet, ce n'était qu'un simple baiser.

Violet grimaça.

— Ce baiser était tout sauf simple.

Effie haussa les sourcils.

— Il s'agissait donc d'un baiser exceptionnel ?

— Je le crains.

Ce baiser avait submergé ses sens et s'était emparé de son âme avant d'aller se loger dans une région voisine de son cœur. La sensation de chute au creux de l'estomac et les sentiments qu'elle avait eus pour James autrefois avaient brusquement resurgi avec toute la violence d'une catastrophe naturelle. Des sentiments qu'elle s'était appliquée à nier pendant six ans. Elle avait réussi à se convaincre que ce qu'elle avait éprouvé autrefois n'était ni l'amour fou ni la passion, mais un engouement de gamine. Que cela passerait avec le temps. Ce qui s'était produit, d'ailleurs. Penser autre chose n'avait été qu'une aberration passagère.

— James vous a donc embrassée et vous lui avez rendu son baiser, dit lentement Gwen. Et vous avez partagé un baiser extraordinaire.

Violet hocha la tête.

— Il faut dire que le précédent remontait à six ans, ajouta Poppy en remplissant sa tasse.

— Et maintenant, comme vous avez découvert qu'il vous avait menti pendant six ans et qu'il a eu l'audace de vous embrasser, vous voulez détaler en Europe tel un renard effrayé par une meute de chiens, résuma Gwen avec un sourire innocent. C'est bien ça ?

— Absolument pas ! dit vivement Violet. Je ne suis pas du tout effrayée.

Effie haussa les sourcils, son expression sceptique reflétant celle qui s'était peinte sur le visage de ses amies.

— Bon, peut-être que je le suis un peu, admit Violet. Hier soir, James m'a fait ressentir des choses que je n'avais pas ressenties depuis six ans.

— Voilà qui change un peu l'histoire, commenta Poppy en écarquillant les yeux.

— Je n'avais encore jamais dit cela à personne. Je ne pensais pas le faire un jour.

— Vous pouvez compter sur notre discrétion, assura Gwen en ajoutant une cuillère de sucre dans son thé.

— Cessez donc de vous agiter, ma chère Violet, dit Poppy en grimaçant. Vous nous donnez le mal de mer.

— Pardon.

La vérité, c'était que Violet était trop remontée pour rester tranquillement assise. Si elle se dandinait sur son siège, c'était pour éviter d'en bondir. C'était effectivement absurde, mais elle ressentait le besoin urgent de s'enfuir. Un besoin alimenté par une nuit sans sommeil et une foule de questions sans réponses. C'était parfaitement ridicule. La soirée de la veille s'était soldée par un éclatant succès personnel. En dehors de sa mère et de lady Dalrymple, personne ne se souciait plus du scandale qui avait conduit à son mariage. Pourtant, un sentiment proche de la panique enflait en elle. Un sentiment qu'elle n'aimait pas du tout et qui l'incitait à quitter Londres au plus vite. Ses malles étaient déjà bouclées, et elle avait adressé un message à Cléo pour l'informer de leur départ imminent.

Elle prit une longue inspiration.

— Vous savez dans quelles circonstances James et moi nous sommes mariés.

— À cause d'un baiser délibérément accidentel, répondit Poppy avant de froncer les sourcils et de se corriger : Ou plutôt d'un baiser accidentellement délibéré.

Gwen gratifia Poppy d'un regard patient puis reporta son attention sur Violet.

— Poursuivez, ma chère.

— J'avais... des sentiments pour lui, à l'époque. Des sentiments dont je me suis dit par la suite qu'ils n'étaient pas... profonds, finalement.

— Comme on a souvent tendance à faire, approuva Effie avec un hochement de tête.

— Quand il m'a embrassée la première fois, j'ai cru qu'il partageait mes sentiments et qu'il venait miraculeusement de s'en rendre compte. C'était idiot de ma part, évidemment, ajouta Violet en secouant la tête. J'avais tort. Et puis, après notre mariage, lorsqu'il s'est dit déterminé à ce que nous menions des vies séparées...

— Il vous a brisé le cœur, compléta Poppy avec un sourire compatissant.

— Le mufle, marmonna Effie.

— Hier soir, quand il m'a embrassée, je venais d'avoir des mots avec ma mère et une scène assez déplaisante avec ma sœur. Et il venait tout juste de m'avouer que le baiser qui a tout déclenché n'avait pas été une erreur, contrairement à ce qu'il avait toujours prétendu. J'ai eu l'impression d'avoir de nouveau vingt et un ans. Que tout ce que j'étais devenue disparaissait. Je ne sais pas si ce que je dis fait sens, ajouta-t-elle avec un froncement de sourcils. Mais j'ai peur, si je reste ici, de redevenir celle que j'étais il y a six ans et…

— Et que James vous brise une fois de plus le cœur, conclut simplement Gwen.

Violet se frotta le front.

— Quelque chose comme ça, oui.

— Permettez-moi de m'assurer d'avoir bien compris, reprit Gwen. Vous avez peur de redevenir celle que vous étiez autrefois. La fille qui est tombée amoureuse de James. La fille qui a eu le cœur brisé.

Violet acquiesça.

Effie l'étudia un moment.

— Ne pensez-vous pas que la femme que vous êtes aujourd'hui est plus forte que la femme que vous étiez alors ?

— Cela va sans dire, répondit Violet en écarquillant les yeux.

— Mais cette femme craint que le passé – James inclus – ne prenne le pas sur le présent, continua Effie. Et alors quoi ? Qu'elle ne soit pas assez forte ?

— C'est encore une autre chose que je ne sais pas.

Violet baissa les yeux sur ses mains, croisées sur ses genoux. Elle pouvait presque voir l'alliance qu'elle avait cessé de porter le jour où elle avait décidé de quitter Londres.

— La première année, il aurait suffi qu'il me le demande pour que je revienne. La deuxième année aussi. Mais à la fin de la deuxième année, quand je suis revenue à Londres, j'ai compris qu'il avait continué à vivre comme s'il ne s'était jamais marié.

— Il y avait eu d'autres femmes, dit Poppy en hochant doctement la tête.

Violet acquiesça.

— Son comportement ne m'a pas réjouie, mais il ne m'a pas affreusement surprise. Je savais qui était James, après tout. Ce qui ne m'a pas empêchée d'être fâchée. Et déçue. Il était grand temps que j'accepte la réalité. Il ne voulait pas de moi. Il n'avait jamais voulu de moi. Il ne voudrait sans doute jamais de moi, ajouta-t-elle en levant les yeux vers le trio de vieilles dames.

Gwen se rembrunit. Poppy renifla.

— Le goujat, marmonna Effie.

— Alors, je l'ai sorti de ma tête.

Et de mon cœur.

— Je ne le voyais jamais quand je revenais à Londres, continua Violet. Ces dernières années, oncle Richard me disait souvent qu'il avait changé. Mûri, si vous préférez. Richard pensait sincèrement que James et moi étions faits l'un pour l'autre. Et même si, dans le coin de ma tête qui rêve encore aux contes de fées, j'avais envie de le croire, je n'y arrivais pas. Je suis la femme de James depuis six ans, et pendant ces six années il n'a jamais fait aucun effort pour que nous nous réconciliions. Il ne m'a jamais écrit, jamais suivie, ne s'est jamais mesuré à moi et ne s'est absolument jamais battu pour reconquérir mon affection. On pourrait penser qu'un homme qui a vraiment changé voudrait remettre de l'ordre dans cette partie de sa vie.

— On pourrait le penser, oui, murmura Poppy.

— Les hommes sont idiots, ma chère, constata Effie. Poursuivez.

— Il a dit des choses, ces dernières semaines, qui ont pu m'amener à croire…

Violet s'efforça de rassembler ses pensées, mais son esprit n'était plus qu'un chaos de pensées et d'émotions contradictoires.

— Comment savoir à présent s'il ne dit pas ce qu'il dit dans le seul but de continuer à me faire accepter les termes du testament de Richard ? Et que se passera-t-il au bout de trois ans ? ajouta-t-elle en relevant le menton. Il m'a déjà repoussée une fois, comprenez-vous. Je ne veux pas revivre cela.

— Vous avez bien conscience que si vous partez maintenant, il perdra tout, dit Gwen. Et vous aussi.

— Oui, je reconnais que c'est un problème.

Violet n'avait pas la moindre idée de la façon dont elle financerait son train de vie et les causes qui lui tenaient à cœur. Mais, pour l'instant, la pauvreté lui semblait insignifiante. Elle avait échangé des lettres au sujet de l'état de ses comptes, mais les explications qu'on lui avait fournies n'étaient pas très claires. Ce n'était pas la première fois qu'elle envisageait d'aller à Paris pour évaluer en personne la situation.

— Il faudrait sans doute que je trouve un moyen de subvenir à mes besoins. En publiant le récit de mes voyages ou en organisant la visite des sites où je suis allée, peut-être. À moins que je n'ouvre une agence de voyages spécifiquement destinée aux femmes – voyager est si compliqué quand on est une femme !

— Quelle merveilleuse idée, commenta pensivement Poppy.

— N'allez pas trop vite en besogne, Violet, dit Gwen. Il me semble, à moi, que tout a été un peu trop facile pour James, jusqu'ici.

— Que voulez-vous dire ? demanda Violet en fronçant les sourcils.

— James a besoin que vous restiez auprès de lui pour maintenir l'apparence d'un couple heureux. Il n'a pas grand-chose à faire, au fond, si ce n'est se montrer charmant et prévenant, expliqua Gwen en haussant les épaules.

— Tu as entièrement raison, Gwen, lança Effie en se redressant. Si James veut son héritage, et s'il veut reconquérir Violet, il peut bien faire quelques efforts.

— Et prouver ainsi qu'il a vraiment changé, approuva Poppy en hochant la tête.

— L'obliger à faire des efforts pour obtenir son héritage, c'était mon idée de départ, dit Violet. James n'a jamais eu à fournir le moindre effort de sa vie.

Mais il lui avait fait miroiter la possibilité d'une amitié qui pourrait dériver vers autre chose – amour, idylle, mariage heureux et bonheur éternel, peut-être ? Et Violet y avait cru. Les terribles décisions et les effroyables erreurs n'étaient apparemment pas l'apanage du seul James.

— Votre vie se passait très bien avant la mort de Richard, répliqua Gwen. Une vie que vous n'aviez pas choisie, à l'origine. Pourquoi devriez-vous être maintenant la seule à changer de vie sous prétexte que Richard a décidé de vous réconcilier depuis l'au-delà ?

— N'oubliez pas, Violet, que sans vous James ne recevra pas son héritage, ajouta Poppy. Vous êtes un élément crucial dans cette entreprise.

— Quoi que vous ressentiez en ce moment, vous exercez sur la tournure des événements un contrôle absolu. Par conséquent, il me semble donc..., renchérit Effie en regardant ses amies, qui hochèrent la tête, ... il *nous* semble donc que si vous souhaitez aller à Paris ou n'importe où ailleurs, vous êtes entièrement libre de le faire.

— Et James sera tenu de vous suivre ou bien de renoncer à son héritage, déclara Gwen.

— James n'a pas un tempérament de suiveur, objecta Violet.

— Le James que vous avez épousé, peut-être. Mais le nouveau James est différent, n'est-ce pas ? demanda Poppy.

— Apparemment, fit Violet, son regard passant d'une femme à l'autre. Vous pensez donc que je devrais partir ? Pour Paris, peut-être même pour Florence et Athènes ?

— C'est la seule chose à faire, approuva Poppy.

— Si vous limitez votre voyage à Paris, vous pourrez être de retour dans moins d'une semaine, si vous voulez, observa Effie. Cela entamera la limite de quatorze jours par an de temps passé séparément, mais cela vous permettra de décider si vous avez envie de rester ici avec James ou pas. Si vous vous sentez capable de fermer les yeux sur le mensonge qui a déclenché tout ceci.

— Et les six années qui ont suivi, ajouta Poppy.

— Vous vous êtes trouvée propulsée dans cette situation sans avoir votre mot à dire, continua Effie. Vous aviez pourtant signifié, au moment de la lecture du testament de Richard, que vous aviez des événements et des déplacements prévus.

— En effet. C'est d'ailleurs toujours le cas, déclara Violet, qui se sentit soudain redevenir elle-même.

— Partir un moment vous permettra peut-être de remettre de l'ordre dans vos pensées, suggéra Gwen avec un sourire d'encouragement.

— Et nous sommes bien placées pour savoir que se retrouver avec un mari présent en permanence peut être éprouvant, fit Poppy avec une grimace.

— Vous devriez partir pour Paris immédiatement, conseilla Effie.

— Ce ne serait pas correct de partir sans rien lui dire, protesta Violet avec un sourire mauvais. L'idée de se comporter correctement manque pourtant singulièrement d'attrait, en ce moment.

— Était-ce correct de la part de James, ou de Richard, de vous mettre dans cette situation, pour commencer ? demanda Gwen. Pas le moins du monde.

— James a fait de moi l'objet d'un scandale et n'a pas eu le courage de me dire la vérité pendant six ans. Il a changé le cours de ma vie sans aucune considération pour mes sentiments.

— Et Richard l'a changé à son tour, ajouta Effie. Sans vous consulter. Cela, ma chère enfant, c'est vraiment incorrect.

— Absolument, dit Violet, sentant sa résolution s'affermir.

Si James voulait son héritage, et s'il voulait la reconquérir, il allait devoir faire des efforts.

Des voix résonnèrent à l'extérieur du salon, et elle s'arma de courage.

— Violet, lança James en avançant dans la pièce, arborant un sourire plutôt satisfait.

Comme si le fait de l'avoir embrassée et, plus significativement, qu'elle lui ait rendu son baiser avait tout changé entre eux. Elle regretta de ne pas l'avoir giflé la veille.

James se tourna vers les trois vieilles dames assises sur le canapé.

— Comment se portent mes anges gardiens préférés, aujourd'hui ?

Gwen sourit.

— Oh, James ! Quel vilain garnement vous faites.

— Merci, répondit-il avec un grand sourire. Violet vous a-t-elle parlé du bal de sa sœur ? demanda-t-il avec un coup d'œil admiratif pour son épouse, qui fit mine de l'ignorer. Elle a remporté un succès éclatant, et j'ai fait l'envie de tous les hommes qui se trouvaient là.

— Nous n'en doutons pas, fit Poppy avec un sourire.

Andrews apparut sur le pas de la porte.

— M. Davies est ici, milord.

Marcus entra dans la pièce.

— James, j'aurais besoin..., commença-t-il avant de s'arrêter net pour saluer les personnes présentes. Violet, mesdames, ravi de vous revoir.

— Tu arrives juste à temps, car je crois avoir interrompu quelque chose d'intéressant, dit James en adoptant un froncement de sourcils moqueur. Seriez-vous en train de comploter quelque chose, toutes les quatre ? lança-t-il avant de jeter un coup d'œil à Marcus. La domination du monde, sans aucun doute !

Marcus gloussa.

— Je n'appellerais pas cela un complot, répondit joyeusement Poppy.

— Oh, je ne sais pas, objecta Gwen. J'aime assez l'idée d'un complot.

— Alors disons que c'est un complot, déclara Effie.

James rit.

— Oserais-je demander à quel sujet vous complotiez exactement ?

Violet se leva. Autant en finir au plus tôt.

— Des affaires m'appellent à Paris. Et j'ai d'autres engagements qui m'appelleront ensuite ailleurs. J'ai l'intention de partir cet après-midi.

— Vous partez à Paris ? fit James en la dévisageant.

— Il me semble que c'est précisément ce qu'elle vient de dire, murmura Marcus.

— Vous n'êtes sans doute pas sérieuse ? demanda James en fronçant les sourcils.

— Je n'ai jamais été aussi sérieuse, répliqua-t-elle d'un ton affable.

— Quel genre d'affaires ? s'enquit-il, l'air méfiant.

— Rien qui vous concerne, répondit-elle en souriant. Vous allez devoir vous contenter de me faire confiance.

— Pourquoi ? Vous ne me faites pas confiance, vous.

— J'ai de bonnes raisons pour cela, dit-elle sèchement.

— Si vous me permettez de dire un mot, intervint Marcus, je vous rappelle que le fait de rester éloignés l'un de l'autre plus de quatorze jours vous est interdit par les termes du testament.

— J'en ai bien conscience, fit Violet avant de se tourner vers James. Mais j'ai changé d'avis. Concernant mon acceptation des stipulations du testament.

— Que voulez-vous dire ? demanda-t-il lentement.

— Je veux dire qu'à partir de maintenant je désire quelque chose en retour.

Marcus fit la grimace.

James étudia Violet d'un air prudent.

— Et que désirez-vous, exactement ?

— Vous n'arrêtez pas d'avoir les discours les plus charmants. Comme quoi vous voulez réparer vos erreurs, quem'épouser a été la meilleure chose que vous ayez faite. La liste de vos flatteries est trop longue pour que je la récite intégralement, déclara-t-elle avant de pouffer de rire. Mais tout cela n'est que balivernes, James. Pures balivernes.

— Pas du tout, protesta-t-il.

— Vous ne pouvez pas espérer effacer six ans de mensonges avec de belles paroles et un collier d'émeraudes.

— Vous l'avez pourtant trouvé magnifique.

— Il l'est, mais là n'est pas le problème.

— Quel est-il, dans ce cas ?

— Le problème, c'est que le temps est venu pour vous d'assumer les conséquences de vos actes. De prouver que vous pensez sincèrement ce que vous avez dit. Voilà ce que je veux. Le testament de Richard ne vous a pas imposé le moindre changement dans votre mode de vie…, ajouta-t-elle en plissant les yeux.

— Je n'irais pas jusque-là, murmura James.

— … alors que le mien a été complètement chamboulé. Un mode de vie – dois-je le rappeler ? – que je n'avais pas choisi. Il se trouve que j'avais prévu de faire un certain nombre de choses avant la lecture de ce testament. De voir certaines personnes. J'ai des amis, James, et de ce fait j'ai des obligations envers eux. J'ai pris des engagements que j'ai l'intention d'honorer, déclara-t-elle en croisant les bras sur sa poitrine. Pendant six ans, vous ne m'avez pas accordé la moindre attention. Pas plus aux lieux où je me trouvais qu'à ce que je faisais. Vous n'avez même pas eu le courage de résider sous le même toit que moi !

— Je me suis contenté de faire ce que vous vouliez, répondit-il en la fusillant du regard. C'est *vous* qui avez dit que vous ne vouliez plus jamais me revoir.

— Et *vous* n'avez jamais fait le moindre effort pour que je change d'avis.

— Je me suis contenté d'obéir à votre requête !

— Vous êtes un lâche !

Il retint son souffle, clairement insulté.

— Mon Dieu, lâcha l'une des trois dames.

Violet secoua la tête.

— Vous avez refusé de tirer le meilleur parti de la situation dans laquelle nous nous sommes retrouvés. De la situation dans laquelle vous nous avez mis. *Volontairement*. Vous ne vous êtes jamais battu pour moi, pour nous. Vous ne vous êtes jamais donné la peine de lever ne serait-ce que le petit doigt. Vous n'avez pas fait la moindre tentative de vie conjugale.

— J'ai reconnu que c'était une erreur.

— Maintenant, vous dites que vous avez changé. Vous prétendez vouloir conquérir votre épouse. Me vouloir, moi. Eh bien, dans ce cas, prouvez-le-moi, déclara-t-elle en souriant.

— Je crois que la soirée d'hier a déjà prouvé quelque chose, déclara-t-il d'un petit air satisfait.

— Il ne peut quand même pas l'embrasser chaque fois que ça lui convient et croire que c'est tout ce qu'il a à faire, murmura l'une des trois dames d'un ton indigné.

— Oh, c'était un baiser tout à fait agréable, James. Il est vrai que vous n'avez pas manqué d'entraînement dans ce domaine, répliqua Violet avec un sourire suave.

Qu'il ose encore afficher son petit air satisfait après ça, songea-t-elle.

— Ce n'est pas tout à fait...

— J'ai l'intention de reprendre le cours de ma vie. Le testament stipule seulement que nous devons vivre ensemble, il ne dit aucunement *où*. Il me semble que trois possibilités s'offrent à vous, dit-elle en commençant à compter sur ses doigts. Vous pouvez m'accompagner. Vous pouvez me suivre. Ou bien vous pouvez commencer à chercher un emploi !

— Si vous allez simplement à Paris, vous pouvez être de retour dans moins de quatorze jours.

— Je le puis et je le ferai peut-être si je le décide, répondit-elle en soutenant son regard. Vous sentez-vous prêt à prendre ce risque ?

Il serra les dents.

— J'ai déjà dit que je n'avais aucun désir de voyager.

Elle haussa les épaules.

— Moi, je n'avais aucun désir d'épouser un homme qui ne voulait pas de moi.

— Je n'ai pas le choix, n'est-ce pas ?

— Vous avez plus de choix que moi il y a six ans.

Il riva son regard au sien. Violet ne cilla même pas.

— Vous avez dit m'avoir pardonné.

— J'ai pardonné votre erreur, James. Je n'ai pas pardonné votre acte délibéré. Ni les années qui ont suivi, ajouta-t-elle d'un ton plus dur.

— C'est un test, n'est-ce pas ?

— Appelez ça comme vous voulez.

— Je ne partirai pas pour Paris aujourd'hui, lâcha-t-il froidement.

— Très bien.

Une vague de déception submergea Violet. Qu'avait-elle donc espéré ?

— Dans ce cas, j'ai des arrangements à prendre. Mme Ryland m'accompagnera.

C'était préférable, au fond. Plus longtemps elle resterait à Londres, plus cela risquait de finir en désastre. Elle aurait été folle de croire autre chose. Elle se tourna vers les trois vieilles dames.

— Mesdames, je vous remercie de votre sagesse et de vos conseils avisés. Je vous verrai à mon retour.

Elles avaient raison. Elle avait besoin de temps pour mettre de l'ordre dans ses pensées. Pour décider si elle était prête à risquer son cœur pour sauver l'avenir de James. Pour l'instant, elle était trop fâchée pour prendre des décisions raisonnables. Elle inclina la tête à l'intention de son époux et de son ami, puis quitta la pièce aussi sereinement qu'elle en fut capable.

Même si ce n'était pas facile, il fallait parfois se résoudre à prendre certaines mesures. Et, à en croire la douleur sourde qui s'était déclarée dans la région de son cœur, on s'y décidait parfois trop tard.

15

— Les choses auraient pu mieux se passer, marmonna Marcus.

— Le sarcasme n'aide en rien, monsieur Davies, dit lady Blodgett d'un ton de reproche.

— Navré, fit Marcus.

De fait, songea James, tout se passait très bien avant son arrivée au salon. Certes, Violet était contrariée par l'aveu qu'il lui avait fait, mais ça lui passerait. Elle lui avait déjà accordé son pardon, après tout, même si elle l'avait fait avant de savoir toute la vérité. Mais, la veille, il l'avait embrassée et elle avait répondu à son baiser de façon très enthousiaste. Il en avait ressenti les effets jusqu'au bout de ses orteils, et cela n'avait rien à voir avec le fait qu'il n'avait embrassé personne depuis bien longtemps. Non, ce phénomène était uniquement lié à la femme qu'il avait tenue dans ses bras. Celle qui aurait toujours dû se trouver dans ses bras. Ce baiser avait aussi déclenché un rêve parfaitement délicieux la nuit précédente, un rêve qui ne lui semblait plus aussi farfelu, finalement. Il avait cru que ce baiser symbolisait un tournant et un premier pas vers l'avenir. Apparemment, il s'était trompé.

— Mesdames, dit-il en observant le trio de dames âgées, que savez-vous de toute cette histoire ?

— Lady Ellsworth a des affaires à régler à Paris, répondit Mme Higginbotham en agitant la main pour lui faire comprendre de ne pas s'inquiéter. Elle a aussi mentionné une fête à laquelle elle avait l'intention d'assister. Un anniversaire et une sorte d'œuvre caritative, je crois.

— Elle risque notre avenir pour assister à une fête d'anniversaire ?

— Je me souviens d'une époque..., marmonna Marcus.

— Je crois que c'est plutôt vous qui risquez votre avenir, reprit Mme Higginbotham. Vous ne pouvez pas vous attendre à ce qu'elle mette sa vie entre parenthèses à seule fin de sauver la vôtre. C'est pourtant ce que vous avez fait jusqu'ici. C'était déraisonnable et arrogant de votre part. Et de la part de votre oncle, aussi, ajouta-t-elle après un temps.

— Les hommes ! lâcha lady Blodgett avec un soupir.

James gratifia ces dames d'un regard dur.

— A-t-elle l'intention de revenir avant quatorze jours ?

— Elle ne l'a pas dit. J'ai eu la nette impression qu'elle n'avait encore rien décidé, déclara Mme Fitzhew-Wellmore en plissant le front. Mais elle a mentionné qu'elle irait peut-être à Florence et à Athènes, après Paris. Auquel cas, non, je ne pense pas qu'elle sera de retour avant quatorze jours.

— Que vas-tu faire ? demanda Marcus à James.

— Je n'ai pas vraiment le choix, n'est-ce pas ?

— Je crois qu'elle vous a donné trois choix, dit Mme Fitzhew-Wellmore.

James réfléchit un moment. Tout cela lui déplaisait prodigieusement. Et puis, il y avait quelque chose dans l'itinéraire de Violet – Paris, Florence, Athènes – qui lui semblait significatif, mais il n'aurait pas su dire pourquoi.

— Choix numéro deux, dans ce cas, déclara-t-il. Je vais la suivre.

— Parfait, milord. C'est mieux que de l'accompagner. Ainsi votre apparition sera une surprise, comme si vous aviez changé d'avis. Les femmes apprécient qu'un homme reprenne ses esprits, approuva Mme Fitzhew-Wellmore. Nous savions que vous agiriez en gentleman.

— Voilà six ans que je m'y applique, répliqua James. J'ai fait de mon mieux pour me montrer prévenant, galant et être le meilleur des époux.

— Et cela ne vous a pas demandé le moindre effort, commenta lady Blodgett d'un ton acéré. À un moment donné, vous allez devoir décider ce qui est le plus important pour vous – votre héritage ou votre femme – et ce que vous êtes prêt à sacrifier pour l'obtenir.

— Il se peut que vous ayez raison, lady Blodgett, dit-il avant de jeter un coup d'œil à Marcus. Mais j'ai moi aussi des arrangements à prendre. Je partirai demain.

— *Nous* partirons demain, annonça Marcus. Mme Ryland part aussi et tu auras certainement besoin d'aide ou au moins d'un visage amical. En outre, je suis allé à Paris il y a moins longtemps que toi. Mesdames, ajouta-t-il en se tournant vers le trio de vieilles dames, avez-vous l'intention de venir, vous aussi ?

Les trois dames échangèrent des regards. Lady Blodgett soupira.

— Nous aimerions beaucoup, mais je crains que de pressants soucis ne nous interdisent de vous accompagner.

— Des soucis financiers, précisa Mme Fitzhew-Wellmore en fronçant le nez.

Marcus hocha la tête.

— Dans ce cas, étant donné que vous ne pourrez pas veiller au respect des termes du testament par lord et lady Ellsworth, puis-je offrir d'être votre représentant pendant ce voyage ?

— Excellente idée, monsieur Davies, fit Mme Fitzhew-Wellmore. Nous comptons sur vous pour nous tenir informées du moindre détail.

— Par l'envoi de dépêches régulières, précisa Mme Higginbotham en rivant sur Marcus un regard sévère. Des télégrammes feront aussi l'affaire.

— Mesdames, intervint James, M. Davies et moi-même devons encore discuter de beaucoup de choses. Si vous voulez bien m'excuser, Andrews va se charger de vous raccompagner.

Les trois dames se levèrent.

— Nous vous souhaitons le meilleur, milord, dit lady Blodgett tandis qu'elle ouvrait la marche en direction de la porte d'entrée.

— Je vous souhaite un agréable voyage, ajouta Mme Fitzhew-Wellmore en passant devant lui. Paris est merveilleux à cette époque de l'année.

— Les femmes apprécient le sacrifice presque autant qu'elles apprécient un homme qui reconnaît ses torts, déclara Mme Higginbotham. Tâchez de ne pas tout gâcher.

James chargea Andrews du trio, puis se dirigea vers la bibliothèque en compagnie de Marcus. Là, il s'empressa de verser un verre de whisky pour chacun.

— As-tu vraiment des arrangements à prendre ou cherchais-tu seulement à faire passer un message ?

— Les deux, répondit James avant d'avaler une généreuse rasade de whisky. Je n'ai pas l'intention de lui obéir sitôt qu'elle claque des doigts. Et puis je ne peux pas quitter Londres comme ça, sans préavis.

— C'est elle qui contrôle la situation, désormais.

— Elle a autant à perdre que moi.

— Pas exactement, répliqua Marcus en sirotant son verre. Il semblerait que ta femme ait de l'argent.

— Évidemment qu'elle a de l'argent. *Mon* argent, lâcha James avec un soupir. Voilà six ans qu'elle le dépense à travers toute l'Europe. À l'instant où je te parle, elle prévoit sans doute de quelle façon elle va l'utiliser à Paris.

— Non, je veux dire qu'elle a de l'argent bien à elle. J'ai fini par comprendre cela ce matin. D'après ce que j'ai pu déterminer, ton oncle avait établi pour elle un genre de fonds privé, la veille de votre mariage. Te souviens-tu d'avoir signé quelque chose avant votre union qui stipulait que les propriétés et les fonds qu'elle apportait au mariage restaient à elle, et à elle seule ?

— J'ai signé tellement de papiers, répondit James en fronçant les sourcils. Oncle Richard a-t-il vraiment fait cela ?

— Le comte voulait probablement qu'elle ait de quoi se retourner, au cas où les choses tourneraient mal entre vous.

— Tu veux dire si je m'étais révélé n'être qu'un scélérat ?

Cette pensée lui déplut, mais il ne pouvait pas vraiment blâmer oncle Richard d'avoir voulu protéger Violet. Au moins ne se retrouverait-elle pas sans le sou s'ils échouaient à remplir les termes du testament.

— Simple précaution, James, rien de plus, fit Marcus avec un sourire de soutien. Quoi qu'il en soit, il semble que grâce à une gestion intelligente et à des placements habiles, le montant initial de ce fonds représente à présent une petite fortune. Le compte est géré depuis Paris par un certain comte de Viviers.

James haussa les sourcils.

— Elle n'en a jamais soufflé mot.

Marcus sirota son whisky.

— Vas-tu lui dire que tu es au courant ?

— Pas tout de suite, répondit-il avant de réfléchir à cette révélation. Mais je trouve cela très intéressant.

— Les fonds secrets le sont toujours.

— Plus qu'intéressant, même. Cela signifie que rien ne l'obligeait à accepter les termes du testament d'oncle Richard. Elle ne l'a fait que parce qu'elle le voulait bien.

— Ou parce que c'était la dernière volonté de ton oncle, qu'elle aimait beaucoup.

— Ou parce que c'est moi qu'elle aime beaucoup, répliqua James en souriant. Ce qui veut dire qu'il y a de l'espoir.

— Je n'ai pas eu l'impression qu'elle t'aimait beaucoup, il y a quelques minutes.

James balaya ce commentaire d'un geste.

— Simple malentendu. Si elle fait tout cela – ce voyage à Paris et je ne sais où –, c'est seulement parce que je l'ai irritée.

— Je te trouve bien optimiste. Elle m'a paru plus qu'irritée.

James gloussa.

— Je l'ai embrassée, hier soir. Et elle m'a rendu mon baiser !

— Tu accordes peut-être trop d'importance à la signification de ce baiser, suggéra Marcus. Ne vois-tu pas un troublant parallèle se dessiner ici ? C'est un autre baiser, mal inspiré, à un autre bal de fiançailles, qui a marqué le début de toute votre histoire.

— Le baiser d'hier soir ne peut nullement être qualifié de mal inspiré.

— Sais-tu que tu me sembles un peu trop sûr de toi ?

— Marcus, les choses s'arrangent pour le mieux. Certes, Violet m'oblige à la poursuivre jusqu'à Paris et Dieu sait où ensuite. Elle veut que je lui prouve quelque chose, que je fasse des efforts pour la conquérir, et c'est bien ce que j'ai l'intention de faire. En outre, plus je passerai de temps avec elle, plus elle sera disposée à me pardonner mes erreurs passées. À me voir tel que je suis aujourd'hui. Peut-être même à me faire confiance.

— Je ne suis pas certain que ce plan fonctionne, mais c'est toujours mieux que rien.

— File boucler tes malles, mon ami, déclara James en levant son verre. Nous partons pour Paris.

*
* *

— Avons-nous pris la bonne décision ? demanda Poppy en fronçant les sourcils.

— En encourageant Violet à quitter Londres, tu veux dire ? s'enquit Gwen.

Poppy acquiesça.

— Ma foi, je ne la crois pas mauvaise.

— Violet avait déjà pris sa décision, remarqua Effie. Elle s'est contentée de quêter notre approbation. Et je suis d'avis que James doit fournir des efforts s'il la veut pour autre chose que son héritage.

— Penses-tu que ce soit le cas ? interrogea Poppy.

— Richard le croyait, dit Effie avant de réfléchir un moment. Et James se comporte vraiment comme si c'était le cas. Mais Violet a besoin de savoir s'il se contente de jouer un rôle pour qu'elle continue d'adhérer aux conditions du testament ou s'il s'agit de quelque chose de plus significatif. Se retrouver logés à l'étroit, loin de Londres, lui dira certainement ce qu'elle a besoin de savoir.

— Outre cela, il me semble qu'ils se connaissent à peine, déclara Gwen d'un air pensif. Mon cher Charles avait coutume de dire qu'il n'y a pas meilleur moyen de connaître un homme que de l'emmener en expédition.

— Nous devrions peut-être les accompagner à Paris ? suggéra Poppy avec une note d'espoir dans la voix.

Effie secoua la tête.

— Je n'ai pas l'intention de dilapider l'argent qu'on m'a alloué pour cette mission dans un voyage à Paris. Aussi tentante que puisse être cette idée, ajouta-t-elle après un temps de réflexion.

— Et pour être tentante, elle l'est, murmura Gwen.

— Je me souviens de Paris, lâcha Poppy en soupirant. C'est une ville tellement romantique. Les Français ont ce petit quelque chose...

— C'est une ville propice à l'amour, cela ne fait aucun doute. Toutefois, il est bien possible que James soit déjà amoureux d'elle. Il l'est sans doute depuis des années, ajouta Gwen en réfléchissant à la question. Il y a quelque chose dans la façon dont il la regarde...

— Quoi que puisse dire Violet, dit Effie en choisissant ses mots avec soin, je soupçonne que les sentiments qu'elle a eus autrefois pour James n'ont jamais complètement disparu.

— Dans ce cas, croyez-vous qu'il s'agisse d'un test de la part de Violet ? demanda Poppy en plissant le front.

— Non, répondit Effie. Ce voyage sera un test pour tous les deux.

Deuxième partie

Paris, Florence, Athènes

16

James agrippa l'élégante balustrade du balcon de sa chambre du Grand Hôtel et contempla les rues de Paris qui s'étendaient en contrebas, baignées par le soleil de cette fin d'après-midi. Ce n'était pas son premier séjour dans la capitale française, mais sa précédente visite avait fait partie d'un Grand Tour et ses souvenirs étaient flous, rendus indistincts par le temps et l'abus de boisson. Et par la révoltante tendance de son estomac à se rebeller dès qu'il mettait le pied sur un bateau ou se retrouvait confiné trop longtemps à bord d'un train. À l'époque, il avait attribué ce phénomène au fait que ses amis et lui étaient rarement sobres. La traversée d'aujourd'hui lui avait néanmoins prouvé que cette théorie était fausse. Il crut se souvenir que le sommeil atténuait son malaise et envisagea d'acheter des somnifères pour affronter la suite du voyage.

La dernière fois qu'il avait visité l'Europe, il se trouvait en compagnie d'un groupe d'amis, des jeunes gens qui partageaient les mêmes centres d'intérêt que lui, bien plus attirés par les divertissements de Paris – et d'ailleurs – que par les aspects historiques et culturels de la ville. Ils se souciaient peu d'enrichir leur esprit, mais ils s'étaient follement amusés.

L'amusement, quel qu'il soit, était pourtant la dernière chose que James espérait de ce voyage.

Son optimisme de la veille s'était considérablement estompé, après la déplaisante traversée de la Manche, qu'il avait presque entièrement passée plié en deux sur la rambarde du ferry, et après avoir compris le véritable motif du voyage de Violet. Quand Mme Fitzhew-Wellmore avait mentionné que Violet envisageait de continuer son périple vers Florence, puis Athènes, une sorte de frémissement s'était produit dans un coin de son esprit. Et à un moment donné, pendant le voyage jusqu'à Douvres, la traversée de la Manche et le trajet en train de Calais jusqu'à Paris, les éléments de l'énigme s'étaient emboîtés, et la réponse qui s'obstinait à lui échapper lui était apparue, aussi claire que de l'eau de roche.

Un coup retentit à sa porte, qui s'ouvrit avant qu'il ait eu le temps de répondre. Il jeta un coup d'œil par-dessus son épaule.

— N'es-tu pas censé attendre qu'on te dise d'entrer avant de pénétrer dans une pièce ?

— La porte n'était pas verrouillée, répondit Marcus en s'avançant. Ce qui n'est guère prudent dans un hôtel. On ne sait jamais qui peut se promener dans les couloirs.

— C'est ce que je constate, en effet.

— Tu te sens mieux ? demanda Marcus.

— Beaucoup mieux.

Monter dans un train tout de suite après le ferry n'avait pas aidé, mais d'ici une heure les derniers effets du mal de mer auraient probablement disparu.

— Tu n'es plus verdâtre, constata Marcus en le rejoignant sur le balcon. Est-ce pour cette raison que tu n'aimes pas voyager ?

— Si tu passais chaque minute à bord d'un bateau à vomir par-dessus le bastingage, aimerais-tu voyager ? répliqua James. Les longs trajets en train, surtout dans les régions montagneuses, me sont presque aussi pénibles. Dormir est le seul remède. Et je préférerais que tu ne parles de cela à personne, ajouta-t-il en jetant un coup d'œil à son ami. C'est assez embarrassant.

— Si tu insistes, répondit Marcus en observant son ami d'un regard curieux. Alors, tu admires la vue de Paris ou tu boudes encore ?

— Je ne boude pas, déclara James d'un ton un peu trop tranchant pour quelqu'un qui ne boudait pas.

— Oh, pardon, fit Marcus. J'ai visiblement confondu tes constants grommellements, tes soupirs mécontents et tes reniflements d'indignation avec de la bouderie.

— J'avais simplement l'esprit occupé, rétorqua James en haussant les épaules. J'ai fini par comprendre ce que Violet était en train de faire.

— Vraiment ?

— Réfléchis une minute.

La veille, James s'était arrêté à son club, où il avait croisé Welles. Ils avaient un peu bavardé, et le visage de son vieil ami avait pris un air entendu quand James avait mentionné le possible itinéraire de Violet. James n'y avait pas prêté attention sur le moment, trop préoccupé par les affaires qu'il devait mettre en ordre avant son départ. C'était en regardant défiler la campagne anglaise, alors que le train roulait vers Douvres, que la réponse avait commencé à prendre forme dans son esprit. Au début, il avait trouvé l'idée absurde. Mais maintenant, il était persuadé d'avoir raison.

— Qu'ont donc en commun Paris, Florence et Athènes ?

— Ce sont trois grandes villes d'Europe, répondit prudemment Marcus.

— Au-delà de ça, dit James en se tournant vers son ami. Songe aux rumeurs qui ont circulé à propos de Violet ces six dernières années.

— D'accord.

Marcus réfléchit un moment avant d'ajouter :

— Navré, vieille branche, je ne vois toujours pas.

— Un comte français, un sculpteur italien et un poète grec, déclara James. Tous trois soupçonnés d'avoir été les... amants de Violet, lâcha-t-il, manquant de s'étrangler sur le mot « amants ».

— Tu n'es pas sérieux.

— Oh que si.

Plus il y réfléchissait, plus c'était clair.

— Elle a reconnu que ce voyage était un test. Quelle meilleure façon de déterminer si je suis vraiment prêt à laisser le passé derrière moi que de m'étaler son passé à la figure ? Quelle meilleure façon de me faire payer mes erreurs ?

Marcus éclata de rire.

— Je n'ai jamais rien entendu de plus ridicule de ma vie.

— Ou de plus diaboliquement intelligent.

Marcus secoua la tête.

— Violet n'est pas le genre de femme à faire une chose pareille.

— La colère a le don de métamorphoser une femme, Marcus, objecta James d'un ton lugubre. Cela fait six ans qu'elle m'en veut. Elle a dit que je ne m'étais jamais battu pour elle. C'est sa façon de me donner l'occasion de le faire.

— Je m'en voudrais d'ajouter un soupçon de rationalité au projet complexe que tu as si brillamment deviné, mais le comte de Viviers est l'homme qui gère sa fortune.

— Qui de plus fiable pour gérer les finances d'une femme qu'un amant ?

— C'était apparemment l'un des amis de ton oncle, ajouta Marcus.

— Les femmes adorent les hommes plus âgés qu'elles, riches et titrés, déclara James en plissant les yeux. Surtout s'ils sont étrangers. Elles se pâment devant les hommes qui ont un accent.

— Ici, ce n'est pas lui l'étranger. C'est nous.

— Je pourrais peut-être utiliser cela à mon avantage.

Marcus s'esclaffa.

— Je pense que tu avais raison quand tu disais que Violet cherchait à te rendre fou. Je crois qu'elle a réussi.

— Je ne saurais te contredire sur ce point, dit James en jetant un coup d'œil à son ami. Je suis prêt à me battre pour elle, tu sais.

— C'est la conclusion à laquelle tu es parvenu ?

— Depuis deux mois. Mais je crois que je l'ai su dès le premier jour. C'est pour cette raison que je lui ai dit la vérité.

— La vérité ? Quelle vérité ? demanda Marcus, soudain inquiet. Hier, tu étais persuadé que Violet et toi alliez réussir à faire fonctionner votre mariage. Mais tu as dit aussi qu'il y avait eu un léger désagrément. Ça n'avait rien de léger, n'est-ce pas ?

James prit une longue inspiration.

— Je lui ai dit que le jour où je l'ai embrassée il y a six ans...

— Mettant ainsi fin à tes fiançailles avec Mlle Fredericks...

— ... ce n'était pas un accident, termina James en faisant la grimace. Je savais très bien que c'était Violet qui se trouvait sur la terrasse.

Marcus le dévisagea.

— Tu l'as donc embrassée délibérément ?

— Je le crains.

Le notaire eut un rire étouffé.

— Je comprends qu'elle soit en colère.

— Ravi que cela t'amuse.

— Difficile de faire autrement.

— Lui dire la vérité était peut-être une erreur, reconnut James. Elle l'aurait sans doute mieux pris si j'avais attendu un an ou deux. Ou même dix.

— La franchise vous retombe toujours dessus, déclara Marcus avec un grand sourire, avant de retrouver tout son sérieux. Ce qui rend ce que j'ai à te dire encore plus gênant. J'ai relu le testament de ton oncle, hier soir, pour y chercher une éventuelle allusion au fonds privé de Violet – il n'y en a aucune, d'ailleurs –, mais je suis tombé sur une clause astucieusement cachée dans une partie du testament que je n'avais pas examinée d'aussi près que les stipulations.

— Et alors ?

— Cette clause fournit un moyen de mettre un terme aux conditions du testament, dit Marcus avant de prendre une grande inspiration. Elle te permettrait de recevoir intégralement ton héritage, et Violet et toi pourriez reprendre le cours de vos vies à votre guise.

James scruta le visage de son ami.

— Il y a une ruse, n'est-ce pas ?

— Pas vraiment, fit Marcus en secouant la tête. Mais je ne pense pas qu'il soit judicieux de te donner plus d'informations sur cette clause.

— Pourquoi donc ?

Marcus fronça les sourcils.

— Si les choses se passent comme tu le souhaites avec Violet, qu'elle entend parler de cette clause par la suite et qu'elle apprend que tu étais au courant, tes actes lui paraîtront suspects. Crois-moi sur parole, James.

L'idée de ne plus être soumis aux stipulations du testament, quoique séduisante, signifiait aussi que Violet ne serait plus tenue de rester auprès de lui. Or, son entreprise de reconquête allait clairement demander un peu plus de temps que prévu. Il aurait peut-être même besoin de la totalité des deux ans et quelques mois.

— Je te crois, Marcus, dit finalement James. Si tu estimes que ce serait une erreur de m'en parler, ne me dis rien.

— Sage décision, approuva Marcus avec un soupir de soulagement. Tu as tout intérêt à rester dans ses bonnes grâces. Tu as vraiment besoin d'elle, tu sais.

— Je fais de mon mieux, fit James en reportant son regard sur les rues de Paris. Et pas seulement pour l'héritage.

— Tu le fais par amour, n'est-ce pas ?

— Tu m'as déjà posé cette question, et je n'étais pas sûr de ma réponse à l'époque, répondit-il en croisant le regard de son ami. Maintenant, je le suis.

— Oui, j'ai remarqué que vous étiez débordants d'affection l'un pour l'autre, hier.

— Simple passage à vide, assura James, balayant le commentaire de la main.

— Tu as bien compris que te battre *avec* elle, ce n'est pas la même chose que te battre *pour* elle ?

— Oh, j'ai pleinement l'intention de me battre pour elle, que cela implique d'affronter un ancien amant ou Violet elle-même. Une fois que je lui aurai prouvé ce qu'elle veut que je lui prouve, nous pourrons avancer. Elle voulait que je la suive, je l'ai fait, ce qui me paraît constituer un point en ma faveur, enchaîna-t-il d'un ton résolu. Avec un peu de chance, nous pourrons rentrer à la maison dès à présent.

— On peut toujours espérer, commenta Marcus. Mais alors, dis-moi, je suppose que ta réticence à voyager tient au petit problème que tu as eu pendant la traversée ?

— Aurais-tu compris cela tout seul ?

— Que se passera-t-il si elle décide de voyager jusqu'en Italie, et même en Grèce ?

— Dans ce cas, nous irons en Italie, et même en Grèce, déclara James, décidé, alors que son estomac se rebellait déjà rien qu'à cette idée.

— Il me tarde de voir cela, dit Marcus en agrippant la balustrade pour contempler la ville. As-tu l'intention de lui rendre visite maintenant ou d'attendre jusqu'à ce soir ?

Marcus s'était entretenu avec Mme Ryland avant qu'elle et Violet partent pour Paris. Il était évident depuis un moment que le notaire appréciait cette femme – il lui avait même déniché un appartement dans son immeuble –, mais James était persuadé que ce qui se tramait entre eux n'était qu'un simple flirt, rien de plus. Marcus se serait confié à lui s'il s'était agi d'une affaire plus sérieuse. Toutefois, si celui-ci s'était réellement intéressé à Mme Ryland, James aurait été tenu de lui faire entendre raison pour le sauver de lui-même. Il n'était pas question que son plus proche ami s'engage dans une aventure avec une femme qui le détestait. Même si cette femme ne manquait pas de charme et s'était révélée remarquablement efficace. Elle avait fourni à Marcus des recommandations d'hôtels, lui avait conseillé de réserver leurs chambres par télégramme avant le départ et lui avait même donné le nom du directeur du Grand Hôtel. Tout cela alors qu'elle-même et Violet résidaient apparemment dans l'hôtel particulier du comte de Viviers. Un point de chute on ne peut plus commode. Mme Ryland avait aussi parlé à Marcus d'un bal pour l'anniversaire du comte qui devait avoir lieu le soir même. À leur arrivée à l'hôtel, ils avaient trouvé des cartons d'invitation qui les attendaient, et James lui en avait été reconnaissant, bien à contrecœur. Cette femme ne l'aimait pas, mais elle s'était révélée d'un grand secours.

— Ce soir, ce sera très bien, répondit-il à Marcus. À mon tour de la surprendre. Quelle meilleure occasion qu'un bal ?

— Parce que tu as gardé un si merveilleux souvenir des bals auxquels vous avez assisté ensemble ?

— Non, parce que danser est un des plus grands plaisirs de la vie, corrigea James.

— C'est à elle qu'il faudra dire cela, pas à moi, dit Marcus en le toisant d'un air d'ironie désabusée. Tu nous aurais épargné bien des tracas en déclarant ta flamme à Violet hier. À moins que tu n'aies encore eu des doutes à ce moment-là ?

— Oh, je sais exactement ce que je veux et ce que je ressens.

La maudite femme possédait déjà le cœur de James. Désormais, il ne lui restait plus qu'à conquérir le sien.

Le front de Marcus se plissa de perplexité.

— Et ? demanda-t-il.

— Je ne vois tout simplement pas pourquoi je ne pourrais pas tout avoir, dit James en haussant les épaules. La dame et l'héritage.

Marcus se retint de rire.

— Tu joues à un jeu dangereux, mon ami.

— Un jeu qui requiert de la stratégie, de se montrer plus malin que son adversaire et de ne jamais révéler toutes ses cartes. Un nouveau défi, quoi.

— Je crois qu'on appelle cela la conquête amoureuse, commenta Marcus en couvant son ami d'un regard plein de compassion. Tant que tu gardes en tête que tu risques de tout perdre…

— J'ai toujours été doué aux cartes et aux dés, surtout quand la mise est élevée. Elle n'a jamais été plus élevée qu'aujourd'hui. Et j'ai l'intention de tout rafler ! déclara James avec détermination.

*

* *

Il semblait à James que se porter volontaire pour escorter quelqu'un dans un voyage à Paris supposait, au minimum, de maîtriser la langue française. Or, le français rudimentaire de Marcus n'était pas meilleur que le sien, et James était tout à fait conscient que ses connaissances étaient inexistantes. À cause de leurs difficultés avec la langue, d'un plan de Paris incompréhensible et de cochers détestant tout ce qui était anglais, ils atteignirent la splendide demeure du comte, située dans un quartier voisin des Champs-Élysées, alors que le bal d'anniversaire était déjà bien avancé. Leur arrivée fut annoncée à l'entrée de la salle, mais la foule des invités était si dense que James fut certain que personne n'entendit leurs noms.

— Et maintenant, que fait-on ? demanda Marcus en balayant l'assemblée du regard.

— Maintenant, je m'en vais trouver ma femme, déclara James en tirant sur ses manchettes. J'aimerais bien faire connaissance avec le comte, aussi.

— Tu ne vas rien faire d'extravagant, n'est-ce pas ?

— Comme exiger qu'elle rentre immédiatement à la maison, tu veux dire ? Je ne suis pas bête à ce point, assura James en secouant la tête.

— Tant mieux. Tu as intérêt à rester prudent.

— J'en ai bien conscience.

S'ils avaient été à Londres, James se serait contenté de demander à quelqu'un s'il avait vu Violet. Ici, il allait devoir faire un peu plus d'efforts. Heureusement, des manières aimables et un sourire affable ne connaissent pas les barrières de la langue.

— Comme je n'ai aucune envie d'assister à tes heureuses retrouvailles, je crois que je vais t'abandonner ici, dit Marcus en le saluant d'un hochement de tête avant de se fondre parmi les invités, sans doute dans l'intention de retrouver Mme Ryland.

James parcourut la foule du regard. La tâche qui l'attendait ne serait pas facile, car la salle était noire de monde. L'apparence distinguée des gentlemen présents, les vêtements élégants et les joyaux étincelants dont étaient parées toutes les dames de la pièce indiquaient clairement que la fine fleur de la société parisienne se trouvait rassemblée là. Il adopta son sourire le plus engageant et se fraya un chemin parmi les gens tout en restant dans le périmètre de la piste de danse, murmurant des « bonsoir » polis et inclinant la tête en feintes salutations tandis qu'il progressait. Il finit par apercevoir Violet qui passait d'un petit groupe d'invités à un autre. Son cœur se mit à battre plus fort. Il n'avait pas pris conscience qu'elle lui manquait à ce point. Si son absence lui pesait autant au bout d'un seul jour, comment se sentirait-il s'il la perdait pour toujours ? Son ventre se serra à cette idée.

Elle se déplaçait avec grâce et élégance, parfaitement à son aise, comme si elle faisait partie intégrante de ce monde. Elle était davantage dans son élément dans une salle de bal parisienne que londonienne. Une idée le frappa subitement – Violet pourrait-elle être heureuse avec lui ? –, suivie d'une autre, bien plus terrible – était-il digne d'elle ?

Cette pensée était si dérangeante qu'il préféra l'écarter de son esprit.

Il vit Violet saluer un gentleman d'âge avancé, puis entamer avec lui ce qui semblait être une discussion sérieuse, à en juger par la raideur de son maintien. Le comte de Viviers, sans aucun doute. L'homme était de la même génération que Richard, mais un peu plus alerte que son oncle ne l'avait été. En même temps, c'était un Français, et les Français étaient connus pour leur insouciance, qui faisait sans doute une différence au cours des dernières années de vie d'un homme.

— *Pardonnez-moi*, dit une élégante dame d'âge mûr. *Êtes-vous lord Ellsworth ? Il y a longtemps que* *j'ai envie de vous rencontrer, mais je ne savais pas que vous étiez à Paris**[1].

Aussitôt, James regretta de ne pas avoir davantage prêté attention quand ses professeurs avaient vainement essayé de lui enseigner le français. En dehors de son nom, il n'avait pas la moindre idée de ce que la dame venait de dire. Il secoua la tête en guise d'excuse.

— Je suis désolé, répondit-il en anglais, mais je crains que mon français ne se limite à : « *La plume de ma tante est bleue**. »

Les sourcils de la dame se froncèrent.

— Pourquoi la plume de votre tante serait-elle bleue ? répondit-elle en anglais.

— Je n'en sais rien, dit-il en souriant. Mais c'est la seule phrase dont je me souvienne de mes années d'apprentissage du français.

— Une phrase pourtant difficile à placer, n'est-ce pas ? répondit-elle, les yeux brillants d'amusement.

C'était une belle femme, qui avait sans doute été d'une beauté renversante quand elle était jeune, et qui devait maintenant avoir dans les soixante ou soixante-dix ans, estima-t-il. C'était assez difficile à évaluer.

— En effet, fit-il avec un gloussement. À moins, bien sûr, que je n'essaie de retrouver la plume de ma tante, auquel cas en connaître la couleur serait un avantage.

— Vous êtes très drôle, dit-elle en riant, et j'accepte vos excuses. Vous êtes bien le comte d'Ellsworth, n'est-ce pas ?

— Tout à fait, répondit-il prudemment.

— Ne soyez pas si soupçonneux. J'ai entendu l'annonce de votre nom.

---

1. Tous les mots en italique et suivis d'un astérisque sont en français dans le texte.

— Oh, je ne…

Elle haussa les sourcils.

Il eut un sourire désabusé.

— Je renouvelle mes excuses.

— C'est difficile quand on ne comprend rien de ce que disent les gens alentour. On se sent comme un poisson hors de l'eau.

— Vous n'avez pas idée !

— Ne dites pas de bêtises, je sais cela aussi bien que vous, répliqua-t-elle avec un sourire. Il nous arrive à tous, un jour ou l'autre, de nous sentir comme un poisson hors de l'eau. C'est parfaitement naturel.

— Je suppose que ça l'est, oui, dit-il en l'étudiant du regard. Vous ne donnez pas l'impression d'être le genre de femme à qui cela puisse arriver.

— Quel charmant compliment. Mais je suis française, et les Françaises évitent de laisser paraître leur incertitude, ajouta-t-elle avant de se pencher vers lui, baissant la voix d'un air complice. Nous la masquons derrière des éclats de voix et parfois même en lançant de la vaisselle contre les murs.

Il émit un petit rire.

— Quand bien même, je suis sûr que ces moments sont rares.

— Vous êtes un diable charmant, mais je n'en attendais pas moins de vous.

James fronça les sourcils.

— Je crains que vous ne me preniez au dépourvu. Vous semblez me connaître, alors que je ne vous connais pas.

— Le mystère fait partie du charme d'une rencontre de hasard, n'est-ce pas ? Ah, mais je vois que vous n'avez rien à boire. Cela ne va pas.

Elle regarda autour d'elle, adressa un signe à quelqu'un, et l'instant d'après un laquais en perruque poudrée et livrée richement ornementée apparut avec un plateau. James prit une coupe de champagne et en tendit une à la femme.

— *Merci**, dit-elle avant d'en siroter une gorgée. Rien de tel qu'un excellent champagne par une belle soirée de printemps.

— Et ce, dans toutes les langues, répondit-il en souriant.

Il porta la coupe à ses lèvres. Le champagne était effectivement excellent. Il dirigea son regard vers Violet, qui s'entretenait toujours avec le comte.

— Je vois que vous avez trouvé votre épouse.

Il fronça les sourcils.

— Comment savez-vous que je la cherchais ?

— Le visage d'un homme adopte une expression particulière quand il cherche quelqu'un, répondit-elle avec un sourire entendu. Et une autre une fois qu'il a trouvé celle qu'il cherchait.

— Oui, eh bien…

— J'ai entendu l'annonce de votre nom, vous vous souvenez ? Et vous n'êtes pas arrivé avec elle. Simple observation, ajouta-t-elle en haussant les épaules. Rien de plus.

— Bien sûr.

Il se montrait inutilement soupçonneux. Sans doute parce qu'il ne se sentait pas dans son élément.

— Et donc, vous connaissez le comte ? demanda-t-il.

Elle but une gorgée.

— J'ai même été sa maîtresse.

— Vraiment ?

— Il y a très longtemps. Nous étions jeunes, alors, dit-elle, son regard allant se poser sur le comte. C'était l'un de ces hommes qui redoutent la prison du mariage mais qui sont incapables de résister à l'attrait de l'amour. L'amour est irrésistible, ajouta-t-elle avec un sourire serein.

James soupira.

— Oui, je suppose qu'il l'est. Mon épouse et moi sommes... Enfin, nous avons été... éloignés l'un de l'autre, je crois que c'est le terme qui convient.

— Oui, je sais.

— Vous savez ?

— Je la connais depuis son premier séjour à Paris. C'est une femme charmante. Très gentille et fort intelligente. Elle ne parle jamais de vous, ajouta-t-elle en lui adressant un sourire amusé. Mais elle n'a jamais dit non plus que vous étiez mort.

— C'est toujours ça, j'imagine, dit-il avant de rassembler son courage. Ainsi, elle est proche du comte ?

— Très.

James sentit son ventre se nouer.

— Je vois.

— Il la considère un peu comme sa fille.

— Comme sa fille ? répéta-t-il, retrouvant soudain le sourire.

— Ou peut-être comme sa nièce, dit-elle en inclinant la tête vers Violet et le comte. Gérard était un vieil ami de votre oncle. La première fois qu'elle est venue en France, elle s'est présentée à lui avec une lettre de recommandation. Elle est restée... oh, à peu près six mois, si je me souviens bien. Depuis, Gérard l'accueille comme un membre de sa famille.

James sirota son champagne en se retenant de sourire comme un bienheureux. Jamais encore il n'avait été aussi content de s'être trompé. La femme coula vers lui un regard oblique.

— Vous pensiez qu'il s'agissait d'autre chose, n'est-ce pas ? D'une *affaire de cœur**, peut-être ?

Il faillit s'étrangler.

— Non, bien sûr que non.

Elle lui décocha un regard sceptique.

— Disons que... des rumeurs ont circulé, dit-il d'une voix faible.

— Et vous ne la connaissez pas assez bien pour savoir si ces rumeurs sont fondées ?

— J'ai cru la connaître autrefois, mais...

Qui était cette femme, au juste ? se demanda-t-il avec un froncement de sourcils.

— Vous semblez en savoir long sur Violet et moi. Je croyais qu'elle ne parlait jamais de moi.

— Avant son arrivée hier, elle ne le faisait jamais. Gérard et votre oncle correspondaient toutefois très régulièrement. Vous seriez surpris par tout ce que je sais.

Il gloussa.

— Je ne connais même pas votre nom, et pourtant j'ose dire que je n'en serais pas surpris.

— Julienne.

— Plaît-il ?

— C'est mon nom. Je m'appelle Julienne.

— James, répondit-il en levant son verre. Ravi de vous rencontrer, Julienne.

Elle l'observa avec intérêt.

— Elle ne sait pas que vous êtes ici, n'est-ce pas ?

— J'avais l'intention de lui faire une surprise.

— Et de la prendre en flagrant délit, au cas où elle entretiendrait une relation intime ?

— Pas du tout, protesta-t-il d'un ton indigné. Je voulais lui faire une surprise. Une bonne surprise. Pour lui prouver mes intentions.

— Espérez-vous gagner son cœur ?

— Qu'est-ce qui vous fait dire ça ? demanda-t-il en la dévisageant.

La bouche de Julienne forma de nouveau un sourire entendu.

— Je suis française, lui rappela-t-elle.

— Et vous savez quand un homme cherche quelque chose ?

— *Exactement**, fit-elle en le regardant d'un air pensif. Vous sentez-vous capable de gagner son cœur ?

— Je ne sais pas, répondit-il. Mais je n'ai pas l'intention d'échouer, ajouta-t-il d'un ton plus résolu.

— La détermination d'un homme peut se révéler très attirante. Elle vous sera utile. Venez, déclara-t-elle en désignant Violet d'un signe de tête. Je vais vous présenter le comte.

Il hésita.

— Vous êtes donc toujours amie avec le comte ?

— Mais bien sûr, répliqua-t-elle en prenant son bras pour l'entraîner vers Violet et son interlocuteur. Dans la vie de tout homme, il arrive un moment où il doit faire des choix, décider ce qui compte le plus pour lui - ce dont il ne saurait se passer. Vous comprenez ?

James hocha la tête.

— Dans le cas de Gérard, il lui a fallu choisir entre moi et la liberté.

— Je n'imagine pas qu'un homme puisse choisir quoi que ce soit d'autre que vous, déclara-t-il résolument.

Julienne émit un gloussement.

— Mon cher lord Ellsworth, vous êtes d'une galanterie charmante. Mais vous vous méprenez. Il m'a bel et bien choisie.

— Ne m'avez-vous pas dit que vous aviez été sa maîtresse ?

— Et je l'ai été. Mais désormais, ajouta-t-elle avec une note de satisfaction dans la voix, je suis sa femme.

17

— J'essaie de m'entretenir en privé avec vous depuis mon arrivée.

Malgré tous ses efforts, Violet n'était pas parvenue à cacher sa frustration. Une frustration qui allait bien au-delà de son inquiétude concernant ses finances. Elle refusait de s'appesantir sur la décision de James de ne pas l'accompagner, sur ces six années de mensonge ou sur son troublant baiser. Pas pour l'instant, du moins, même si ce n'était jamais très loin dans son esprit. Ou dans son cœur. Elle préférait traiter un seul problème à la fois. Il y avait cependant quelque chose d'extrêmement gratifiant à parler français quand on était frustré, comme si cette langue était propice à l'expression de ce sentiment.

— Je commence à croire que vous m'évitez.

Le comte lui sourit.

— Pas le moins du monde, ma chère Violet. À votre arrivée, vous nous avez parlé des circonstances qui vous accablent. Et nous avons eu une discussion très animée au dîner hier soir.

— Il était tard, et il y avait vingt autres personnes à table.

— C'est mon anniversaire, répondit-il en secouant la tête d'un air de réprimande. Vous n'allez quand même pas me reprocher la présence de mes amis le jour de mon anniversaire.

— Bien sûr que non, mais…

— Ce n'est pas tous les jours qu'un homme atteint l'âge respectable de quatre-vingt-un ans, dit-il avec un soupir théâtral. Je devrais avoir le droit de m'amuser sans être obligé de parler de sujets sérieux.

— Il paraît que vous donnez un grand bal d'anniversaire chaque année depuis vos soixante ans.

— Depuis mes cinquante ans, rectifia-t-il avec un grand sourire impénitent. On ne sait jamais lequel de nos anniversaires sera le dernier.

— Vous êtes bien trop obstiné pour permettre que celui-ci soit le dernier. Nous avons fêté votre anniversaire hier soir et nous recommençons aujourd'hui – quel jour est-ce, exactement ?

— Est-ce important ?

— Je suppose que non, répondit-elle en souriant à regret.

Cet homme était vraiment adorable et, à tant d'égards, une sorte de version française d'oncle Richard. Mais elle avait besoin de savoir certaines choses.

— Il faut que nous parlions de mon fonds, dit-elle.

— Je vous ai écrit, non ?

— Oui, mais je n'ai rien compris.

— C'est extrêmement complexe, déclara-t-il en écartant les mains pour illustrer son impuissance. Régulations gouvernementales. Lois de finances, énuméra-t-il en secouant la tête d'un air désolé. Qu'y pouvons-nous ?

— Vous m'avez écrit que mon argent avait disparu. Totalement.

— Aujourd'hui, oui, fit-il, le regard pétillant de malice. Mais qui peut dire de quoi demain sera fait ?

— Il y a donc de l'espoir ?

— Il y a toujours de l'espoir, ma jolie. Les finances, c'est comme l'amour, dit-il en haussant les épaules. Ça va, ça vient…

— Quelle parfaite absurdité. Les chiffres sont des chiffres. On ne peut pas dire qu'ils vont et qu'ils viennent.

— Peut-être pas en Angleterre. C'est un pays tellement corseté, lâcha-t-il en frémissant. Mais nous sommes en France. Aujourd'hui, votre argent est parti. Demain, cela reste à voir.

L'espoir qu'elle avait ressenti un instant plus tôt s'évanouit. Elle soupira.

— Je ne vous avais encore jamais connu aussi agaçant.

Il émit un petit rire.

— Parce que vous n'avez pas été assez attentive.

— À tant de choses, murmura-t-elle.

Discuter ne servirait à rien. Elle avait suivi le conseil d'oncle Richard et confié l'argent de son fonds au comte lors de sa première visite en France. Richard avait dit que son vieil ami était un excellent gestionnaire, et le comte avait effectivement bâti sa propre fortune à partir d'une bouchée de pain – le peu que son père avait réussi à emporter avec lui en Angleterre pendant la Révolution.

Jusqu'ici, elle n'avait pas eu à regretter d'avoir remis son argent entre les mains du comte. Son éducation l'avait préparée à être une excellente épouse et une parfaite maîtresse de maison, mais en dehors de la gestion du ménage sa connaissance des questions financières laissait tristement à désirer. Tout simplement parce qu'on n'attendait pas des femmes qu'elles gèrent leurs propres deniers. Violet n'avait encore jamais particulièrement réfléchi à son éducation défaillante auparavant. Ce qui se révélait assez stupide.

Mais une meilleure instruction n'aurait sans doute pas fait grande différence. Violet n'avait jamais été douée pour les chiffres. Pendant les années qu'elle avait passées à voyager, c'était Cléo – qui n'était pas bridée par une éducation d'élite comme celle que Violet avait reçue – qui s'était chargée de leur budget, et elle s'était brillamment acquittée de cette tâche. Violet ne lui avait pas encore parlé de ses problèmes financiers. Peut-être son amie parviendrait-elle à comprendre ce qui était arrivé à son argent ?

— J'imagine qu'il existe des relevés de compte ? Un genre d'archives ?

— Bien sûr. Je vous adresse un bilan comptable chaque année.

— Oui, je sais.

Elle regretta de s'être contentée d'y jeter un rapide coup d'œil, mais ces bilans ne voulaient rien dire pour elle. D'autant que rien ne l'obligeait à y prêter plus d'attention. L'allocation qu'elle recevait de James suffisait amplement à couvrir ses besoins, et son fonds constituait une réserve pour faire face aux incertitudes de l'avenir.

— J'essaie simplement de comprendre…

— Vous ne me faites pas confiance, chère Violet ? s'exclama le comte, visiblement consterné. Vous pensez que j'ai volé votre argent ?

— Pas du tout, s'empressa-t-elle de répondre. Je vous prie de m'excuser si je vous ai laissé penser, ne serait-ce qu'un instant, que je me défiais de vous. Vous avez toujours eu toute ma confiance, et cela ne changera pas. Mais je suis affreusement perdue et je ne comprends tout simplement pas, ajouta-t-elle avec un soupir. Il est temps, plus que temps même, que je m'intéresse davantage à ces questions.

Il tendit le bras et lui tapota la main.

— Je vous fournirai tous les papiers que vous jugerez nécessaires avant que vous quittiez Paris. Mon cœur se briserait si vous me jugiez indigne de votre confiance.

— Ce n'est pas le cas. Pas un instant. Je ne voulais vraiment pas dire... Oh, mon Dieu, je suis désolée.

Seigneur, elle bafouillait. Alors que cela ne lui arrivait jamais. Pas plus qu'elle ne perdait contenance. C'était à cause de James, évidemment. Plus rien n'était comme avant depuis qu'oncle Richard l'avait piégée en ramenant son mari dans sa vie.

— Un malentendu. Rien de plus, fit-il.

Puis son regard se riva soudain sur un point situé derrière elle.

— Ah, voici un nouveau venu. Qui vous cherche, apparemment.

Violet se retourna et retint son souffle. *James ?* Son mari et la comtesse avançaient vers eux. Il l'avait suivie jusqu'ici ! Son cœur se serra. *Maudit cœur.* La présence de son époux était bien plus liée à son héritage qu'à quoi que ce soit d'autre.

— Il n'est pas aussi beau que dans mon souvenir, dit le comte.

— Ne dites pas de sottises. James est l'un des hommes les plus beaux que j'aie jamais vus.

James avait bien des défauts, mais son apparence en était dépourvue.

— Vous prenez sa défense, constata Gérard en haussant les sourcils. C'est intéressant.

— Pas du tout, protesta-t-elle en haussant les épaules. Je me contente d'énoncer un fait. Pourquoi évoquez-vous le souvenir que vous avez de James ? ajouta-t-elle dans un froncement de sourcils. Je croyais que vous ne l'aviez jamais rencontré.

— Une fois seulement, et si brièvement que je doute qu'il s'en souvienne, répondit le comte en croisant son regard. Il y a six ans, Julienne et moi comptions parmi les invités au bal de ses fiançailles.

Violet écarquilla les yeux de surprise.

— Je ne me rappelle pas vous y avoir vus.

— Il y avait beaucoup de monde.

— Et vous n'en avez jamais parlé.

— À quoi bon ? fit-il. Cela n'aurait servi qu'à vous mettre mal à l'aise.

— Peut-être.

C'était même certain. Si Violet avait su que Gérard et Julienne avaient été témoins de son humiliation, elle aurait été trop gênée pour loger chez eux, voire pour rester à Paris, d'ailleurs. Mais ils l'avaient accueillie, ainsi que Cléo, lui offrant un havre de paix après sa fuite de Londres.

— Richard vous avait adressée à moi.

— Pour gérer mes finances, dit-elle lentement.

— Pour vous aider à cela, oui, et dans tout ce dont vous pourriez avoir besoin, dit-il avec une grande douceur.

Le comte et la comtesse s'étaient effectivement révélés d'une aide précieuse. Quand elle avait quitté Paris, elle était déjà bien en voie de devenir la femme qu'elle était aujourd'hui. Ils l'avaient guidée parmi les événements mondains, l'encourageant à profiter de la vie dans la capitale française, l'incitant à exprimer ses opinions et à défendre son point de vue. Gérard avait instillé en elle une meilleure appréciation de la musique, des arts et de l'histoire. Julienne l'avait subtilement instruite dans l'art raffiné du flirt et de la conversation, et dans le maintien de l'équilibre entre honnêteté et flatterie.

— Aviez-vous l'intention de me le dire un jour ?

— Je ne vous l'ai jamais caché, ma chère Violet. Vous ne me l'avez jamais demandé et je n'ai jamais pensé à le mentionner, dit-il en souriant. Était-il vraiment nécessaire de savoir que Richard vous avait guidée jusqu'à nous ?

— Non, répliqua-t-elle en secouant la tête.

Le rôle que Richard avait joué dans sa vie avait été bien plus considérable qu'elle ne l'avait cru. Elle n'aurait pas su dire si cela lui inspirait de la gratitude ou de l'agacement. Quoi qu'il en soit, cela n'avait plus tellement d'importance, désormais. Elle rendit son sourire au comte.

— Regardez qui vient de nous rejoindre, dit la comtesse en français. Ma chère, je crois que vous l'avez bien mal jugé.

— J'en doute, répondit Violet en français alors qu'elle se tournait vers James. Que faites-vous ici ?

— Je n'ai pas la moindre idée de ce que vous venez de dire, avoua-t-il en prenant sa main pour la porter à ses lèvres, rivant son regard au sien. Mais c'était très agréable à entendre.

Violet sentit un frisson passer sur sa peau à son contact.

— Comment cela, vous n'en avez pas la moindre idée ? demanda-t-elle.

La comtesse se pencha vers elle.

— Il ne parle pas un mot de français, dit-elle en tournant vers James un regard approbateur. À ce détail près, je le trouve tout à fait charmant.

Violet passa à l'anglais.

— Vous ne parlez pas français ?

James grimaça.

— En dehors d'une phrase parfaitement inutile, je crains que non. Le prix d'une jeunesse dissipée.

— Dans ce cas, il est heureux que nous parlions anglais, même si j'ai toujours tenu la langue anglaise pour malcommode, déclara Gérard, dont le visage se plissa comme si toutes les difficultés de la langue anglaise pouvaient être imputées à James.

— Il faudra que j'en parle à la reine, répondit James en souriant.

Violet résista à l'envie de lever les yeux au ciel.

Le comte pouffa.

— Ah, très amusant, lord Ellsworth. À moins que vous ne connaissiez personnellement votre reine Victoria – et bien que je doute qu'elle soit elle-même en mesure de remédier aux inconvénients de votre langue.

— Je ne crois pas que son autorité s'étende jusqu'à la syntaxe, milord.

— Quel dommage, fit Gérard avant d'étudier James un moment. Pendant plus de cinquante ans, votre oncle et moi avons correspondu régulièrement. Il vous trouvait très amusant.

— Je sais, répondit James avec un grand sourire.

— Bien que cela semble superflu, intervint Violet, permettez-moi de faire les présentations. Voici mon époux, le comte d'Ellsworth. James, voici le comte de Viviers.

— J'ai toujours eu envie de rencontrer un comte français, déclara James, son regard passant alternativement de Violet à Gérard.

Un comte français ? Bien sûr, comprit soudain Violet. Les rumeurs.

— Ce qui révèle un parfait manque d'ambition, répondit froidement Gérard.

Violet grimaça intérieurement. Elle aurait dû se douter que le comte n'avait pas une très bonne opinion de James.

— Je n'ai pas toujours été l'homme que mon oncle aurait aimé que je sois, admit James en croisant les yeux du comte.

Le regard de ce dernier se durcit.

— Et l'êtes-vous aujourd'hui ?

— Je ne suis pas sûr qu'un homme puisse être à la hauteur des attentes qu'on a pour lui, répondit James d'un ton mesuré et indubitablement sincère. Il peut seulement essayer de faire de son mieux.

— Bien dit, murmura Julienne.

Bien dit, en effet, songea Violet.

Le comte observa James un long moment. Violet aurait eu du mal à ne pas se tortiller sous un regard aussi scrutateur, mais son mari ne cilla pas, conservant une attitude à la fois impressionnante et admirable. Violet se sentit gagnée par un sentiment de fierté qui la surprit elle-même.

Finalement, Gérard hocha la tête.

— Vous ferez peut-être l'affaire.

— Merci, monsieur.

— J'imagine que vous êtes ici pour parler à votre femme.

— J'ai d'abord l'intention de danser avec elle, dit James en se tournant vers Violet. Si elle veut bien me faire cet honneur.

— Comment pourrais-je refuser ?

Violet aurait pourtant préféré ne pas danser avec lui. Ni même parler avec lui. Ce qu'elle aurait voulu, c'était crier à tue-tête tout ce qu'elle avait pensé depuis qu'elle avait quitté le salon d'Ellsworth House. L'orchestre attaqua une valse et il la prit dans ses bras, la serrant de plus près que ne l'exigeaient les convenances – du moins celles d'Angleterre. Elle essaya de mettre un peu plus de distance entre eux, mais il la tenait fermement et elle dut renoncer.

— Pourquoi êtes-vous ici ?

— Vous m'avez demandé de venir.

— Vous avez refusé.

— Pas du tout, j'ai dit que je ne pouvais pas venir *hier*, répondit-il d'un ton suave, une petite lueur de satisfaction dans les yeux. J'ai de vraies responsabilités, vous savez. Je ne peux pas tout lâcher d'un seul coup et partir pour Paris. J'ai cessé de me laisser guider par des impulsions depuis un certain temps. Il me fallait prendre des arrangements, ce que j'ai fait. Voilà pourquoi j'ai un petit jour de retard sur vous.

Elle plissa les yeux.

— Que mijotez-vous, James ?

— Vous me blessez profondément, Violet. Je suis ici parce que vous y êtes et que je ne peux pas supporter de passer un jour sans vous.

Elle haussa les sourcils d'un air incrédule.

— Vous vouliez que je vous suive et je l'ai fait, déclara-t-il avec un grand sourire avant de la faire tournoyer.

— Je n'ai pas confiance en vous.

— Et vous faites bien, du moins pour le moment. Mais j'ai l'intention de gagner votre confiance. Et votre pardon.

— Vraiment ?

— Je ne peux pas changer le passé, Violet, je peux seulement expier mes fautes, dit-il en l'attirant plus près de lui, s'inclinant pour murmurer à son oreille. Quoi qu'il en soit, vous n'avez pas gagné ce round, ma chère.

Elle faillit trébucher en entendant ces mots.

— De quoi parlez-vous donc ?

— Du jeu auquel nous jouons, répondit-il d'un ton désinvolte, comme s'ils parlaient du temps qu'il faisait. Votre escapade en Europe. Et le fait que je doive prouver quelque chose.

Un jeu ? Il croyait qu'il s'agissait d'un jeu ? Ce n'était pas un jeu, c'était tout le reste de leur vie qui était en péril.

James exécuta un pas compliqué qu'elle suivit sans hésiter.

Cependant, Violet avait toujours aimé jouer. Elle était même exceptionnellement douée pour cela, en fait. Oncle Richard ne l'avait-il pas aidée à affûter son goût pour les échecs ? Elle avait le goût de la compétition, plus qu'il n'était convenable pour une femme. Un autre fait qu'elle n'avait découvert qu'après son mariage. Si James voulait jouer, elle était plus que disposée à suivre, mais selon ses règles à elle.

— Je n'avais pas compris qu'il s'agissait d'un jeu.

Il gloussa.

— Bien sûr que si. Et donc, je renonce.

— Vous disiez avoir gagné ce round.

— Ah, mais c'est en renonçant que je gagne. Vous vouliez aller à Paris, je ne voulais pas, et pourtant je suis ici.

La musique ralentit, et ils cessèrent de danser. Il baissa les yeux sur elle, un petit sourire bien trop satisfait aux lèvres.

— Ainsi, je serai auprès de vous à chaque instant. À Paris, et partout où vous voudrez aller.

— Partout ? dit-elle en inclinant la tête pour l'observer attentivement. Vous disiez pourtant n'avoir aucune envie de voyager.

— Je trouvais les voyages fatigants et inconfortables. Toutefois, au vu de mon manque d'expérience dans ce domaine, j'ai reconsidéré mon point de vue, et je reconnais que j'ai peut-être eu tort.

Une agaçante lueur de triomphe fit étinceler ses yeux avant qu'il poursuive :

— Je vois bien, maintenant, que les voyages offrent certains bénéfices. Des occasions de se cultiver, l'élargissement de ses horizons, ce genre de choses. Ne seriez-vous pas la première à dire que mes horizons ont grand besoin d'être élargis ?

— C'est un fait, répondit Violet en constatant que le jeu avait déjà commencé. Vous venez d'opérer un véritable retournement, dites-moi.

— L'expiation n'est pas un chemin facile.

— Il n'y a aucune raison qu'il le soit, répondit-elle en souriant plaisamment. Je me dois cependant de vous dire que j'avais presque décidé de rentrer en Angleterre une fois que j'aurais réglé mes affaires ici.

— C'est parfait, dit-il avec un soulagement visible. Dans ce cas, nous pourrons rentrer demain.

— Ne dites pas de bêtises. Mon inquiétude concernait la stipulation qui nous interdit d'être séparés plus de quatorze jours. Je suis partie sans y accorder la considération qu'elle mérite. C'était irréfléchi de ma part. Maintenant que vous m'avez rejointe, ajouta-t-elle avec un sourire radieux, plus rien ne s'oppose à ce que nous poursuivions.

— À ce que nous poursuivions ? répéta-t-il lentement.

— Voyons, James, vous ne pensiez quand même pas que votre vœu de rester auprès de moi à chaque instant allait me donner envie de regagner l'Angleterre à toutes jambes ?

— Non, non, pas un instant.

— À moins que vous n'ayez pas été sincère ? ajouta-t-elle en écarquillant les yeux d'un air innocent. À moins que vous n'ayez simplement cherché à vous raccrocher aux branches, suivant ainsi l'injonction de ce *carpe diem* qui vous tient tant à cœur ?

— J'étais parfaitement sincère, affirma-t-il d'un ton résolu.

Voyager en Italie et en Grèce était une excellente idée. Depuis la révélation de James concernant l'incident, Violet avait l'impression que tout recommençait à zéro entre eux. Le fait de se trouver loin de Londres leur octroierait une sorte de sursis qui leur permettrait de concilier leurs différences et de décider ce qu'ils voulaient faire, au-delà des trois prochaines années. Avait-elle envie de renoncer à la vie d'aventure et de liberté qui était la sienne depuis son mariage et de rester en Angleterre avec James pour le restant de ses jours ? James ne s'intéressait-il qu'à son héritage ou bien voulait-il vraiment la conquérir ?

— Vous avez mentionné Florence et Athènes devant Mme Higginbotham et ses amies, reprit-il, la tirant de ses pensées.

Violet hocha la tête, prit son bras, et ils s'écartèrent de la piste de danse.

— Avez-vous visité l'Italie et la Grèce, lors de votre Grand Tour ?

— Nous n'avons pas poussé jusqu'en Grèce, mais nous avons passé quelque temps à Rome ainsi qu'à Florence. Mais c'était il y a si longtemps que je m'en souviens à peine, s'empressa-t-il d'ajouter.

D'après ce qu'elle avait entendu raconter sur le Grand Tour et le passé de noceur de James, Violet n'en fut pas surprise.

— Dans ce cas, ce sera très agréable pour vous. La seule chose qui puisse rivaliser avec une première visite à Florence, c'est d'y retourner. Quant à Athènes..., enchaîna-t-elle en soupirant. La présence des Anciens est presque palpable dans l'air qu'on y respire.

— Voilà qui fait rêver.

Son regard démentait ses paroles. James n'aimait pas voyager, la chose était claire.

— Un clair de lune sur le marbre du Parthénon est sans doute la chose la plus romantique que j'aie jamais vue.

— Vraiment ? dit-il, l'air pensif. Il me tarde d'admirer cela, ajouta-t-il en souriant.

Violet ne fut pas certaine d'aimer ce sourire, assurément malicieux. Elle le lui rendit cependant.

— Tout comme il me tarde de vous le montrer.

— Quand partons-nous ?

— Je dois m'entretenir des arrangements avec Cléo. J'ai quelque chose de prévu demain matin, mais si les horaires de train le permettent, nous partirons probablement en début de soirée.

Rejoindre Florence depuis Paris demanderait sans doute deux jours de train.

— Je pensais que nous pourrions rester à Paris un jour de plus et que vous me feriez visiter.

— Vous voulez voir Paris ? demanda-t-elle en écarquillant les yeux.

— J'y suis déjà venu une fois, mais je n'en ai qu'un souvenir très flou. Je m'étais dit que vous prendriez plaisir à faire étalage de vos connaissances face à l'ignorant provincial que je suis.

— Présenté de cette façon-là, cela semble amusant, dit-elle en souriant. Nous ne disposerons toutefois que de l'après-midi. Un événement auquel j'ai promis d'assister à Florence nous oblige à partir. Mais je me ferai un plaisir de vous montrer là-bas à quel point vous êtes provincial et ignorant.

— Va pour Florence, dans ce cas. Encore une chose, dit-il en posant la main sur celle de Violet, qui reposait toujours sur son bras. Allons-nous passer la nuit ici ou bien me rejoindrez-vous à mon hôtel ?

Elle voulut retirer sa main, mais il refusa de la lâcher.

— Je n'ai pas l'intention de loger ailleurs qu'ici.

— Très bien, dit-il en hochant la tête. Dans ce cas, je me joindrai à vous.

— Pourquoi vous joindriez-vous à moi ?

— Quatorze jours, vous vous souvenez ? Ou quatorze nuits, j'imagine, ajouta-t-il avec un léger froncement de sourcils. Quoi qu'il en soit, nous en avons déjà gâché une et je ne tiens pas à en gâcher davantage.

James n'avait pas tort. Mais Violet ne craignait pas de *gâcher* une autre nuit.

— Je n'avais pas prévu d...

— Peut-être m'avez-vous mal compris quand j'ai dit que j'avais l'intention d'être auprès de vous à chaque instant, l'interrompit-il avec un sourire exagérément aimable. Si vous préférez rester ici, je suis certain que la comtesse pourra me trouver une chambre. Je crois qu'elle m'apprécie.

— La comtesse apprécie tout le monde, commenta sèchement Violet.

Se retrouver sous le même toit que son mari était bien la dernière chose dont elle avait envie. Elle s'exhorta cependant au calme.

— De nombreux invités logent ici, des relations et des amis. Je doute qu'il y ait encore des chambres disponibles.

— Dans ce cas, je dormirai par terre, devant la porte de votre chambre. On doit bien pouvoir trouver une couverture quelque part.

Elle dégagea sa main d'un coup sec.

— Vous n'oseriez pas faire cela.

— Oh, mais si, affirma-t-il d'un ton très ferme. « À chaque instant », Violet.

— Si vous croyez que je vais partager votre chambre d'hôtel…

— Ma suite. J'ai pris une suite, précisa-t-il. Une suite avec deux chambres.

— Vous ne manquez pas d'assurance.

— C'est vrai, confirma-t-il avec un petit sourire satisfait.

— Et Cléo ?

— J'ai retenu une chambre pour elle aussi.

— Quelle prévenance.

— La prévenance est l'une de mes plus grandes qualités, déclara-t-il en remuant les sourcils d'une façon qui donna envie de rire à Violet.

James était amusant, mais cela ne suffisait pas.

— Oui, bon, eh bien, nous verrons.

Elle ignora la lueur qu'elle vit dans ses yeux. Comme si, une fois de plus, il avait gagné cette manche. Cher et adorable idiot. Violet n'avait pas fini de jouer avec lui. De fait, elle n'avait même pas commencé.

*

*   *

Violet ne s'était pas trompée. Avec James dans la chambre voisine, elle ne parvenait pas à réfléchir. Ni à dormir. Malgré l'heure tardive à laquelle ils étaient arrivés au Grand Hôtel, elle n'avait fait que se tourner d'un côté puis de l'autre depuis qu'elle s'était mise au lit. Mais la veille aussi, elle n'avait fait que se tourner d'un côté puis de l'autre. Le prix à payer quand on avait le malheur d'être lié à James Branham était apparemment l'absence totale de sommeil.

Le fait de savoir que le baiser qui avait changé le cours de leurs vies avait été délibéré l'empêchait désormais d'être reconnaissante à James pour la vie qu'il lui avait offerte. Certes, s'il ne l'avait pas embrassée, la forçant ainsi à l'épouser, elle ne serait jamais devenue la femme qu'elle était aujourd'hui. Que se serait-il passé, cependant, si James avait fait l'effort d'un vrai mariage ? Ou s'il ne l'avait pas embrassée du tout ?

Serait-elle aujourd'hui l'heureuse épouse d'un homme plein de prévenance envers elle dans une maison remplie d'enfants ? Ou bien serait-elle devenue une vieille fille, tout en restant la sœur de l'incomparable Caroline ? Un objet de pitié et de commentaires échangés derrière des mains gantées. « N'est-il pas curieux qu'une des sœurs soit belle et charmante, tandis que l'autre… disons que l'autre est bien élevée ? »

Pardonner une erreur à James était une chose. Mais lui pardonner un acte délibéré, ce n'était pas du tout pareil. S'il voulait vraiment son pardon, il allait devoir travailler dur, même s'il devait pour cela visiter tous les pays de la terre.

Heureusement, le lit d'hôtel de James ne grinçait pas, mais elle se surprit quand même à guetter des bruits dans la chambre voisine. Finalement, après de longues ruminations, les paupières de Violet acceptèrent de se fermer.

Elle entendit alors frapper à la porte de sa chambre, qui donnait sur le salon de la suite. Il aurait suffi d'une minute de plus pour qu'elle dorme à poings fermés. Violet rabattit rageusement la couverture et enfila son peignoir.

Elle s'avança jusqu'à la porte du salon et l'ouvrit.

James se figea, le poing levé comme s'il s'apprêtait à frapper de nouveau.

— Ah, vous êtes réveillée. Parfait.

— Je ne l'étais pas il y a un instant, mentit-elle. Que voulez-vous ?

— Je n'arrive pas à dormir.

Ses cheveux ébouriffés lui donnaient un air attendrissant de petit garçon. Il avait enfilé son peignoir bleu marine, celui qui était parfaitement assorti à ses yeux, par-dessus un pantalon de pyjama en soie. Le peignoir empêchait de savoir s'il en portait aussi la veste. Non que Violet s'en soucie, bien sûr.

— Peut-être que vous n'essayez pas assez fort.

— Vous n'y arrivez pas non plus, dit-il avec un sourire entendu. J'ai entendu votre lit grincer.

— Mon lit ne grince pas.

Il l'ignora.

— Vous n'avez pas la tête de quelqu'un qui dormait profondément.

— Je vous remercie.

Il fronça les sourcils.

— Était-ce un compliment ? demanda-t-il, étonné.

— Oui. Et maintenant, bonne nuit, dit-elle en commençant à refermer la porte.

Il avança un pied chaussé d'une pantoufle pour l'en empêcher.

— Je n'arrive pas à dormir.

Violet soupira.

— Oui, je sais, vous l'avez déjà dit. Et vous semblez persuadé que je peux y remédier. Que voulez-vous que j'y fasse ?

Un éclair de surprise passa dans les yeux de James… puis il sourit.

Violet sentit ses joues s'échauffer. Ignorant sa réaction, elle haussa les sourcils.

— Vraiment, James ? Vous vous attendez à ce que je vous rejoigne dans votre lit pour vous aider à vous endormir ?

— Je ne vois pas de meilleure façon et c'est une excellente idée, mais… je n'y avais pas pensé jusqu'à maintenant, avoua-t-il avec un petit rire.

— Je me demande si je dois me sentir offensée que vous n'y ayez pas pensé plus tôt ou bien offensée que vous y ayez finalement pensé, dit-elle sans réfléchir.

— Il y a un jeu d'échecs au salon. J'étais venu vous demander si vous y jouiez.

— Évidemment que j'y joue, répondit-elle en passant derrière lui pour entrer au salon, où le plateau était déjà dressé sur un guéridon. Pas plus de deux parties… trois, si nous en gagnons une chacun, annonça-t-elle en s'asseyant. Ce dont je doute.

Il sourit et s'assit en face d'elle.

— Vous comptez gagner, n'est-ce pas ?

Violet sourit à son tour.

— Pour quoi jouons-nous ?

— Pour le plaisir, répondit-elle en désignant l'échiquier. Vous pouvez prendre les blancs.

— Et ouvrir le jeu ? demanda-t-il en haussant les sourcils. Vous êtes disposée à me laisser l'avantage ?

— Je ne considère pas cela comme un avantage.

— Dans ce cas, je m'incline.

Il déplaça le pion de sa reine – une ouverture sans surprise.

Violet imita son mouvement avec un pion noir.

— Je ne pourrai pas vous montrer toute la ville en un seul après-midi, vous savez. Certains visiteurs prévoient plusieurs semaines pour visiter Paris, tant il y a à voir.

— Je ne m'attends pas à ce que vous le fassiez, déclara-t-il en bougeant un autre pion.

— Y a-t-il quelque chose que vous ayez particulièrement envie de voir ? s'enquit-elle en répliquant avec le pion de son roi.

Il déplaça son cavalier.

— Rien ne me vient à l'esprit. Montrez-moi ce que, selon vous, je dois voir. Quelque chose qui me rende moins ignorant et provincial, peut-être.

— Un défi difficile, murmura-t-elle sans quitter l'échiquier des yeux. C'est courageux de votre part de vous en remettre entièrement à moi.

— C'est vrai. Je suis quelqu'un de courageux.

— Allez-vous recommencer avec vos fadaises héroïques ? demanda-t-elle en déplaçant une tour.

— Seulement si ça marche, dit-il en bougeant un autre pion.

— Non.

— Mais je crois que vous êtes déjà moins fâchée contre moi que vous ne l'étiez hier.

— Vous avez tort, répliqua-t-elle en observant l'échiquier. Êtes-vous venu avec votre valet de chambre ?

— Non.

— Pourquoi ? demanda-t-elle en déplaçant son cavalier. Je croyais qu'un gentleman voyageait toujours avec son valet.

— J'ai la nette impression que vous me tendez un piège. Que vous attendez que je dise une bêtise pour pouvoir prouver que je me trompe.

— C'est absurde.

Il n'avait pourtant pas tout à fait tort.

— Je n'ai pas pris de valet parce que vous n'avez pas pris de femme de chambre.

Il déplaça son fou. Violet comprit aussitôt sa stratégie et réprima un sourire.

— Je préfère voyager sans escorte. C'est moins d'encombrement et moins de frais. En outre, la plupart des hôtels proposent les services de valets et de femmes de chambre.

— Et c'est plus facile d'être seul, approuva-t-il en la gratifiant d'un sourire.

Un sourire qui n'avait rien de malicieux, plutôt sincère et séduisant. Elle l'ignora.

La première partie fut vite jouée, et Violet gagna sans effort. Apparemment, James n'avait pas accordé au jeu toute son attention, car au cours de la deuxième partie, plus lente et réfléchie, il révéla qu'il était capable de bien jouer. Pendant un moment, Violet craignit même de perdre. Jusqu'à ce qu'elle remarque qu'il jouait exactement comme oncle Richard et qu'elle reprenne la main.

James était un très bon joueur. Mais Violet l'était aussi. Elle n'avait pas douté un instant de le battre aux échecs. Restait le jeu auquel ils jouaient dans la vraie vie... En la suivant à Paris, James avait effectivement gagné cette manche et réussi à la surprendre. Une surprise plutôt plaisante, d'ailleurs, même si ses motifs restaient douteux.

Et maintenant, c'était au tour de Violet de le surprendre.

18

Il ne s'était pas du tout attendu à cela. Quand Violet avait dit qu'elle avait quelque chose de prévu le lendemain matin, James avait cru qu'elle comptait passer chez une modiste ou dans l'une des célèbres maisons de haute couture de la capitale française. Il fut donc surpris de voir leur fiacre s'arrêter devant un édifice de pierre grise, dans un quartier qui lui parut tout juste respectable. Le grand bâtiment n'était pas assez cossu pour être un manoir et évoquait plutôt une sorte d'école.

— Vous semblez moins fâchée aujourd'hui, dit-il alors qu'il l'aidait à descendre de voiture.

— Vous vous trompez, répondit-elle. Mais manquer de civilité à votre égard ne servirait à rien. Et ce n'est pas la peine de continuer à me demander si je suis moins fâchée que la veille. Je n'envisage aucune baisse de ma colère dans un avenir proche.

— L'erreur est mienne, en ce cas.

— Une parmi tant d'autres, lâcha-t-elle en tournant les yeux vers le bâtiment. J'ai pensé qu'il vous plairait de voir à quoi j'emploie une partie de votre argent.

— Je pensais qu'il servait à vos voyages.

— Pas seulement, répondit-elle en observant l'édifice avec un sourire satisfait. J'aurais mauvaise conscience de ne pas partager votre générosité.

— C'est votre droit le plus strict, dit-il en regardant autour de lui. Quel est cet endroit ?

— C'est un sanctuaire, James, répondit Violet en s'avançant vers le perron. Un refuge, si vous préférez.

— Un refuge contre quoi ? demanda-t-il en lui emboîtant le pas.

Elle lui jeta un coup d'œil par-dessus son épaule.

— Contre les injustices de la vie.

— J'ignore ce que cela signifie, dit-il en grimpant les marches derrière elle.

— C'est un lieu pour les femmes qui ont été abandonnées, par des pères ou des époux, expliqua-t-elle en lui décochant un regard appuyé. Elles vivent ici aussi longtemps qu'elles en ont besoin et apprennent un métier pour subvenir à leurs besoins. Afin de gagner dignement leur vie une fois qu'elles repartent d'ici.

— Je ne vous ai pas abandonnée, protesta-t-il avec un froncement de sourcils.

— Vous jouez sur les mots, James. Abandonner, rejeter, dit-elle en haussant les épaules, au bout du compte, c'est à peu près la même chose.

— Dites-moi, Violet, êtes-vous fâchée à cause du premier ou du deuxième baiser ? Ou bien parce que je ne me suis jamais battu pour vous ?

— Ou bien parce que vous m'avez menti pendant six ans ?

— Ça aussi, oui.

Elle plissa les yeux.

— Pour toutes ces raisons à la fois.

— J'aimerais toutefois relever que je ne vous ai pas menti pendant six ans. J'ai menti une fois et je me suis contenté de ne jamais le reconnaître.

— Une distinction essentielle, effectivement, répondit-elle d'un ton sarcastique. Je tâcherai de m'en souvenir.

Telle était apparemment la récompense à laquelle on avait droit en échange de son honnêteté. L'aveu d'une faute soulageait peut-être l'âme, mais cela n'allait pas plus loin. Il s'en souviendrait, la prochaine fois qu'il déciderait de révéler un de ses secrets.

La porte s'ouvrit, et une petite femme brune s'avança pour les accueillir. Elle était plus âgée que lui, une cinquantaine d'années peut-être, mais comme la veille avec la comtesse il estima impossible de deviner son âge. Les Françaises avaient apparemment quelque chose d'intemporel. Elle se révéla étonnamment charmante, la grâce de ses mouvements détonnant avec sa mise très simple. Elle accueillit Violet à bras ouverts, et les deux femmes se mirent aussitôt à bavarder avec animation – en français, bien sûr.

James adopta un sourire poli et resta planté là, à se sentir aussi idiot qu'il en avait sans doute l'air.

— En anglais, je vous prie, Marcelline, dit finalement Violet en désignant James d'un signe de tête. Je suis venue avec un ami, aujourd'hui.

— Je vois cela, répondit Marcelline. Ce n'est pas le même que la dernière fois.

— Non, c'est lord Ellsworth, déclara Violet sans préciser qu'il était son époux.

Quels autres *amis* avait-elle amenés ici ?

— James, permettez-moi de vous présenter Mme Marcelline Gagnon.

— Madame, fit James en inclinant la tête.

— Bienvenue à la Maison de l'Espoir, milord, dit Mme Gagnon en inspectant les alentours. Mme Ryland n'est pas avec vous ?

— Pas aujourd'hui. Elle visite Paris.

Marcus s'était montré assez pressé d'aller visiter la capitale avec Mme Ryland, alors qu'il y était déjà venu l'année précédente. James comprit soudain que son ami avait surtout été impatient de se retrouver seul avec Mme Ryland. Tout comme lui-même avec

Violet. Il allait devoir s'entretenir sérieusement avec Marcus au sujet de cette femme.

— Marcelline est une cousine de la comtesse. C'est elle qui est à l'origine de tout ceci, expliqua Violet en agitant la main pour désigner les lieux.

— Vraiment ? fit-il en haussant les sourcils. C'est elle qui en a eu l'initiative ?

— Absolument, mais c'est une longue histoire. Mme Branham vous racontera tout cela plus tard, dit Mme Gagnon en lui prenant le bras. Pour l'heure, vous plairait-il de voir notre humble entreprise ?

— Volontiers.

— Parfait. Une fois que nous aurons terminé, vous souhaiterez sans nul doute contribuer à nos efforts.

Violet le gratifia d'un large sourire d'encouragement.

James gloussa.

— Une visite en échange d'un don ?

— Pas du tout, objecta Mme Gagnon. La visite est gratuite. Mais si vous voulez faire un don, je serai heureuse de recevoir votre argent. Ce que nous essayons de faire ici n'est pas facile, ajouta-t-elle, son visage devenant plus sérieux. Personne ne s'en soucie vraiment, voyez-vous. Ce sont les dons qui rendent notre fonctionnement possible, mais ils ne sont jamais suffisants. Violet nous est d'une aide précieuse et Julienne fait ce qu'elle peut.

James hocha la tête.

— Le bal d'hier soir fournira un apport substantiel, ajouta Mme Gagnon.

— Je croyais qu'il s'agissait d'un bal d'anniversaire, dit James en fronçant les sourcils.

— Et quelle meilleure façon de célébrer son anniversaire et sa bonne fortune si ce n'est en demandant à ses amis de donner aux autres plutôt qu'à soi-même ? Depuis l'ouverture de notre Maison de l'Espoir, Gérard demande à ses invités de nous faire un don plutôt que de lui offrir un cadeau.

— C'est très généreux de sa part, commenta James.

— Le comte est un homme très bon, dit Marcelline. On pourrait penser qu'il est facile d'être généreux quand on possède soi-même beaucoup, et pourtant je connais bien des personnes fortunées qui répugnent à donner à ceux qui en ont besoin. En revanche, si vous organisez un événement mondain et caritatif qui devient le clou de la saison, plus personne n'hésite à contribuer à une noble cause afin d'obtenir une invitation convoitée. Une idée purement géniale, conclut-elle en échangeant un sourire avec Violet.

— Absolument, approuva James.

Intérieurement, il se promit de demander à ses comptables quelles étaient les œuvres caritatives auxquelles oncle Richard avait contribué et se sentit gêné de ne pas en avoir la moindre idée.

— Passons maintenant à la visite, milord, reprit Mme Gagnon. À cet étage se trouvent principalement les salles de classe destinées à l'enseignement d'un métier…

Elle le guida le long des salles de classe, remplies pour la plupart de femmes d'âges très divers. Certaines sortaient à peine de l'adolescence, tandis que d'autres semblaient plus âgées que Mme Gagnon. Les enseignements dispensés étaient aussi très variés ; on apprenait ici la chapellerie, la couture, la reliure et même le dessin d'illustration. Les étages supérieurs étaient réservés aux logements privés ainsi qu'à d'autres salles de classe, dédiées à l'apprentissage de la lecture et de l'écriture, des mathématiques et de la comptabilité. Mme Gagnon expliqua qu'ils dispensaient aussi des formations d'infirmière et d'enseignante. Elle fit valoir avec fierté que certaines de leurs anciennes résidentes étaient devenues des commerçantes établies à leur compte et que presque toutes les femmes formées par leurs soins exerçaient un métier rémunéré, nombre d'entre elles ayant trouvé un emploi dans des maisons de couture parisiennes.

— Cette œuvre est-elle une entreprise exclusivement privée ? demanda James une fois la visite terminée. Vous ne recevez aucune aide du gouvernement ni de l'Église ?

— Le gouvernement est constitué d'hommes qui se désintéressent de ce qui arrive aux femmes, répondit Mme Gagnon avec dédain. Quant à l'Église, ajouta-t-elle en plissant le nez, elle s'occupe déjà de nombreuses œuvres caritatives dont l'existence est tout à fait salutaire, mais qui obéissent à des critères de pratique religieuse, alors qu'ici nous ne nous soucions pas de la façon dont vous priez. Peu importe même que vous le fassiez ou non. Certes, nous avons des règles d'assiduité et de conduite, nécessaires au bon fonctionnement de la maison quand plusieurs dizaines de femmes vivent ensemble, mais nous n'obligeons personne à se conformer aux commandements de Rome. Nous croyons que Dieu vient en aide à ceux qui s'aident eux-mêmes et nous faisons en sorte que nos femmes puissent s'aider elles-mêmes, dit-elle en souriant. Une église se trouve toutefois près d'ici, et la plupart de nos résidentes, moi incluse, assistent à la messe chaque dimanche. Il est toujours préférable de pécher par excès de prudence.

James rit. Ils bavardèrent encore quelques minutes avant de retourner à la voiture, mais pas avant que James ait promis une contribution considérable. Pas seulement pour impressionner Violet, bien que cela ne l'eût pas dérangé, ni pour apaiser une conscience coupable, mais parce que cette Maison de l'Espoir était vraiment unique dans sa vocation à régler un problème auquel il n'avait jamais songé. Un problème que Violet prenait à cœur, visiblement. Il fut frappé par l'idée que son épouse, comme pratiquement toutes les femmes de sa connaissance, n'était pas loin d'un possible désastre financier. Il suffisait bien souvent qu'une femme perde son époux ou son père pour se retrouver à la rue. Et c'était sans nul doute pour cette raison qu'oncle Richard avait jugé nécessaire de mettre en place un fonds privé pour Violet.

— C'était..., commença James quand leur voiture s'ébranla pour regagner l'hôtel, selon les directives de Violet.

— Oui ? dit-elle en l'observant attentivement.

— ... assez remarquable.

— Je le pense aussi. Je ne crois pas qu'il existe un seul lieu équivalent au monde.

— Vos amis ont su voir un besoin criant et, au lieu de l'ignorer, ils ont agi pour y répondre. C'est tout à fait admirable.

— La Maison de l'Espoir a ouvert ses portes il y a plus de vingt ans et est venue en aide à de nombreuses femmes au fil des ans.

— Mme Gagnon disait que vous me raconteriez comment tout cela a commencé.

— Cela vous intéresse-t-il vraiment ? demanda-t-elle en haussant les sourcils.

— Mais oui, certainement.

— Très bien, dit-elle avant de prendre le temps de rassembler ses pensées. Le père de la comtesse est mort alors qu'elle n'était encore qu'une enfant, et elle a été forcée d'épouser un homme beaucoup plus âgé qu'elle. Elle était bien trop jeune pour se marier, mais elle n'avait pas le choix. Ses parents étaient des nobles de naissance, mais son père n'avait presque rien laissé à sa famille. Le mariage fut bref, pas plus de quelques années, si je me souviens bien, et le vieil époux de la comtesse est mort en laissant à Julienne une véritable fortune.

— Elle a donc créé cette maison pour venir en aide aux femmes qui se retrouvaient dans la même situation qu'elle ?

— Pas immédiatement. Dans un premier temps, elle s'est contentée de subvenir aux besoins de sa mère et de ses sœurs. Et, quelques années plus tard, elle a rencontré le comte, qu'elle a fini par épouser.

— C'est donc après son mariage qu'elle a créé la Maison de l'Espoir ?

— Toujours pas, répondit Violet en secouant la tête. C'est seulement à la mort du mari de Marcelline…

— Qui la laissait sans le sou ?

— Me laisserez-vous raconter cette histoire, à la fin ? lança-t-elle avec un soupir d'impatience.

— Vous pourriez la raconter un peu plus vite.

— Je ferai de mon mieux, dit-elle avant de réfléchir un instant. Où en étais-je ? Ah, oui. Marcelline. Son époux lui avait laissé de quoi vivre dans l'aisance. D'après ce que j'ai compris, c'est au détour d'une conversation que les deux femmes, qui s'étaient retrouvées dans des situations similaires, ont pris conscience que, sans l'intervention de la divine Providence, elles auraient pu connaître un sort bien pire que celui qui leur était finalement échu. Et que certaines femmes, sans qu'elles y soient pour rien, connaissaient un destin si cruel qu'elles se retrouvaient piégées dans une situation où elles ne savaient ni comment se nourrir, ni, pire encore, comment nourrir leurs enfants.

— Et donc ? ne put-il s'empêcher de demander.

— Et donc, elles ont décidé qu'il fallait que quelqu'un fasse quelque chose. Mais le gouvernement se désintéresse de la question et l'Église se montre bien trop restrictive, alors elles ont créé la Maison de l'Espoir. Car il n'y a guère d'espoir pour les femmes qui se retrouvent sans famille et sans argent. Vous avez sans doute vu de ces pauvres femmes à Londres, dans des quartiers comme Whitechapel... Pensez-vous qu'elles font ce qu'elles font parce qu'elles en ont envie ? Qu'elles ont d'autres choix ? Elles n'ont aucun espoir, James. Aucune possibilité de vie meilleure. La Maison de l'Espoir offre aux femmes démunies un toit, ainsi que la possibilité d'apprendre un métier qui leur permettra d'obtenir un emploi respectable. Pour beaucoup d'entre elles, cet apprentissage commence par apprendre à lire et à écrire. Souvent, elles ont des enfants, et à la Maison de l'Espoir leurs enfants reçoivent aussi une éducation.

— Je comprends pourquoi vous lui apportez votre appui financier.

— Il s'agit en fait de *votre* appui, James.

— Vous dépensez donc votre allocation dans le financement de cette maison, dit-il lentement, alors qu'il l'avait déjà deviné.

— Pas l'intégralité. J'aime aussi suivre la mode et résider dans de jolis endroits. Mais je fais ce que je peux, ajouta-t-elle. Vous avez été très généreux avec moi. Faire des économies chaque fois que la chose est possible n'a rien de trop contraignant. Et puis, c'est amusant de voyager sans être encombré de tout un attirail. On est bien plus libre et indépendant quand on ne traîne pas derrière soi tout un entourage et une montagne de bagages. Cela donne un parfum d'aventure à la chose.

— Je comprends, dit-il. Le fait de m'emmener là-bas constituait-il un autre test ?

Elle le regarda d'un air surpris, puis sourit.

— En fait, je dirais que cela dépend.

— De quoi ?

— Du montant de votre contribution.

Elle tourna la tête pour regarder défiler les rues par la fenêtre de la voiture, apparemment perdue dans ses pensées.

James s'immergea également dans les siennes. Il n'avait jamais prêté attention à la manière dont Violet dépensait son allocation. Il l'avait toujours laissée libre d'en faire ce qu'elle voulait. Il n'aurait pas dû être surpris qu'elle aide les autres, et pourtant il l'était. Un reflet, sans doute, de son propre manque de clairvoyance concernant les besoins des plus démunis. Il se promit de faire quelque chose pour remédier à cela à son retour. Qui sait ? Peut-être même avec l'aide de Violet…

Quand ils arrivèrent à l'hôtel, un message de Mme Ryland attendait Violet à l'accueil.

— Cléo nous a réservé des places dans le train de nuit pour Milan, dit-elle en parcourant la note. C'est parfait, ainsi nous ferons la traversée des Alpes en plein jour.

— Vraiment ? répondit James, qui sentit son estomac se retourner rien qu'à cette idée.

— Oui, de jour, le paysage est à couper le souffle. Et c'est plus sûr, aussi.

— Ah bon ?

— Sans conteste. Je ne saurais vous dire le nombre d'histoires épouvantables que j'ai entendu raconter. Les passagers sont parfois obligés de descendre du train au beau milieu de nulle part à cause d'une avalanche ou d'une tempête de neige. Nous ne devrions pas avoir ce genre de problème à cette époque de l'année, mais on ne sait jamais, ajouta-t-elle d'un air absent, les yeux toujours baissés sur le message de Mme Ryland. De Milan, nous prendrons un train pour Bologne, puis un autre pour Florence. Sauf difficulté imprévue, nous serons là-bas dans deux jours, dit-elle en levant les yeux vers lui tandis qu'elle repliait la feuille. Avez-vous toujours envie d'avoir un aperçu de Paris ?

— Absolument.

James n'avait aucun désir de voir Paris, mais il aurait été prêt à faire bien des choses pour se trouver seul en compagnie de Violet.

— Je ne sais pas trop ce que je pourrais vous montrer dans le laps de temps dont nous disposons... Nous pourrions aller au Louvre, bien sûr, mais nous aurons à peine le temps de voir une galerie.

Tant mieux. Il n'était pas particulièrement friand d'art.

— Vous n'avez qu'à me montrer un seul monument. Votre favori, peut-être.

— Un seul ? À Paris ? C'est impossible ! s'exclama-t-elle avant de réfléchir un instant. Ah, je sais ce qu'il faut que je vous montre ! dit-elle soudain en prenant son bras pour le faire ressortir dans la rue. En plus, je pourrai vous montrer une partie de la ville pendant le trajet.

— Où allons-nous ? demanda-t-il en faisant signe au portier, qui héla une calèche – certaines choses se passaient heureusement de traduction.

Violet donna des indications au cocher, et James l'aida à grimper à bord du véhicule.

— Nous allons voir un des sites les plus prisés de Paris.

James avait vu de nombreux sites extrêmement populaires au cours de son unique séjour à Paris, mais il douta que Violet ait l'intention de lui faire visiter l'un d'eux.

— S'agit-il d'un endroit scandaleux ? demanda-t-il afin d'en avoir le cœur net.

— Je ne vous emmènerais jamais dans un endroit scandaleux, James. Cela risquerait de bien trop vous plaire, répondit-elle d'un ton guilleret.

— Rien de scandaleux, alors ? insista-t-il en adoptant une expression désespérée.

— Pas vraiment. Bien qu'il soit l'objet d'une vive controverse.

— Il faudra bien s'en contenter, j'imagine. Mais je suis déçu.

— Visiter un endroit scandaleux est bien la dernière chose dont vous ayez besoin.

— Je ne sais pas, dit-il en souriant. Un petit scandale de temps en temps est sans doute bon pour l'âme.

— Je doute que votre âme soit capable de supporter un scandale supplémentaire.

— Allons, Violet ! protesta-t-il en fronçant les sourcils. Je n'ai strictement rien fait d'inconvenant depuis au moins deux ou trois ans.

— Je sais, fit-elle en agitant la main pour désigner un bâtiment voisin de l'hôtel alors que la calèche s'éloignait du trottoir. Ce grand édifice est le palais Garnier, l'opéra de Paris. L'intérieur est encore plus somptueux que l'extérieur. Le grand escalier de marbre est tout à fait extraordinaire.

James l'ignora.

— Comment pouvez-vous le savoir ? demanda-t-il.

— Outre le fait qu'oncle Richard mettait un point d'honneur à m'informer du changement de votre caractère, les rumeurs vous concernant se sont considérablement amoindries ces dernières années. Elles sont même devenues pratiquement inexistantes. Votre nom n'a plus été associé à celui d'une autre femme depuis un assez long moment, ajouta-t-elle en désignant d'un signe de tête un édifice qui ressemblait à un temple grec. Voici l'église de la Madeleine, une église catholique dont la construction a commencé sous Louis XV, je crois. Son style a changé en cours d'exécution et les travaux ont été interrompus par la Révolution. Elle a finalement été achevée il y a une cinquantaine d'années.

— Est-ce que cela ne dit pas quelque chose ?

— Ma foi, si, répondit-elle avec un haussement d'épaules. J'imagine que cela signifie que les révolutions ne sont guère favorables aux projets de construction.

Il poussa un soupir.

— Non. L'absence de rumeurs à mon sujet.

— Probablement, lâcha-t-elle en promenant son regard alentour. Là-bas, c'est la place de la Concorde.

— Je suis devenu presque ennuyeux, vous savez.

— J'en doute, répliqua-t-elle. Voulez-vous que je vous parle des sites de Paris, oui ou non ? ajouta-t-elle, agacée.

Non !

— Poursuivez, je vous en prie.

— Comme je le disais, voici la place de la Concorde.

Sur leur gauche s'étendait une grande place rectangulaire avec des fontaines, des statues et tout ce qu'on s'attend à voir sur une grande place. Rien de spécialement intéressant.

— L'obélisque était un cadeau de l'Égypte…

— Comme celui de Londres, l'interrompit-il. Selon mon expérience, une fois qu'on a vu un obélisque, on les a tous vus.

Elle l'ignora.

— Ces fontaines comptent parmi les plus jolies que l'on peut voir à Paris. Les sujets allégoriques – dieux, déesses et nymphes – figurent des fleuves sur l'une et des mers sur l'autre. D'ici, enchaîna-t-elle en agitant la main sur le côté, vous pouvez apercevoir le jardin des Tuileries et le Louvre. Et à l'ouest, poursuivit-elle en agitant la main dans la direction opposée, vous pouvez voir l'Arc de Triomphe de l'Étoile.

La structure imposante se détachait nettement sur le ciel azuré.

— On peut difficilement le manquer.

— Il paraît que c'est le plus grand arc de ce genre au monde. Une œuvre voulue par Napoléon, bien sûr.

— Ma foi, vous savez ce qu'on dit des hommes qui érigent d'énormes monuments pour célébrer leurs victoires.

— Non, répondit-elle, le coin de ses lèvres frémissant tandis qu'une lueur de défi faisait briller son regard. Que dit-on d'eux ?

— On dit qu'ils s'efforcent de compenser un manque sur le plan physique.

— Ah, oui, il était assez petit, n'est-ce pas ?

— Apparemment, fit-il en réprimant un éclat de rire. Je suis certain que c'est pour cette raison.

— Gardez une chose à l'esprit, James, reprit Violet en soutenant franchement son regard. De même que vous n'êtes plus l'homme que vous étiez, moi non plus, je ne suis plus la femme que j'étais.

— J'en suis bien conscient.

Elle reporta son attention sur la place.

— C'est tout à fait charmant, déclara-t-elle, mais les fontaines, les statues et les jolis points de vue ne suffisent pas à effacer l'histoire de cette place.

Oh, mon Dieu, non, pas l'histoire. James grimaça.

— L'histoire est un autre des domaines auxquels je ne connais rien.

— Pendant la Révolution, c'est ici que se dressait la guillotine, expliqua-t-elle d'un ton très désinvolte au regard du sujet. Cet obélisque marque l'endroit exact où elle se trouvait. Plus d'un millier de personnes ont perdu la vie ici. La plupart d'entre elles parce qu'elles avaient le malheur de faire partie de la noblesse.

— Il y a à peine cent ans, murmura-t-il.

C'était trop récent pour qu'il se sente à l'aise. Ce fut sans doute une simple impression, mais il lui sembla que le ciel s'obscurcissait soudain et un frisson courut le long de sa colonne vertébrale.

Leur calèche s'engagea le long d'une avenue bordant la Seine. Violet désigna le fleuve.

— Chaque année, on repêche un certain nombre de corps non identifiés dans la Seine. On les entrepose ensuite à la morgue de Paris. La morgue est depuis longtemps l'un des sites les plus populaires de la capitale.

— Est-ce là que nous allons ?

James n'avait pas du tout envie de voir des cadavres de noyés.

— Non, répondit-elle en plissant le front. En avez-vous envie ?

— Pas spécialement. Et vous ?

— Pas du tout, dit-elle en frissonnant. J'y suis allée une fois et ça m'a suffi. Un corps dont personne ne se soucie assez pour qu'on vienne le réclamer a quelque chose d'affreusement triste. Et le nombre de gens qui se délectent du spectacle de ces pauvres âmes est encore plus triste, ajouta-t-elle tandis que la calèche ralentissait avant de s'arrêter. Oh, parfait, nous sommes arrivés.

— Vraiment ? fit-il avant de l'aider à descendre de voiture.

Ils se trouvaient devant une somptueuse allée conduisant à la grande façade arrondie d'un édifice flanqué de tours et d'ailes de part et d'autre. Le style architectural n'était pas flagrant – il aurait été tenté de décrire cela comme un mélange de style extrême-oriental et d'éléments mauresques.

— Est-ce là le site le plus prisé de Paris ?

— Non, répondit-elle en ajustant son ombrelle. C'est le palais du Trocadéro, une salle de concert. Il a été construit pour l'une de ces Expositions universelles dont les Parisiens raffolent. Il y en a une prévue l'année prochaine. Et voilà ce que je voulais vous montrer, ajouta-t-elle en se tournant vers le fleuve.

De l'autre côté de la Seine, une énorme structure métallique était en cours de construction. Le gigantesque ouvrage inachevé faisait songer au squelette de quelque créature préhistorique, soutenu par un échafaudage de bois.

— Savez-vous de quoi il s'agit ? demanda-t-elle avec un air faussement innocent.

Un autre test, sans aucun doute.

— Évidemment, rétorqua-t-il. C'est la fameuse tour de M. Eiffel. Sa base, en tout cas.

— Bravo, James !

— Je ne suis pas complètement ignorant des choses du monde, vous savez. Même en Angleterre, j'ai vu des photographies montrant les progrès de la structure, expliqua-t-il en inclinant la tête vers la construction.

Au-dessus des quatre pieds formant la base de la tour, les bras, constitués d'une véritable dentelle de fer, s'élevaient vers le ciel.

— Le premier étage a été achevé il y a deux mois, ajouta-t-il. Ils construisent maintenant le deuxième étage, qui me semble déjà à moitié fini.

— Comment le savez-vous ? demanda-t-elle en le dévisageant.

— Un homme moins sûr de lui pourrait s'offenser de votre étonnement, dit-il d'un ton suave.

Les yeux de Violet étincelèrent d'amusement.

— Heureusement, vous ne manquez pas d'assurance.

— En effet.

James étudia la structure pendant plusieurs minutes. Ce qui avait été construit jusqu'ici était remarquable. Une fois achevée, la tour serait une véritable merveille de modernité.

— J'ai toujours aimé l'architecture et l'ingénierie. Je trouve cela fascinant. J'aurais pu m'engager dans des études d'architecture, mais cela aurait demandé… Quel est le mot, déjà ?

— Des efforts ? suggéra-t-elle.

Il sourit.

— Voilà. En outre, mon avenir était tout tracé, puisque j'étais l'héritier d'oncle Richard. Je ne voyais pas l'utilité d'étudier une chose dont je n'aurais jamais l'usage.

— Le regrettez-vous ?

— Je n'y ai jamais vraiment réfléchi, répondit-il. J'aime assez la gestion du domaine et de mes diverses affaires. Je ne m'en serais pas douté, mais il semble que j'aie un certain talent pour ça, dit-il en glissant un regard vers Violet avant de reporter son attention sur la tour. J'ai des regrets, mais ne pas avoir étudié l'architecture n'en fait pas partie.

— Je vois.

— Allez-vous me questionner au sujet de mes autres regrets ?

— Entre vos mauvaises décisions et les erreurs que vous avez commises, je me les représente assez bien.

— Les reconnaître ne signifie pas que je les regrette toutes, répondit-il en riant.

Puis il désigna la tour du menton.

— D'après ce que j'ai pu lire, le style de cette tour a causé un grand débat.

Violet acquiesça.

— Certains la détestent, mais je pense qu'elle sera grandiose. Et plus haute que les pyramides égyptiennes, qui sont absolument splendides.

Il haussa les sourcils.

— Vous êtes donc allée voir les pyramides ?

— Mais oui. Je suis même montée au sommet de la grande pyramide de Gizeh, dit-elle en relevant le menton. Vous passez vraiment à côté de quelque chose si vous ne montez pas jusqu'en haut.

— Je saurai m'en souvenir. Nous pourrons peut-être revenir voir cette tour, une fois que sa construction sera achevée, ajouta-t-il.

— J'aimerais bien admirer le panorama depuis le sommet, commenta-t-elle en gratifiant la structure d'un regard mélancolique avant de se tourner vers lui. Nous ferions mieux de rentrer, maintenant. Nous partons pour Florence dans quelques heures.

James héla un fiacre et, quelques minutes plus tard, ils roulaient en direction de l'hôtel. Violet regardait défiler le paysage, subitement silencieuse.

— Vous ne me signalez pas les sites que nous voyons sur le chemin du retour ? demanda James, taquin.

— Ils ne sont pas différents de ceux que nous avons vus à l'aller. J'oublie parfois à quel point je suis fâchée contre vous, ajouta-t-elle dans un soupir.

— Dans ce cas, mon plan fonctionne, fit-il avec un grand sourire.

— De quel plan s'agit-il ?

— De mon plan pour regagner votre affection afin que vous me pardonniez tout. Reconnaissez que nous avons passé une bonne journée, aujourd'hui.

— Nous verrons de quoi demain sera fait, répondit-elle d'un ton hautain, mais les coins de sa bouche frémirent comme si elle retenait un sourire.

Ce n'était pas grand-chose, mais cela ressemblait à s'y méprendre à un premier pas en avant. Et pour aujourd'hui, James s'en contenterait.

19

De tous les endroits du monde que Violet avait eu le bonheur de visiter, Florence était le plus cher à son cœur. Bien que d'anciens édifices du centre de la ville aient été récemment rasés afin de créer de nouvelles places et d'élargir les boulevards, comme cela avait été fait à Paris ou à Vienne, la plus grande part de Florence donnait l'impression de voyager dans le passé. D'antiques mystères et un souffle de magie hantaient ses ruelles étroites et tortueuses. On trouvait à Londres d'étroits passages tout aussi anciens, mais il y avait quelque chose de différent à Florence. C'était comme si le voile entre le passé et le présent se dissipait au point de n'être plus rien qu'un état d'esprit. Quand Violet marchait dans ces rues qu'avaient autrefois arpentées Léonard de Vinci ou Michel-Ange, Dante et Botticelli, elle se sentait comme enveloppée par l'énergie vitale de la Renaissance, cette époque où Florence était encore une cité-État au sommet de sa gloire. Ici, on avait du mal à se souvenir que le XXe siècle approchait à grands pas.

À Florence, elle sentait l'histoire, l'art et la musique vibrer dans l'air qui l'entourait. Cette idée pouvait paraître un peu fantasque, mais c'était celle qui l'avait saisie au cours de sa première visite et qui ne l'avait jamais quittée depuis lors. Certaines personnes sont persuadées que l'âme survit à la mort pour se réincarner sans cesse à travers les âges. Si elle avait cru à ce genre de chose, Violet aurait dit que Florence était la demeure de son âme.

James avait insisté pour aller chercher leurs bagages avec Marcus et les rejoindre ensuite à la *pensione* où Violet et Cléo avaient leurs habitudes. Violet aurait préféré qu'ils restent tous ensemble car ni James ni Marcus ne semblaient maîtriser l'italien, mais James se comportait de façon très étrange. De fait, il n'avait pas vraiment été lui-même pendant le voyage depuis Paris. Violet leur avait donné l'adresse, après quoi Cléo et elle avaient hélé un fiacre pour rejoindre le Palazzo Enpoli, près de la cathédrale.

— J'ai envoyé un télégramme, mais il n'y a aucune garantie que lady Fenton aura des chambres disponibles, dit Cléo.

— Nous allons devoir courir le risque. Ainsi notre voyage n'en ressemblera que plus à une aventure, déclara Violet en regardant défiler les bâtiments aux toits de tuiles ocre, les Florentins qui vaquaient à leurs activités quotidiennes, les charrettes chargées de marchandises destinées aux marchés et les touristes qui se promenaient, leur guide à la main.

— As-tu conscience que ta définition de l'aventure et la mienne sont complètement opposées ? fit remarquer Cléo avec une pointe d'ironie qui fit rire Violet. À cette époque de l'année, je serais surprise qu'elle ait plus d'une chambre libre. Par précaution, j'ai adressé un autre télégramme à la Residenza dei Pucci pour y réserver une chambre. Marcus et moi y séjournerons, ajouta-t-elle après une pause.

Violet haussa les sourcils.

— Tu n'as demandé qu'une chambre ?

Cléo acquiesça.

— Je vois.

Violet n'aurait pas dû être choquée, et pourtant elle le fut. Mais Cléo était veuve, après tout ; elle aurait bientôt trente ans et était assez intelligente pour savoir ce qu'elle faisait. L'attraction entre elle et Marcus avait été évidente dès le premier instant. Cependant…

— Es-tu bien certaine de vouloir faire cela ?

— Oh que oui !

— Je ne pense vraiment pas qu'un tel enthousiasme soit de mise.

Violet avait conscience de ce que ce commentaire avait de pudibond, mais il lui avait échappé sans qu'elle puisse le retenir. Ce genre de comportement ressemblait si peu à Cléo, qui se souciait habituellement bien plus des convenances qu'elle-même. Fallait-il en conclure que ses sentiments pour Marcus étaient plus sérieux que Violet ne l'avait soupçonné ?

— Oh, je crois que l'enthousiasme est parfaitement approprié, dit Cléo avant de prendre une longue inspiration. Marcus et moi nous sommes mariés quelques jours avant de partir pour Paris, annonça-t-elle alors.

Le choc agrandit les yeux de Violet.

— Surprise ?

— Bonté divine, Cléo, comment as-tu pu faire une chose pareille ?

Cléo plissa le front.

— Tu n'aimes pas Marcus ?

— Oh, si, je l'aime beaucoup. Il me fait très bonne impression. Il est drôle, visiblement intelligent et plutôt bien fait de sa personne. Le problème, c'est que… tu ne m'as pas invitée ! s'exclama Violet avec un grand sourire.

Cléo rit, l'air soulagé.

— Nous n'avons invité personne. C'était une simple cérémonie civile au bureau d'enregistrement de la mairie. Nous ne voulions aucun chichi.

— Pourquoi ne m'as-tu rien dit ?

— Nous n'en avons même pas parlé à nos familles. Alors que je sais que ma mère sera ravie d'apprendre que je me suis non seulement remariée, mais que j'ai de surcroît épousé un homme d'une famille respectable voué à un brillant avenir. Il faut dire que nous n'avons pas vraiment eu le temps de les prévenir... uniquement par ta faute, ajouta-t-elle en regardant Violet d'un air entendu. Dès que tu as découvert que James t'avait menti, nous sommes parties pour Paris, et nous voilà en Italie, bientôt en route vers la Grèce !

— C'est ma foi vrai, les choses se sont enchaînées assez vite, n'est-ce pas ? fit Violet avant de prendre le temps d'observer son amie. Es-tu certaine de ce que tu fais ?

Cléo sourit.

— Si je ne l'étais pas, il serait trop tard. Mais oui, je le suis. Marcus est merveilleux.

— James est-il au courant ? demanda Violet en fronçant les sourcils.

— Marcus attend le bon moment pour le lui dire, répondit son amie. Tu sais que James ne m'aime pas.

— C'est ridicule, lâcha Violet, qui ne put cependant pas le nier.

— Ce n'est pas grave. Je ne l'aime pas particulièrement, moi non plus.

— Eh bien, vous allez devoir trouver un terrain d'entente, tous les deux, déclara Violet d'un ton résolu. Tu es ma plus chère amie, et James n'a pas de plus proche ami que Marcus. Mon mari et toi ne pouvez pas rester en désaccord.

Cléo écarquilla les yeux.

— Tu viens de l'appeler ton mari !

— Ma foi, c'est ce qu'il est, répondit Violet, gênée. Et ce n'est pas la première fois que je l'appelle ainsi.

— Cela ne t'arrive que très rarement, et jamais sur ce ton, objecta Cléo. Lui aurais-tu accordé ton pardon ?

— Non, protesta Violet. Bien sûr que non.

Le doute voila le regard de Cléo.

— Je ne lui ai rien pardonné, ajouta Violet fermement, résolue à ignorer qu'il commençait à lui plaire à nouveau.

Maudit James.

— Je voudrais tellement que tu sois aussi heureuse avec James que je le suis avec Marcus, dit Cléo en secouant la tête. Mais je ne suis pas sûre, après ce qui s'est passé entre vous et ce qu'il a fait, qu'il soit en mesure de te rendre heureuse.

— Et toi ? Es-tu sûre que Marcus saura te rendre heureuse ?

— Oui, répondit Cléo sans la moindre hésitation.

— Tant mieux.

Violet sourit et chassa de son esprit la troublante question de savoir si James pourrait la rendre heureuse.

— Entre ses cheveux blonds et les tiens, vous aurez des dizaines d'enfants blonds comme les blés, confia-t-elle à son amie.

— Des dizaines ? répéta Cléo en s'esclaffant. Ni lui ni moi n'en voulons autant, mais quelques-uns, ce serait bien.

Leur fiacre s'arrêta devant le Palazzo Enpoli, un bâtiment carré de pierre grise assez quelconque vu de l'extérieur, comme la plupart des immeubles dans cette partie de la ville. Des fenêtres à double cintre s'ouvraient au premier et au deuxième étage. Au rez-de-chaussée, trois hautes ouvertures cintrées qui donnaient auparavant sur la cour intérieure étaient maintenant condamnées par des panneaux de bois. Une porte discrète se trouvait logée dans l'arcade du milieu.

Elles n'eurent pas le temps de l'atteindre que cette petite porte s'ouvrit en grinçant.

— Violet !

Lady Pénélope Fenton franchit le seuil, tendant les bras vers Violet.

— Quelle merveilleuse surprise ! Et Cléo ! s'exclama-t-elle en saluant cette dernière de façon tout aussi exubérante. Je suis absolument ravie de vous voir toutes les deux. Violet, ta lettre du mois dernier disait que tu allais renoncer à tes voyages pendant un moment. Je me réjouis que tu aies changé d'avis, fit-elle en regardant autour des deux Anglaises. Où sont vos bagages ?

— Ils ne devraient pas tarder, répondit Cléo.

Penelope prit chacune de ses amies par le bras – ce qui n'était guère aisé, car elle était nettement plus petite que les deux femmes – et les conduisit à l'intérieur du *palazzo*, leur faisant franchir les colonnes qui marquaient le pourtour du patio.

— Je ne saurais vous dire à quel point Florence est devenue morne, ces derniers temps.

Pénélope, qui était américaine de naissance, était aussi la fille d'un riche diplomate. Âgée de cinq ans de plus que Violet, elle avait rencontré et épousé lord Fenton au cours de son premier voyage à Londres. Le mariage n'avait malheureusement duré que quelques années avant qu'une méchante grippe emporte lord Fenton. N'ayant aucune envie de retourner en Amérique et ne trouvant aucun attrait particulier à l'Angleterre, Pénélope avait parcouru l'Europe pendant une année avant de se retrouver à Florence. Là, comme Violet, elle était tombée amoureuse de la ville, et quand l'occasion s'était présentée d'acheter le Palazzo Enpoli, elle n'avait pas hésité un instant. Depuis, elle louait des suites du *palazzo*, non par nécessité – même si elle confiait souvent que l'entretien d'une bâtisse du XVIe siècle représentait une ponction permanente sur ses finances –, mais parce qu'elle aimait s'entourer de monde. Pénélope avait horreur de la solitude. Elle accueillait ses hôtes sur recommandation, et sa maison était rarement vide.

— Maintenant que vous êtes ici, la vie va redevenir bien plus intéressante.

Pénélope les conduisit à une table dans le fond du patio, où Tomasia, sa cuisinière, accueillit Violet et Cléo dans un italien chaleureux avec des accolades maternelles.

Tomasia était une femme d'âge mûr à la poitrine opulente dont le sourire disait clairement qu'elle vous traiterait comme l'un de ses enfants, que cela ous plaise ou non. Elle leur offrit des verres d'une boisson citronnée absolument délicieuse, accompagnés d'assiettes de pâtisseries. Tout refus aurait été inutile et se serait soldé par un discours en italien sur l'impossibilité pour une femme maigre de trouver un bon époux. Violet et Cléo l'adoraient.

— Malgré ta lettre, je n'ai pas pu m'empêcher d'espérer que tu viendrais, à cause du dévoilement de demain, dit Pénélope à Violet. J'ai jeté un petit coup d'œil sous le drap, et cette nouvelle sculpture est vraiment le chef-d'œuvre de Rinaldo.

Son front se plissa un instant avant qu'elle écarquille soudain les yeux.

— Oh, mon Dieu, c'est pour ça...

— C'est pour ça que quoi ? demanda Cléo.

— Rien d'important, dit Pénélope en agitant la main. Tu sais bien que mon esprit n'arrête pas de divaguer. La sculpture différera peut-être de tes attentes, Violet, ajouta-t-elle après une hésitation.

— C'est toujours une représentation de la déesse Minerve, n'est-ce pas ? demanda Violet.

— Oui, bien sûr. La commande était claire là-dessus. Et tu connais les Italiens – tout autre sujet équivaudrait à un sacrilège. Je suis certaine que tu l'aimeras, ajouta-t-elle en souriant.

Pénélope ne pouvait s'empêcher de jouer les mécènes dès qu'une œuvre d'art lui plaisait, et elle appréciait énormément le travail du sculpteur

Rinaldo Lazzari. Elle s'y intéressait tellement qu'elle lui apportait son soutien financier, tout comme le faisait Violet.

— Sans nouvelles de toi, j'ai malheureusement cru que tu n'allais pas venir. Je crains qu'il ne me reste plus qu'une chambre que vous allez devoir partager. Il s'agit toutefois de la très grande chambre du dernier étage.

— Deux autres personnes nous accompagnent, dit Violet.

— Mais j'ai pris la précaution de télégraphier pour réserver une chambre à la Residenza dei Pucci, s'empressa d'ajouter Cléo.

— Vous êtes sûres ? demanda Pénélope. Autrement, je peux demander qu'on vous aménage un des salons.

— En fait, nous voyageons avec lord Ellsworth et son ami M. Davies, annonça Violet.

— Lord Ellsworth ? répéta Pénélope. L'oncle de ton mari, Richard ?

Pénélope savait tout sur James et Violet, celle-ci lui ayant expliqué sa situation lors de sa première visite, cinq ans auparavant. Elle n'avait eu aucune réserve à lui raconter l'histoire de son mariage, sans doute parce que Pénélope était américaine et qu'elle avait un point de vue particulier sur l'aristocratie anglaise, sans doute aussi parce qu'elle avait été aidée dans son récit par une quantité significative d'un petit vin local.

— Non, oncle Richard est malheureusement décédé il y a quelques mois.

— Dans ce cas, lord Ellsworth est donc… le mari ? fit Pénélope en ouvrant tout grand les yeux.

— James. Mon mari, oui.

— Tu voyages avec ton mari ? dit Pénélope en adressant un coup d'œil incrédule à Cléo, qui haussa les épaules. Qu'est-ce que cela signifie ? Comment est-ce arrivé ? Vous êtes-vous réconciliés ?

— Non.

Violet secoua la tête, puis s'accorda un temps de réflexion. Elle aurait aimé dire la vérité à Pénélope sur sa situation, mais l'Américaine avait toujours été affreusement bavarde. Et les Anglais vivant à Florence étaient trop nombreux pour qu'elle se risque à lui faire des confidences qui finiraient inévitablement par circuler à Londres.

— Je veux dire, oui, reprit-elle avec un petit sourire d'excuse. C'est très nouveau et assez compliqué et...

Pénélope leva la main pour l'interrompre.

— Inutile d'entrer dans les détails. Du moins pour l'instant. Je comprends parfaitement. C'est toujours compliqué entre un homme et une femme. Ce ne serait pas aussi amusant si ça ne l'était pas. Oh, en parlant de complications entre hommes et femmes, est-ce que vous vous souvenez de l'écrivain américain qui était ici lors de votre dernière visite ? Figurez-vous que...

Les trois femmes bavardèrent encore un moment, échangeant toutes sortes de nouvelles futiles et les derniers potins. Pénélope se piquait de savoir tout ce qu'il fallait savoir sur la communauté anglo-saxonne de Florence.

Quand le lourd heurtoir métallique de la porte résonna dans le patio, le majordome de Pénélope se chargea promptement d'aller ouvrir. James et Marcus s'avancèrent alors, Marcus lisant à voix haute le petit livre qu'il tenait à la main – un manuel de conversation italien, selon toute vraisemblance.

— Ces messieurs sont sans doute vos compagnons, dit Pénélope en observant les nouveaux venus. Lequel est le tien, Violet ?

Le majordome attendit patiemment que Marcus soit parvenu au bout de sa pitoyable tentative d'italien, puis s'adressa à lui dans un anglais irréprochable.

— Le brun, à gauche, répondit Violet.

— Voici donc le mari, murmura Pénélope. Cachottière, tu ne m'avais jamais dit qu'il était aussi beau.

— Ah bon ?

— Je suis certaine que non, dit Pénélope en observant James avec un sourire admiratif que Violet trouva légèrement irritant.

— Il a l'attitude qui va avec, marmonna Cléo.

— C'est souvent le cas quand ils sont aussi beaux. L'autre est donc son ami ?

— M. Davies est le notaire de lord Ellsworth, dit Cléo.

Quelque chose dans sa voix la trahit sans doute, car Pénélope lui jeta un regard curieux.

— Serait-ce ton mari ?

Cléo hésita, puis sourit.

— Oui.

— Mais c'est encore un secret pour le moment, ajouta Violet.

— Je ne dirai pas un mot, promit Pénélope en s'avançant vers l'entrée pour accueillir les nouveaux venus.

Cléo se pencha vers Violet pour lui parler à l'oreille.

— Je t'en prie, ne dis rien à James sur Marcus et moi.

— Bien sûr que non, dit Violet en lui tapotant le bras. Ce n'est pas à moi de révéler votre secret. De ton côté, essaie d'apprécier un peu James. Lui et moi allons passer trois ans ensemble.

Au moins. Cette pensée avait inopinément surgi dans sa tête. Elle préféra l'ignorer.

— La seule raison qui fait que je ne l'aime pas, c'est la façon cavalière dont il t'a traitée.

— C'était il y a longtemps, Cléo, répondit Violet, son regard allant se poser sur son mari.

— Mais il a continué à te laisser croire un mensonge pendant six ans.

— J'ai bien conscience de ce qu'il a fait. Mais il essaie de s'amender.

— Je veux bien faire un effort, mais ce ne sera pas facile. Sois prudente, lui recommanda Cléo d'un air grave.

— Rassure-toi, je ne lui ai pas pardonné ses six années de mensonge. Est-ce que je me fais des idées ou est-ce qu'il a toujours l'air très pâle ? ajouta Violet tandis qu'elle observait plus attentivement son mari.

— Il a dit qu'il avait mangé quelque chose qui ne lui avait pas réussi, lui rappela Cléo. Et ensuite, il a passé presque tout le voyage seul dans sa cabine.

De fait, Violet n'avait pratiquement pas vu James pendant les deux jours qu'il leur avait fallu pour atteindre Florence. Le premier matin, alors que le train sinuait à travers les Alpes, James avait fait une brève apparition avant de disparaître soudainement. Marcus avait expliqué par la suite qu'il souffrait toujours de ce qu'il avait mangé. Heureusement, aucun de ses compagnons de voyage n'avait été affecté. James les avait bien sûr rejoints quand ils avaient changé de train, mais il avait ensuite disparu dans un compartiment couchettes d'où il n'était pas ressorti jusqu'à l'arrivée. À en croire Marcus, James avait dormi presque tout le temps.

Il n'était pas inhabituel que les personnes qui n'avaient pas l'habitude de voyager souffrent de troubles gastriques liés au changement d'alimentation. Violet et Cléo avaient elles-mêmes connu quelques petits soucis au fil des ans. Même si elle était toujours furieuse contre James, Violet ne put s'empêcher de compatir à son sort.

— Je disais à ton mari combien je suis désolée de ne pas pouvoir vous loger tous ici, annonça

Pénélope tandis qu'elle revenait vers elle, escortée des deux gentlemen. J'ai demandé qu'on monte tes bagages ainsi que ceux de lord Ellsworth dans votre chambre.

— Lady Fenton ne dispose que d'une chambre, mais j'ai fait des réservations par télégramme pour M. Davies et moi-même dans un hôtel voisin, déclara Cléo à James.

— Lady Fenton, dit James avec un froncement de sourcils, êtes-vous certaine de ne pas avoir d'autre chambre ?

— Ne t'inquiète pas, James, intervint vivement Marcus, Mme Ryland et moi serons très bien à l'hôtel. Nous vous rejoindrons pour le dîner, n'est-ce pas ?

La lumière de la fin d'après-midi lui joua peut-être des tours, mais Violet eut l'impression que le teint de James avait légèrement viré au vert à la mention du dîner.

— En fait, lança-t-elle en lui lançant un coup d'œil, j'avais l'intention d'oublier le dîner pour passer la soirée dans ma chambre. Le voyage a été fatigant. Nous venons de passer deux nuits dans le train, et je n'y dors jamais bien.

— Bien sûr, si c'est ce que *vous* voulez, je n'y vois aucune objection, approuva son mari.

L'éclair de soulagement qui passa dans les yeux de James fut si bref que Violet l'imagina peut-être, mais il lui parut déjà un peu moins pâle qu'un instant plus tôt.

Cléo et Marcus prirent congé, puis Pénélope montra à Violet et à James la grande chambre du dernier étage. Violet et Cléo occupaient habituellement des chambres indépendantes séparées par un petit salon. Avec ses murs peints, ses poutres apparentes et son parquet de bois, cette chambre-là était somptueuse. Elle se composait d'un coin salon, meublé d'un canapé et de magnifiques fauteuils assortis et sans doute âgés de près d'un siècle. Dans un angle de la chambre, un paravent orné d'une scène peinte se dépliait pour dissimuler une table de barbier et offrir un semblant d'intimité permettant de se changer. Le lit paraissait petit dans cette pièce immense, alors qu'il s'agissait d'un imposant meuble de bois finement sculpté, ses montants supportant un baldaquin drapé de soie pourpre. L'ensemble semblait tout droit sorti d'une toile du XVIe siècle peinte par Raphaël. Il ne manquait plus que quelques courtisanes nues batifolant pour compléter le tableau.

Deux des femmes de chambre merveilleusement efficaces de Pénélope achevèrent en un clin d'œil de défaire les bagages et s'éclipsèrent aussitôt.

— Je demanderai à Tomasia de vous préparer un souper léger quand vous voudrez, dit Pénélope en balayant la chambre d'un œil critique avant de hocher la tête d'un air satisfait. J'espère que nous pourrons bavarder plus longuement. Je meurs d'envie de tout savoir à propos de...

Elle décocha un bref coup d'œil à James.

— ... Londres. Voilà des années que je n'y ai pas remis les pieds, et tout change si vite.

— C'est vrai, fit James en la considérant d'un air pensif. Vous n'êtes pas anglaise, n'est-ce pas ?

— Par mariage, seulement. Bon, d'autres affaires m'appellent, ainsi que mes hôtes, bien sûr. Je vous reverrai tout à l'heure, lança-t-elle en les gratifiant d'un sourire radieux avant de disparaître.

Non contente d'accueillir des hôtes, lady Fenton organisait fréquemment des réceptions pour le compte de visiteurs venus d'Angleterre ou d'Amérique et tenait salon une fois par semaine pour débattre de sujets tels que l'art et la littérature mais aussi la politique, et recevait tous ses compatriotes qui avaient élu domicile à Florence.

— Américaine ? demanda James.

Violet acquiesça.

— Elle a épousé lord Fenton il y a une douzaine d'années. Son mari est malheureusement décédé, et comme elle n'avait aucune attache particulière à Londres elle a décidé de voyager et s'est finalement installée ici.

— Et donc, quand elle dit vouloir tout savoir à propos de Londres, ce qu'elle veut vraiment dire, c'est qu'elle veut tout savoir sur vous et moi ?

— Bien sûr. Puisque nous sommes venus ensemble, Pénélope se pose tout naturellement des questions.

— Elle sait donc tout sur nous ?

— Tout hormis les derniers rebondissements, oui, répondit Violet. C'est devenu une très bonne amie au fil du temps. Et je l'aime vraiment beaucoup, mais je sais qu'elle est incapable de tenir sa langue. Si je lui disais que nous sommes ensemble pour respecter les termes du testament de Richard, ce ne serait plus qu'une question de temps avant que tout Londres soit au courant. Florence compte une vaste communauté d'Anglais et d'Américains.

— Et donc…

James tourna un regard appuyé vers le lit et lui décocha un grand sourire.

— N'y pensez même pas, répliqua Violet avant de désigner le canapé d'un signe de tête. Voilà où vous dormirez.

— Je n'ai jamais envisagé autre chose, déclara-t-il d'un ton ferme, le regard encore pétillant de malice.

Violet sortit d'un coffre situé au pied du lit des couvertures et un oreiller qu'elle déposa sur le canapé.

— Je suis sûre que ce sera très confortable.

— Cela ne fait aucun doute, répondit-il, retrouvant soudain son sérieux. J'ai bien conscience qu'il est trop tôt pour se coucher, mais pour tout vous avouer, Violet, j'aimerais m'allonger un peu.

— Je pense que c'est une excellente idée, répondit-elle. Vous semblez en meilleure forme que tout à l'heure, mais vous n'avez pas encore l'air tout à fait rétabli.

— Le prix à payer lorsqu'on voyage, marmonna-t-il en s'approchant du canapé.

— L'aventure a toujours un prix, James. Manger quelque chose qui ne vous réussit pas est un problème fréquent. Vous devriez pourtant vous sentir mieux, maintenant, ajouta-t-elle en fronçant les sourcils. Je me demande si vous n'avez pas fait une intoxication alimentaire.

— C'est fort possible, dit-il en s'asseyant sur le canapé.

Bien qu'assez longue, la délicate antiquité, avec son dossier de noyer sculpté et ses pieds chantournés, était clairement trop étroite pour qu'on puisse espérer y dormir. Violet se sentit gagnée par un sentiment de culpabilité. Ce pauvre James s'efforçait de le cacher, mais il était encore très abattu.

— Je vais aller retrouver Pénélope pour bavarder un peu avec elle, annonça-t-elle avant d'agiter les doigts vers le lit. Allongez-vous plutôt sur le lit en attendant mon retour.

— Vous êtes sûre ? demanda-t-il d'une voix pleine d'espoir.

— Mais oui, affirma-t-elle en hochant la tête.

— Merci, dit-il en traversant la chambre d'un pas guilleret.

Peut-être n'était-il pas aussi mal en point qu'elle l'avait cru.

— Dieu merci, ça ne tangue pas, fit James en se laissant tomber sur le lit avec un gémissement.

Violet réprima un sourire et quitta la pièce, refermant silencieusement la porte derrière elle. Elle trouva Pénélope dans le grand salon en compagnie de quelques-uns de ses hôtes, deux sœurs originaires du

Yorkshire habillées à la dernière mode et un couple de jeunes mariés américains. Les sœurs, d'apparence assez ordinaire, avaient une vingtaine d'années de plus que Violet et étaient lointainement apparentées au défunt époux de Pénélope. C'était leur premier voyage hors d'Angleterre, et elles séjournaient un mois complet à Florence. Les Américains, quant à eux, comptaient bientôt passer quelques jours à Rome. Ces hôtes se révélèrent aussi charmants que cultivés, et Violet se retrouva bientôt plongée dans un débat visant à déterminer si la plus grande contribution de l'Italie à l'histoire avait été l'Empire romain ou la Renaissance.

Une heure et demie plus tard, elle retourna dans sa chambre pour jeter un coup d'œil à James. Le trouvant profondément endormi, elle s'en alla retrouver Pénélope et les deux femmes partagèrent un souper léger, sans doute un peu trop arrosé de vin. Cela faisait un peu plus d'un an que Violet n'était pas revenue à Florence, aussi avaient-elles beaucoup de choses à se raconter. Rien de tel que de bavarder avec une amie de tout et de rien – Violet veillant toutefois à éviter de parler de James. Elle regretta l'absence de Cléo et se dit qu'elle allait devoir s'y habituer. Si sympathique que puisse sembler Marcus, Violet devinait qu'il ne voudrait pas que sa femme reste employée à son service. Elle trouverait une nouvelle secrétaire sans trop de difficulté, mais l'amie serait impossible à remplacer.

Tard dans la soirée, elle regagna finalement sa chambre. Les vêtements de James étaient répandus sur le sol, et il ronflait légèrement. L'un de ses bras nus pendait hors du lit, ce qui incita Violet à se demander dans quelle tenue il dormait. L'espace d'un instant, elle fut tentée de soulever les couvertures pour en avoir le cœur net. L'influence de l'alcool, sans doute. Quel mal pourrait bien faire un petit coup d'œil rapide ? Elle était sa femme, après tout. Mais cela n'en restait pas moins une effroyable invasion de son intimité. Effroyable et inconvenante. Et Violet veillait à ne jamais être inconvenante. Pire, il risquait de se réveiller. Et alors...

Elle expira lentement pour se ressaisir et écarta cette pensée. Elle n'eut pas le cœur de le réveiller. James était visiblement épuisé. Et puis, il était si attendrissant avec ses cheveux ébouriffés. On aurait presque dit un enfant. Ses enfants ressembleraient sans doute à cela... Elle s'empressa de chasser cette nouvelle pensée de son esprit.

Il lui faudrait se contenter du canapé pour ce soir. Elle réussit à se dévêtir et à enfiler sa chemise de nuit sans le réveiller, redonna du gonflant à l'oreiller, puis s'installa sur le canapé et étendit la couverture sur elle. Aussitôt, elle comprit qu'elle était allongée sur ce qui devait être le canapé le plus inconfortable du monde. Peut-être avait-il été très agréable à l'époque de sa fabrication, quelques centaines d'années auparavant, mais le peu de rembourrage qu'il conservait encore était clairement d'origine. Elle essaya de se retourner, mais la banquette était trop étroite. Elle se mit alors sur le flanc, espérant trouver un peu de confort. Sans succès.

Le regard de Violet alla se poser sur l'énorme lit. Même si le canapé avait été plus accueillant, le ronflement de James l'aurait sans doute tenue éveillée. Quoique celui-ci ne soit pas franchement affreux, bien moins agaçant en tout cas que les grincements du lit qu'il occupait à la maison. Jusqu'à ce soir, ils n'avaient jamais dormi dans la même pièce depuis leur nuit de noces.

Ce moment-là n'avait pas été aussi gênant qu'elle l'avait craint. Il s'était même révélé plutôt agréable. James s'était montré prévenant, passionné et doué. Dans les années qui avaient suivi, grâce aux conversations qu'elle avait eues avec Cléo, Pénélope et d'autres femmes plus expérimentées qu'elle, Violet avait découvert que le seul point remarquable de cette nuit avec James résidait essentiellement dans le fait qu'elle avait été la première. Au fil des années, elle avait parfois été tentée de rejoindre d'autres hommes – dont Duncan – dans leur lit. Les occasions n'avaient certes pas manqué, et les invitations avaient été nombreuses. Et ce n'était pas que Violet ait trouvé ça mal d'un point de vue moral, mais aucun de ces hommes n'était parvenu à la convaincre que ça pourrait être bien.

Elle se remit sur le dos et contempla les poutres apparentes du plafond ancien, seulement éclairé par la lueur des étoiles qui entrait par les fenêtres ouvertes. Elle était vraiment fatiguée, mais le sommeil se refusait à elle et ses pensées revenaient sans cesse sur une idée qui avait surgi dans sa tête quelque part entre Paris et Florence. Une idée agaçante qui refusait de partir.

James n'était pas le seul à avoir pris de mauvaises décisions et commis d'affreuses erreurs au cours des six dernières années. Violet aurait pu lui parler, au cours d'une de ses visites en Angleterre. Elle aurait pu lui écrire, aussi. Et s'il n'avait jamais avoué la vérité sur *l'incident*, Violet, elle, ne lui avait jamais confié ses sentiments. Il ne s'était pas battu pour elle – pour eux –, mais elle ne l'avait pas fait non plus. Parce qu'elle redoutait qu'il ne lui brise le cœur, ou par fierté ? Quoi qu'il en soit, tout retour en arrière était impossible, même si elle n'avait pas la moindre idée de ce que pouvait signifier « aller de l'avant ».

Violet contempla le plafond pendant ce qui lui parut des heures. Le soleil n'allait sans doute pas tarder à se lever et mettre fin à son supplice, se disait-elle. Mais il n'y avait que les étoiles qui brillaient par la fenêtre.

C'était absurde. Et cela n'avait que trop duré. James avait dormi toute la soirée et une bonne partie de la nuit. Il devait se sentir mieux, maintenant. Et il avait accepté de prendre le canapé, après tout. S'il était dans le lit, c'était seulement grâce à la gentillesse de Violet. Il allait devoir bouger. Elle rabattit la couverture et s'avança vers le lit. Les couvertures ne remontaient que jusqu'au bas de son dos – un dos joliment sculpté, pour ce qu'elle pouvait en voir. Elle résista à la troublante envie de faire courir ses doigts le long de sa colonne vertébrale pour sentir la chaleur de sa peau. Il semblait dormir dans le plus simple appareil. Heureusement, Violet était bien trop lasse pour s'en soucier.

— James, murmura-t-elle.

Il n'y eut pas de réponse.

— James, dit-elle un peu plus fort en le poussant légèrement.

Rien.

Elle le secoua franchement et haussa la voix.

— James, réveillez-vous.

Il renifla et changea de position, mais ne se réveilla pas.

Il dormait vraiment à poings fermés. Un troupeau d'éléphants aurait pu traverser la chambre et la maison s'écrouler sans que cela le réveille.

Pas plus qu'il n'aurait remarqué qu'il n'était pas seul dans le lit.

Si Violet n'avait pas été aussi fatiguée, et si elle avait bu un peu moins de vin, elle aurait instantanément rejeté cette idée. Mais les circonstances étant ce qu'elles étaient, elle la trouva très attirante. Certes, globalement, elle ne faisait pas confiance à James. Mais elle savait aussi qu'il n'était pas homme à profiter de la situation. Surtout si elle quittait le lit avant qu'il se réveille.

Elle alla prendre des coussins dans le coffre et créa une barrière au milieu du lit. Non qu'elle croie un seul instant que James puisse tenter quoi que ce soit de déplacé. Les coussins étaient une simple précaution pour éviter à Violet de rouler sur le côté et de se blottir contre lui pendant son sommeil. Et franchement, au cas où l'un d'eux aurait voulu faire autre chose que dormir, les coussins n'auraient pas suffi à l'empêcher.

Elle s'allongea prudemment de son côté du lit et réprima un gémissement de délice. Le lit était plus ferme qu'elle n'en avait l'habitude et le matelas formait une cuvette, mais c'était quand même le paradis.

Ses paupières se fermèrent. Le léger ronflement de James à côté d'elle lui procurait un étrange réconfort. Et dans sa dernière pensée consciente, juste avant que le sommeil s'empare d'elle, une idée parfaitement incongrue lui traversa l'esprit.

Elle n'aurait aucune difficulté à s'habituer à cela.

20

Violet ouvrit les yeux et découvrit le regard amusé de James rivé sur elle.

— Oh, non ! marmonna-t-elle.

— Bonjour à vous aussi.

Étendu sur le flanc, en appui sur un coude, James la regardait en souriant.

Elle remonta les couvertures jusqu'à son menton.

— Vous êtes réveillé.

— Et vous aussi.

— J'avais l'intention de me réveiller avant vous.

— Et pourtant vous voilà, dit-il en secouant la tête d'un air faussement éberlué. Je me souviens clairement d'avoir été tout seul quand je me suis étendu dans ce lit, hier soir. Imaginez donc mon émerveillement en découvrant à mon réveil que je n'étais plus seul.

— Votre émerveillement ? répéta-t-elle en haussant les sourcils.

— Absolument.

Son sourire s'élargit, un sourire visiblement satisfait et plus qu'un peu malicieux. Impossible à ignorer, surtout.

Elle se redressa et désigna le canapé du menton.

— Vous étiez censé dormir là-bas.

— J'ai essayé, avoua-t-il en feignant de frissonner.

— Est-ce que vous vous sentez mieux ?

Il avait retrouvé des couleurs et son aspect habituel.

— Beaucoup mieux. Rafraîchi et revigoré, déclara-t-il en inspirant à pleins poumons. Ce doit être l'air de l'endroit.

— Et un très long repos.

— Et vous, comment vous sentez-vous par cette belle matinée ? s'enquit-il poliment, comme s'ils étaient des connaissances discutant dans la rue et non séparées par un rempart de coussins.

— Très bien, je vous remercie. Est-ce que vous comptez vous lever ? s'enquit-elle d'un air inquiet.

— J'envisageais de le faire, dit-il en jetant un coup d'œil à la rangée de coussins. Qui est-ce donc censé protéger, vous ou moi ?

— Vous ?

— Au cas où vous decideriez de me séduire en pleine nuit.

Elle éclata de rire.

— Vous ne courez aucun danger, je vous assure.

— Dommage, répondit-il en poussant un soupir exagéré.

Violet n'avait jamais imaginé l'attrait que pouvait avoir un homme qui traîne au lit, le matin au réveil. Les cheveux ébouriffés de James et la barbe naissante qui ombrait son menton, associés à ce petit sourire entendu, le rendaient franchement irrésistible. D'un point de vue général, bien sûr.

L'expression de James se fit soudain sérieuse.

— J'espère que vous savez que je n'abuserais jamais de vous.

— Je le sais, oui.

Leurs regards se croisèrent, et ils s'observèrent pendant un long moment. James aurait pu, sans grand effort, tendre le cou au-dessus de l'oreiller et presser ses lèvres contre les siennes. Ou bien écarter les coussins et la prendre dans ses bras. Ou encore…

— Toutefois, dit-il, son sourire malicieux reparaissant, si vous souhaitiez que je le fasse, sachez qu'il vous suffirait de demander.

— Je le garderai à l'esprit, répondit-elle en réprimant un sourire. Et maintenant, allez-vous vous lever, oui ou non ?

— Je pensais vous laisser cet honneur.

— Pourquoi ?

— Parce que je suis un gentleman, répondit-il d'un ton hautain.

Elle plissa les yeux.

— Vous ne portez rien sur vous, n'est-ce pas ?

— Pas un fil.

— Dormez-vous toujours ainsi ?

— Non, mais hier soir…, commença-t-il en se passant une main dans les cheveux. Franchement, Violet, je ne me rappelle plus grand-chose après votre départ. Je me souviens vaguement d'un rêve dans lequel je me dévêtais avant de grimper dans le lit, et d'un autre dans lequel mes bras se refermaient autour d'une femme plantureuse à la peau incroyablement douce.

Violet retint son souffle, feignant d'être offusquée.

— Vous avez tenté de séduire les coussins ! s'exclama-t-elle.

— Ne soyez pas ridicule, répondit-il en riant. Je crois que ce sont plutôt les coussins qui ont tenté de me séduire.

— Vilains coussins, dit-elle en souriant. Bien, il est vraiment temps de se lever.

— Je pensais faire preuve de politesse en vous offrant de vous lever la première. Vous épargnant ainsi la gêne que vous pourriez éprouver à la vue de mon corps nu.

— Oh, je crois pouvoir affirmer que cela ne me gênerait aucunement, mentit-elle.

Violet n'avait jamais vu d'hommes nus, excepté ceux qui étaient sculptés dans le marbre. Leur nuit de noces s'était déroulée dans le noir.

— Dans ce cas, il est possible que je me lève le premier.

— Vraiment ?

— Sans doute pas, répondit-il en faisant glisser son regard sur elle. D'après ce que je vois, vous semblez porter un vêtement des plus volumineux. Peu disposé à gêner le regard de qui que ce soit.

— Il comporte plusieurs épaisseurs, dit-elle en jetant un coup d'œil à sa chemise de nuit. Mais elles sont assez transparentes.

— Vraiment ? fit-il en écarquillant les yeux d'un air innocent.

— Nous pourrions jouer à ce jeu toute la journée, James, mais figurez-vous que je suis pressée de me lever. Nous avons un tas de choses à faire, déclara-t-elle avant d'enchaîner, résolument pragmatique : Je vais rassembler mes vêtements et les emporter dans la salle d'eau qui se trouve au bout du couloir. Je m'habillerai là-bas et vous pourrez vous habiller en mon absence.

— Très bien.

Il hocha la tête pour confirmer son assentiment, mais son regard reflétait un vif amusement.

— C'est sans doute ce que ferait un gentleman… mais en quoi cela serait-ce amusant ? poursuivit-il en secouant la tête.

— Pour l'amour du ciel, James ! s'écria-t-elle en rabattant les couvertures pour descendre du lit et se diriger vers l'armoire.

Elle savait très bien qu'il ne la quittait pas des yeux et ne comprit que trop tard qu'il y avait sans doute un chemin permettant de rejoindre l'armoire qui n'incluait pas de passer devant les fenêtres.

— C'est vraiment transparent, murmura James.

— Êtes-vous gêné ?

— Oui, répondit-il avec un vigoureux hochement de tête. Je ne m'étais encore jamais senti aussi gêné qu'en cet instant.

Violet attrapa son kimono et s'en enveloppa. Il garantirait au moins un semblant de convenance.

— Puis-je vous suggérer de porter autre chose, si vous deviez décider de me séduire ? lança-t-il.

— Vous n'aimez pas mon peignoir ?

Celui-ci avait peut-être connu des jours meilleurs, mais ses couleurs vives le rendaient exceptionnel et elle y était très attachée. D'autant qu'il était confortable et extrêmement pratique.

— Oh, je l'aime bien. Il est assez exotique. Je pense simplement que vous seriez mieux sans.

— Vous rêvez décidément trop, James.

Seigneur, cet homme était incorrigible.

Il rit.

Violet dut prendre sur elle pour choisir sa tenue du jour, très consciente qu'il l'observait. C'était agaçant. Elle sentit ses joues s'empourprer.

Elle sortit sa robe de promenade à rayures bleues et blanches, se dépêcha de traverser la chambre et ouvrit la porte.

— Si vous avez besoin d'aide, je serai ravi de vous prêter assistance.

— Je vous remercie pour votre offre, mais je peux me débrouiller seule, dit-elle en franchissant le seuil. Il me tarde de sortir, nous n'avons qu'un seul jour.

— Quoi ? s'exclama-t-il d'un ton de sincère désespoir. Je croyais que nous allions rester plusieurs jours à Florence, au moins une semaine ou même davantage.

— Je ne sais pas où vous êtes allé pêcher cette idée. Mais je serai heureuse d'en discuter une fois que je serai habillée.

— Cette idée tient peut-être au fait que le voyage jusqu'ici a été long et pénible, lança-t-il sèchement.

— Sornettes. Nous n'avons subi aucun retard, et il n'y a eu aucun incident.

Elle referma la porte, échappant ainsi au commentaire suivant. Ce qui valait sans doute mieux. Heureusement, la salle d'eau était inoccupée. Violet entra dans la grande pièce et verrouilla la porte derrière elle.

Quand lady Fenton avait acquis le *palazzo*, elle avait décidé de le moderniser sans renoncer pour autant au charme de l'ancien. Des cabinets de toilette étaient déjà présents dans le bâtiment d'origine, mais elle y avait fait installer des sanitaires modernes. Elle n'avait pas regardé à la dépense, et si des fresques d'époque ornaient les murs – de ces fresques en trompe-l'œil destinées à ressembler à des carreaux de faïence décorés ou à d'élégants drapés –, la plomberie était à la pointe de la modernité.

L'une des leçons essentielles que Violet et Cléo avaient apprise au cours de leurs années de voyage consistait à savoir s'habiller pour la journée sans l'aide d'une femme de chambre. Elles avaient également appris la nécessité de faire vite quand on partageait les sanitaires avec des inconnus, que ce soit à l'hôtel ou dans une pension. En un rien de temps, Violet fut prête.

Elle retourna dans la chambre et promena son regard dans la pièce. James n'était visible nulle part.

— James ?

— Derrière le paravent. Je me rase.

— Je croyais qu'un gentleman allait chez le barbier pour ça. Ou que son valet se chargeait de le raser.

Elle ramassa machinalement les vêtements qu'il avait abandonnés par terre et les posa sur le lit.

— J'ai négligé d'amener mon valet, rappelez-vous. Et je suis parfaitement capable de me raser tout seul. Je n'ai jamais tellement aimé laisser quelqu'un approcher une lame de mon visage.

— C'est compréhensible.

— Allez-vous m'expliquer ce que vous avez dit, tout à l'heure ? demanda-t-il en attachant ses boutons de manchette alors qu'il quittait l'abri du paravent. Pourquoi n'avons-nous qu'une journée ? Je pensais que vous alliez me faire visiter Florence. Me montrer d'interminables galeries de vieilles peintures ennuyeuses et d'innombrables églises...

— Vous n'aimez pas l'art de la Renaissance ? s'enquit-elle en haussant les sourcils.

— Je ne le déteste pas, mais il est un peu trop débordant de madones et de chérubins à mon goût. En fait, je n'aime pas tellement tout ce qui a été créé il y a plus d'un siècle. Je préfère l'art contemporain, ajouta-t-il avec un haussement d'épaules, comme celui de Manet, de Constable ou de Turner.

— Dans ce cas, vous avez de la chance, car j'ai justement l'intention de faire l'impasse sur le musée des Offices. Qui est pourtant l'une des plus belles collections d'art au monde, ajouta-t-elle d'un ton de vague réprimande.

— Ne le sont-elles pas toutes ? marmonna-t-il.

Violet retint un éclat de rire.

— Mais j'aime vraiment trop Florence pour cavaler d'un site à un autre. Je préfère flâner dans la ville et découvrir ce qui se présente au hasard des rues.

— Je ne vous aurais jamais soupçonnée d'être du genre à flâner, dit-il en la regardant d'un air intrigué. Je vous imaginais plutôt avec un guide dans une main et une ombrelle dans l'autre.

Violet reconnut intérieurement qu'au cours de ses premières visites à Paris, à Florence et partout ailleurs elle avait compté parmi les touristes qui se comportaient ainsi.

— J'imagine qu'il y a toutes sortes de choses à mon sujet que vous n'avez jamais soupçonnées.

— Il semblerait, en effet.

— J'ai l'intention de vous emmener voir le chef-d'œuvre de Michel-Ange. Je mets toujours un point d'honneur à m'arrêter à la galerie de l'Accademia pour voir *David*.

— David ? demanda-t-il d'un ton détaché.

— Seriez-vous jaloux ? répondit-elle en souriant.

— Bien sûr que non.

— Vous avez répété son nom comme si vous l'étiez.

— Vous avez mal entendu.

Elle aurait parié cher qu'elle avait parfaitement entendu.

— J'espère que vous vous rendez compte que vous parlez d'une statue.

— Parfaitement.

Violet ne put s'empêcher d'en douter.

— Accademia, Michel-Ange, *David*... Je sais très bien de quoi vous parlez, déclara-t-il avec indignation. Je ne suis pas entièrement inculte, vous savez.

— Je n'ai pas pensé cela un instant, répliqua-t-elle d'un ton léger. Enfin, pas vraiment. Je préfère vous prévenir qu'il y aura aussi des peintures, à l'Accademia, mais je promets de ne pas vous forcer à vous attarder devant.

— Je vous en suis très reconnaissant.

— Et cet après-midi, nous assisterons au dévoilement d'une nouvelle œuvre d'art.

— Oh, quelle amusante perspective, murmura-t-il. Êtes-vous certaine que nous ne pourrons pas rester un jour de plus ? Une belle journée, uniquement consacrée à la détente et à la flânerie ? suggéra-t-il d'une voix tentatrice.

— Écourter un séjour à Florence me peine toujours infiniment, mais il y a une réunion en Grèce à laquelle j'assiste chaque année. J'avais prévu de ne pas y aller cette fois, à cause du testament d'oncle Richard, mais un projet peut évoluer, dit-elle en le gratifiant d'un regard entendu. Il ne s'agit pas d'un simple voyage d'agrément, c'est une obligation, James. Demain, nous partons pour Athènes.

— Comment nous y rendrons-nous ? demanda-t-il prudemment.

— Nous irons en train jusqu'à Brindisi – le trajet dure toute une journée. Et, de Brindisi, nous prendrons le bateau pour Athènes.

— Et la traversée prendra...

— À moins d'intempéries..., déclara-t-elle avant de réfléchir un moment. À peu près deux jours et demi.

— Nous serons donc en mer pendant deux jours et demi, dit-il lentement.

— On ne les sent pas du tout passer, assura-t-elle joyeusement. Nous restons fréquemment en vue du rivage.

— Oh, oui, c'est vrai que ça change tout, lâcha-t-il d'un ton qui manquait singulièrement de conviction.

— Vous devez être affamé, reprit-elle en secouant la tête. Vous n'avez pratiquement rien mangé, hier. La cuisinière de Pénélope prépare des petits déjeuners tout simplement merveilleux.

— Vous avez raison, je meurs de faim. Allons-y, voulez-vous ? fit-il en désignant la porte.

Elle sourit.

— Nous sommes au moins d'accord sur un point. Je meurs de faim, moi aussi.

Ils gagnèrent la salle du rez-de-chaussée où Pénélope faisait servir le petit déjeuner. On aurait pu craindre que la décoration, avec ses tissus gais et colorés, ne jure avec le décor antique du reste du *palazzo*, mais Violet avait toujours été frappée par la perfection du résultat.

Les sœurs que Violet avait rencontrées la veille, Mlles Emma et Nancy Green, étaient assises à la grande table, et Violet les présenta à James.

— C'est un plaisir, mademoiselle Green, dit James en prenant la main d'Emma pour la porter à ses lèvres, son regard ne quittant jamais le sien. Je ne saurais vous dire l'enchantement que représente à mes yeux cette rencontre avec la fine fleur des femmes anglaises au cœur de l'Italie.

— Oh, souffla Emma, rougissante, en écarquillant les yeux. Merci, milord.

Nancy, qui semblait avoir quelques années de moins que sa sœur, tendit la main dès que James eut lâché celle d'Emma. Il la prit sans hésitation.

— Et une autre demoiselle Green ? enchaîna-t-il en portant sa main à ses lèvres, son regard plongeant au fond de ses yeux. Comment est-il possible que deux créatures aussi charmantes appartiennent à la même famille ?

Nancy gloussa.

Violet s'excusa, leva les yeux au ciel une fois qu'elle leur eut tourné le dos et s'approcha du buffet pour jeter un coup d'œil aux propositions du jour. Tomasia, qui était en train de regarnir les plats, l'accueillit avec un sourire chaleureux, puis lança vers James quelques œillades aussi admiratives que peu subtiles. Comme chaque fois, la cuisinière s'était surpassée, avec une *frittata* aux saucisses et au fromage, de fines tranches de viande froide, des pâtisseries et un assortiment de pains, de fromages et de fruits frais. Violet garnit copieusement son assiette, puis retourna à table.

Elle était apparemment partie assez longtemps pour que le charme de James opère, et les deux dames le dévoraient du regard comme s'il était la créature la plus extraordinaire à avoir jamais posé le pied sur terre. Violet avait oublié combien cet homme savait se montrer charmeur.

— Ces dames me disaient que c'était leur première visite à Florence, dit James.

— Oh, mon Dieu, oui, confirma Nancy avec un vigoureux hochement de tête. Notre premier voyage où que ce soit, en fait.

— Enfin, nous sommes déjà allées à Londres, précisa Emma. Plusieurs fois. C'est très fréquenté et l'encombrement des rues est assez intimidant, ajouta-t-elle. Mais cela ne nous empêche pas d'aimer cela, conclut-elle, son visage s'éclairant.

— Mais alors, Paris ! s'exclama Nancy avant de pousser un profond soupir digne d'une vraie romantique. Paris était exactement tel que nous nous attendions à le trouver.

Tomasia déposa une énorme assiette devant James. Il lui décocha un sourire de gratitude auquel la cuisinière répondit en rougissant. Violet en resta un instant bouche bée. Tomasia ne servait jamais personne à table. James surprit le regard choqué de Violet et lui fit un clin d'œil. Cet homme était décidément sans vergogne.

— Emma et Nancy se sont lancées dans une sorte de Grand Tour à elles deux, expliqua James entre deux bouchées.

— C'est tout à fait cela, approuva Emma. Nous sommes récemment entrées en possession d'une coquette somme d'argent, plus que suffisante pour voyager, alors nous nous sommes dit : « Pourquoi pas ? »

— Notre père est décédé, voyez-vous, dit Nancy en se penchant en avant pour chuchoter sur le ton de la confidence : Nous ne savions pas qu'il était aussi riche. Il ne se comportait pas comme tel, en tout cas.

— Notre père était une sorte d'avare, renchérit Emma en haussant les épaules. Mais nous n'avons jamais manqué de rien et il était charmant, à sa façon égoïste. Nous sommes sûres qu'il aurait voulu que nous profitions de son argent.

— Aux yeux de papa, les voyages étaient une frivolité. « Il n'y a rien qui vaille la peine d'être vu dans le monde que l'on ne puisse voir ici, en Angleterre », avait-il coutume de dire, ajouta Nancy en imitant la voix de son père. C'est donc la première chose que nous avons faite.

— Pas la première, corrigea Emma avec un grand sourire semblable à celui de sa sœur. Avant cela, nous avons commandé des garde-robes complètes.

— Je dois dire que je n'avais jamais vu deux dames aussi élégamment vêtues, déclara James avec galanterie.

Nancy gloussa. Une fois de plus.

— Et vous avez l'intention de passer un mois à Florence ? demanda Violet avant que James puisse dire autre chose d'agaçant.

— Nous ne sommes arrivées qu'hier matin, dit Emma en tapotant du plat de la main la familière couverture rouge du guide touristique *Baedeker*, posé près de son assiette. Nous avons l'intention de voir tout ce qui mérite d'être vu.

— Vous irez aux Offices, j'espère ? s'enquit James en adoptant un ton sérieux. C'est l'une des plus belles collections d'art au monde.

— Oui, bien sûr, répondit Nancy. Nous étudions l'art depuis toujours. Nous avons l'intention d'y consacrer toute une journée.

— Mais aujourd'hui, nous irons voir la sculpture du *David*. Vous savez, celui de Michel-Ange, ajouta Emma dans un aparté destiné à Violet.

— Oh, oui, celui-là, fit Violet. Il est tout à fait remarquable.

— Quelle surprenante coïncidence, mesdames, dit James en écarquillant les yeux, feignant l'étonnement. Lady Ellsworth et moi avions justement l'intention d'aller voir cette sculpture après le petit déjeuner. Pourquoi ne pas vous joindre à nous ? suggéra-t-il en souriant. À moins que vous n'ayez une objection ? ajouta-t-il en se tournant vers Violet.

— Aucune, assura-t-elle en secouant la tête.

— Vraiment ? demanda Emma, le regard brillant d'espoir. Nous ne voudrions surtout pas vous déranger.

— Pas du tout, quelle idée, protesta Violet, surprise de découvrir qu'elle aurait préféré rester seule avec James – et le *David*, bien sûr. Il n'y a rien de plus plaisant que de visiter la ville avec de nouveaux amis.

— D'après mon guide, dit Emma en ouvrant le petit livre et en se mettant à lire à voix haute, « *David*, aussi connu comme *Le Géant*, a été sculpté par le jeune artiste entre 1501 et 1504... »

Violet, qui avait déjà entendu tout cela auparavant, trouvait bien plus fascinante l'attention que James portait aux sœurs Green. Il écoutait Emma d'un air captivé, posant de temps à autre une question étonnamment pertinente à l'une ou l'autre des deux sœurs, tout en se montrant également attentif envers les deux femmes. Il plaisantait, taquinait, riait et décochait son sourire malicieux. Il ne faisait rien d'inconvenant ni de déplacé, il ne flirtait même pas, et pourtant les deux dames rayonnaient visiblement sous ses attentions.

Un quart d'heure plus tard, ils étaient en route. Dès qu'ils eurent franchi la porte du *palazzo*, James offrit ses bras aux sœurs Green. Emma prit celui de droite, utilisant sa main droite pour tenir ouvert le *Baedeker*, un sac passé à son bras contenant leurs carnets de croquis. Nancy prit le gauche, tenant son ombrelle au-dessus d'eux deux. Ils formaient un trio très enjoué. Derrière eux, Violet fermait la marche.

Apparemment, aucune des sœurs ne s'était jamais dit que chacune de ses pensées ne méritait pas forcément d'être formulée à voix haute. James ne semblait pas le moins du monde incommodé par leur incessant bavardage, alors que celui-ci faisait serrer les dents à Violet. Marcher en queue de groupe comportait néanmoins certains avantages. Personne n'attendait que vous répondiez à un commentaire, par exemple. Puisque aucun ne vous était adressé, bien évidemment. Violet comprit dans sa chair ce que pouvait ressentir la fameuse cinquième roue du carrosse.

Elle n'aurait pas dû être ennuyée le moins du monde par l'attention que James accordait aux deux sœurs. Il n'avait jamais pu s'empêcher de jouer les jolis cœurs. Charmer était chez lui une seconde nature. Et il ne se contentait pas d'approuver leurs remarques ; il répondait par des questions, des observations et ses propres opinions. Les demoiselles Green buvaient chacune de ses paroles et le regardaient comme s'il était le plus bel homme du monde. Violet fut frappée par l'idée qu'il l'était peut-être réellement, pour elles, ce jour-là. James faisait de cette excursion quelque chose qui allait bien au-delà d'une simple promenade touristique. Les sœurs Green se souviendraient sans doute toute leur vie de ce moment passé en compagnie du délicieux lord Ellsworth. Rétrospectivement, ce serait l'un de leurs meilleurs souvenirs de voyage. C'était aimable et prévenant de la part de James, une vraie marque de gentillesse.

Violet ralentit le pas. Ne s'était-il pas montré également gentil avec elle, six ans auparavant ? Ne l'avait-il pas écoutée alors que personne d'autre ne le faisait ? N'avait-il pas prêté attention à ce qu'elle avait à dire ?

James Branham était quelqu'un de vraiment gentil. Il l'avait été à l'époque, et il l'était toujours aujourd'hui.

Pourquoi ne s'en était-elle pas aperçue ?

Quand ils arrivèrent à l'Accademia et qu'Emma se sentit obligée, sous l'influence de son *Baedeker*, d'annoncer que « l'art présenté ici constitue une collection importante, non pour le simple observateur, mais pour ceux qui étudient le développement de l'art italien du XIVe au XVIe siècle », James lui accorda toute son attention. Il alla même jusqu'à poser des questions sur plusieurs œuvres accrochées aux murs de la galerie des Prisonniers, qui menait à la tribune du *David*. Ses requêtes incitèrent les sœurs à s'asseoir sur un banc de marbre pour feuilleter frénétiquement les pages de leur guide, rivalisant pour être la première à lui répondre.

Les sœurs Green étant occupées, Violet se glissa près de James.

— Vous n'avez pas pu vous en empêcher, n'est-ce pas ?

— M'empêcher de quoi ? répondit-il d'un ton absent, le regard rivé sur le tableau de Fra Angelico qui se trouvait devant lui et qui représentait une madone entourée de saints et d'anges.

— De flirter avec elles.

— J'ai flirté ? demanda-t-il, tournant vers elle un regard stupéfait.

— Oui, James, vous avez flirté.

Il plissa les yeux.

— En êtes-vous sûre ?

Violet se mordit la lèvre pour se retenir de rire.

— Cela ne fait aucun doute dans mon esprit.

— Dieu merci, dit-il avec un soupir de soulagement. Je me demandais si je savais encore comment faire.

Elle prit son bras, et ils parcoururent la galerie conduisant à la célèbre statue.

— Ne soyez pas ridicule. Comment pourriez-vous oublier cela ?

— Cela faisait un moment que je n'avais pas flirté, déclara-t-il avec un grand sourire. Il est rassurant de constater que je n'ai pas perdu mon savoir-faire.

— C'est un don, mon cher, répliqua-t-elle en lui tapotant le bras.

— Attention, Violet, dit-il en souriant. Vous parlez comme une véritable épouse.

Elle sourit à son tour et désigna de la tête le *David*, qui devenait de plus en plus grand à mesure qu'ils avançaient.

— Vous ne vous rappelez vraiment pas l'avoir vu ?

— Je n'en suis pas certain, répondit-il en haussant les épaules. L'enrichissement culturel n'était pas vraiment l'objectif de mon Grand Tour.

Une fois qu'ils eurent atteint la tribune située sous la coupole, ils s'immobilisèrent au pied de l'imposante statue. Nancy et Emma les rejoignirent un instant plus tard.

— Alors ? demanda Violet en se penchant vers James. Qu'en pensez-vous ?

Il leva les yeux vers la statue de marbre.

— Il est vraiment gigantesque.

— Mesdemoiselles ? demanda Violet en jetant un coup d'œil de l'autre côté.

Les deux sœurs gardaient les yeux levés, fascinées.

— Oh, mon Dieu. C'est magnifique.

Bouche bée, Nancy continua d'observer la statue avec l'œil d'une véritable étudiante en art.

— C'est un vrai chef-d'œuvre.

Emma détacha à regret les yeux de la statue pour sortir deux carnets de croquis de son sac et en tendre un à sa sœur.

— Nous n'en avons que pour une minute, assura-t-elle avec un sourire absent.

— Prenez tout le temps qu'il vous faut, répondit James. Voulez-vous que nous en fassions le tour ? proposa-t-il à Violet.

— Oui, ainsi vous pourrez le voir sous tous les angles.

Ils s'avancèrent vers le dos de la statue.

— Savez-vous que Michel-Ange l'a sculpté à partir d'un seul bloc de marbre ? dit James d'un ton désinvolte. Un bloc qui avait été abandonné par un autre artiste à cause d'un défaut.

— Je le savais, oui. Je suis toutefois étonnée que vous le sachiez aussi.

— Même quand on ne prête pas attention à ceux qui s'efforcent de vous éduquer, certaines choses laissent parfois une trace. En outre, j'ai jeté un coup d'œil au guide d'Emma, ajouta-t-il.

Elle rit.

— Souhaitez-vous en entendre davantage ?

— Non, je vous remercie, dit-elle en reportant son regard sur la statue. Je viens ici à chacun de mes séjours à Florence. Quelque chose m'attire dans cette statue. On a l'impression qu'il suffirait de la toucher pour sentir le sang courir dans ses veines.

— Sa tête et ses mains me paraissent trop grandes. Légèrement disproportionnées, vous ne trouvez pas ?

Elle acquiesça.

— À l'origine, le *David* avait été conçu pour être placé en hauteur, dans la cathédrale, où il aurait donc fallu lever les yeux pour le voir. Dans ces conditions, les proportions auraient semblé justes. Mais, quand il a été achevé, il a été déclaré trop parfait pour être vu d'aussi loin, et on a décidé de ne pas le placer dans la cathédrale.

Son regard parcourut le marbre blanc, depuis les boucles de la tête du *David*, ses yeux perçants, sa silhouette musclée, jusqu'à la souche d'arbre à laquelle il s'appuyait et qui était, à l'origine, dorée à la feuille d'or.

— Quel talent incroyable, souffla-t-elle. Michel-Ange n'avait que vingt-six ans quand il l'a sculpté.

— J'ai bien plus de vingt-six ans et je n'ai pas accompli grand-chose, lâcha James d'un ton ironique.

— Ne dites pas de bêtises, répliqua-t-elle en lui lançant un coup d'œil réprobateur. Vous avez géré tous les biens d'oncle Richard. Tous ses investissements et ses affaires. Lui-même ne tarissait pas d'éloges sur vos compétences, dit-elle avant de reporter les yeux sur la statue. Le talent adopte toutes sortes de formes et de dimensions, James.

Il se mit à rire.

— Quelle pensée profonde !

— Je lis beaucoup, répondit-elle. Venez, ajouta-t-elle en tirant sur son bras. Allons voir comment s'en sortent ces dames.

Ils continuèrent à faire le tour de la statue jusqu'à rejoindre les sœurs Green. Emma et Nancy comparaient leurs dessins, côte à côte.

— Puis-je regarder ? demanda Violet en passant derrière elles.

— Oui, bien sûr, dit Nancy.

— Nous aimerions beaucoup connaître votre opinion, ajouta Emma.

Pendant un moment, Violet ne sut que dire.

Mon Dieu.

Les deux sœurs étaient plutôt douées et dessinaient exactement ce qu'elles voyaient en termes de proportion et de perspective. Comme elles se tenaient très près, et pratiquement juste en dessous, des parties intimes du *David*, l'élément qu'on distinguait au premier plan était celui qui était... disons, le plus... proéminent.

— Sais-tu qu'on couvre d'une feuille de vigne la copie du *David* qui se trouve au musée de South

Kensington quand la reine s'y rend en visite ? glissa en aparté Nancy à Emma.

— Quel dommage, n'est-ce pas ? murmura Emma.

— Bravo, mesdemoiselles, dit Violet, manifestant un certain enthousiasme.

Elle ne tenait surtout pas à donner l'impression de briser leurs illusions. Pour autant, l'idée des sœurs Green retournant chez elles pour chanter les louanges du charmant comte d'Ellsworth tout en déplorant qu'il soit affligé d'une épouse revêche ne lui plaisait guère plus.

— Allez-vous accrocher ces dessins chez vous ?

Les deux sœurs échangèrent un regard et retinrent leur souffle en même temps.

— Je sais déjà où ! déclara Nancy avec un grand sourire.

— Quelle excellente idée ! s'exclama Emma.

— Puis-je voir ? demanda poliment James.

Les dames orientèrent leurs carnets vers lui, le visage rayonnant de fierté. Il écarquilla les yeux.

— Excellent travail, mesdames, dit-il lentement, son regard passant des croquis à la gigantesque statue. Je ne crois pas avoir jamais vu un dessin aussi... (Il s'éclaircit la voix.)... réaliste.

— Merci, milord, fit Nancy avec un sourire radieux.

Ils parcoururent la galerie des Prisonniers en sens inverse, puis ressortirent de l'Accademia. Là, Violet et James se séparèrent des sœurs Green. Emma et Nancy avaient prévu de visiter plusieurs églises ce jour-là, dont le Duomo, la grande cathédrale qui trône au cœur de Florence.

— Avez-vous vu ce qu'elles ont dessiné ? demanda James tandis que Violet et lui flânaient en direction du marché.

— J'ai vu.

— Vous les avez incitées à accrocher leurs dessins chez elles, déclara-t-il d'un ton suave.

— Ce n'était pas mon intention.

Il laissa échapper un ricanement amusé.

— J'imagine très bien la réaction de leurs voisins du Yorkshire quand ils verront la représentation de l'œuvre de Michel-Ange par les sœurs Green.

— Ma foi, c'était bien dessiné, dit Violet d'une voix faible.

— En effet, fit James en gloussant.

— J'ai seulement voulu les complimenter. Vous auriez pu dire quelque chose, ajouta-t-elle en lui adressant un regard de reproche.

— Je vois mal comment j'aurais pu formuler un commentaire qui ne soit pas gênant. Pour tout le monde.

— C'est certain.

— Elles m'avaient pourtant fait l'effet d'être des petites dames de province tout ce qu'il y a de convenable.

— Je suis persuadée qu'elles le sont.

— Et dessiner à une telle vitesse, avec une telle précision. Chaque détail était parfait.

— Elles étaient d'une grande exactitude…

— Ça a de quoi laisser perplexe.

— Je vous en prie, James, ne le dites pas, gémit Violet.

— Ne dites pas quoi ? répondit-il en écarquillant les yeux d'un air innocent. Je suis simplement curieux. C'est étonnant, non ? ajouta-t-il avec un grand sourire. Où diable ont-elles donc appris à dessiner ?

21

C'était vraiment une journée splendide.

Le soleil brillait, Florence était une fête pour les sens, et Violet était de nouveau sensible à son charme. Oh, elle s'efforçait de ne rien laisser paraître, mais James le voyait bien. C'était perceptible dans cette façon qu'elle avait de le regarder quand elle croyait qu'il ne la voyait pas. Dans la manière dont elle tenait son bras tandis qu'ils se promenaient dans les rues de la ville. Dont elle réprimait son sourire face à ses commentaires. Et dont elle le taquinait, aussi.

Ils avaient passé une bonne partie de la journée à faire ce que Violet adorait faire à Florence – flâner sans but particulier. Et, que ce soit délibéré ou non, elle avait réussi à lui montrer plusieurs sites intéressants rien qu'en se promenant.

— Je ne suis pas d'accord avec lui, vous savez, déclara-t-il soudain.

Violet et lui étaient en train de frotter le groin d'un sanglier de bronze âgé de trois cents ans, exposé aux abords d'un petit marché d'artisanat. Ce geste était censé porter bonheur et la chose avait beau sembler saugrenue, personne ne laissait passer l'occasion de s'octroyer un petit supplément de chance.

— Avec qui ? demanda-t-elle en haussant les sourcils. Le sanglier ?

— Non, avec M. Green.

Violet fronça les sourcils, perplexe.

— Qui est M. Green ?

— Le père d'Emma et de Nancy. Vous ne leur avez prêté aucune attention, constata-t-il en secouant la tête.

— Bien sûr que si. En quoi n'êtes-vous pas d'accord avec lui ?

Il vit frémir le coin de ses lèvres comme si elle retenait un sourire. Un point pour lui dans son objectif de reconquête.

— Je pense que bien des choses méritent d'être vues au-delà des limites de l'Angleterre. Et je vous remercie de m'en avoir montré une partie, ajouta-t-il en souriant.

— Mon Dieu, James, je ne vous ai presque rien montré. Le temps nous a manqué à Paris, et nous n'en avons guère plus ici. Je dois cependant vous remercier de m'avoir permis de voir le monde.

— C'était bien le moins que je puisse faire, répondit-il. Je suis désolé, vous savez. Pour l'incident.

— Oui, je sais.

— M'avez-vous pardonné ?

— Ne soyez pas sot. Bien sûr que non.

Le sourire qui dansait dans ses yeux vint démentir sa réponse. C'était décidément une journée splendide.

Tard dans l'après-midi, ils repassèrent brièvement chez lady Fenton. Violet tenait le dévoilement dont elle lui avait parlé pour un événement important et voulait y assister dans une tenue correcte. Il n'aurait pas été convenable qu'elle s'y présente vêtue de la toilette qu'elle avait portée toute la journée. Elle releva que James pourrait en profiter pour se rafraîchir, lui aussi. Marcus et Mme Ryland étaient passés, plus tôt dans la journée, et avaient laissé un message disant qu'ils les rejoindraient pour le dévoilement. Lady Fenton annonça qu'elle avait des choses à faire, mais qu'elle les verrait à ce moment-là, elle aussi. James trouva qu'on faisait bien grand cas de la révélation d'une œuvre d'art alors qu'on se trouvait dans une ville déjà remplie de chefs-d'œuvre, mais ne s'en étonna pas plus que cela. Si Violet tenait à assister à la révélation d'une nouvelle œuvre, il serait heureux de se trouver auprès d'elle.

L'événement avait lieu dans une galerie située à une très courte distance de leur pension. Ils firent halte sur la Piazza della Signoria pour admirer le Palazzo Vecchio, un édifice aux allures de château, surmonté d'un haut clocher étroit, siège du pouvoir politique à Florence depuis le XIVe siècle. Un espace vide près de la porte d'entrée marquait l'endroit où la statue du *David* s'était tenue jusqu'à ce qu'on la déplace à l'intérieur de l'Accademia, une quinzaine d'années auparavant – James avait *vraiment* lu le guide d'Emma.

À côté du Palazzo Vecchio se trouvait la Loggia dei Lanzi, une immense galerie publique dont la construction remontait à cinq siècles. Le haut bâtiment voûté était ouvert sur trois côtés. Des colonnes massives encadraient les trois arches de la façade, et les arcades de la voûte intérieure faisaient écho aux lignes des arches. L'ensemble était franchement remarquable. Violet lui expliqua qu'à l'origine la galerie avait été construite pour les assemblées et les cérémonies publiques et qu'elle était désormais destinée à présenter quelques-unes des plus célèbres statues de Florence.

— Savez-vous qui l'a conçue ? demanda-t-il.

— Pas de mémoire, non. Je pourrai regarder dans le guide de Mlle Green, si vous voulez, dit-elle en désignant la galerie d'un mouvement de tête. Cela fait au moins trois cents ans que ces statues sont là.

Bien qu'il admire le talent des créateurs de ces œuvres, James trouvait qu'elles se ressemblaient toutes un peu – des guerriers nus, agonisants ou victorieux, la mort de compagnons d'armes, des enlèvements de femmes, ce genre de choses. D'autant qu'à l'exception de deux bronzes toutes étaient en marbre blanc.

— Toutes les statues de Florence sont-elles nues ? demanda-t-il d'un ton dégagé.

— Pas toutes. Il y a quelques drapés, ici et là, répondit-elle avant de désigner le sommet d'une sculpture qui illustrait une légende de l'Antiquité et représentait quatre personnages entremêlés. Regardez, celui-ci porte même un casque. Je pensais que vous appréciiez la nudité, ajouta-t-elle en lui jetant un coup d'œil en coin.

— Tout dépend de la personne qui est nue, répondit-il suavement.

— Cessez, James, souffla-t-elle. Ce n'est ni le lieu ni le moment.

— Sornettes, Violet, répliqua-t-il. C'est toujours le moment.

Il lui décocha un sourire qui la fit rougir, ce qui l'agaça visiblement.

— Cette sculpture a été réalisée il y a seulement vingt ans, reprit-elle. Aujourd'hui encore, Florence possède une florissante communauté artistique. Cette œuvre était une commande qui a fait la réputation et la fortune de l'artiste.

— C'est très joli.

— Vous n'aimez pas non plus la sculpture ?

— Je suis un vrai paysan, n'est-ce pas ?

— Non, dit-elle dans un soupir. Vous êtes un homme qui n'a pas su profiter des privilèges que lui donne sa position.

Cela n'avait rien d'un compliment enthousiaste, mais elle aurait pu se montrer bien plus méchante.

Ils s'engagèrent dans une rue étroite qui partait de la Piazza della Signoria et prirent le chemin de la galerie.

— Lady Fenton finance des artistes qu'elle apprécie et elle aime beaucoup Rinaldo Lazzari, l'artiste dont l'œuvre sera dévoilée ce soir.

James n'avait jamais entendu parler de lui, mais le contraire aurait été étonnant.

— Il est très doué. Il a obtenu la commande de cette œuvre en remportant un concours. Si elle reçoit un bon accueil, d'autres commandes suivront et il pourra espérer vendre celles qu'il a déjà réalisées auparavant. Même à Florence, ce n'est pas facile d'être un artiste. Pénélope contribue à son soutien, dit-elle avant de marquer une courte pause. Et moi aussi.

— Je vois.

Encore une de ses causes. James ne savait pas trop ce qu'il en pensait. Aider des femmes dans le besoin était une chose, mais soutenir des artistes en mal de reconnaissance, c'était différent. Toutefois, quand il lui avait attribué son allocation, il n'y avait adjoint aucune clause sur la manière dont elle était autorisée à la dépenser.

Violet s'arrêta devant un bâtiment dont la façade ressemblait beaucoup à celle du *palazzo* de lady Fenton.

— Nous sommes légèrement en avance, mais nous ferions mieux d'entrer. La galerie se trouve au rez-de-chaussée. Les gens que nous allons retrouver sont presque tous des amis, James, ajouta-t-elle, sa voix prenant un léger accent de mise en garde. J'espère que vous saurez vous montrer charmant. Vous faites cela si bien quand vous voulez.

Il émit un petit rire.

— Je crois savoir me comporter de manière civilisée, Violet.

— Bien sûr, dit-elle en s'arrêtant un instant pour tendre la main vers lui et rajuster sa cravate. Je ne sais pas pourquoi cet événement me rend nerveuse, mais je le suis. Vous présenter à mes amis comme mon mari...

— Ce que je suis.

— Laisser croire que nous nous sommes réconciliés...

— Ma foi, nous ne sommes pas en guerre, dit-il en prenant sa main pour la porter à ses lèvres et déposer un baiser sur sa paume. N'est-ce pas ?

Ses yeux s'agrandirent un instant, comme si elle en prenait soudain conscience.

— Non. Je suppose que non.

— Je vous promets de me montrer sous mon meilleur jour.

— Tant mieux. Cela pourrait être gênant, ajouta-t-elle, davantage pour elle-même que pour lui en se tournant vers la porte.

Elle adressa quelques mots en italien au portier, qui s'empressa de les laisser entrer. Ils pénétrèrent dans une colonnade ouverte entourant un patio. Des amateurs d'art, élégamment vêtus et visiblement riches, bavardaient par petits groupes disséminés dans la cour. Des serveurs en livrée portant des plateaux de coupes de champagne et de petits-fours circulaient parmi eux.

— Combien de langues parlez-vous ? demanda-t-il.

— Plusieurs, répondit-elle d'un ton absent tout en promenant son regard parmi les invités. Et vous ?

— Une seule. Je connais aussi quelques mots de latin.

— *Carpe diem* ? suggéra-t-elle en haussant les sourcils.

— Cela résume à peu près tout ce que je sais.

Il regarda autour de lui. Il n'y avait aucun tableau aux murs, seulement une grande chose recouverte de tissu, au centre du patio. Il comprit aussitôt son erreur.

— Je croyais qu'il s'agissait du dévoilement d'une peinture.

— Qu'est-ce qui vous a incité à le croire ? demanda-t-elle.

— Je ne sais pas, répondit-il plus sèchement qu'il n'en avait eu l'intention. Nous sommes ici pour une sculpture, n'est-ce pas ?

Elle croisa son regard et sourit plaisamment.

— Oui, James. Pour une sculpture.

— Violetta ! appela soudain une voix.

Ils se retournèrent. Un homme, sensiblement du même âge et de la même taille que James, et qui se tenait près de la sculpture voilée, dit quelques mots à ses compagnons, puis s'élança vers eux avec un large sourire.

— Rinaldo !

Les lèvres de Violet formèrent un radieux sourire. Elle se dirigea vers lui, James lui emboîtant le pas.

— Violetta !

L'Italien l'attira dans ses bras et la souleva. Violet rit et lui répondit. En italien.

— Je vous demande pardon, dit James en s'avançant sans réfléchir.

Ils l'ignorèrent.

Rinaldo reposa Violet par terre et elle s'écarta, mais ses mains restèrent dans celles de l'Italien. Ils se lancèrent aussitôt dans une discussion animée. Toujours en italien.

Oh, cette affaire ne lui plaisait pas du tout. D'autant qu'il ne comprenait pas un traître mot de ce qu'ils racontaient. Quoi qu'il fasse, il attirerait forcément l'attention. Or, il avait promis de se montrer sous son meilleur jour. Et il était à peu près certain que les récriminations d'un mari jaloux n'appartenaient pas à ce registre.

Mari jaloux ?

Eh bien… oui. Il redressa les épaules. C'était exactement ce qu'il était. Et quel homme ne l'aurait pas été en voyant sa femme être accueillie avant tant d'effusion par un inconnu ? L'un de ses *amis*, sans doute. Un ami extrêmement séduisant, de surcroît. De fait, l'Italien n'était pas sans rappeler le *David*, avec ses cheveux bruns bouclés, son nez long et droit, ses larges épaules, son physique musculeux et ses grandes mains. James refusa de spéculer sur d'autres points de ressemblance entre Rinaldo et le *David*.

Il s'efforça d'adopter une expression sereine, comme si sa femme était accueillie tous les jours avec un enthousiasme débridé par un Italien beaucoup trop beau. Mais se voir complètement ignoré était agaçant et indiscutablement grossier. Or, Violet avait horreur d'être grossière. L'interrompre était donc le moins qu'il puisse faire. Il se racla la gorge.

Violet se rapprocha de l'Italien pour lui dire quelque chose qui le fit rire. Finalement, elle se tourna vers James.

— James, je vous présente mon cher ami, le *signore* Lazzari, dit-elle en anglais. Rinaldo, permettez-moi de vous présenter mon époux, lord Ellsworth.

Lazzari fronça les sourcils.

— C'est votre mari ? *Quindi, voi due avete riconciliato le vostre differenze ?* dit-il à Violet.

Elle parut hésiter, puis le gratifia d'un sourire éclatant.

— *Sì.*

— *Meraviglioso !* s'exclama-t-il.

Il prit James par les épaules et, sans lui laisser le temps de dire un mot, l'embrassa sur les deux joues.

— Je suis si content de vous rencontrer enfin, dit-il en anglais avec un fort accent italien. Et vous êtes venu voir mon chef-d'œuvre.

— Il me tarde de le découvrir, répondit James.

— Rinaldo a reçu la commande d'une statue de Minerve, la déesse des arts, de l'industrie et de la guerre, expliqua Violet. Son œuvre représentera Florence à l'Exposition universelle qui se tiendra à Paris l'année prochaine.

— J'espère que vous ne serez pas déçu, déclara Lazzari avec un sourire qui disait clairement qu'une telle déception était impensable.

Dire que Violet avait le toupet de le trouver arrogant, se dit James.

L'artiste reporta son attention sur Violet.

— Nous pensions que vous ne seriez pas là. Francesca sera tellement contente. Ce soir, nous célébrons. Vous venez avec nous, non ?

Violet jeta un rapide coup d'œil à James, puis sourit à l'artiste.

— Nous en serions enchantés.

James était bien certain de ne pas être le moins du monde enchanté, mais il se fendit d'un sourire cordial.

— *Eccellente !* s'exclama Lazzari en donnant à James une tape dans le dos. *Scusa, per favore*. Je vais parler aux autres, annonça-t-il en décochant un sourire entendu à Violet. L'artiste qui déploie autant de charme que de talent récolte deux fois plus de commandes, non ?

Elle rit. Lazzari prit congé de James d'un hochement de tête, puis s'éloigna pour aller saluer d'autres invités.

— Était-ce vraiment nécessaire ? demanda James une fois que Lazzari fut hors de portée de voix. La façon dont il vous a accueillie était un peu excessive, non ?

— Il est italien, James, répondit-elle en balayant sa question d'un geste. Il faut s'attendre à un enthousiasme débordant.

— Je lui serais reconnaissant de modérer son enthousiasme quand il s'agit de mon épouse.

— Rinaldo est toujours enthousiaste, particulièrement avec les femmes, dit-elle en tournant son regard vers la statue voilée.

— Que vous a-t-il dit quand vous nous avez présentés ? demanda James en plissant le front.

— Si vous voulez savoir ce que disent les gens, il serait peut-être bon que vous appreniez leur langue.

— Peut-être. Toutefois, pour le moment...

— Il a demandé si nous nous étions réconciliés. Et j'ai répondu oui.

— Je comprends le mot « oui » dans plusieurs langues, mais je vous remercie pour la traduction. C'est lui, n'est-ce pas ? ajouta-t-il en plissant les yeux. Le sculpteur italien des rumeurs ?

— C'est *un* sculpteur italien, répondit-elle en agitant la main. Je ne sais pas si on peut dire qu'il est *le* sculpteur italien. Il y en a tellement. À Florence, vous ne pouvez pas lancer un ciseau, ni un pinceau d'ailleurs, sans risquer de toucher un artiste.

Il fronça les sourcils.

— Vous avez très bien compris ma question.

— Évidemment, dit-elle en regardant derrière lui. Ah, enfin ! Je me demandais quand ils allaient arriver.

— Violet ! gronda-t-il.

— Pas maintenant, James, répondit-elle en faisant signe à quelqu'un qui se trouvait derrière lui.

Il serra les dents.

— Vous changez de sujet.

— Vous croyez ? répondit-elle avec un sourire innocent. Je ne vois pas ce qui vous fait dire ça, ajouta-t-elle en s'avançant vers Marcus et Mme Ryland.

Un instant plus tard, elle remarqua que lady Fenton parlait à des gens que Mme Ryland et elle n'avaient pas vus depuis leur dernière visite et insista pour qu'elles aillent les saluer. Prenant son amie par le bras, elle l'entraîna vers le groupe, à l'autre extrémité du patio.

— Bonjour à toi aussi, dit Marcus.

Il rafla deux coupes sur le plateau d'un serveur qui passait et en tendit une à James.

— Peux-tu m'expliquer ce qui vient de se passer ?

— Elle vient de s'enfuir, répondit James d'un ton lugubre en prenant une gorgée.

— Que fuit-elle donc ?

— Moi.

— Oserais-je demander pourquoi ?

— Pour éviter de répondre à mes questions, fit-il en serrant les dents. Sur le sculpteur italien.

Marcus fronça les sourcils.

— Le sculpteur… Ah ! s'exclama-t-il quand il comprit. *Le* sculpteur italien. Celui des rumeurs concernant Violet. D'après Cléo, Florence est remplie de sculpteurs, de peintres et d'écrivains, aussi bien italiens qu'étrangers. Es-tu certain que ce sculpteur soit *le* sculpteur ?

— À en juger par la façon dont il l'a accueillie, ils sont extrêmement proches.

Marcus observa son ami d'un air intrigué.

— Jaloux ?

— Il semblerait.

— C'est bien la première fois que je vois ça, dit Marcus avec un grand sourire.

— C'est bien la première fois que j'éprouve ça, rétorqua James en sirotant son champagne, le regard rivé sur Violet. Et il s'agit de ma femme.

— Je croyais que tu avais dit que vous étiez d'accord pour laisser le passé derrière vous.

— Plus ou moins.

— Quelle différence cela fait-il qu'il soit ou non *le* sculpteur italien ?

— Je déteste que ce que tu dises fasse sens.

— Déformation professionnelle, fit Marcus en riant.

— Mais tu as raison, concéda James à contrecœur. Si je veux qu'elle me pardonne, je dois moi aussi pardonner.

— Dans ton cas, il y a beaucoup à pardonner, glissa Marcus d'un ton doucereux. Dans le cas de Violet, je n'en suis pas si certain.

— Moi non plus.

Il prit une longue inspiration. Qui ne parvint pas à le calmer.

— Le mieux, c'est de l'ignorer, dit-il. C'était mon idée de laisser le passé derrière nous.

Son propre passé avait de quoi lui causer de l'inquiétude. En revanche, malgré les rumeurs, il n'était pas vraiment sûr qu'il existe quoi que ce soit d'inconvenant dans le passé de Violet.

— C'est ce qu'il convient de faire avec une...

James ferma les yeux et pria pour garder un esprit de tolérance.

— ... avec une partenaire, acheva-t-il. D'égal à égale.

Marcus échoua à masquer son amusement derrière une quinte de toux.

— Comment trouves-tu Florence ? demanda James, préférant parler de n'importe quoi d'autre. La délicieuse Mme Ryland t'a-t-elle fait découvrir les merveilles de la ville ?

— Elle est effectivement délicieuse et elle me plaît. Elle me plaît même beaucoup, répondit Marcus en soutenant fermement son regard. Tu dois apprendre à l'apprécier, James. C'est la meilleure amie de ta femme, ajouta-t-il tandis que son regard allait se poser sur Mme Ryland et Violet. Et j'ai l'intention de la garder très longtemps dans ma vie.

— Te voilà bien sérieux, fit James en fronçant les sourcils.

— Il paraît que nous mettons le cap sur la Grèce, demain, dit Marcus en souriant.

Lui aussi changeait de sujet. Tout le monde avait-il donc des secrets autour de lui ?

— Malheureusement. J'espérais avoir quelques jours de répit supplémentaires. Et Florence me plaît plutôt bien.

— Moi aussi. J'ai toujours aimé cette ville, renchérit Marcus. Comptes-tu reprendre un somnifère ?

— C'est ça ou voyager la tête au-dessus d'un seau.

— Le choix s'impose de lui-même, en effet.

Un gentleman d'allure distinguée fit une annonce en italien, et la foule se resserra autour de la sculpture. James échangea sa coupe vide contre une pleine auprès d'un serveur. Violet et Mme Ryland se détachèrent de la foule pour les rejoindre.

Une fois les invités rassemblés et silencieux, le gentleman se mit à parler. Il s'agissait visiblement d'un discours sur l'extraordinaire talent de Lazzari, à voir la façon dont l'orateur le désignait et le sourire modeste qu'arborait le sculpteur.

— Voulez-vous que je vous traduise ce qu'il dit ? lui proposa Violet en aparté.

— C'est intéressant ?

— Pas particulièrement.

— Dans ce cas, je resterai béat d'ignorance.

Elle se retint de rire et reporta son attention sur l'orateur, qui continuait à chanter les louanges de Lazzari.

Il l'avait fait rire, se dit-il, satisfait. Quoi qu'il ait pu se passer entre Lazzari et elle, il était prêt à parier que l'Italien ne savait pas la faire rire. Il était également possible que Lazzari ne soit pas *le* sculpteur. Et il était tout aussi possible que les rumeurs concernant Violet n'aient jamais rien reflété de réel. De fait, il n'y avait peut-être jamais eu aucun sculpteur. Aucun qui ait été son amant, en tout cas. James ne s'était-il pas déjà trompé au sujet du comte français ?

Cela n'avait pas grande importance, au fond. S'il voulait que Violet ferme les yeux sur son passé, il devait en faire autant de son côté. Si difficile que cela puisse être.

Après un discours qui lui parut interminable – et qui lui aurait peut-être semblé moins long s'il avait compris l'italien, mais il en doutait –, l'orateur adressa un signe à Lazzari. L'artiste s'avança et prononça quelques mots, sans doute pour dire qu'il était honoré d'avoir reçu cette commande et qu'il espérait que son œuvre serait à la hauteur de la confiance qu'on lui avait accordée. Puis, dans un grand geste théâtral, il dévoila son œuvre.

Des exclamations admiratives parcoururent la foule, qui applaudit chaleureusement.

James garda les yeux rivés sur la statue, pétrifié.

Marcus se racla la gorge.

— Oh, mon Dieu, murmura Mme Ryland.

— Seigneur, souffla Violet.

Sculptée dans le marbre blanc, la statue, deux fois plus grande qu'un être humain, représentait la déesse étendue sur une méridienne, en appui sur un coude. Un livre pendait au bout d'une de ses mains, un casque reposait à ses pieds. Ses cheveux retombaient sur ses épaules et serpentaient sur ses seins nus. La position légèrement croisée de ses jambes permettait de cacher ses parties les plus intimes. Elle reposait sur un lit de draperie sculptée. En dépit de ses connaissances artistiques limitées, James put constater que l'œuvre était remarquablement exécutée.

Le visage de la déesse était particulièrement ravissant. Mais comment aurait-il pu ne pas l'être ?

C'était le visage de Violet.

— Je comprends mieux ce qui vous rendait nerveuse, dit James en désignant la statue. Vous vous doutiez que la situation serait gênante.

— C'est tout de même inattendu.

Il lui lança un coup d'œil.

— Vous n'étiez pas au courant ?

— Je savais que c'était une possibilité, répondit-elle avec un air désinvolte. Enfin, quoi, James, il a bien fallu que je pose, pour cette statue.

22

— Il a bien fallu que vous fassiez *quoi* ?

Les yeux de James brillaient d'un éclat presque horrifié.

Ce fut plus fort qu'elle. Il suffit d'un coup d'œil à son visage pour que Violet éclate de rire.

— Cela n'a rien d'amusant, se récria-t-il, indigné.

— Allons, James, dit-elle en réprimant une nouvelle explosion de rire. C'est quand même un peu amusant.

— C'est vous ! gronda-t-il en la fusillant du regard.

— Pas entièrement, dit-elle en étudiant la statue.

Il agita la main en direction de la sculpture.

— C'est votre visage !

— Je suppose qu'il y a une certaine ressemblance.

— C'est bien plus qu'une simple ressemblance, déclara-t-il, son regard passant alternativement de Violet à la sculpture. Et le reste ? C'est vous aussi ?

Seigneur, il comparait vraiment sa silhouette à celle de la sculpture.

— Il a apporté quelques changements, dit-elle d'un air pensif. Disons des améliorations.

— Des améliorations ? éructa-t-il.

Elle désigna différents points de la silhouette de marbre.

— Là, au niveau de la poitrine. La sienne est un peu plus généreuse que la mienne. Les hanches, aussi. N'es-tu pas d'accord, Cléo ?

— Difficile à dire, répondit Cléo avec un haussement d'épaules.

— C'est aussi ce que je pense, fit Violet. Pour répondre à votre question, James, à savoir si le reste de la statue me représente ou pas, je ne peux pas me prononcer, ajouta-t-elle avec un sourire. Je ne sais vraiment pas.

— Comment pouvez-vous ne pas savoir si c'est vous ou non ? gronda-t-il.

Dieu que c'était drôle.

— Bonté divine, James. Je ne vous aurais jamais cru aussi guindé.

— Je pense qu'un certain degré de retenue s'impose, dit-il en désignant la statue. Il s'agit de ma femme !

— Immortalisée dans la pierre. Je crois que vous pouvez être fier.

— Fier ? s'exclama-t-il en haussant les sourcils. *Fier ?* Vous êtes nue !

— Non, James, je suis vêtue de façon tout à fait décente. C'est elle qui est nue, ajouta-t-elle en inclinant la tête vers la statue.

Il serra les dents.

— C'est un autre test, n'est-ce pas ?

Ce n'en était pas un, mais James n'avait pas besoin de le savoir. De fait, Violet avait été presque aussi surprise que lui de se retrouver face à son propre visage. Cela faisait déjà plusieurs années qu'elle avait posé pour Rinaldo. Bien qu'elle ait su la chose possible, le fait qu'il ait choisi de prêter ses traits à Minerve était à la fois inattendu et extrêmement flatteur.

— Pas nécessairement, lui répondit-elle en haussant les épaules.

— C'est vraiment un travail remarquable, dit Cléo.

— Cet homme possède un grand talent, ajouta Marcus, cherchant clairement à distraire son ami de son indignation. Toutefois, Minerve n'était-elle pas la déesse de la guerre ?

— Si, mais elle était aussi celle des arts, de l'industrie, du commerce et de la sagesse, glissa Pénélope en se joignant à eux. C'était une déesse extrêmement occupée.

— En effet, convint Marcus. On pourrait toutefois s'attendre à ce qu'une déesse de la guerre, et de tout le reste, soit représentée avec une épée et un bouclier, ainsi qu'avec des vêtements.

— Licence poétique, monsieur Davies. Je ne connais aucun artiste qui ne se permette pas certaines libertés, dit Pénélope. À moins, bien sûr, qu'il ne s'agisse d'un portrait, et même dans ce cas on attend toujours de l'artiste qu'il apporte quelques améliorations. Si on veut la vérité sans fard, autant se faire photographier.

— Puis-je faire remarquer que la plupart des statues classiques de guerriers masculins ou de dieux les représentent habituellement sans vêtements ? dit Cléo.

Pénélope se tourna vers Violet.

— Tu imagines ma surprise quand j'ai vu ton visage sur l'œuvre de Rinaldo !

— Elle a posé pour lui, grommela James.

— Bien sûr qu'elle a posé pour lui. Cela fait déjà un moment, si je me souviens bien. Pourquoi ne l'aurait-elle pas fait ? Rinaldo est très talentueux, et le fait qu'il ait choisi de prêter les traits de Violet à une déesse est un grand honneur. Enfin, milord, nous avons toutes posé pour lui !

Marcus adressa un regard interrogateur à Cléo. La jeune femme eut un sourire évasif.

Pénélope inclina la tête vers Minerve.

— De fait, je suis absolument certaine que ce sont mes pieds.

— Pourquoi vous ? demanda James à Violet.

Elle fronça les sourcils.

— Que voulez-vous dire ?

Pénélope pouffa.

— Hou ! Je constate que vous êtes vraiment réconciliés, tous les deux. Une vraie caricature de couple marié. Oh, s'exclama-t-elle soudain en prenant le bras de Cléo, regardez, ma chère, n'est-ce pas l'ambassadeur, là-bas ? Nous devrions aller le saluer. Venez, monsieur Davies, ajouta-t-elle à l'intention de Marcus.

— Quel ambassadeur ? demanda Marcus en suivant les deux femmes.

— Peu importe, c'est juste un prétexte, chuchota Pénélope tandis que le trio se frayait un chemin parmi la foule.

— Pourquoi a-t-il choisi de lui prêter *vos* traits ? demanda James à Violet en croisant les bras sur son torse.

— Pourquoi pas ? répondit-elle.

— Il me semble qu'un homme a envie d'immortaliser les traits d'une femme s'il a pour elle certains sentiments. S'il est intimement lié à elle.

Il était clair que James était persuadé que Rinaldo était son amant. Et il était tout aussi clair que cette idée le dérangeait.

— Vous êtes jaloux, dit-elle.

Il l'ignora.

— Vous êtes une femme mariée.

— Je crois que vous êtes très mal placé pour employer cet argument. Pourquoi pas mes traits ? ajouta-t-elle en plissant les yeux.

— Parce que je ne l'aime pas ! répliqua-t-il avant de pousser un soupir d'exaspération. En fait, si, elle me plaît. Elle est tout à fait remarquable. Ce qui ne me plaît pas, c'est que ce soit vous. Et peu importe que depuis le cou jusqu'aux pieds...

— J'aime l'idée d'avoir suscité l'inspiration.

— ... ce soit vous ou lady Fenton ou Mme Ryland ou Dieu sait combien d'autres modèles possibles, tous ceux qui verront cette statue penseront que c'est vous de la tête aux pieds !

— Peut-être.

Il avait raison, bien sûr. Non que cela soit important. Quand elle avait posé pour l'artiste, des mètres d'étoffe la drapaient à la façon d'une toge antique. Et la femme de Rinaldo était présente dans l'atelier.

— Je n'ai pas envie de vous partager, pas même sous la forme d'une statue de marbre, avec le monde entier.

Elle le dévisagea un moment, puis sourit.

— C'est plutôt gentil de votre part.

— Je ne dis pas cela pour être gentil, répliqua-t-il en raflant un amuse-bouche sur le plateau d'un serveur qui passait par là.

— C'était donc seulement l'expression de la jalousie ?

— Oui !

Il fourra le petit-four dans sa bouche, sans doute pour éviter d'en dire plus.

Elle scruta son regard.

— C'est vous qui m'avez demandé de laisser le passé derrière nous. Vous avez promis de ne pas me reprocher mes liaisons si je ne vous reprochais pas les vôtres.

— Oui, eh bien, la chose se révèle plus difficile que je ne l'imaginais, répliqua-t-il sèchement.

Elle eut envie de rire, profondément ravie. James avait vraiment des sentiments pour elle ! Des sentiments assez sérieux pour lui inspirer de la jalousie. Des sentiments qui n'avaient rien à voir avec son héritage. N'était-ce pas... merveilleux ?

— Venez, James, il y a ici toutes sortes de gens que j'aimerais vous présenter, dit-elle en prenant son bras. En tant qu'époux.

Il lui adressa un regard noir.

— Sans que ce soit gênant ?

Elle sourit.

— Oh, ce sera certainement très gênant. Mais je pense que vous ne le regretterez pas. Et puis, je serai bien obligée de vous présenter de cette façon-là, ces trois prochaines années.

— Et peut-être au-delà ? suggéra-t-il, un large sourire s'épanouissant sur son visage.

— Ne prenez pas cet air satisfait, James, dit-elle froidement. Vous n'avez rien gagné.

Il jeta un coup d'œil à la déesse, puis regarda les hanches de Violet.

— Je ne pense pas que vous ayez besoin de la moindre amélioration.

Et Violet ne put s'empêcher de trouver cela également merveilleux.

On n'aurait pas pu demander compagnon plus charmant et attentionné que James. Le mari parfait. Elle oubliait aisément sa colère envers lui. Elle avait même de plus en plus de mal à se souvenir qu'elle lui en voulait. À dire vrai, et Violet ne savait pas trop quand c'était arrivé ni comment, mais sa colère avait presque complètement disparu. Peut-être lui avait-elle pardonné. Il semblait si différent de l'homme qu'elle avait épousé six ans plus tôt ! Et pourtant, à certains moments, il redevenait exactement tel qu'il avait été.

Quand la réception approcha de sa fin, Violet et James empruntèrent un fiacre pour se rendre dans la maison de Rinaldo, située en périphérie de la ville. Cléo et Marcus déclinèrent l'invitation, préférant se retirer de bonne heure du fait du voyage qui les attendait le lendemain. Violet eut toutes les peines du monde à se retenir de rire face à leur air innocent. Visiblement, James ne savait toujours pas qu'ils étaient mariés.

La maison de Rinaldo se trouvait près d'un des derniers vestiges de l'ancien mur d'enceinte de la ville. La propriété appartenait à sa famille depuis plusieurs générations, et il avait transformé l'une des vastes dépendances en atelier d'artiste. À leur arrivée, la maison était déjà remplie à craquer d'amis et de parents.

— Il y a quelqu'un que je veux que vous rencontriez, dit Violet en balayant l'assemblée du regard. Je n'ai pas encore eu l'occasion de vous présenter.

— Un autre ami ? Un autre sculpteur, peut-être ? demanda James d'un ton innocent tandis qu'elle le guidait parmi la foule.

— Je devrais vous gifler pour avoir dit cela.

— Oh, le feriez-vous vraiment ?

Elle l'ignora. Elle venait de croiser le regard de l'amie qu'elle voulait lui présenter et qui lui faisait signe d'approcher.

— James, permettez-moi de vous présenter la *signora* Lazzari. Francesca, voici mon mari, lord Ellsworth.

— Ah, *il marito*.

Francesca était beaucoup plus petite que James, mais elle réussit quand même à embrasser James sur les deux joues avec autant d'enthousiasme que son mari un peu plus tôt. Et apparemment, James ne trouvait rien à redire à cette familiarité quand elle émanait d'une charmante Italienne.

— Bienvenue dans ma demeure, milord.

— C'est votre maison ? demanda James.

— *Sì*. Et celle du reste de ma famille, bien sûr, répondit Francesca. Je suis navrée de ne pas vous avoir croisé, tout à l'heure. Je suis partie tout de suite après le dévoilement de Minerve. Comme vous pouvez le constater, j'avais fort à faire ici, ajouta-t-elle en regardant autour d'elle. Est-ce qu'il a rencontré Rinaldo, Violetta ?

— Oui, c'est fait, répondit Violet.

— Le *signore* Lazzari est donc votre mari ? demanda James.

— Tout à fait, répondit Francesca en posant un regard rempli de fierté sur Rinaldo, engagé dans une conversation animée à l'autre bout de la pièce. C'est bien plus pratique comme ça, pour les enfants, vous comprenez ?

James hocha la tête.

— Ils en ont..., commença Violet en regardant son amie. Vous avez toujours cinq enfants, n'est-ce pas ?

— *Sì*, répondit Francesca d'une voix ferme. Et nous allons nous arrêter là.

— Francesca et moi avons fréquenté la même école en Angleterre, mais elle avait quelques années de plus que moi et nous ne nous connaissions pas, à l'époque. Nous nous sommes retrouvées au cours de mon premier séjour à Florence, dit Violet en souriant.

— Et nous sommes amies depuis ce moment, dit Francesca en parcourant l'assemblée du regard. Violetta vient souvent ici. Nous la considérons comme notre cousine anglaise et nous fêtons ses visites avec de la nourriture, du vin et de la musique.

La première fois que Violet était venue chez Francesca et Rinaldo, elle s'était sentie presque submergée par leur accueil, surtout en comparaison de celui que lui faisait sa propre famille, toujours d'une réserve très anglaise. Même dans son enfance, Violet n'avait connu que des réunions de famille tout en retenue et en dignité, auxquelles on était obligé d'assister. Alors qu'elle était prête à parier que toutes les personnes présentes ce soir chez les Lazzari étaient là parce qu'elles avaient envie d'y être. La joie qu'elle éprouvait en présence de cette famille et de ses amis réchauffait son âme. Elle ne partait jamais sans assurer qu'elle reviendrait et elle était toujours sincère quand elle faisait cette promesse.

Francesca aperçut quelque chose qui lui fit froncer les sourcils.

— *Mannaggia*, jura-t-elle en levant l'index. *Un momento. Scusami*, ajouta-t-elle avant d'aller s'occuper d'une crise qui s'était soudain présentée – chose qui survenait assez fréquemment, selon l'expérience de Violet.

Quelqu'un qui passait par là s'arrêta assez longtemps pour leur offrir un verre de vin à chacun. James ne se fit pas prier pour accepter et but aussitôt la moitié de son verre.

Violet se retint de rire.

— Ce n'est pas ce à quoi vous vous attendiez, n'est-ce pas ?

— Pas exactement, répondit-il en souriant. La femme de Lazzari est donc une de vos amies ? demanda-t-il d'un ton désinvolte.

— Absolument.

Violet prit à son tour une gorgée de vin rouge qui lui rappela des journées ensoleillées, le souffle d'une brise tiède et des nuits remplies d'étoiles.

— Une bonne amie, apparemment.

— Une très bonne amie, oui, répondit-elle avant de décider qu'il était peut-être temps de mettre un terme au supplice de James. Apprenez, à ce sujet, qu'il ne me viendrait jamais à l'idée d'avoir une aventure avec le mari d'une amie. Pas plus qu'avec le mari de quiconque, d'ailleurs.

— Je sais. Ou plutôt, j'aurais dû le savoir. Je me suis imaginé que vous vous étiez comportée de façon aussi... peu honorable que moi autrefois, dit-il avant de pousser un long soupir. Quand on se soucie seulement de ses propres désirs, on a tendance à ignorer certaines choses comme les responsabilités et les regrets. La culpabilité, aussi.

Violet ne sut que dire. Elle ne s'était pas attendue à une confession de ce genre. D'autant que ce n'était ni le moment ni le lieu. Elle n'était pas non plus certaine de comprendre ce qu'elle signifiait. Mais c'était très intrigant.

James prit une nouvelle gorgée de vin.

— Vous faites pratiquement partie de leur famille, n'est-ce pas ?

— Oui, et j'en suis très fière. Ces gens sont francs, accueillants et très gentils. Ils ne se soucient ni des convenances, ni de la situation, ni…

— Ni des titres et de la fortune, termina James à sa place tandis qu'il considérait l'assemblée. Ils sont très libres d'esprit, n'est-ce pas ? Heureux aussi, semble-t-il. Et ils ne se soucient pas de laisser voir leur bonheur.

— Chaque fois que je viens, je ne peux pas m'empêcher de comparer ma famille avec celle-ci. Pouvez-vous imaginer ma mère ici ? ajouta-t-elle avec un ricanement. Ou ma sœur ?

— Avant ce soir, je ne vous aurais jamais imaginée ici.

— Oh ?

— Ma foi, tout le monde s'amuse beaucoup.

— Moi aussi, je sais m'amuser, protesta-t-elle. Je m'amuse souvent énormément.

— Au temps pour moi. La Violet que je connaissais il y a six ans aurait été très mal à l'aise à l'idée de s'amuser. Alors que *Violetta* est ici comme un poisson dans l'eau.

— L'un des bénéfices de plusieurs années passées à voyager, James, commenta-t-elle en prenant une gorgée de vin. J'ai rencontré des gens incroyablement charmants dans des endroits fascinants. On s'ouvre à de nouvelles expériences quand on parcourt le monde, et en le faisant on se découvre soi-même. On en est parfois gêné, mais ce n'est pas nécessairement une mauvaise chose. C'est simplement... différent.

— Ce n'est pas notre monde, Violet, déclara James pensivement tandis qu'il observait la foule bigarrée des invités.

— Attention, James. Vous redevenez philosophe, dit-elle en sirotant une gorgée de vin. Figurez-vous que ce n'était pas le monde de Francesca non plus. Elle s'est retrouvée orpheline à un âge tendre, unique enfant de parents issus d'importantes familles florentines. On l'a envoyée étudier en Angleterre tandis que la fortune de sa famille et son avenir étaient placés entre les mains d'un tuteur indélicat. À la fin de ses études, quand elle a regagné Florence, le tuteur a prétendu que la fortune laissée par ses parents avait été dépensée pour son éducation et qu'il ne restait plus rien.

James fit la grimace.

— Heureusement, ses parents avaient des amis, en particulier un couple qui l'a prise sous son aile et qui lui a apporté un foyer. Ils doivent être ici ce soir, ajouta-t-elle en regardant autour d'elle. L'homme est marchand d'art, et comme Francesca parle plusieurs langues elle s'est révélée utile pour ses affaires avec des clients étrangers. C'est par son intermédiaire qu'elle a connu Rinaldo.

— Avec qui elle s'est mariée et a eu beaucoup d'enfants, glissa James en souriant.

— Lord Ellsworth, dit Francesca en apparaissant près d'eux, je serais la plus épouvantable des maîtresses de maison si je ne vous présentais pas le reste de la famille de Violetta.

— J'en serais honoré, fit James en lui offrant son bras. Et je vous en prie, appelez-moi James.

— Oh, je ne pourrais jamais vous appeler James, milord. On m'a enseigné que ce serait hautement inconvenant. Toutefois, James se dit Giacomo dans mon pays.

— Giacomo me convient, répondit-il avant de se pencher vers Violet pour lui parler à voix basse : Le prénom de Casanova n'était-il pas Giacomo ?

— Oui, mais comme Shakespeare l'a lui-même souligné, répondit-elle avec un sourire innocent, « Qu'est-ce donc qu'un nom[1] ? ».

James réprima un éclat de rire, puis reporta son attention sur leur hôtesse. Tous deux firent le tour de la pièce, esquissant à peine quelques pas entre chaque présentation.

Violet, qui avait commencé par les suivre, croisa plusieurs personnes qu'elle connaissait déjà, chacune la saluant comme si elle faisait vraiment partie de la famille. Elle vit de loin Francesca présenter James à sa belle-mère, qui l'incita aussitôt à danser. Un bref éclair d'appréhension passa dans les yeux de James, mais il n'hésita qu'un court instant et Violet se sentit très fière de lui. Cette pensée la frappa subitement. *Mon Dieu, je suis fière de lui.*

Dès qu'elle en eut l'occasion, Violet s'extirpa du flot des invités pour prendre un peu de recul. Une bonne centaine de personnes remplissaient la maison, se répandaient dans la loggia et se déversaient dans le jardin. Des enfants couraient en tous sens, riant, s'interpellant à tue-tête et faisant tout ce que font les enfants quand les adultes ne prêtent pas attention à eux. D'innombrables plats de nourriture couvraient les tables, le vin coulait à flots, la musique et les rires emplissaient l'atmosphère et, des plus jeunes aux plus vieux, tout le monde dansait.

L'ambiance était bien différente des salles de bal de Mayfair.

— Vous êtes heureuse, ma chère amie.

---

1. « What's in a name ? », *Roméo et Juliette*, acte II, scène 2.

Rinaldo l'avait rejointe. Il remplit son verre.

— Je n'ai jamais été spécialement malheureuse, répondit-elle en lui jetant un coup d'œil. Alors oui, je suppose que je le suis.

— Non, vous êtes différente cette année, Violetta. Il y a quelque chose de changé en vous. Une raison à votre bonheur, peut-être ? demanda Rinaldo en penchant la tête vers James, qui dansait maintenant avec l'une des tantes du sculpteur.

— James ? Non, dit-elle, son regard s'attardant sur son mari. Enfin, c'est possible, je suppose. Mais non, sûrement pas.

Il eut un haussement de sourcils sceptique.

— Peut-être, concéda-t-elle. Oh, je ne sais pas. Dès que je crois savoir ce que je ressens pour lui, il suffit d'une minute pour que je ne sache plus du tout où j'en suis.

— Ah, la confusion est un signe certain.

Elle éclata de rire.

— Un signe certain de quoi ?

Rinaldo sourit et observa James d'un air pensif.

— Il a le visage d'un homme amoureux.

— Vous trouvez ?

Son réflexe immédiat fut de nier, mais elle se rendit soudain compte que ce n'était pas ce qu'elle voulait vraiment. Elle voulait que James soit amoureux d'elle. Car après tout, quoi qu'elle puisse prétendre, elle était amoureuse de lui.

— Allons, Violetta, dit Rinaldo en secouant la tête. L'amour est un grand bonheur. Un des nombreux bonheurs que nous devons fêter ce soir.

Et, sans autre forme de procès, il l'entraîna, riant aux éclats, parmi le tourbillon des danseurs.

Violet passa d'un partenaire à l'autre alors qu'elle ignorait les pas de la plupart des danses et que la définition de « partenaire » était franchement floue ici, mais cela n'avait aucune importance. Elle s'était toujours beaucoup amusée chez les Lazzari, mais ce soir c'était différent. Ce sòir, James était là aussi.

Elle s'efforça de faire comme si Rinaldo n'avait pas dit que James était amoureux d'elle. Si c'était vrai, cela voulait dire qu'elle était autre chose à ses yeux que le moyen d'entrer en possession de son héritage. Certes, il s'était montré merveilleux ces derniers mois, mais il avait besoin qu'elle accepte les termes du testament. Elle s'était faite à l'idée de passer trois ans d'entente cordiale, peut-être même amicale, avec lui. Mais avant même qu'ils aient quitté l'Angleterre, avant même qu'elle ait appris la vérité sur leur premier baiser, les choses n'avaient-elles pas déjà changé ? Évolué ? N'étaient-ils pas déjà en train de s'orienter vers... quoi ? Un avenir commun ? Le bonheur éternel ? Violet n'était pas sûre d'avoir vraiment envie de le savoir. Elle mit résolument de côté ses sentiments pour James et profita de la fête. Après tout, savait-elle seulement quand elle reviendrait ici ?

Finalement, elle se retrouva dans les bras de son mari.

— Vous vous amusez comme une folle, fit-il en souriant. Je ne crois pas vous avoir jamais vue aussi insouciante.

— Il y a deux mois, cela faisait six ans que vous ne m'aviez pas vue. Figurez-vous que je suis souvent insouciante, déclara-t-elle avec un petit sourire satisfait. Et enjouée, aussi.

— Toutes mes excuses, lady Ellsworth. Je ne cherchais pas à sous-entendre que vous étiez sombre et sérieuse.

— Excuses acceptées, milord, répondit-elle d'un ton hautain avant de sourire. C'est vrai, je m'amuse comme une folle. Et vous ?

— Je ne me souviens pas de la dernière fois que j'ai passé une aussi bonne soirée. Mis à part le fait que je ne comprends rien de ce que disent les gens, bien sûr.

— Ne rien comprendre ajoute du piquant à l'aventure, James.

— Je suppose, oui. Je me pose toutefois des questions sur une expression que je n'arrête pas d'entendre, ajouta-t-il.

— Laquelle ?

— Chaque fois qu'on me présente à quelqu'un, la personne commente d'un air entendu : « Ah, *il marito*. » Je me suis dit que cela devait se traduire par : « Ah, cet Anglais est vraiment beau et séduisant, Violetta a bien de la chance. »

Violet éclata de rire.

— Mais j'imagine que ce n'est pas entièrement exact.

— Pas entièrement, confirma-t-elle en souriant. *Il marito* signifie « le mari ».

— Ah, tout s'explique !

— Je suspecte certains d'entre eux d'avoir douté de la réelle existence de mon mari. De m'avoir soupçonnée de dire que j'étais mariée pour décourager d'éventuels prétendants.

— Y en a-t-il eu beaucoup, de ces éventuels prétendants ? demanda-t-il d'un ton faussement détaché qui ne parvint pas à convaincre Violet.

— Des dizaines, répondit-elle, mutine. Trop pour que je puisse tous les mentionner.

— Je me suis trompé au sujet du comte français et du sculpteur italien, dit-il en plongeant son regard au fond de ses yeux, soudain très sérieux. Est-ce que je me trompe aussi au sujet du poète grec ?

— Voyons, James, fit-elle avec un petit rire un peu forcé. Vous ne vous attendez quand même pas à ce que je vous révèle tous mes secrets, n'est-ce pas ?

— Non, bien sûr que non. Ce ne serait pas drôle, dit-il en l'attirant plus près de lui. Je préfère vous charmer pour que vous me les confiiez.

Elle rit de nouveau, et il remua les sourcils.
— Je constate que mon charme opère déjà.
— Vous êtes un charmeur-né.
— Je sais, répondit-il en lui décochant ce sourire malicieux dont il avait le secret, et Violet sentit quelque chose se mettre à palpiter au creux de son ventre.
— Ce que vous pouvez être arrogant, James.
— C'est vrai.
Violet secoua la tête d'un air faussement consterné, mais sourit néanmoins. Le cas de James était désespéré. Et il était irrésistible. Alors pourquoi s'obstinait-elle à lui résister ?
Elle n'avait pas la moindre idée de ce qui avait pu lui inspirer cette question et choisit résolument de l'ignorer.
— Vous avez dit tout à l'heure que ce n'était pas notre monde, dit-elle en promenant son regard alentour. Et vous avez raison, bien sûr. Mais c'est un monde merveilleux à visiter.
— Et une seule visite ne suffit jamais, fit-il en la regardant dans les yeux. C'est pourquoi je propose que nous laissions Violet et James derrière nous. Ce soir, nous serons Violetta et Giacomo.
— Oh, Giacomo, répondit-elle avec un grand sourire, vous dites les choses les plus merveilleuses.
Ils rirent et dansèrent, mangèrent, burent et fêtèrent le succès de Rinaldo jusqu'aux petites heures du jour avant de regagner à regret la maison de Pénélope. Les étoiles scintillaient au-dessus de leurs têtes. Des lampes projetaient des flaques de lumière sur le pavé des rues. De nuit, Florence était encore plus magique que de jour.
— Dormirez-vous sur le canapé, ce soir ? s'enquit Violet avec détachement, une fois qu'ils furent dans leur chambre.
— Non, et vous ?

— J'ai essayé la nuit dernière, répondit-elle d'un ton léger. Je n'ai pas du tout apprécié l'expérience.

— Cela peut se comprendre. Je pense que ce meuble n'était pas destiné à faire office de canapé à l'origine, mais qu'il a plutôt été conçu comme un instrument de torture à l'époque de la Renaissance, sans doute par les Médicis. Faudra-t-il que je sorte les coussins ?

Elle hésita, mais il n'était pas question qu'elle partage un lit avec lui sans mettre une barrière entre eux, si symbolique soit-elle. Même si elle n'était pas sûre de vraiment le vouloir. Elle hocha la tête.

— Oui. Bien sûr. Absolument.

Il la gratifia de son sourire malicieux, un sourire qui disait qu'il savait exactement à quoi elle pensait à cet instant précis.

— Très bien.

— Je vais me changer dans la salle d'eau, dit-elle en attrapant ses vêtements de nuit avant de se diriger vers la porte. Ce sera plus simple, je pense. Moins...

— Gênant ? suggéra-t-il d'un ton badin.

Elle sourit et quitta la chambre comme si elle se sauvait. Qu'est-ce qui clochait donc chez elle ? Ils venaient de passer une délicieuse soirée. D'aucuns auraient même pu la qualifier de romantique. Mais si elle était disposée à partager son lit pour des raisons pratiques, elle n'était pas prête à coucher avec lui au sens intime du terme. Et il faudrait bien plus qu'une merveilleuse soirée pour qu'elle accepte de se laisser séduire.

Ou pour qu'elle le séduise ?

La pensée surgit dans sa tête sans prévenir et refusa d'en partir. Elle s'efforça de l'ignorer, mais finit par la trouver moins fantaisiste qu'elle ne l'avait d'abord pensé. Elle était tout à fait capable de le séduire, si elle en avait envie. James ne se ferait certainement pas prier. Le fait qu'elle n'arrive pas à chasser cette idée de son esprit était à la fois agaçant et étrangement intrigant.

Lorsqu'elle retourna dans la chambre, l'idée persista à la tarauder. James était au lit, apparemment déjà endormi, la muraille de coussins bien en place. En était-elle soulagée ou déçue ? Elle n'aurait su le dire. Si. Elle en était soulagée. En faisant l'amour avec James, elle aurait franchi une ligne qu'elle ne se sentait pas prête à traverser.

Elle resta longtemps étendue dans le lit, à l'écouter respirer. À se demander s'il rêvait, et s'il rêvait d'elle. À résister à l'envie de tendre la main et de le toucher. À ignorer le douloureux besoin qu'elle avait senti frémir sous sa peau chaque fois que la main de James avait effleuré la sienne ou qu'il l'avait prise dans ses bras pour danser. Ou quand ils partageaient le même lit.

Seigneur. Mais que lui arrivait-il donc ?

Comment dormir quand des dizaines de questions se bousculaient dans sa tête, exigeant d'elle des réponses qu'elle n'avait pas ?

Avait-elle laissé le passé derrière eux ? En était-elle capable ? Elle avait été légitimement en colère quand il lui avait avoué la vérité au sujet de leur baiser mal inspiré. Mais, à bien y réfléchir, il n'avait menti qu'une fois. Et avait simplement omis de rectifier ce mensonge pendant six ans.

Que voulait-elle ? L'amour qu'elle ressentait pour lui était-il suffisant ? Et, plus important encore, pouvait-elle lui faire confiance ? Lui confier son avenir ? Lui confier son cœur ?

Avait-elle le courage de prendre un tel risque ?

23

Si le trajet de Paris à Florence avait paru éprouvant à James, il en vint à le trouver presque agréable comparé au voyage en Grèce. Depuis Florence, il leur fallut vingt-quatre heures et trois trains différents pour atteindre Brindisi, sur la côte Adriatique de l'Italie. Il trouva le voyage en train moins pénible, vu qu'il n'y avait pas d'Alpes à traverser et que les montagnes restaient à distance. Il ne se joignit pourtant aux autres qu'occasionnellement, préférant rester seul dans la cabine qu'il était forcé de partager avec Marcus. Un Marcus qui n'était pas spécialement ravi non plus de cet arrangement. Violet semblait étrangement préoccupée chaque fois qu'il s'aventurait hors de sa cabine, et Marcus passait la plupart du temps ailleurs avec Mme Ryland. Si cette femme était aussi importante pour Marcus, et il devenait douloureusement évident qu'elle l'était, James allait devoir faire un effort pour se montrer aussi cordial que possible avec elle. Peut-être même faudrait-il qu'il cultive son amitié.

Son estomac avait presque retrouvé son état habituel quand ils s'embarquèrent sur un bateau de nuit à Brindisi. Heureusement, James hérita cette fois d'une cabine individuelle, et il était pourvu d'une bonne réserve de somnifères. Mieux encore, le périple jusqu'à Florence lui avait enseigné la juste dose à ingérer ; il n'avait pas envie de dormir pendant leur première soirée à Athènes. Toutefois, avant d'atteindre le Pirée, le port d'Athènes, il adressa de nombreuses promesses au Tout-Puissant, qu'il s'agisse d'assister régulièrement à la messe ou d'éviter le moindre péché. Il semblait cependant s'être quelque peu accoutumé au tangage du bateau, car il arriva en Grèce en bien meilleure forme qu'il ne s'y était attendu. Quoi qu'il en soit, songea-t-il, il refuserait catégoriquement d'embarquer sur quoi que ce soit d'autre qu'un ferry quand il aurait à retraverser la Manche.

— Marcus m'a dit que vous aviez de nouveau mangé quelque chose qui ne vous avait pas réussi, déclara Violet une fois que le petit groupe eut retrouvé la terre ferme.

Elle paraissait sincèrement inquiète, et James se dit que le supplice qu'il venait de vivre n'avait pas été vain.

Elle soutint qu'il était bien plus commode et moins onéreux de louer une voiture pour rejoindre Athènes plutôt que de prendre le train, et James se garda bien de la contredire. Pourquoi narguer le destin alors qu'il se sentait presque dans son état normal ? Il se rendait bien compte qu'il finirait par être obligé d'avouer ses problèmes avec les longs trajets en train ou les traversées sur l'eau, mais il préférait repousser cette confession aussi longtemps que possible. Ridicule fierté masculine, sans doute. Mais quel homme a envie de passer pour faible aux yeux de la femme qu'il aime ?

Car il l'aimait. De plus en plus au fil des jours, de leurs conversations et de leurs aventures. Violet se révélait douce et généreuse, vive et drôle. Dormir à ses côtés, seulement séparé d'elle par un rempart de coussins, était assurément une nouvelle forme d'enfer. Cette femme lui infligeait une souffrance qui allait bien au-delà du simple désir.

Il avait fait semblant de dormir quand elle était revenue dans la chambre, à Florence. Il avait estimé que c'était ce qu'il avait de mieux à faire. Car il avait senti qu'elle recommençait à l'apprécier – peut-être même à lui faire confiance –, et il ne voulait pas précipiter les choses. Une petite frustration était un faible prix à payer si elle leur garantissait un avenir commun. Certes, ce prix lui avait semblé beaucoup trop élevé quand il s'était trouvé étendu dans le lit à quelques centimètres d'elle. Mais gagner la confiance de Violet ainsi que son cœur exigeait de la patience. Dût-il en mourir.

Le trajet jusqu'à Athènes se fit sans encombre et se révéla sans grand intérêt. À mi-chemin de la ville, ils firent halte dans une taverne pour se dégourdir les jambes. Violet l'incita à goûter des spécialités locales, la seule façon de s'habituer à la nourriture d'un pays étranger consistant selon elle à l'essayer. Que le conseil fût ou non judicieux, il mangea un peu de *loukoumia* – semblable au loukoum turc – et sirota une boisson anisée appelée *mastika*. Il n'aurait pas su dire s'il aimait cela ou non, mais il ne faisait aucun doute que c'était extrêmement fort. Violet et Mme Ryland en burent pourtant sans la moindre hésitation. James se demanda s'il devait en être fier ou horrifié.

Enfin, ils approchèrent d'Athènes. James ne savait pas trop à quoi il s'était attendu. À un paysage jonché de ruines antiques, sans doute. On apercevait des montagnes au loin et quelques collines ici et là, mais Athènes était située dans une plaine. Le décor était vert et luxuriant. Il ne le trouva pas particulièrement saisissant – des vignes et des oliveraies, surtout –, jusqu'à ce qu'ils franchissent une colline qui leur avait jusqu'alors bloqué la vue et découvrent soudain un temple antique perché sur une petite butte. Derrière celle-ci, au sommet d'un autre coteau, se trouvait l'Acropole. Quel que soit le nombre de peintures ou de photographies qu'on ait pu en voir, rien ne pouvait préparer à la pure majesté de l'antique citadelle.

— Vous êtes impressionné, n'est-ce pas ? demanda Violet avec un petit sourire satisfait.

— C'est à couper le souffle. Et puis, vous auriez été déçue si j'avais dit non.

— Plus que déçue, même, répondit-elle en désignant le sanctuaire. C'est le temple de Thésée. Il a servi d'église pendant plusieurs siècles, ce qui explique qu'il soit si bien préservé. Thésée était un roi légendaire d'Athènes et un grand héros. On prétend qu'il est enterré ici.

— Avez-vous appris tout cela à l'école ?

— J'aimerais répondre que oui et faire remarquer que vous pourriez savoir tout cela si vous aviez écouté en classe, mais ce n'est malheureusement pas le cas.

Elle haussa les épaules et reporta son regard sur l'Acropole.

— Tout ce que je sais à propos de ces endroits, je l'ai appris parce que j'ai eu la chance de les voir en vrai. Et cela m'a donné envie d'en connaître davantage à leur sujet.

— Un phénomène apparemment contagieux, dit-il en hochant la tête. Dites-m'en plus.

— Oh, parfait, répondit-elle en souriant. J'adore vous parler de choses que vous ne connaissez pas.

Il rit. Violet le taquinait, à présent. C'était très bon signe.

— On dit d'Athènes qu'elle est le berceau de la civilisation occidentale, commença-t-elle. Le Parthénon est peut-être le plus connu des...

Quand ils atteignirent l'hôtel, James savait tout de l'Acropole, du Parthénon et des principaux sites d'Athènes. Certes, son esprit s'était parfois désintéressé de ce que racontait Violet pour se concentrer sur la façon dont le soleil tirait des reflets d'or des mèches de cheveux qui s'étaient échappées de son chapeau. Ou sur la manière dont ses yeux verts étincelaient de passion pour ce qu'elle expliquait – il s'était demandé à quoi ses yeux ressembleraient quand ils seraient habités par une passion d'un autre genre – ou encore celle dont elle se mordillait la lèvre lorsqu'elle réfléchissait – il s'était alors souvenu de la délicieuse sensation de ses lèvres pressées contre les siennes.

Mme Ryland avait télégraphié pour retenir des chambres au Grand Hôtel d'Angleterre. Ils venaient à peine de remplir leur fiche à la réception que Violet fut accueillie avec un enthousiasme débridé par un petit groupe de connaissances qui parlaient anglais, des dames jacassières et des messieurs trop empressés. Tous s'extasiaient de son retour à Athènes, persuadés que « le grand poète était avec eux en esprit » et trouvant tout cela merveilleusement excitant. James ne voyait pas ce qu'il y avait d'excitant et n'y comprenait rien, mais peu lui importait. Il se détacha du petit groupe et s'éclipsa discrètement dans leurs appartements. Violet et lui disposaient d'une suite au dernier étage, avec vue sur l'Acropole. Heureusement, il n'y avait qu'une chambre. Malheureusement, il y avait aussi un canapé relativement confortable.

Violet le rejoignit une demi-heure plus tard, les yeux brillants.

— Où diable étiez-vous passé, James ? Vous étiez là, et l'instant d'après vous aviez disparu. Je n'ai pas pu vous présenter. Oh, ma foi, tant pis, vous ferez connaissance avec tout le monde plus tard, dit-elle en s'arrêtant devant la porte-fenêtre ouverte du balcon. Quelle vue splendide, vous ne trouvez pas ?

James cala son épaule dans l'embrasure de la porte et croisa les bras sur son torse.

— On a l'impression d'être directement méprisé par les dieux de l'Olympe.

— Seriez-vous d'humeur sarcastique, James ? demanda-t-elle en haussant les sourcils.

— Pas du tout, répondit-il. Simple observation.

— Rien de tel que de contempler l'un des sites antiques les plus remarquables au monde pour se souvenir de ce qu'a accompli l'humanité.

Elle ôta son chapeau et ses gants, qu'elle posa sur une chaise.

— Qui étaient ces personnes, dans le hall ?

Il n'était pas certain d'apprécier sa réponse, mais ces gens avaient sans doute quelque chose à voir avec la raison de leur présence à Athènes.

— Voyons voir... Il y avait lady Knowles et Mme Hartley, qui sont originaires du Kent, dit-elle tandis que son regard parcourait la pièce. Les femmes de chambre ont-elles défait les bagages ?

Il hocha la tête.

— Et comment vous sentez-vous ?

— Plutôt bien, je vous remercie.

Sa nausée résiduelle avait disparu. Il se sentait d'attaque pour ce que Violet et Athènes lui réservaient.

— Tant mieux, dit-elle avec un sourire.

Elle entra dans la chambre, s'arrêta devant l'armoire, dont elle ouvrit les portes, et reprit son énumération.

— Mme Baldwin et sa sœur, Mlle Thorpe, étaient là également. Elles sont de quelque part dans le Derby, si je me souviens bien. Il y avait aussi M. Metcalf, M. Irvine et M. Baines, qui sont tous professeurs dans un internat, je ne sais plus où. Qui d'autre y avait-il encore ? Ah, oui, il y avait...

— Permettez-moi de reformuler ma question, dit-il en adoptant un ton plaisant. Je ne me soucie pas de savoir qui sont ces personnes individuellement. J'aimerais savoir qui elles sont en tant que groupe. Je suppose, du moins, qu'elles forment un groupe.

— D'une certaine façon, oui, répondit-elle en fouillant dans l'armoire.

— Que font-elles à Athènes, au juste ? demanda-t-il en se reprochant intérieurement de ne pas avoir posé cette question plus tôt. Nous étions à Paris pour une fête d'anniversaire, à Florence pour le dévoilement d'une statue, et je suppose que nous sommes à Athènes pour une raison particulière.

— Tout à fait.

Elle tira de l'armoire une paire de robustes chaussures de marche passablement usées, ainsi qu'un chapeau bien plus simple que celui qu'elle venait de retirer, et revint au salon.

— Je craignais de les avoir oubliées, déclara-t-elle avec un sourire de triomphe en s'asseyant sur le canapé. Je n'étais pas sûre d'aller jusqu'en Grèce en quittant Londres.

— Ces chaussures sont peut-être les plus laides que j'aie jamais vues.

— N'est-ce pas ? Elles sont aussi pratiques et confortables, et je les soupçonne d'être également indestructibles. Elles m'ont accompagnée dans plus d'une aventure. Je les adore, dit-elle en ôtant l'une des courtes bottines qu'elle avait aux pieds.

James découvrit que la vision fugitive d'une cheville gainée d'un bas de soie avait le pouvoir de susciter toutes sortes d'images émoustillantes. Il se voyait déjà faire glisser sa main sur toute la longueur de sa jambe, dénouer ses jarretières et...

— Cessez cela, James, dit-elle d'une voix suave.

— Cesser quoi ? demanda-t-il en écarquillant les yeux d'un air innocent.

— D'entretenir ce genre de pensée.

— Ce n'est pas aussi simple qu'il n'y paraît, murmura-t-il en soupirant. Bref, pour en revenir à ma question d'origine, pourquoi sommes-nous ici ?

— Vous souvenez-vous que j'écrivais autrefois de la poésie ?

Elle enfila l'une des chaussures. Apparemment, il n'y avait rien de tel qu'une cheville joliment tournée emprisonnée dans une vilaine chaussure pour réprimer le désir d'un homme.

— Vaguement, car je ne crois pas que vous m'ayez jamais laissé lire vos poèmes.

— Oui, eh bien, il y avait une raison à cela. Mes poèmes étaient affreusement mauvais, avoua-t-elle en faisant la grimace. Je me prenais pour une sorte de lord Byron.

Ce fut au tour de James de grimacer. Il n'avait jamais apprécié Byron.

— Il y a quelques années, je me trouvais à Vienne quand quelqu'un que j'avais rencontré je ne sais où a mentionné une société d'admirateurs de la vie et de l'œuvre de lord Byron. Lorsque j'ai appris que ladite société se réunissait chaque année à Athènes, je me suis dit qu'il fallait que je m'y rende, évidemment, conclut-elle en enfilant la seconde chaussure, qu'elle laça.

— Cela ne m'apparaît pas si évident que cela, dit-il en plissant le front. Cette société ne devrait-elle pas plutôt se réunir en Angleterre ?

— Lord Byron est mort en Grèce, pendant la guerre d'Indépendance. C'est un héros national ici, répondit-elle, un éclair indigné passant dans son regard. Je suis choquée que vous ne sachiez pas cela.

— Bien sûr que je le savais.

Ce fait n'éveillait en réalité qu'un très vague écho dans sa mémoire.

— Il y a trois ans, je crois, Cléo et moi avons donc décidé de rejoindre cette société, et désormais nous venons ici chaque année.

— Pour parler de lord Byron ?

— Oui, entre autres. Nous échangeons sur sa vie, les lieux qu'il a visités et les aventures qu'il a connues.

— Toutes plus scandaleuses les unes que les autres, j'imagine. Si je me souviens bien, son inhumation à Westminster Abbey a été refusée à cause de son comportement dissolu, non ?

— Une affreuse erreur judiciaire. C'était un homme brillant, l'un des plus grands poètes d'Angleterre, répliqua-t-elle avec un froncement de sourcils outré. Il aurait dû avoir sa place à Westminster auprès de Chaucer, de Sheridan et de Dickens. Il devrait au moins y avoir une sorte de mémorial dans l'abbaye, comme pour Shakespeare, Milton et Jane Austen.

— C'est vraiment dommage quand le passé d'un homme – la somme de ses terribles décisions et de ses effroyables erreurs – lui est reproché au-delà de sa mort, dit-il en souriant.

— Oui, la mort empêche définitivement toute possibilité de s'amender, répondit-elle en soutenant son regard. Heureusement, maintenant que vous vous sentez mieux, vous aurez le temps de le faire. Qui sait ? Si lord Byron avait vécu plus longtemps, peut-être aurait-il manifesté des remords, lui aussi.

— C'est tout à fait possible.

Même si, d'après ce qu'il se souvenait de la vie de Byron, le remords n'avait jamais vraiment semblé faire partie de sa nature.

— Discuter de sa vie n'est en vérité qu'un des aspects mineurs de nos réunions. J'ai toujours eu la nette impression qu'en dépit de l'admiration que les membres de la société ont pour son œuvre, l'inconvenance de sa vie met certains d'entre eux... disons, mal à l'aise.

— Incroyable.

James eut toutes les peines du monde à ne pas éclater de rire. Les membres de la société qu'il avait vus bavarder avec Violet dans le hall lui avaient paru susceptibles de s'indigner si quelqu'un se trompait de fourchette au dîner. Ils ne devaient donc pas voir d'un très bon œil la vie tapageuse qu'avait menée lord Byron.

— Nous donnons aussi des lectures de son œuvre, plusieurs chaque jour. Parfois à l'hôtel, mais souvent dans des ruines locales, au temple de Zeus ou sur l'Agora. Entendre réciter *Vierge d'Athènes* ou *Le Chant du poète grec* sur les vestiges de la Grèce antique provoque une émotion que vous ne pouvez imaginer. La première lecture se tiendra demain, dans les ruines de la bibliothèque d'Hadrien. Ce sera très exaltant, dit-elle en se levant. Plusieurs membres écrivent aussi de la poésie, dans le style de lord Byron. Une sorte d'hommage, si vous voulez, ajouta-t-elle avant de rester pensive un instant. Je reconnais que leurs vers sont pour la plupart épouvantables.

James grimaça pour cacher son sourire.

— En écrivez-vous également ?

— Non. Enfin, plus maintenant. J'ai renoncé à écrire de mauvais vers depuis un bon moment.

Elle ramassa son chapeau et s'approcha du miroir mural.

— La lecture des poèmes originaux se tient toujours ici, dans l'un des salons de l'hôtel, le dernier soir de notre réunion. C'est très... bohème, je dirais.

— J'imagine, oui.

Le terme « bohème » était pourtant bien le dernier qui lui serait venu à l'esprit pour décrire les membres de la société qu'il avait vus s'agglutiner autour de Violet. Cette soirée de récitation de poésie devait être prétentieuse, interminable et affreusement ennuyeuse. Il se promit de trouver un moyen d'y couper.

Violet noua le ruban de son chapeau pour le maintenir en place.

— Ne venez-vous pas de retirer un chapeau ?

— Si, mais celui-ci est plus pratique.

— Allez-vous quelque part ? demanda-t-il en haussant les sourcils.

— *Nous* allons quelque part, répondit-elle en croisant son regard dans le miroir. À moins que vous ne souhaitiez pas vous joindre à moi ?

— Tout dépend, répondit-il en plissant les yeux. Cette sortie a-t-elle quelque chose à voir avec de la poésie ?

— Non.

Il afficha un large sourire.

— Dans ce cas, je serais ravi de vous accompagner.

Elle jeta un coup d'œil à ses pieds.

— Vous feriez mieux de changer de chaussures. Avez-vous apporté des souliers plus robustes ? Plus pratiques, peut-être ?

— Plus pratiques pour quoi ? s'enquit-il prudemment.

Elle inclina la tête vers le balcon.

— L'Acropole.

— Il est un peu tard pour faire du tourisme, vous ne croyez pas ?

— Sornettes. Il reste encore deux bonnes heures avant le coucher du soleil. Admirer Athènes depuis l'Acropole est la meilleure façon de voir toute la ville. Et il n'y a rien de plus magnifique que le spectacle des derniers rayons du soleil qui disparaissent derrière le mont Egaleo pour laisser la place aux étoiles. Depuis plus de deux mille ans, les gens montent regarder le soleil se coucher depuis le sommet de l'Acropole. On peut presque sentir la présence de tous ceux qui sont venus là avant nous. Les fantômes de l'Antiquité, si vous voulez. C'est la façon la plus parfaite de commencer un séjour à Athènes. Et surtout, James, conclut-elle avec un grand sourire, c'est une merveilleuse aventure.

— Oh, oui, ce doit être très joli, marmonna-t-il. C'est une sacrée montée, non ?

— Seulement pour les mauviettes. Vous n'êtes pas de nature à vous laisser rebuter par un peu d'escalade, n'est-ce pas ?

— Je ne suis pas du tout rebuté, déclara-t-il d'un ton résolu, alors qu'il pouvait penser à des milliers de choses qu'il aurait préféré faire. Et je suis certain que mes chaussures conviendront parfaitement.

Quelques minutes plus tard, ils retrouvaient Marcus et Mme Ryland dans le hall.

— Nous partons pour l'Acropole, leur annonça Violet. Pourquoi ne pas vous joindre à nous ?

— Oh..., souffla Marcus en se rembrunissant.

— Il vient justement de m'avouer qu'il avait le mal des hauteurs, s'empressa de dire Mme Ryland.

— Voilà, fit Marcus en secouant la tête. Rien que l'idée de me retrouver au sommet de ce bloc de pierre...

Il frissonna.

— Eh bien, dans ce cas, autant éviter l'Acropole, fit James en prenant Violet par le bras pour se diriger vers la porte.

Entre le moment où il avait découvert leur destination et celui où ils avaient retrouvé les autres, James s'était dit que voir l'Acropole, le Parthénon et tout ce qui pouvait bien se trouver là-haut, seul avec Violet, serait absolument parfait. Ne lui avait-elle pas dit que le clair de lune sur le Parthénon était merveilleusement romantique ?

James avait toujours été friand de romantisme.

*
* *

James détestait ses chaussures. Oh, elles étaient parfaites pour marcher dans les rues de Londres, mais grimper au sommet de l'Acropole était une tout autre affaire. S'il arrivait à redescendre de cette maudite colline, la première chose qu'il ferait serait d'acheter des chaussures confortables.

Ils avaient atteint le sommet plat de l'éminence rocheuse qui surplombait Athènes peu avant le coucher de soleil. Une fois qu'ils eurent admiré le Parthénon et le panorama, le soleil se mit à décliner derrière les montagnes. Ses derniers rayons projetaient des ombres mystérieuses sur ce terrain jonché de ruines du monde antique. De temps à autre, un fragment de marbre sculpté d'un visage levait les yeux vers lui parmi les décombres. Il sursauta plus d'une fois et mit cela sur le compte de ses chaussures, mais regarder le sol et le voir vous retourner votre regard était assez déstabilisant. S'il avait d'abord été ennuyé de découvrir qu'ils n'étaient pas les seuls visiteurs du site antique ce soir-là, il était heureux à présent de savoir que d'autres personnes se trouvaient alentour. Il avait du mal à oublier le commentaire de Violet concernant la présence des « fantômes de l'Antiquité ».

L'hôtel leur avait fourni une couverture qu'ils avaient étalée sur les marches, à la base du Parthénon, ainsi qu'une lanterne et un panier garni d'une bouteille de vin, de pain et de fromage. Leur cocher les attendait au pied de la colline.

Ils partagèrent le contenu du panier, et Violet continua son exposé didactique sur la Grèce antique tandis que James contemplait les étoiles. Il y avait longtemps qu'il n'avait rien fait d'autre que regarder un ciel nocturne. Les étoiles n'étaient pas aussi lumineuses en Angleterre. À Londres, elles étaient obscurcies par le brouillard, les fumées et les lumières de la ville. Ici, la lueur des étoiles rendait superflu l'allumage de leur lanterne – qui leur serait toutefois bien utile pour négocier les marches d'escalier et les sentiers quand ils redescendraient.

— Il n'y a jamais eu ni comte français, ni sculpteur italien, ni poète grec, n'est-ce pas ? demanda-t-il quand Violet s'interrompit pour réfléchir à quelque fait obscur concernant l'antique cité d'Athènes.

— Bien sûr que si, répondit-elle en haussant les épaules. Je n'ai pas partagé leur lit, voilà tout.

— Et pourtant, vous me l'avez laissé croire.

— Vraiment ? fit-elle. Je ne me souviens pas d'avoir jamais fait cela.

— Vous ne l'avez pas nié, en tout cas.

— J'ignorais qu'il était nécessaire que je le fasse, répondit-elle d'un ton hautain avant de marquer une pause. Vous savez maintenant ce que j'ai ressenti vis-à-vis des femmes que vous avez connues, ajouta-t-elle. C'est déplaisant, n'est-ce pas ?

— Très, approuva-t-il avant de pousser un soupir résigné. Je donnerais tout pour revenir en arrière et faire d'autres choix.

— Je sais, dit-elle en prenant une gorgée de vin.

Il la dévisagea un instant.

— Est-ce une possibilité de pardon que j'entends là ?

— Peut-être, répondit-elle avant d'adresser un sourire aux étoiles et aux lumières de la ville qui scintillaient en dessous d'eux. Il y a quelque chose dans le fait de se trouver ici et de baisser les yeux vers Athènes comme les dieux antiques ont pu le faire qui remet les choses en perspective, ajouta-t-elle avant de s'interrompre un instant. « Vierge d'Athènes, je suis parti. Pense à moi, douce amie ! Quand tu seras seule. Bien que je fuie à Istanbul,

Athènes retient mon cœur et mon âme. Puis-je cesser de t'aimer ? Non[1] ! »

James eut beau faire, il ne parvint pas à retenir un son à mi-chemin entre le grognement et le rire.

— Vous n'aimez pas ? s'enquit-elle d'une voix où perçait l'indignation.

— Non, désolé, je n'aime pas, confirma-t-il en sirotant son vin. C'est de Byron, n'est-ce pas ?

Elle acquiesça.

— Je ne l'ai jamais aimé. Je trouve son œuvre... surchargée. Trop fleurie et un peu prétentieuse.

— Je la trouve très romantique, déclara-t-elle sèchement.

— Je vous l'accorde. Les femmes y sont particulièrement sensibles. Il m'est d'ailleurs arrivé de débiter certains de ses vers.

— Pour votre plus grand succès, sans doute.

— Ma foi..., convint-il en haussant modestement les épaules.

— Vous êtes incorrigible. Et impénitent, ajouta-t-elle en souriant à contrecœur.

— Sur ce point, vous faites erreur, ma chère Violetta. Le repentir est le seul but auquel j'aspire.

Elle eut un petit rire.

— Balivernes ! Quoi qu'il en soit, vous ne pouvez pas nier que certains de ses écrits sont fascinants...

— Vous préférez changer de sujet ? Fort bien, revenons-en à Byron.

— ... tout comme sa vie.

— Je ne suis pas sûr que « fascinante » soit le terme qui convienne pour décrire sa vie. Je crois me souvenir que quelqu'un l'a qualifié de « fou, méchant et dangereux », non ?

1. « Maid of Athens, I am gone : / Think of me, sweet ! when alone. / Though I fly to Istambol, / Athens holds my heart and soul. / Can I cease to love thee ? No ! », Lord Byron, 1810.

— Lady Caroline Lamb. L'une de ses nombreuses maîtresses, précisa-t-elle d'un air dégagé. Et je crois me souvenir que certaines personnes vous qualifiaient jadis de fou, méchant et dangereux.

— L'étais-je ?

— Il n'y a pas de quoi en tirer satisfaction.

— Je n'en suis pas satisfait. Fier, peut-être. Ne venez-vous pas de me comparer à votre poète préféré ?

— De la pire façon qui soit.

— Ce temps-là est révolu. Je ne me suis pas montré fou, méchant ni même vaguement dangereux depuis des années.

— Je ne sais pas... Je vous soupçonne d'être toujours dangereux, dit-elle doucement.

James se demanda si c'était mauvais ou très bon signe. Il étudia le profil de Violet, qui se détachait sur le ciel rempli d'étoiles, et se dit que Byron avait peut-être raison.

— « Elle marche dans sa beauté, récita-t-il d'une voix douce, semblable à la nuit des climats sans nuages et des cieux étoilés ; tout ce qu'ont de plus beau la lumière et l'ombre est réuni dans ses traits et dans ses yeux[1]. »

Violet leva vivement les yeux vers lui et le dévisagea longuement.

— Nous ferions mieux de rentrer, déclara-t-elle abruptement, vidant la fin de son verre d'un trait.

James trouva sa réaction très intéressante.

— Si vous voulez.

— La journée a été longue et je préfère me coucher tôt.

Les mots avaient jailli de sa bouche comme si elle avait tant de choses à dire qu'elle n'avait pas le temps

1. « She walks in beauty, like the night / Of cloudless climes and starry skies ; / And all that's best of dark and bright / Meet in her aspect and her eyes. », Lord Byron, 1814.

de reprendre son souffle, et elle se dépêcha de tout ranger dans le panier.

— Voyager est toujours fatigant, vous savez, et une lecture est prévue demain matin à la bibliothèque d'Hadrien, pas très loin de l'hôtel. Je ne sais pas exactement quel poème sera lu, mais je ne veux pas rater ça. C'est le premier jour, après tout.

James se leva, fourra la couverture dans le panier, puis alluma la lanterne.

— Il est sans doute préférable que je la prenne, dit Violet. Je connais mieux l'endroit.

— Je vous en prie.

Il réprima un gloussement. Sa récitation d'un poème de Byron l'avait apparemment affectée d'une façon qu'il n'avait pas anticipée. Il n'avait rien anticipé du tout, à dire vrai. Les mots lui étaient venus spontanément alors qu'il regardait son beau visage se détacher sur le ciel étoilé. Quelle que soit son opinion de Byron, ces vers-là étaient proches de la perfection. Et le poète aurait pu avoir Violet à l'esprit en les écrivant.

Violet continua de bavarder de choses et d'autres quand ils redescendirent la colline et pendant le court trajet en fiacre jusqu'à l'hôtel, comme pour masquer son trouble derrière un flot de paroles.

Elle disparut dans la chambre dès qu'ils eurent atteint la suite, répétant une fois de plus qu'elle était exténuée et que la journée avait été longue. Des prétextes évidents pour échapper à sa présence.

Elle rouvrit la porte quelques minutes plus tard pour lui remettre une couverture et un oreiller.

— Vous aurez besoin de cela.

— Je veux bien mon peignoir aussi, dit-il en acceptant la pile de linge.

— Je l'ai mis sous l'oreiller. Bonne nuit, James, ajouta-t-elle avec un sourire cordial.

Elle tourna les talons et se retira dans la chambre comme si tous les chiens de l'enfer s'étaient trouvés sur ses talons.

— Dormez bien, Violet, lança-t-il alors que la porte se refermait.

James se retint de rire. Il aurait pu parier cher qu'elle ne dormirait pas mieux que lui. Il se dévêtit, puis enfila son peignoir, éteignit la lampe, s'allongea et rabattit sur lui la fine couverture. Le canapé était trop court, ce qui l'obligeait à poser les pieds sur l'accoudoir, mais il était assez confortable.

Violet avait raison. La journée avait été longue. La fatigue accumulée du voyage et de l'ascension de l'Acropole se faisait sentir et il était exténué, lui aussi. Pas assez pour dormir, malheureusement.

Savoir qu'elle se trouvait dans la pièce voisine était presque pire que de la sentir de l'autre côté d'un rempart de coussins. Un rai de lumière filtra longtemps sous la porte de sa chambre, puis finit par s'éteindre. Mais il entendit son lit grincer tandis qu'elle cherchait le sommeil. Elle était aussi agitée que lui. Avait-elle autant conscience de sa présence que lui de la sienne ? S'interrogeait-elle sur ses sentiments pour elle comme lui sur les siens à son endroit ? Se languissait-elle de sentir ses mains sur elle comme il se languissait du contact des siennes ?

Cette femme finirait vraiment par le rendre fou. S'il avait été moins idiot, ils auraient été ensemble depuis longtemps. S'il avait fait l'effort de conquérir son cœur six ans plus tôt, ils auraient même vécu tout ce temps très heureux ensemble. Non, il n'était pas prêt pour le mariage à ce moment-là – pas prêt pour les sentiments qu'il refusait alors de reconnaître. Ne pas entamer une vie commune avec elle était peut-être la seule chose intelligente qu'il ait jamais faite concernant Violet. Cela n'aurait servi qu'à les rendre tous deux très malheureux.

Il étouffait dans cette suite, se dit-il en rabattant rageusement la couverture pour aller ouvrir la porte-fenêtre du balcon. Une légère brise flotta jusqu'à lui. La nuit était claire, l'air rafraîchissant, et les étoiles brillaient. On distinguait tout juste la masse sombre de l'Acropole qui s'élevait au-dessus de la ville. Il referma les mains sur la rambarde et contempla le ciel.

Il entendit s'ouvrir la porte de la chambre.

— Pourquoi avez-vous fait cela ? Pour placer une citation ? Des vers que vous avez déjà récités à d'autres femmes ?

— Pourquoi ai-je fait quoi ? demanda-t-il en jetant un coup d'œil par-dessus son épaule.

La lumière était allumée dans la chambre derrière Violet, qui portait ce kimono à la fois ridicule et charmant.

— Cette absurdité : « Elle marche dans sa beauté… »

— Absurdité, vraiment ? répéta-t-il en haussant les sourcils. Je croyais que vous aimiez Byron.

— Je l'apprécie, en effet. *Elle marche dans sa beauté* est un de mes poèmes préférés.

— C'est le préféré de nombreuses femmes, dit-il en reportant son regard sur l'Acropole. C'est le seul poème de Byron que je connaisse. Et je crains de l'avoir déjà cité auparavant, en effet.

— Je vois, fit-elle d'un ton où perçait la déception.

— Mais jamais sur le toit du monde antique, sur fond de nuit étoilée. Et ces mots n'avaient encore jamais résonné de façon aussi vraie. Avant ce soir, cela n'avait jamais été qu'une citation à placer.

Elle garda le silence, mais il l'entendit – ou peut-être la sentit-il seulement – approcher.

— Je ne suis pas sûre de pouvoir un jour oublier vos incartades avec d'autres femmes. Ni le fait que vous ne m'ayez jamais courtisée, que vous n'ayez jamais tenté d'avoir une vraie vie conjugale avec moi et que vous ne vous soyez jamais battu pour moi.

James sentit son ventre se nouer.

— Je comprends.

Elle resta silencieuse un long moment, puis prit finalement une longue inspiration.

— Mais je crois avoir en moi la capacité de vous pardonner.

Il hocha la tête.

— Je sais maintenant ce que vous ressentez.

— Je pense que ce fut bien plus douloureux pour moi que pour vous.

— J'en doute, répliqua-t-il en commençant à se tourner vers elle.

— Non, attendez, je vous en prie, ne vous retournez pas.

Il se figea.

— C'est déjà assez difficile sans avoir à vous regarder.

— Continuez.

Il retint son souffle. Était-elle sur le point d'avouer quelque chose qu'il redoutait d'entendre ?

— Si ça a été plus douloureux pour moi, reprit-elle, l'air résigné, c'est parce que j'étais... c'est parce que je suis amoureuse de vous.

— Vraiment ?

Son cœur avait bondi dans sa poitrine.

— Je le crains, murmura-t-elle. Et je suis fatiguée de faire semblant de ne pas l'être. Voilà six ans que je me persuade que je ne suis pas amoureuse de vous. En vain, apparemment.

— Rien ne vous oblige à être aussi désemparée.

Dans un recoin de son esprit, il remarqua qu'il s'exprimait d'un ton calme et détaché, comme s'il s'agissait d'une conversation sans importance. Ce qui était intéressant, car il n'était ni calme ni détaché. De fait, il n'était pas certain de s'être jamais senti aussi débordant de joie de toute sa vie.

— C'est difficile, James, reprit-elle dans un soupir. J'ai ma fierté, moi aussi. Je viens juste d'avouer les sentiments que j'ai pour vous. La franchise n'est pas simple, vous savez.

— Oui, je le sais bien, répondit-il en souriant. Je peux peut-être vous faciliter les choses.

— J'en doute. Je vais retourner me coucher, déclara-t-elle.

Elle se détourna et quitta la pièce avant qu'il puisse l'arrêter. La porte de la chambre se referma derrière elle.

— Bonté divine ! s'exclama-t-il en s'approchant de la porte. Laissez-moi entrer, Violet.

— Je suis en train de me mettre au lit, James.

Il actionna la poignée et ouvrit la porte.

— Quand on tient à ne pas être dérangé, on songe à verrouiller sa porte.

Debout près du lit, elle croisa les bras sur sa poitrine.

— Je ne pensais pas que vous auriez la grossièreté de me suivre. Vous n'avez jamais été très doué pour les poursuites.

— Et pourtant, me voici. J'ai l'impression que nous avons beaucoup de choses à nous dire.

— Et moi, j'ai l'impression qu'il n'y a rien de plus à dire.

Il avança vers elle.

— N'êtes-vous donc pas intéressée par ce que je pense ? Vous vous êtes pourtant montrée fort loquace, après mon aveu au sujet de l'incident.

— C'était différent. Il s'agissait de quelque chose que vous aviez fait, pas ressenti.

— Pour autant, ne m'accorderez-vous pas le droit de répondre ?

— Si, je suppose, répondit-elle en levant les yeux au ciel. Allez-y, dites ce que vous avez à dire.

Il se rapprocha.

— Je pense simplement que c'est une remarquable coïncidence, c'est tout.

— Une coïncidence ? Que diable entendez-vous par là ?

— C'est très simple, ma chère épouse. Ma Violetta, fit-il en l'attirant dans ses bras. Je suis amoureux de vous, moi aussi. Je crois que je l'ai toujours été.

Violet en eut le souffle coupé.

— Rien ne vous oblige à dire cela si vous ne le pensez pas. Si vous ne le faites que pour m'inciter à accepter les termes du testament, ce n'est pas nécessaire.

— Oh, mais je crois que ça l'est. Et je pense chaque mot que je prononce, déclara-t-il en plongeant son regard dans l'immensité de ses yeux verts. L'héritage n'a aucun sens sans vous. C'est vous, la véritable récompense. Voilà un moment que j'ai compris cela.

Elle écarquilla les yeux.

— J'ai été idiot de ne pas vous suivre, de ne pas essayer de vous conquérir bien avant aujourd'hui. De ne pas me battre pour vous. C'était stupide de ma part. Oncle Richard savait que nous étions faits l'un pour l'autre. Aujourd'hui, j'en suis convaincu, moi aussi.

— James, je...

Avant qu'elle ait pu prononcer un autre mot, il pressa ses lèvres contre les siennes. Elle se figea un bref instant, puis elle glissa les bras autour de son cou. Il l'attira plus près, la chaleur de son corps s'insinuant jusqu'à sa peau à travers leurs vêtements. Les lèvres de Violet s'ouvrirent sous les siennes. Sa bouche avait la saveur du vin rouge, des nuits étoilées et des histoires d'amour qui durent éternellement.

Elle interrompit leur baiser.

— Mon Dieu, James, dit-elle avant de le dévisager pendant un moment interminable. Nous avons perdu un temps fou !

24

Violet l'attira vers elle, et leurs lèvres s'unirent de nouveau. Un douloureux élancement de désir la traversa. Elle s'accrocha à lui, avide de retrouver la saveur de sa bouche et se délectant de la chaleur de son corps pressé contre le sien. Il modifia la position de ses lèvres de façon à intensifier leur baiser, et la langue de Violet vint jouer avec la sienne.

James détacha ses lèvres des siennes pour semer des baisers sur son menton, lui arrachant un gémissement. Elle renversa la tête et il déversa une pluie de baisers le long de sa gorge dans une exploration sensuelle, comme s'il voulait goûter chaque centimètre de sa peau. Il fit courir ses mains le long de son dos, puis plus bas, pour caresser ses fesses à travers la soie du kimono. Un frisson affamé parcourut Violet, qui pressa ses hanches contre lui, si fermement qu'elle sentit la preuve de son désir frotter contre son ventre. Seigneur, comme elle avait envie de cela, de lui ! Elle saisit ses épaules et savoura la sensation de ses muscles fermes sous la soie de son peignoir.

Levant la tête, elle posa les lèvres au creux de sa gorge. Le gémissement de désir qu'il laissa échapper se répercuta en elle et vint s'enrouler autour de son âme. Elle fit alors glisser ses mains sur son torse et ouvrit le peignoir pour l'explorer de ses lèvres et de ses mains. Il avait une saveur chaude, épicée et riche de promesses.

Ses doigts luttèrent contre la ceinture du peignoir jusqu'à ce que le nœud se détende, et ses mains descendirent pour caresser la ferme longueur de son érection.

— Violet.

Lorsque la main de James se referma sur la sienne, elle leva les yeux et lut dans son regard brûlant le reflet de son propre désir.

— Il n'y a plus de retour en arrière, à partir de là.

— Je ne veux pas revenir en arrière.

Elle dégagea sa main, dénoua la ceinture de son kimono et le laissa tomber à ses pieds, telle une flaque de soie multicolore. Elle ne s'était encore jamais tenue nue devant lui. Ni devant aucun homme, d'ailleurs. Le doute chercha à l'assaillir, mais elle le repoussa vivement. Non, songea-t-elle en relevant fièrement le menton, plongeant son regard dans celui de son mari. Elle avait envie de cela. De lui.

Le regard de James s'obscurcit, comme s'il se rendait compte soudain qu'elle était venue lui parler seulement vêtue d'un souffle de soie. Elle posa une main sur son torse et leva les yeux vers lui.

— Et vous ? demanda-t-elle.

— Jamais, répondit-il dans un murmure.

Il se débarrassa de son peignoir d'un souple mouvement d'épaules, s'assit au bord du lit et l'attira entre ses jambes.

— Je veux vous adorer.

Il recouvrit ses seins de ses mains et les lécha tour à tour jusqu'à ce qu'elle plante ses ongles dans ses épaules, ses yeux se révulsant et ses genoux menaçant de la trahir. Elle prit soudain conscience que le son étrange et haletant qui s'était élevé dans la pièce émanait d'elle.

— James, murmura-t-elle. Je vous en supplie…

Il referma ses bras autour d'elle et l'attira sur le lit dans un méli-mélo de bras et de jambes, de fureur et d'exigence avides. Un besoin urgent et brûlant la consumait entièrement, et toute retenue entre eux vola en éclats. Les mains de James et les lèvres de Violet se retrouvèrent partout à la fois, pour une exploration – non, une conquête – de saveurs, de contacts et d'impitoyables sensations. Violet en voulut aussitôt davantage. Son corps, son être tout entier, fut gagné par une frénésie déclenchée par la sensation de la langue de James et de sa chair chaude sous ses doigts. Elle le caressa, le faisant gémir dans son cou. Il fit glisser sa main entre ses jambes, et elle sentit la moiteur de son propre désir sous la caresse de ses doigts. Elle se cambra, se pressant contre sa main.

Le visage de James descendit alors le long de son corps, sa bouche traçant un chemin brûlant sur sa peau tandis qu'il agaçait sa chair de ses lèvres, de sa langue et de ses dents. Il cala finalement sa tête entre ses jambes, et sa langue entreprit de laper amoureusement cet épicentre de sensations qu'elle seule avait jamais touché.

— Oh, James, murmura-t-elle, ses hanches se soulevant pour aller à la rencontre de sa bouche.

Seigneur, il n'avait pas fait cela pendant leur nuit de noces. Pourquoi l'avait-il privée de cette sensation ? Violet enfouit ses doigts dans sa chevelure tandis que tout son être se contractait sous l'effet de ce plaisir inattendu, de la pure torture que lui infligeaient sa langue et sa bouche.

Elle crut bientôt qu'elle allait mourir sous les assauts impitoyables de sa langue, mais elle sentit au même instant qu'elle était sur le point de basculer vers quelque chose d'entièrement nouveau, une chose que réclamait furieusement la douloureuse tension qui s'était logée en elle. James s'interrompit et se plaça au-dessus d'elle, son désir long, chaud et ferme, palpitant contre elle. Le besoin puissant et si longtemps nié de le sentir en elle la fit frissonner. Un fulgurant éclair de lucidité la traversa soudain.

— Attendez !

— Attendez ? répéta-t-il, posant sur elle le regard incrédule de ses yeux sombres, étincelants de désir et de passion.

— Il vaut mieux que vous sachiez...

Il avait raison. Le moment était mal choisi. Pourtant...

— ... que je n'ai pas fait cela depuis longtemps.

Il lui sourit et son regard s'adoucit.

— Moi non plus, Violetta.

— Oh. Eh bien, dans ce cas..., dit-elle en frôlant ses lèvres des siennes. Poursuivez.

Sa bouche écrasa la sienne, et il s'aida de sa main pour la pénétrer. Les muscles de Violet se contractèrent. Elle avait eu un peu mal, la première fois qu'ils l'avaient fait. Depuis, bien sûr, on lui avait expliqué que seule la première fois était douloureuse. Mais elle n'était pas entièrement sûre d'y croire.

Il s'inséra en elle d'une poussée lente et mesurée, comme s'il savait à quel point elle était inexpérimentée, et elle se décrispa un peu. Elle était encore tendue, mais elle ne ressentit pas le moindre pincement de douleur. Elle avait presque tout oublié de l'étrange sensation de James à l'intérieur d'elle. C'était étrange et... agréable. Il se retira, puis revint en elle, ses mouvements délibérément lents accroissant son impatience. Elle en voulait – elle en exigeait – bien plus. Elle enroula ses jambes autour de lui, ondula des hanches, et leur rythme s'accéléra.

Elle l'incita à aller plus vite, plus loin, et se laissa emporter par la pulsation qui s'était emparée d'elle. Son sang frémissait dans ses veines, son cœur cognait follement dans sa poitrine, et elle respirait par saccades. *Oh, mon Dieu !* Elle ne se souvenait pas d'avoir éprouvé cette impression, comme si elle se consumait de l'intérieur. Tout ce qui était Violet disparut, remplacé par une créature qui ne vivait que pour la joie exquise de leur union charnelle. Qui existait seulement dans la chaleur du corps de James uni au sien et dans la sensation de ses va-et-vient.

Il plongea en elle encore et encore, plus vite, plus loin, plus fort, jusqu'à ce que la tension qui était restée tapie en elle se détende brutalement et qu'elle se retrouve submergée par des vagues de plaisir pur. Son corps se mit à trembler contre celui de James, son dos se cambra et elle cria son nom. Et, au milieu de tout cela, elle sentit le corps de James se cabrer, puis tressaillir, et son nom retentit comme une prière sur ses lèvres.

— Violetta.

Elle sut alors avec une certitude qu'elle n'avait encore jamais éprouvée qu'ils étaient faits l'un pour l'autre. Qu'ils avaient toujours été faits l'un pour l'autre.

Oncle Richard ne s'était pas trompé.

*

* *

Ils restèrent étendus un long moment sans rien dire, trop épuisés pour remuer. Finalement, il leva la tête, lui sourit, l'embrassa gentiment, puis changea de position, de façon à s'allonger sur le flanc.

— Mon Dieu, James, dit-elle avant de pousser un long soupir. C'était… remarquable.

— Je trouve aussi.

— Je ne me souviens pas que ça ait été aussi bouleversant, la dernière fois.

— Ah bon ?

— Vraiment pas. Oh, j'en ai gardé un bon souvenir, dit-elle en fronçant les sourcils. Un peu inconfortable au début, mais plutôt plaisant.

— Plaisant ? répéta-t-il.

— Eh bien, c'était la première fois. Je crois donc que « plaisant » est un compliment enthousiaste.

Il haussa les sourcils.

— « Plaisant », un compliment ?

Il avait adopté une expression tellement indignée qu'elle eut toutes les peines du monde à ne pas rire.

— Un compliment enthousiaste.

— Et ce soir ?

— Quel adorable idiot vous faites !

Elle passa une jambe en travers des siennes pour venir se placer au-dessus de lui, croisa les bras sur son torse et plongea le regard au fond du sien.

— Ce soir, c'était beaucoup mieux que plaisant.

— Tant mieux, dit-il d'un ton qui manquait de conviction.

— Vous avez fait toutes sortes de choses que je n'aurais jamais imaginé que vous puissiez faire, dit-elle avant de rester pensive un moment. Cela m'avait semblé intéressant quand j'en avais entendu parler, mais...

James se rembrunit.

— Avec qui avez-vous parlé de ça, au juste ?

— Des amies. Vous savez comme les femmes sont bavardes.

— Apparemment, je n'en avais pas idée, répondit-il d'un ton désabusé.

— Mais je suis sûre que tout le monde serait d'accord pour dire que c'était remarquable. Évidemment, mon manque d'expérience a peut-être sa part dans mon estimation, dit-elle en se mordillant la lèvre, la tête penchée. Après tout, mon unique expérience antérieure était seulement *plaisante*.

Elle le sentit se tendre en dessous d'elle.

— Dois-je comprendre que vous ne l'avez jamais fait qu'avec moi ?

— Surpris ? demanda-t-elle.

— Je ne sais pas. Vous savez bien que j'étais persuadé que vous aviez eu des amants.

— Évidemment. Je sais que vous avez eu des maîtresses, répondit-elle en écarquillant les yeux d'un air innocent.

— Oui, mais elles ne signifiaient rien.

Elle se pencha et embrassa le creux à la base de son cou.

— Je suis bien certaine que si j'avais eu des amants, ils n'auraient rien signifié non plus.

— Si, bougonna-t-il. Ils auraient certainement signifié beaucoup. Vous n'êtes pas le genre de femme à coucher avec des hommes qui ne signifient rien pour vous.

Elle plongea le regard au fond de ses yeux.

— Mon Dieu, James, vous avez le don de tourner un compliment.

— Je suis sérieux, Violet, assura-t-il en plissant le front. Je m'étais trompé au sujet du comte et du sculpteur.

— N'oubliez pas le poète.

— J'aurais dû vous faire confiance, dit-il en fronçant les sourcils. Encore une erreur de ma part.

— Vous ne me connaissiez pas assez bien pour me faire confiance. Pas vraiment. Et je ne vous connaissais pas assez pour vous faire confiance.

— Et maintenant ? demanda-t-il en retenant son souffle, tout en la scrutant intensément de ses yeux bleus.

— Si je vous connais assez bien ? Ou si je vous fais confiance ?

— Les deux.

Elle le dévisagea longuement.

— Oui, je crois que je vous fais confiance.

— Je vous jure, Violet, que je saurai m'en montrer digne. Vous ne regretterez pas de me l'avoir accordée.

— Tant mieux, répondit-elle en souriant. Je dois toutefois vous avouer... que je vais regretter de ne plus avoir la supériorité morale.

— Je m'en excuse, répondit-il avec un grand sourire avant de l'attirer dans ses bras. Cependant, j'ai peut-être une idée sur le moyen de me faire pardonner...

Et il mit ce moyen en œuvre, plusieurs fois de suite, avant le lendemain matin. Quand ils finirent par s'endormir, ils étaient tendrement enlacés. Violet ne se souvenait pas de s'être jamais sentie aussi heureuse, et jamais elle ne s'était sentie aussi aimée.

Quand elle se réveilla, elle découvrit James étendu auprès d'elle, le visage calé au creux de sa main, arborant un sourire beaucoup trop satisfait.

— Bonjour, Violetta.

Elle roula sur le côté pour lui faire face.

— Bonjour, Giacomo.

— Je suppose qu'après cette nuit vous allez devoir repenser votre « Qu'ést-ce donc qu'un nom » ?

— Pensez-vous être à la hauteur des standards établis par Casanova ? C'est un peu arrogant de votre part, non ?

— Ma foi, vous avez qualifié mes prouesses de remarquables, répondit-il modestement.

Elle rit.

— Je meurs de faim, dit-il en frottant le bout de son nez au creux de son cou.

Un délicieux frisson la parcourut.

— Si nous voulons remédier à cela, nous allons malheureusement devoir nous habiller, déclara-t-elle en faisant glisser son index le long de son torse. Je ne suis pas du tout certaine d'être favorable à cette idée.

Il rit, captura sa main et la porta à ses lèvres.

— Nous pouvons rester ici toute la journée, si vous voulez. Je ne peux rien imaginer que je préférerais faire. Mais nous passerions à côté de tous les trésors de l'antique cité d'Athènes.

— Mon Dieu, James, fit-elle en récupérant sa main pour la passer derrière son cou et l'attirer plus près d'elle. J'ai déjà vu tous les trésors de l'antique cité d'Athènes, lâcha-t-elle en effleurant ses lèvres des siennes. Je peux tout vous dire à leur sujet.

— Si tentante que soit cette déclaration, murmura-t-il contre ses lèvres, ne deviez-vous pas assister à une lecture de poèmes ?

Elle laissa échapper un soupir résigné.

— Ça m'était complètement sorti de la tête. C'est votre faute, ajouta-t-elle en souriant.

— Je vous en prie, répondit-il en lui décochant ce petit sourire malicieux qu'elle aimait tant, celui qui faisait battre son cœur et si délicieusement palpiter son ventre.

— Quelle heure est-il ?

Il attrapa sa montre de gousset sur la table de chevet.

— 9 h 30.

Elle plissa le nez.

— J'ai le temps de manger, mais je dois aussi m'habiller. C'est vraiment dommage, vous ne trouvez pas ?

Il rit.

— Je suis bien d'accord. Mais nous ne pouvons pas espérer rattraper six ans d'un seul coup, vous savez. Quoique nous ayons déjà pris un excellent départ.

Elle joignit son rire au sien.

— Absolument !

— N'y a-t-il pas un restaurant, au rez-de-chaussée ? demanda-t-il en sortant du lit.

Violet hocha la tête, tout en se disant que le corps de James était aussi bien découplé que celui d'une statue antique – tous ces plats et ces méplats, ces reliefs et ces ombres… Elle fut tentée de renoncer à cette matinée de poésie.

— Je vais descendre demander qu'on nous serve le petit déjeuner ici, annonça-t-il en enfilant son pantalon.

— Excellent. Je m'habillerai pendant que vous serez parti.

Il lui décocha un regard coquin.

— Seulement si vous insistez.

Elle rit. Une fois de plus. James avait le don de la faire rire. Existait-il quoi que ce soit de plus merveilleux ? Excepté, bien sûr, son talent pour la faire gémir et crier de plaisir.

Il finit de s'habiller, et elle fut heureuse de le regarder faire. Oui, complètement, follement et immensément heureuse. Ce n'était pas seulement le souvenir persistant de la nuit qu'ils venaient de passer ensemble. L'homme qu'elle aimait l'aimait aussi. Que pouvait-il y avoir de plus merveilleux que cela ?

Il se pencha au-dessus du lit et déposa un baiser sur le bout de son nez.

— Je ferai vite, dit-il avant d'hésiter un moment. Vous savez, je regrette vraiment mon comportement après notre mariage. Je regrette tout, en fait. Profondément.

— Je mentirais si je disais que je n'en ai pas souffert, mais j'aurais certainement pu y faire quelque chose si j'avais voulu. Je n'en ai rien fait… et cela relevait entièrement de mon choix. Tel était notre accord, après tout. Partir chacun de son côté, mener des vies séparées. Certes, j'étais fâchée que vous n'ayez même pas tenté de me suivre, que vous ne m'ayez pas demandé de rentrer à la maison, mais j'aurais pu faire un effort. Insister pour vous voir. Ou vous écrire.

— Ça n'a pas été mon meilleur moment. Cet accord, je veux dire. Si je pouvais défaire ce que j'ai fait, revenir au lendemain de notre mariage...

— Moi, si je le pouvais, je ne le ferais pas, l'interrompit-elle.

Une idée troublante la frappa soudain. James n'avait pas mentionné le baiser par lequel tout avait commencé. Ses regrets commençaient au lendemain de leur mariage. Elle sentit son cœur se mettre à battre plus fort. Était-il possible qu'il ne considère pas ce baiser, leur mariage, comme une erreur ?

— Ces six années nous ont été profitables à tous deux, poursuivit-elle. Vous avez grandi et appris à devenir l'homme qu'oncle Richard voulait que vous soyez. J'ai grandi et je suis devenue la femme que je rêvais secrètement d'être.

— Oui, mais...

Elle tendit la main pour le faire taire.

— Je pense cependant que nous avons perdu beaucoup de temps.

— Moi aussi, répondit-il avant de l'observer longuement. Et je n'ai pas l'intention d'en perdre davantage aujourd'hui. Je reviens le plus vite possible.

— Je compte sur vous, répondit-elle d'un ton léger. Voudrez-vous m'accompagner, ce matin ? Pour la lecture ?

— Mme Ryland ne doit-elle pas venir avec vous ?

Violet se dit que Cléo devait avoir autant de mal qu'elle à sortir du lit.

— C'est possible.

— Dans ce cas, je vous laisserai entre vous. Je trouverai certainement une foule de choses intéressantes à faire pour occuper mon temps.

— Vous ne pouvez pas vous promener dans Athènes sans tomber sur quelque chose d'antique et de fascinant. Sans parler des ruines les plus célèbres. Voulez-vous que je vous en fasse une liste ? Je n'ai pas trouvé de papier à lettres dans le secrétaire, mais la réception pourra certainement vous...

Il rit.

— Non, ce ne sera pas nécessaire. Vous pourrez toujours me les montrer plus tard.

Il enfila sa veste, l'embrassa et prit congé d'elle.

Violet se glissa de nouveau sous les couvertures et tourna les yeux vers le plafond, savourant sa découverte du bonheur. Elle aurait pu s'y habituer sans aucune difficulté. Pourquoi pas, après tout ? Son mari l'aimait, et après toutes ces années ils entamaient enfin une vie commune. Elle adressa une prière silencieuse aux cieux.

Merci, oncle Richard.

*

* *

Violet balaya d'un regard noir le maigre contenu de l'armoire et, pour la première fois depuis des années, se dit qu'il n'y avait là rien qu'elle ait envie de porter. Oh, ses vêtements étaient tous à la mode et seyants, mais elle mettait un point d'honneur à voyager léger et s'appliquait à n'emporter avec elle que le strict nécessaire. Ce qui se révélait fort dommage. Elle aurait aimé pouvoir porter quelque chose de spécial aujourd'hui. Une toilette qui se serait accordée à son humeur. Et elle allait devoir se contenter de sa robe de jour lavande.

On était à la mi-mai, le printemps était déjà bien installé à Athènes, et elle commençait le reste de sa vie avec l'homme qu'elle aimait !

Elle venait à peine de finir de s'habiller quand on frappa à la porte. C'était peut-être le petit déjeuner que James avait commandé qui arrivait déjà, bien que, d'après son expérience, les restaurants d'hôtel ne soient jamais aussi prompts. Et James n'était même pas encore revenu. Peut-être avait-il croisé Marcus. Et Cléo, se dit-elle en souriant à cette idée.

On frappa de nouveau. Un peu plus fort et presque impatiemment.

— J'arrive ! répondit-elle en s'empressant d'aller ouvrir.

Dès qu'elle eut ouvert la porte, elle retint son souffle.

— Que diable faites-vous ici ?

Duncan se tenait dans le couloir, l'air grave.

— Je suis venu vous communiquer une information importante.

25

Le restaurant accepta de faire monter le petit déjeuner dans leur suite et assura à James que le service serait aussi rapide que possible. Sur le chemin du retour, il décida de faire un détour par la chambre de Marcus. Violet avait mentionné qu'il n'y avait pas de papier à lettres dans leur suite et, en cours de route, James avait eu une idée brillante. Tout ce qui lui manquait pour la mettre à exécution, c'était du papier.

Son ami se trouvait à un autre étage que le leur, et James se surprit à sourire tandis qu'il se dirigeait vers sa chambre. Quelle meilleure façon de prouver son amour à Violet qu'un poème écrit spécialement pour elle ? À la manière de Byron, peut-être. James se sentait très inspiré. Il ne s'était encore jamais essayé à la poésie, mais assembler quelques mots de façon à les faire rimer ne devait pas être bien sorcier.

Il trouva la porte de la chambre de Marcus et frappa avec enthousiasme. Il n'y eut pas de réponse. James frappa de nouveau.

— Oui ? s'enquit la voix étouffée de Marcus derrière le battant.

— Salut, vieille branche, dit James d'un ton jovial. Tu me laisses entrer ?

Marcus répondit quelque chose que James ne comprit pas, mais quelques instants plus tard la porte s'entrouvrit.

— Qu'est-ce que tu veux ?

Marcus portait un peignoir et se tenait de façon à bloquer la vue depuis la porte.

— Du papier à lettres, répondit James en comprenant soudain la situation. Tu n'es pas seul, c'est ça ?

Marcus ricana.

— Bien sûr que si. J'ai dormi tard, c'est tout. J'étais encore au lit quand tu as frappé. Seul. Je crois que je le saurais, si je n'étais pas seul. Je suis complètement seul. Je crois même pouvoir dire que je ne me suis jamais trouvé aussi seul.

James haussa les sourcils.

— Tu n'as pas l'impression de protester un peu trop ?

— Pour l'amour du ciel, Marcus, lança derrière lui une voix de femme qui parut familière à James. Laissez-le entrer.

— Bon, eh bien, entre, fit Marcus en lui décochant un regard d'avertissement. Tâche de te tenir, lui intima-t-il à voix basse avant de s'écarter.

— Bonjour, milord.

Mme Ryland, debout près d'un lit défait, nouait la ceinture d'un kimono assez semblable à celui de Violet.

— Visiblement, je dérange, constata James.

Il savait que Marcus s'intéressait à cette femme, mais il n'aurait pas imaginé que les choses avaient déjà pris cette tournure. Marcus aurait pourtant dû se méfier. Certes, il avait au moins autant changé que James ces dernières années, mais ses aventures amoureuses s'étaient presque toujours mal finies. Si celle-ci se terminait de la même façon que les autres… James ne voulait même pas imaginer comment Violet réagirait si Marcus devait briser le cœur de son amie.

Le jeune notaire jeta un coup d'œil à Mme Ryland et sourit.

— Tu peux dire ça, oui.

Elle réprima un éclat de rire.

— J'avais juste besoin de quelques feuilles de papier et j'ai pensé que tu en aurais peut-être, expliqua-t-il.

Il salua Mme Ryland d'un hochement de tête poli, prit Marcus par le bras, l'entraîna vers la porte, où ils pourraient avoir un semblant d'intimité, et baissa la voix.

— Penses-tu vraiment que ce soit avisé ? Que crois-tu que Violet va penser quand elle apprendra que tu as séduit sa meilleure amie ? Et si ça devait mal finir... elle serait furieuse contre toi. Et sans doute aussi contre moi.

— Pourquoi serait-elle fâchée contre toi ? demanda Marcus d'une façon bien trop décontractée vu la gravité de la situation.

— Parce que je suis ton ami ! répliqua James. Sans compter qu'elle n'a pas besoin de raison pour cela. Ce n'est pas bon, Marcus, ce n'est pas bon du tout.

— Crois-tu ? répondit Marcus d'un ton hautement dubitatif.

— Bon sang, mais ça crève les yeux !

— Je ne suis pas certain d'être d'accord, mais je comprends ton point de vue, dit Marcus en croisant les bras sur son torse. Que suggères-tu que je fasse ?

— Je ne sais pas, souffla James. Mais tu vas devoir trouver quelque chose.

— Je pourrais peut-être l'épouser, fit Marcus d'une voix suave.

— Quand je t'ai suggéré de le faire voilà des mois, tu n'étais pas du tout favorable à cette idée.

— Je crois avoir dit que je n'avais aucune envie d'épouser quelqu'un à seule fin de te simplifier la vie. Rien ne m'empêche cependant de changer d'opinion. Te simplifier la vie est le moins que je puisse faire en tant qu'ami et notaire, déclara-t-il en reculant d'un pas. Cléo, voulez-vous m'épouser ? demanda-t-il d'une voix plus forte.

— Quoi ? Encore ? répondit-elle en haussant les sourcils. Pensez-vous que ce soit nécessaire ?

Marcus haussa les épaules.

— Désolé. Elle ne juge pas cela nécessaire.

James secoua la tête, complètement perdu.

— Comment ?

— James, permets-moi de te présenter Mme Cléona Cecily Davies, lâcha Marcus en riant. Mon épouse.

— Ravie de vous rencontrer, milord, dit Mme Ryland – *Mme Davies*.

Marcus afficha un grand sourire moqueur et se rapprocha d'elle.

Le regard de James passa alternativement de l'un à l'autre.

— Ton épouse ?

— Il me semble que c'est ce que je viens de dire.

James écarquilla les yeux, encore incrédule.

— Vous êtes mariés ?

— Difficile d'avoir une épouse sans être marié.

— Nous pouvons le prouver si vous voulez, fit Mme Davies en souriant à son époux.

— Ce ne sera pas nécessaire. C'est quand même un sacré choc. Je n'aurais jamais imaginé..., commença James, avant de s'interrompre. Pourquoi ne m'as-tu rien dit ? demanda-t-il en fronçant les sourcils.

— Pour te protéger, répondit Marcus en haussant les épaules. J'avais vraiment l'intention de le faire, mais je n'en ai tout bonnement pas eu l'occasion.

— Qu'entends-tu par là ? Pourquoi aurais-tu cherché à me protéger ?

— Parce que je savais que tu n'appréciais pas Cléo, et que tu verrais le fait que je l'épouse comme une sorte de trahison. Et je...

Il s'interrompit pour adresser un sourire enamouré à sa femme.

— ... *nous* avons pensé que tu aurais peut-être l'occasion de faire un peu mieux connaissance avec elle pendant le voyage. Ce qui ne s'est pas produit, oserai-je ajouter.

— J'étais trop occupé à tâcher de me faire apprécier par ma propre femme, dit James. Et ce n'est pas que je n'apprécie pas Mme Davies. Mais elle ne m'aime pas.

— Peu importe que je vous aime ou non, n'est-ce pas ? lança Cléo. Ce qui compte, c'est ce que Violet ressent pour vous. Quoi qu'il en soit, ajouta-t-elle en soupirant, j'ai promis de faire un effort pour vous apprécier.

Marcus donna un léger coup de coude à sa femme.

— Je te promets qu'il est très agréable.

— Merci, madame Davies, dit James. Je ferai tout ce qui est en mon pouvoir pour gagner votre amitié.

— Nous verrons cela, milord, répondit-elle avec un sourire distant. Mes amis m'appellent Cléo.

— Et moi James.

Tout cela finirait peut-être très bien pour tout le monde. De fait, il préférait de beaucoup côtoyer Cléo en tant qu'épouse de Marcus plutôt que dame de compagnie constamment accrochée à Violet.

Il reporta son regard sur son ami.

— Je n'ai pas besoin d'être protégé, déclara-t-il.

— Bien sûr que si. Tu en as toujours eu besoin. Voilà des années que je te protège. C'est mon métier.

— Je ne pense pas, non.

— Te souviens-tu de la fois où cette femme a prétendu que...

— Oui, s'empressa de répondre James. Mais c'était il y a des années.

— Très bien, dit Marcus en commençant à compter sur ses doigts. Plus récemment, je t'ai protégé de plusieurs désastres financiers en coupant court à d'éventuelles poursuites en justice.

— Je n'ai aucun souvenir de cela, répondit James en fronçant les sourcils.

Marcus soupira.

— Parce que je ne t'en ai pas parlé. Tu me paies généreusement pour m'occuper de ce genre d'affaires à ta place. Je te dérange rarement pour des difficultés mineures au sujet de contrats, d'autorisations ou d'éventuelles actions en justice. C'est préférable, crois-moi.

— Comment le fait de me laisser dans l'ignorance peut-il être préférable ?

— Parce que cela te permet de te concentrer sur des sujets plus importants. Si tu savais, par exemple, que la façon d'échapper aux stipulations du testament consiste à produire un héritier...

— Quoi ? s'exclama James en le dévisageant.

— Quoi ? s'écria Cléo en fronçant les sourcils.

Marcus écarquilla les yeux comme s'il venait seulement de comprendre ce qu'il venait de laisser échapper.

— Quoi ?

James plissa les yeux.

— De quoi parles-tu ?

— De rien, dit vivement Marcus. Ma langue a fourché, c'est tout. Pure absurdité, vraiment. J'ai l'esprit embrumé par la félicité conjugale. Je n'en tiendrais absolument pas compte, à ta place.

— C'est la clause dont tu n'as pas voulu me parler, n'est-ce pas ?

— Possible, répondit Marcus en grimaçant.

— Tu as raison, fit James, réfléchissant à voix haute. Violet ne doit pas l'apprendre. Surtout pas maintenant.

— Surtout pas, approuva Marcus en secouant vigoureusement la tête.

— Si elle l'apprend, elle ne voudra jamais croire que la nuit dernière...

— La nuit dernière ? demanda Marcus.

— Tu n'es pas le seul à avoir l'esprit embrumé par la félicité conjugale, dit James en se passant la main dans les cheveux. Nous sommes donc d'accord.

— Je vous prie de m'excuser, *James*, intervint Cléo en croisant les bras sur sa poitrine. Mais *je* ne suis pas d'accord. Je pense que Violet doit absolument en être informée.

— Elle croira que tout ce qui s'est passé entre nous...

— Cette nuit..., murmura Marcus.

— ... n'a eu lieu qu'à cause du testament d'oncle Richard. Elle croira que je me suis servi d'elle à des fins personnelles, fit James en secouant la tête. Alors que je viens à peine de gagner sa confiance. Tous mes efforts seront anéantis si elle entend parler de ça.

— Il suffit que je lui dise que j'étais présente quand vous l'avez appris, objecta Cléo.

— Pensez-vous vraiment qu'elle croira que j'ignorais quelque chose d'aussi important ? Que Marcus ne m'en avait jamais parlé ? protesta James. Même si elle vous croit, le doute perdurera toujours.

— Peut-être, mais c'est la plus chère amie que j'aie au monde. Comment pourrais-je taire un secret pareil ?

— Cette révélation va tout gâcher. Elle va nous détruire, dit-il en soutenant le regard de Cléo. Bon sang, Cléo, je l'aime. Je ne peux pas la perdre.

Marcus pencha la tête vers sa femme.

— Avez-vous jamais vu un homme plus sincère ? James est vraiment quelqu'un de bien. Et tout est ma faute. Je ne pourrais jamais me pardonner d'avoir ruiné le bonheur de mon meilleur ami. Surtout quand je suis tellement heureux moi-même.

— Ne rien dire à Violet serait parfaitement injuste, Marcus, dit-elle en fusillant son mari du regard.

— Je sais.

Cléo garda le silence pendant un long moment.

— Très bien, reprit-elle finalement. Je ne dirai rien, ajouta-t-elle en soutenant le regard de James. À condition que vous le fassiez.

James aurait préféré que Violet ne sache jamais rien de cette affaire. Oh, il aurait sans doute fini par lui en parler, dans un avenir lointain, une fois leurs enfants devenus grands. Tout aurait été complètement différent s'il avait eu la possibilité de lui en parler la veille. Mais là… Apparemment, il n'avait pas le choix.

— D'accord, acquiesça-t-il. Me laisserez-vous au moins le lui dire au moment que je jugerai opportun ?

Cléo hésita. Marcus hocha la tête d'un air plein d'espoir tout en observant sa femme. Celle-ci soupira.

— D'accord, dit-elle en regardant James. Mais à votre place, je n'attendrais pas trop longtemps. Plus vous attendrez, plus ce sera compliqué.

— J'en ai bien conscience, répondit-il, soulagé. Merci.

— Je suppose que c'est le genre de chose qui se fait, entre amis, lâcha-t-elle en le gratifiant d'un sourire pincé.

— Ne gâche pas tout, glissa Marcus à James.

— Je ferai de mon mieux, promit-il en se tournant pour partir, puis en se retournant de nouveau. Oh, j'étais venu chercher du papier.

Cléo ramassa quelques feuilles de papier à lettres sur le secrétaire et les lui tendit. Après tout, cette idée de poème tombait peut-être à pic.

Après l'avoir remerciée, James se tourna vers la porte, puis, encore une fois, se retourna.

— Une dernière chose, dit-il en souriant à son vieil ami et à celle qui était en passe de devenir une nouvelle amie. J'ai oublié de vous présenter mes félicitations. Je vous adresse à tous deux tous mes vœux de bonheur.

— Merci, James, fit Cléo avec un sourire.

— Bonne chance, ajouta Marcus.

James le remercia et prit congé.

La chose la plus intelligente à faire aurait été de tout dire à Violet sans attendre. Histoire d'être débarrassé. Et complètement honnête. De lui dire à quel moment il avait découvert l'existence de cette clause. Le fait que cela se soit produit tout de suite après qu'ils avaient fait l'amour était plutôt un point en sa faveur, finalement. Si elle acceptait de le croire, bien sûr. Sa déclaration de confiance allait se voir mise à l'épreuve.

Et la mise du jeu auquel ils jouaient n'avait encore jamais été aussi élevée.

*

* *

James prit une profonde inspiration, ouvrit la porte et entra dans la suite.

Et resta figé sur place.

— Welles ?

Le vicomte Welles semblait en pleine conversation avec Violet, qui était visiblement contrariée. Que diable se passait-il ?

Welles le salua d'un hochement de tête.

— Ellsworth.

James jeta un coup d'œil à Violet avant de reposer les yeux sur Welles.

— C'est toujours un plaisir de te voir, dit-il en allant déposer le papier à lettres sur le secrétaire. J'ignorais que tu avais l'intention de venir en Grèce.

— Oh, ce n'est pas ma première visite.

— Je vois.

Avec Violet ? Il choisit d'ignorer cette pensée. La confiance marchait dans les deux sens, non ?

— Duncan tenait à m'informer d'une chose que je devais impérativement savoir, selon lui, dit Violet en croisant les mains devant elle.

— Et un télégramme ne suffisait pas ?

Il se passait quelque chose. C'était palpable dans l'atmosphère, suspendu au-dessus d'eux comme un nuage noir. Et apparemment, James était le seul à ne pas savoir de quoi il s'agissait.

— Tu es venu jusqu'en Grèce depuis Londres ?

— J'ai estimé préférable de délivrer personnellement cette information.

James haussa un sourcil soupçonneux.

— Tu n'écris pas de poésie, n'est-ce pas ?

— Non.

Le vicomte eut le toupet de paraître indigné. Violet eut pour lui un coup d'œil agacé, puis reporta son regard sur James.

— Duncan m'apprend qu'il existe une clause dans le testament d'oncle Richard disant que si un enfant venait à être conçu, nous ne serions plus tenus de nous soumettre à aucune des stipulations. Et que vous entreriez alors en possession de votre héritage. Intégralement.

James résista à l'envie de demander à Welles comment il avait découvert cette information. Cela aurait révélé qu'il était également au courant, ce qui ne semblait guère avisé pour le moment. Il n'était pas certain d'avoir beaucoup de cartes en main à ce stade de la partie, mais il préférait les garder cachées.

— Poursuivez.

— J'aimerais savoir si vous étiez au courant de cette clause, demanda Violet.

Il fut sur le point de répondre la vérité, puis se ravisa. Il choisit soigneusement ses mots.

— Vous avez dit que vous me faisiez confiance.

Elle hocha la tête.

— Je l'ai dit, oui.

— Dans ce cas, faites-moi confiance maintenant.

Elle fronça les sourcils.

— Je veux simplement savoir si vous étiez ou non au courant.

— Avant la nuit dernière, vous voulez dire.

— La nuit dernière ? releva Welles.

James ignora son interruption.

— Car si tel était le cas, cela signifierait que la nuit dernière n'a été qu'un stratagème de ma part pour entrer en possession de mon héritage. Et qu'elle ne signifiait donc rien.

Violet hésita.

— Si vous me faites confiance, vous n'avez pas besoin de me demander cela.

— C'est une simple question, James. Pourquoi ne pas y répondre ?

— Parce que je suis fatigué, Violet. J'en ai assez. J'ai fait tout mon possible pour gagner votre confiance. Et je viens de comprendre que si vous ne me faites pas confiance aujourd'hui, vous ne le ferez jamais. Et je ne veux plus jouer à ce jeu, ajouta-t-il d'un ton las.

— Pour moi, ça n'a jamais été un jeu.

— Soit vous avez confiance en moi, soit non, dit-il en secouant la tête. J'ai tenté de faire mes preuves à vos yeux. De vous prouver que j'avais changé et que je n'étais plus celui que vous avez épousé. Que j'étais digne de votre confiance.

— J'ai dit que je vous faisais confiance, répéta-t-elle sèchement.

— Dans ce cas, à votre tour de prouver quelque chose.

Leurs regards restèrent rivés l'un à l'autre pendant un moment interminable.

— Vous ne me répondrez pas, n'est-ce pas ? dit-elle.

— Je n'en vois pas la nécessité.

— Nous sommes donc en désaccord. Très bien, fit-elle en prenant une longue inspiration. Nous poursuivrons cette conversation ultérieurement. Pour l'heure, je dois assister à une lecture.

— Vous fuyez, déclara-t-il en la dévisageant. Comme d'habitude.

Comment n'avait-il pas vu cela plus tôt ?

— Vous êtes ridicule. Je ne fuis pas, répliqua-t-elle en relevant le menton. Je vais assister à une lecture.

— Vous avez pris la fuite au lendemain de notre mariage. Et vous avez de nouveau pris la fuite quand nous nous sommes embrassés.

Welles sursauta.

— Vous vous êtes embrassés ?

— Et maintenant, vous recommencez, ajouta James.

— Ne soyez pas ridicule, répéta-t-elle d'un ton brusque. Je suis attendue à cette lecture et j'ai l'intention d'y assister.

— Je ne peux pas garantir que je serai là à votre retour, déclara-t-il sans réfléchir, avant de se rendre compte qu'il était sérieux.

— Mon Dieu, James, ne soyez pas aussi mélodramatique, répondit-elle en ramassant son chapeau et ses gants. Je vous retrouverai d'ici quelques heures.

— Je suis très sérieux, Violet.

Il en avait plus qu'assez de ramper devant elle pour se faire pardonner. Qu'aurait-il pu faire de plus ?

— Eh bien, partez ! répliqua-t-elle, tournant les talons et quittant la pièce sans laisser le temps à quiconque de protester.

Tout était-il donc fini ?

Welles toussota. James avait presque oublié sa présence. Il avait toujours apprécié Welles, qu'il considérait comme un ami. Jusqu'à maintenant.

— Qu'es-tu vraiment venu faire ici, Welles ?

Question idiote. Il était clair que Violet et lui étaient liés, d'une façon ou d'une autre.

— J'ai estimé qu'il était important que Violet ait connaissance de cette clause, déclara Welles d'un air supérieur.

Bien trop supérieur pour un homme qui essayait de voler la femme d'un vieil ami.

— Au cas où je l'aurais séduite ?

L'expression de Welles se crispa.

— Elle te fait peut-être confiance, mais pas moi.

— C'est elle qui t'a parlé des termes du testament ?

Welles hésita, puis hocha la tête.

— À Londres, oui.

— Tu as donc posé des questions et graissé des pattes dans l'espoir de trouver quelque chose qui te serait profitable.

— Ça n'a pas été aussi simple, mais oui, pour ainsi dire. Ma seule intention était de protéger Violet, affirma-t-il avec conviction. J'ai l'intention de l'épouser.

— Elle est déjà mariée, répliqua James en serrant les dents.

— Pour l'instant, dit Welles. Elle ne pourra plus jamais te faire vraiment confiance, tu sais. Pas après ce qui vient de se passer.

— C'est toi qui le dis.

James serra les poings, les bras tendus le long du corps. Welles, hélas, avait sans doute raison.

— Je crois surtout qu'elle vient de le prouver, répliqua Welles en soutenant son regard. Ce qui veut dire qu'aucun de vous ne sera jamais heureux. Est-ce ce que tu lui souhaites ?

— Je peux la rendre heureuse.

— Vraiment ? Tu lui as déjà pris six ans de sa vie, dit Welles en secouant la tête. Mérite-t-elle vraiment de gâcher aussi le reste ? Elle estime avoir une dette envers toi parce que tu lui as permis de voir le monde. Je ne peux pas croire que tu veuilles qu'elle reste par gratitude.

James sentit son ventre se nouer.

— La meilleure chose que tu puisses faire pour elle, c'est la laisser partir. Tu as dit que tu ne serais plus là à son retour. Je te suggère de tenir parole.

— Je l'aime.

— Dans ce cas, épargne-lui une vie de doute et d'inquiétude perpétuels. Des années à se demander si elle peut vraiment faire confiance à l'homme en qui elle est censée avoir confiance. Elle ne mérite vraiment pas cela. Et toi non plus, ajouta-t-il, son ton se faisant plus doux.

Il hésita un instant, puis hocha la tête.

— Au revoir, Ellsworth, lâcha-t-il avant de prendre congé sans plus de façons.

Pendant un long moment, James garda le regard rivé sur la porte que le vicomte venait de franchir. Comment la situation avait-elle pu s'envenimer à ce point avec Violet ? Moins d'une heure plus tôt, l'avenir – *leur* avenir – semblait radieux. Peut-être que si James s'était contenté de répondre à sa question…

Mais non. Soit elle lui faisait confiance, soit elle ne lui faisait pas confiance. Et si ce n'était pas le cas aujourd'hui, elle n'y parviendrait jamais. Sans confiance, l'amour suffisait-il ?

Il lui avait dit qu'il voulait être son héros. La laisser partir était peut-être la meilleure façon de le devenir. Il risquait de tout perdre, mais la seule chose qu'il craignait de perdre, c'était elle. Même si elle ne lui avait jamais vraiment appartenu, songea-t-il, le cœur serré.

Welles l'avait suivie à travers tout le continent. Il prendrait soin d'elle. Quoi qu'il en soit, elle avait le fonds qu'oncle Richard lui avait laissé. Elle serait à l'abri, financièrement.

Il sortit ses vêtements de l'armoire et de la commode et les fourra dans son sac de voyage. Il allait rentrer en Angleterre et décider de ce qu'il allait faire du reste de sa vie. Même si cela n'avait plus grande importance.

Il lui avait fallu du temps pour accepter l'idée, mais au fond de son cœur il avait toujours su qu'oncle Richard avait raison. Violet et lui étaient faits l'un pour l'autre.

Malheureusement, ils ne vivraient jamais ensemble.

26

Fuir ? Elle ? Quelle accusation ridicule.

Violet cheminait d'un pas vif dans les rues. Elle avait rejeté l'idée de héler un fiacre pour se rendre aux ruines de la bibliothèque d'Hadrien. À pied, elle en aurait à peine pour une demi-heure, et la marche serait le meilleur moyen de chasser son irritation et de s'éclaircir les idées.

Elle n'avait jamais fui devant quoi que ce soit de toute sa vie.

Sauf devant James.

Quelle absurdité ! Elle ralentit le pas. À la réflexion, James avait peut-être marqué un point. N'était-elle pas en ce moment même en train de fuir la peur effroyable qui l'avait saisie à l'instant précis où Duncan lui avait parlé du testament ? L'horrible douleur qui s'était emparée d'elle ne lui avait-elle pas intimé de prendre la fuite ? Quoi qu'il en soit, ce n'était pas elle qui était en tort.

N'est-ce pas ?

Elle arriva en vue des ruines de l'antique bibliothèque, où des chaises avaient été disposées face aux colonnes encore debout pour la lecture du jour. Violet salua certains membres de la société déjà présents, bien qu'elle n'ait guère la tête à échanger des amabilités. C'était M. Tibbets, des Tibbets du Berkshire, parent éloigné d'un duché éteint – ce qu'il déplorait et ne manquait jamais de mentionner à chacune de leurs rencontres –, qui donnait toujours la première lecture. Violet ignorait la raison de cette primauté, Tibbets n'étant pas un lecteur particulièrement doué.

Elle s'assit au dernier rang et tâcha de se concentrer sur la lecture, l'un des chants du *Pèlerinage de Childe Harold*, mais si on lui avait demandé de le faire elle aurait été bien en peine de répéter ne serait-ce qu'un seul mot de ce qui venait d'être récité.

Pourquoi James avait-il refusé de répondre à sa question ? À moins, bien sûr, qu'il n'ait été au courant de la clause *avant* de coucher avec elle. La question, pourtant, n'était peut-être pas tant de savoir si elle lui faisait confiance, mais si elle se faisait confiance à elle-même. La nuit qu'ils avaient passée ensemble avait comblé ses vœux les plus secrets. Elle avait avoué ses sentiments à James et il avait dit qu'il l'aimait, lui aussi. Pas un instant elle n'avait douté de lui, cette nuit. Ni ce matin.

Pourquoi diable aurait-elle douté de lui maintenant ?

Mon Dieu ! Elle se redressa soudain sur sa chaise. James avait raison. Soit elle lui faisait confiance, soit elle ne lui faisait pas confiance. Ne le connaissait-elle pas suffisamment pour savoir qu'il n'aurait jamais abusé d'elle pour entrer en possession de son héritage ? Si elle ne pouvait pas croire cela, alors ils ne partageaient rien. Tout en elle lui disait qu'elle pouvait se fier à James. Or, si elle lui faisait confiance, elle n'avait pas besoin de le questionner au sujet de la clause du testament. James l'aimait, elle l'aimait, et au bout du compte c'était tout ce qui importait.

— Tout va bien ? s'enquit Duncan, qui venait de s'asseoir à côté d'elle.

— Que faites-vous là ? murmura-t-elle à voix basse.

— Pourquoi tout le monde s'obstine-t-il à me poser cette question ?

— Parce que votre présence ici est surprenante. Et non désirée, dit-elle avec un soupir.

— Je suis venu vous aider, répondit-il d'un ton indigné. À grands frais, ajouterai-je.

— Je comprends et je vous en sais gré, mais je n'ai nul besoin de votre aide. Et elle n'est pas la bienvenue, fit-elle – parce qu'il fallait que ce soit dit.

Une dame assise devant elle se retourna pour la gratifier d'un regard de réprimande. Violet lui adressa un petit sourire d'excuse.

— Venez, lança-t-elle à Duncan en se levant pour traverser les ruines et regagner la rue.

Essayer d'écouter de la poésie était parfaitement dénué de sens quand la seule chose qu'elle avait vraiment besoin de faire, c'était courir retrouver James. Et s'excuser. Peut-être même ramper un peu. Seigneur, elle avait vraiment compliqué les choses.

— Vous ne pourrez jamais lui faire confiance, déclara Duncan en venant se placer près d'elle. Mais vous pourrez toujours vous fier à moi.

— Vous n'imaginez pas combien cela compte pour moi, répondit-elle d'un air absent.

James n'était sans doute pas sérieux quand il avait dit qu'il ne serait plus là à son retour. C'était le genre de chose qu'on disait pour faire de l'effet. Personne ne prenait cela au pied de la lettre. C'était une menace en l'air, comme « Je devrais vous gifler pour cela », ou « Je ne vous parlerai plus jamais », ou…

« Je ne veux plus jamais vous voir. »

Malédiction ! Elle se mit à marcher plus vite.

— Violet ! s'exclama Duncan d'une voix dure qui attira son attention. J'essaie de vous parler.

— Et je vous écoute, mais il faut que je rentre à l'hôtel. Il y a une affaire que je dois régler de toute urgence, ajouta-t-elle en lui jetant un coup d'œil sans pour autant ralentir le pas. C'est assez difficile de passer du rôle de victime à celui de la fautive.

— Je ne peux pas croire que vous ayez commis la moindre faute.

— Vous ne me connaissez peut-être pas aussi bien que vous le croyez.

— Je vous connais, Violet. Bien mieux que lui. Et vous me connaissez aussi. Vous venez de dire que vous aviez confiance en moi...

— Pas exactement, marmonna-t-elle. Mon Dieu, les hommes n'entendent-ils jamais que ce qu'ils ont envie d'entendre ?

— Je vous aime, Violet. Je peux vous rendre heureuse.

Violet s'arrêta net et se tourna vers lui.

— Je pensais avoir été très claire, à Londres, mais peut-être me suis-je trompée.

En d'autres circonstances, Violet aurait veillé à choisir ses mots avec la plus grande délicatesse. Mais, dans l'immédiat, elle avait besoin d'aller retrouver son mari, le seul homme au monde à penser qu'un commentaire stupide comme « Je ne veux plus jamais vous voir » avait valeur de verdict irrévocable. Et, dans l'immédiat, Duncan se trouvait en travers de son chemin.

— Vous occuperez toujours une place à part dans mon cœur, mais je crains que la confiance ne suffise pas.

— Mais je vous aime !

— Oui, vous l'avez déjà dit. Je suis navrée si c'est déplaisant à entendre, mais moi, je ne vous aime pas, dit Violet avant de prendre une grande inspiration. Je suis désolée, mais j'aime mon mari. Et j'ai toute confiance en lui.

— À Londres, vous avez dit que vous ne l'aimiez pas.

— À Londres, c'était il y a une éternité, répondit-elle en posant la main sur son bras. Vous n'auriez pas été heureux avec moi. Au fond de vous, vous le savez. Vous méritez une femme qui vous rendra aussi heureux que vous aurez envie de la rendre heureuse.

— Violet…

— Je vous en prie, Duncan, il faut que je retrouve mon mari avant qu'il fasse quelque chose de stupide.

Elle se remit en route, puis se rendit compte que Duncan n'était plus auprès d'elle. Elle se retourna.

— Vous ne venez pas ?

— Il est peut-être préférable que je ne vous accompagne pas. J'ai dit des choses à Ellsworth…, commença-t-il avant de s'interrompre en faisant la grimace. Je crains de l'avoir encouragé à partir. Dans votre intérêt, bien sûr, ajouta-t-il aussitôt.

— Le ciel me préserve des idiots qui cherchent à m'aider, répliqua-t-elle sèchement en reprenant le chemin de l'hôtel. Pas étonnant que Shakespeare ait dit que la première chose à faire, c'était de tuer tous les hommes.

— Je crois que la citation exacte, c'est « tuons tous les avocats[1] », lança-t-il derrière elle.

— C'est pareil !

*

* *

À son arrivée, Violet trouva Cléo et Marcus devant la porte de sa suite.

— Nous venions justement te voir, dit Cléo.

— Ah, oui ? Pourquoi donc ? demanda-t-elle d'un ton qu'elle aurait voulu léger.

À voir leurs têtes, ils n'étaient pas là pour lui proposer de se joindre à eux pour aller visiter Athènes.

---

1. « Let's kill all the lawyers », *Henri VI* (deuxième partie), acte IV, scène 2.

Violet sentit son ventre se nouer. Elle déverrouilla la porte, poussa le battant et pénétra dans la suite, Cléo et Marcus sur ses talons. Le salon était resté tel qu'il était à son départ, mais elle sut, sans l'ombre d'un doute, qu'en allant inspecter l'armoire elle n'y trouverait plus les vêtements de James.

— Il est parti, n'est-ce pas ?

— Je le crains, répondit Marcus. Il m'a laissé un message qu'il a glissé sous ma porte. Nous l'avons trouvé il y a seulement quelques minutes.

— Et alors ? s'enquit-elle, s'armant de courage. Que dit ce message ?

— Que vous ne lui avez pas fait confiance. Et que vous ne le ferez sans doute jamais. Il a donc décidé qu'il valait mieux pour vous qu'il vous libère de toute obligation envers lui. Comme il est à peu près certain que vous resterez séparés plus des quatorze jours qui vous sont alloués cette année, il perdra tout. Rien ne vous imposera plus d'obéir aux termes du testament. Vous serez libre de vivre votre vie comme vous l'entendez.

— Le message dit aussi que c'est la meilleure chose qu'il puisse faire pour toi, ajouta Cléo d'un ton compatissant. C'est très noble de sa part.

— Il s'efforce d'être mon héros. Il renonce à tout pour assurer mon bonheur. Ce n'est absolument pas noble, c'est stupide ! s'exclama Violet en se tordant les mains. Et dénué de sens. Comment pourrais-je être heureuse en sachant qu'il a renoncé à tout pour moi ? En sachant qu'il perd non seulement sa fortune, mais aussi la maison de Londres, dont Richard avait fait leur foyer ? Et le manoir qui appartient à sa famille depuis des générations, un lieu rempli de souvenirs de ses parents ? ajouta-t-elle, la gorge de plus en plus douloureuse au fur et à mesure que sa voix s'élevait. Comment pourrais-je être heureuse sans lui ?

Cléo écarquilla les yeux.

— Tu l'aimes vraiment.

— Oui, lâcha-t-elle dans un cri. Je l'aime. Je l'ai toujours aimé.

— Puis-je demander ce qui s'est passé ? s'enquit prudemment Marcus.

Violet tâcha de retrouver un ton plus calme.

— J'ai demandé à James s'il était au courant de la clause du testament nous permettant d'échapper aux stipulations.

— Comment en avez-vous eu connaissance ? demanda Marcus.

— Là n'est pas l'important, répondit Violet, balayant la question de la main. James a refusé de me répondre. Il a déclaré que soit je lui faisais confiance, soit je ne lui faisais pas confiance. Il avait raison, ajouta-t-elle en secouant la tête.

— Je vois, dit Marcus en l'observant d'un air pensif. Souhaitez-vous toujours connaître la réponse à votre question ?

— Non, répliqua-t-elle en levant le menton. Ce n'est pas nécessaire. Je lui fais entièrement confiance.

Marcus sourit.

— Excellente réponse, lady Ellsworth. Et maintenant, qu'avez-vous l'intention de faire au sujet de lord Ellsworth ?

— Il te faut agir, ajouta Cléo. Tu ne peux rester là à te morfondre.

— Je n'ai pas l'intention de me morfondre, assura Violet. Je mérite sans doute un moment d'abattement, mais l'heure est à l'action. Je suis restée partie à peine une heure, il ne peut pas être bien loin.

— J'ai vérifié auprès de la réception. Lord Ellsworth a réservé un billet sur le ferry pour Brindisi qui devait partir voici un quart d'heure, annonça Cléo. Et il n'y a pas d'autre ferry avant demain. S'il prend le bateau depuis Brindisi, nous ne le rattraperons jamais.

Violet pouffa de rire.

— Il ne prendra jamais le bateau, dit-elle en adressant un regard entendu à Marcus. N'est-ce pas ?

— C'est peu probable, en effet. Il a un léger problème avec les bateaux. Parfois aussi avec les trains.

— C'est ce que j'avais cru comprendre, fit Violet avant de réfléchir un moment. Vous avez raison. S'il suit le même trajet qu'à l'aller, nous ne pourrons pas le rattraper. Combien de temps...

— En reprenant le même chemin, il lui faudra au moins une semaine pour regagner Londres, dit Cléo. Cette estimation supposant qu'il n'y ait aucun retard de train et aucune correspondance manquée. Or, toi et moi savons bien que c'est impossible. Et James n'est pas un voyageur expérimenté. Je serais surprise qu'il rejoigne Londres en moins de... quatorze jours, déclara-t-elle en secouant la tête d'un air de regret.

— Marcus, l'apostropha Violet en regardant le notaire droit dans les yeux, Mme Higginbotham est la seule autorité concernant la violation des termes du testament, n'est-ce pas ?

Il hocha la tête.

— Dans ce cas, il nous faut regagner Londres avant James.

— Je ne comprends pas, fit Marcus en fronçant les sourcils.

Cléo observa son amie un moment, puis sourit.

— Violet a un plan.

— Une ébauche de plan, en tout cas, acquiesça-t-elle. Mais nous ne pourrons rien faire avant d'être à Londres, et nous devons impérativement arriver avant lui.

— Pourquoi ? demanda Marcus, toujours perplexe.

— Pour pouvoir parler à Mme Higginbotham, bien sûr.

Le notaire secoua la tête.

— Je ne comprends toujours pas.

— Ce n'est pas nécessaire, mon cher, dit Cléo en tapotant le bras de son époux, avant de se tourner vers Violet. Si nous prenons le bateau directement d'Athènes... Je vais tout de suite m'informer des possibilités !

— Parfait, répondit Violet. J'ai passé six ans à en vouloir à James de ne pas m'avoir suivie, de ne pas s'être battu pour moi. Pour nous. Aujourd'hui, c'est à moi de me battre pour lui. Et c'est bien ce que j'ai l'intention de faire, déclara-t-elle d'un ton résolu en redressant les épaules. Parfois, même le plus vaillant des héros a besoin d'un coup de pouce.

27

Quinze jours plus tard

— Juste ciel, milord ! s'exclama Andrews en le dévisageant comme s'il voyait un fantôme. Où étiez-vous passé ?

— Heureux de vous revoir, Andrews, répliqua James en laissant tomber son sac de voyage dans l'entrée.

Que c'était bon de retrouver son foyer ! Il y avait eu des moments où il avait douté d'y parvenir. Certes, ce foyer ne serait plus très longtemps le sien, songea-t-il ensuite, son cœur se serrant à cette idée. Mais son sort était désormais scellé, et se lamenter ne servirait à rien.

— Pardon, milord, reprit Andrews, le front plissé. Mais nous étions tous très inquiets. Et nous ne vous attendions pas ce soir.

— Et pourtant, me voici, répondit James en soupirant. Quant à l'endroit où j'étais passé... J'ai commencé mon voyage de retour en Grèce, au Pirée, où j'ai embarqué sur un ferry pour Brindisi, en Italie, pour me rendre compte aussitôt que j'avais pris, une fois de plus, une mauvaise décision. Trop tard, malheureusement, et j'ai donc dû accomplir le trajet jusqu'au bout. À mon arrivée en Italie, j'ai immédiatement repris le ferry en sens inverse pour retourner en Grèce où, une fois de plus, je suis arrivé trop tard.

Andrews était apparemment trop stupéfait pour répondre.

— J'ai donc une fois de plus embarqué à bord de cet infâme et grinçant cercueil flottant pour retourner en Italie. Avez-vous seulement idée du nombre de personnes qui ne parlent pas anglais en Italie ?

— Un grand nombre, j'imagine, milord.

— Et vous êtes encore loin du compte, mon brave Andrews, fit James en ricanant. D'autant qu'inévitablement, quand vous trouvez quelqu'un qui parle votre langue et accepte de traduire, il disparaît avec l'argent que vous lui avez donné et vous abandonne devant un train qui n'est pas le bon.

Andrews fit la grimace.

— En Italie, j'ai changé de train à Naples, à Rome et à Milan. Saviez-vous que les trains italiens ont la réputation de ne jamais être à l'heure et qu'il est impossible de compter sur eux pour attraper sa correspondance ?

— Non, milord.

— Je ne sais trop comment, je me suis finalement retrouvé en Suisse, dit James en secouant la tête, la façon dont ce phénomène s'était produit le laissant toujours perplexe. Là, j'ai rencontré un groupe de voyageuses d'un certain âge, originaires de Sheffield, qui effectuaient un circuit Thomas Cook. Elles m'ont pris sous leur aile et m'ont escorté jusqu'à Paris. De là, j'ai enfin pu regagner Londres.

Un rire étouffé s'éleva depuis la bibliothèque, dont la porte était entrouverte.

James plissa les yeux.

— S'agit-il de...

— Lady Ellsworth vous attend, confirma Andrews. Elle est arrivée il y a une semaine.

Tant mieux. Il n'aurait pas à se donner la peine de la retrouver. Mais le fait même qu'elle soit là... Pour la première fois depuis deux semaines, James sentit frémir dans ses veines quelque chose qui ressemblait à de l'espoir.

— Vraiment ? répondit-il, s'armant de courage. Est-elle rentrée seule ?

— Non, milord.

Le cœur de James sombra.

— Elle était accompagnée de M. et Mme Davies. Tous trois étaient très inquiets pour vous, ne sachant où vous étiez.

— Lord Welles s'est-il présenté ici en mon absence ? demanda James comme si la chose n'avait aucune importance.

— Non, milord.

Dieu que cette réponse lui faisait plaisir !

— Depuis le retour de lady Ellsworth, les seuls visiteurs ont été M. et Mme Davies ainsi que Mme Higginbotham et ses amies, dit Andrews avant de jeter un coup d'œil vers la porte du salon et de se pencher vers lui en baissant la voix. Lady Ellsworth a attendu votre retour sur des charbons ardents. Elle voulait que M. Davies engage des détectives pour vous retrouver, mais comme personne n'avait la moindre idée de votre itinéraire elle a dû y renoncer. Lady Ellsworth n'a cessé de faire les cent pas, principalement dans le salon et dans la bibliothèque. Les femmes de chambre se sont inquiétées pour l'usure des tapis.

— Je vois.

Seigneur, que c'était bon à entendre !

James tira sur ses manchettes et ajusta le nœud de sa cravate, essentiellement pour reprendre contenance. Il devait avoir l'air aussi fourbu et défraîchi qu'il se sentait. Mais Violet était là, ce qui était forcément bon signe. Quoi qu'il en soit, ils s'étaient retrouvés séparés plus longtemps qu'ils n'y étaient autorisés par les termes du testament. Mais son héritage n'avait plus d'importance. Violet était la seule chose qu'il désirait. La seule qui importait. Même s'il ne voulait plus rien faire pour le lui prouver.

Il se dirigea vers la bibliothèque et passa devant elle. Adossée à la porte ouverte, elle le regarda entrer avec des yeux brillants d'amusement. Elle n'avait visiblement pas perdu un seul mot de l'échange qu'il venait d'avoir avec le majordome.

— Bienvenue à la maison, dit-elle en souriant avant de refermer la porte de la bibliothèque.

— Vous trouvez cela drôle, n'est-ce pas ?

— *C'est* drôle, répliqua-t-elle. Mais je ne ris pas parce que c'est drôle. Je ris de soulagement parce que vous êtes enfin de retour.

— Que faites-vous ici ? demanda-t-il en traversant la pièce jusqu'à la carafe de whisky, qu'il trouva heureusement presque pleine.

— Je vis ici, répondit-elle sur le ton de l'évidence. Et je vous attendais.

— Pourquoi ?

— Parce que j'étais inquiète. Je n'étais pas certaine que vous retrouveriez le chemin de la maison.

— Comme tout bon chien de rapport, j'y suis parvenu.

— Et parce que j'ai eu tort, ajouta-t-elle en avançant vers lui. Effroyablement, affreusement tort. Et que vous aviez raison.

— Oh ?

— Vous n'avez pas l'intention de me faciliter les choses, n'est-ce pas ?

— Vous faciliter les choses ne présente guère d'attrait pour le moment.

— Je vois.

Elle prit le verre qu'il s'était servi, le vida, puis le lui rendit. Elle était clairement nerveuse.

— Tout d'abord, je vous dois des excuses.

— Je sais, dit-il en remplissant son verre.

— Je n'aurais pas dû douter de vous. Pas même un instant. Et je ne le fais plus, ajouta-t-elle vivement. Il ne m'a pas fallu longtemps pour le comprendre. Mais, le temps que je le comprenne, vous étiez malheureusement déjà parti.

— Partir m'a semblé une bonne idée sur le moment. Tout sacrifier pour garantir le bonheur de la femme que j'aime. Un geste grandiose, en quelque sorte.

Un geste qui s'était soldé par un interminable voyage de retour au cours duquel il n'avait pas arrêté de se demander à quel moment les choses avaient déraillé et ce qu'il allait bien pouvoir faire de sa vie. Cela ne faisait même pas une heure qu'il était en mer, au cours de son premier trajet jusqu'à Brindisi, qu'il avait compris qu'il se comportait comme un imbécile. Qu'il faisait exactement ce qu'il l'avait accusée de faire : prendre la fuite. Et que, toutes ses honorables intentions mises à part, cela revenait à renoncer.

— J'ai trouvé cela attendrissant. Et stupide.

— Stupide est sans doute la chose la plus gentille que vous puissiez dire. Je reconnais m'être laissé aveugler quand j'ai compris que, quoi que je fasse, vous ne m'accorderiez sans doute jamais votre confiance. Mon départ était toutefois précipité. Je ne sais pas ce qui m'a pris. Je vous en veux, conclut-il en levant son verre.

— C'était peut-être ma faute, reconnut Violet.

— Peut-être ?

— D'accord, dit-elle en redressant les épaules. C'était entièrement ma faute.

— Je suis parvenu à un certain nombre de conclusions, au cours de mon interminable voyage de retour.

— Moi aussi.

— Dans ce cas, cela promet d'être amusant, lança-t-il en l'observant tandis qu'il sirotait son whisky. Je suis amoureux de vous.

*

* *

Violet accueillit cette déclaration d'un hochement de tête très sobre, mais le soulagement qui la submergea dissipa la peur qui ne la lâchait plus depuis qu'elle avait regagné leur suite à Athènes.

— Vous l'avez déjà dit en Grèce, lui rappela-t-elle d'un ton pincé.

— Ce que je n'ai pas dit, c'est que j'ai toujours été amoureux de vous, ajouta-t-il en faisant tournoyer le whisky au fond de son verre, le regard rivé sur le liquide ambré, prenant visiblement le temps de choisir ses mots. Tout a commencé quand je vous ai embrassée il y a six ans et que je me suis rendu compte…

— Oui ?

— Laissez-moi finir, dit-il sèchement. J'avais l'intention de vous donner un baiser tout simple, comme ceux que j'avais déjà échangés avec je ne sais combien de filles. Mais quand je vous ai embrassée…

— Mon Dieu, murmura-t-elle.

— Vous vous souvenez de cet instant, n'est-ce pas ?

— Je ne l'oublierai jamais. J'ai cru que vous étiez déçu parce que vous m'aviez prise pour Marie. J'en ai été affreusement peinée, j'en ai même eu le cœur brisé. Sur le moment, je m'étais imaginé que vous aviez enfin compris que j'étais celle qu'il vous fallait.

— Vous aviez raison de le croire, car c'est effectivement ce qui s'est produit, avoua-t-il en soutenant son regard. Lorsque je vous ai embrassée, j'ai été frappé par la certitude absolue que vous étiez la seule et unique femme qui m'était destinée.

Elle le dévisagea.

— Et ça m'a terrifié, avoua-t-il en poussant un long soupir. Je ne savais plus quoi faire. J'étais déjà parvenu à la conclusion que je n'étais pas prêt pour le mariage. J'ignorais que je n'étais pas prêt non plus pour l'amour. Alors j'ai fait exactement ce que vous avez tendance à faire : je me suis enfui. Sauf que ma façon de m'enfuir a consisté à mettre une distance symbolique entre nous – cette ânerie de mener nos vies séparément. Après quoi vous êtes partie, et pendant un assez long moment je vous ai sortie de ma tête. J'ai tenté de le faire, en tout cas. Faire la fête en buvant beaucoup peut vraiment vous aider à oublier à quel point vous avez tout gâché.

— Poursuivez, dit-elle, retenant son souffle.

— Ce n'est que lorsque j'ai commencé à endosser les responsabilités que j'aurais toujours dû assumer, et qu'oncle Richard a entamé sa campagne pour nous réunir, que j'ai commencé à prendre conscience des sentiments que j'avais pour vous. Que j'avais toujours eus. Mais je ne savais pas comment arranger les choses entre nous. Vous ne vouliez plus jamais me voir de votre vie.

— Oui, je sais, je l'avais dit, mais…

Il leva la main pour la faire taire.

— Je sais maintenant que je n'aurais pas dû me laisser arrêter par votre déclaration, et pourtant je l'ai fait. Et, ne sachant quel parti prendre, j'ai fait la pire chose possible : rien. Mais ce temps-là est révolu, ajouta-t-il en posant sur elle un regard intense.

— Vraiment ? répondit-elle en déglutissant.

— Du fait de la durée de notre séparation, nous avons maintenant perdu l'héritage d'oncle Richard. Je vais immédiatement me mettre à la recherche d'un emploi et nous allons devoir trouver une nouvelle résidence, dit-il en promenant autour de lui un regard chargé de regret. Cet endroit va me manquer, mais ce n'est qu'une maison, après tout. La propriété, la fortune... Sans vous, rien de tout cela n'a d'importance.

Elle fut sur le point de répondre, mais se retint. Autant le laisser finir.

— J'ai appris que vous aviez reçu un fonds qui a fini par représenter une somme importante. Cet argent vous appartient. Libre à vous d'en faire ce que vous voulez, à condition toutefois de ne pas le dépenser pour notre entretien. Celui-ci relève de ma seule responsabilité.

Violet hocha la tête. Un jour, peut-être, elle lui raconterait comment son argent avait été perdu, puis retrouvé. Pendant le voyage de retour, Cléo avait passé des heures à éplucher les papiers que Gérard lui avait confiés et finalement découvert que Violet n'avait rien perdu. Ses fonds avaient seulement fait l'objet d'une habile manipulation opérée par le comte, sur les directives posthumes d'oncle Richard. Les deux vieux amis s'étaient simplement livrés à un ingénieux et diabolique tour de passe-passe.

— Je ne consacrerai pas le restant de mes jours à tenter de vous prouver que je suis digne de votre confiance, poursuivit-il.

— Vous n'en aurez pas besoin, répondit-elle aussitôt.

— En revanche, j'ai l'intention de passer le restant de mes jours à vous rendre heureuse. Ou du moins à tenter de le faire.

Violet sentit un nœud se former dans sa gorge et hocha la tête.

— Je continuerai sans doute à faire des erreurs, ajouta-t-il.

— De terribles décisions et d'effroyables erreurs ?

— J'espère bien que non, mais je ne peux rien promettre. J'ai malheureusement une solide expérience dans ce domaine.

— Une habitude dont il est difficile de se défaire, j'imagine.

— Je suis désolé que nous ayons tout perdu.

— Vous vous efforciez d'être mon héros.

— Assez pitoyablement, je le crains.

— Au contraire, James, dit-elle en déglutissant pour dissiper le nœud dans sa gorge. Je vous ai dit un jour que j'avais cessé de croire aux héros. Vous avez réussi à m'y faire croire à nouveau, lui confia-t-elle en plongeant le regard dans le sien.

Après un long moment, les lèvres de James formèrent un sourire.

— Je vous ai eue à l'usure, n'est-ce pas ? J'ai réussi à regagner votre affection.

— Ne soyez pas trop suffisant, James. Après tout, je vous aime vraiment.

Il la rejoignit d'un pas et l'attira dans ses bras.

— Nous allons avoir une vie merveilleuse, Violet. Remplie d'amour et des rires de la famille que nous construirons ensemble. Elle ne sera pas aussi opulente que celle que nous avons menée jusqu'ici et j'en suis désolé, mais nous serons riches de tout ce qui importe vraiment.

— Oui, justement, à ce sujet..., commença-t-elle, hésitante. Nous avons tous les deux fait de mauvais choix. Ma plus grande erreur a été de ne pas me rendre compte que j'étais aussi responsable que vous de ces six années de séparation. Je voulais que vous vous battiez pour moi, mais j'ai échoué à me battre pour vous. J'ai donc réparé cette erreur, pour ainsi dire.

— Ah ?

— Quand Mme Higginbotham, lady Blodgett et Mme Fitzhew-Wellmore sont venues ici, je leur ai expliqué que les voyages ne vous réussissaient pas et combien vous aviez été malade. Ce qui est entièrement vrai, d'ailleurs, dit-elle en l'enveloppant de ses bras. Et j'ai peut-être aussi laissé entendre que vous étiez alité. Ici même.

— Vous avez menti à de charmantes vieilles dames ? demanda-t-il.

— Mais non, je n'ai pas menti. J'ai simplement laissé entendre, protesta-t-elle, tentant vainement de paraître innocente. Sur les conseils d'un excellent notaire.

James rit.

— Au temps pour votre supériorité morale.

— Et je n'éprouve pas la moindre culpabilité à ce sujet. Les stipulations d'oncle Richard avaient pour seul objectif de nous inciter à vivre ensemble, et elles y sont parvenues. Il ne verrait aucune raison pour que vous perdiez votre héritage. Et moi non plus.

James rit, puis hésita, son regard redevenant sérieux.

— Welles m'a dit que vous éprouviez de la reconnaissance envers moi et que c'était pour cette raison que vous aviez accepté les termes du testament. C'est vrai ?

— Bien sûr que c'est vrai, répondit-elle en se rapprochant pour effleurer ses lèvres des siennes. Vous m'avez offert le monde et je vous en serai éternellement reconnaissante. Désormais, j'attends de vous que vous me donniez bien plus encore, car j'ai l'intention de vous offrir bien plus, moi aussi.

— Concernant la clause de l'héritier…

Elle pressa le bout de ses doigts sur ses lèvres.

— Je n'ai pas besoin de le savoir. J'ai cru que je n'avais pas le courage de vous faire confiance, mais ce qui me manquait, c'était la foi. Du moins au début. Aujourd'hui, ajouta-t-elle en plongeant le regard au fond de ses yeux bleus, le cœur battant d'une joie pure, vous êtes mon héros, Giacomo, et vous le serez toujours.

Il sourit.

— La partie est finie, ma chère Violetta.
— Pouvons-nous déclarer un match nul ?
— Oh, mais je suis tout à fait certain d'avoir gagné.
— Vraiment ?
— Cela ne fait aucun doute, déclara-t-il.
Puis, l'attirant contre lui, il murmura à son oreille :
— Vous savez très bien que c'est vous qui remportez la victoire, Violetta. Haut la main.

Épilogue

Six ans plus tard

— Je dois reconnaître que ça me chiffonne toujours, même après toutes ces années, dit Poppy.

Installée dans une chaise longue sur la terrasse d'Ellsworth House, elle regardait les enfants qui s'ébattaient dans le jardin.

Effie et Gwen échangèrent un regard d'infinie patience. Chaque année, à la fin du printemps, elles se joignaient à lord et à lady Ellsworth ainsi qu'à un assortiment de leurs amis pour marquer un anniversaire qui n'avait rien d'officiel, en souvenir du jour de leurs retrouvailles. Et, chaque année, Poppy libérait sa mauvaise conscience, aussi persistante qu'un pissenlit impénitent.

— La lettre écrite par Richard était très spécifique au sujet du respect des termes du testament, répondit une fois de plus Effie. Son véritable objectif était la reconnaissance d'un grand amour. Richard n'a jamais voulu priver son neveu de son droit de naissance.

— Il n'en demeure pas moins que nous ignorions qu'ils avaient été séparés plus longtemps que le temps prescrit, insista Poppy, son front se plissant. Non qu'ils aient su que nous étions au courant, bien sûr, mais enfin ce n'était vraiment pas difficile à deviner.

— Ma chère Poppy, déclara Gwen en se penchant pour croiser fermement le regard de son amie, la fin est la seule chose qui importe, et non le moyen emprunté pour y parvenir. Si tu avais le pouvoir de la changer, le ferais-tu ?

— Non, je ne crois pas, répondit Poppy en souriant faiblement.

— C'est bien ce que je pensais.

Gwen reprit ses aises sur sa chaise longue et regarda les enfants faire des galipettes sur la pelouse. Il semblait y en avoir un ou deux de plus chaque année, entre ceux de lord et lady Ellsworth et ceux de M. et Mme Davies. Rien de tel que de lire l'avenir sur des visages d'enfants pour vous inciter à repenser au passé.

Chaque année, la vie se révélait plus intense et précieuse. Les trois amies avaient maintenant quatre-vingts ans bien sonnés, et leur temps touchait bientôt à sa fin. Nier l'inévitable n'aurait été d'aucune utilité. Il leur arrivait d'en parler. De se demander peut-être plus fréquemment qu'il n'était sage de le faire comment se passeraient les retrouvailles avec ceux qui étaient partis avant elles. Poppy avec son cher Malcolm, Effie avec son cher William et Gwen avec Charles, le grand amour de sa vie. Mourir ne serait pas une épreuve si terrible, puisque Gwen pourrait revoir son visage.

— Nous nous serons bien amusées, n'est-ce pas ? dit soudain Effie, comme si elle devinait les pensées de son amie.

— À quoi donc ? demanda Poppy.

— Oh, à tout ça. À fonder la Société des Voyageuses.

— À vendre la Société des Voyageuses, fit Effie en gloussant. Le voyage en Égypte. Les gens que nous avons rencontrés. Les stratagèmes que nous avons ourdis. Les unions que nous avons favorisées.

— Les cœurs que nous avons rapprochés, ajouta Poppy, souriant en se remémorant ces souvenirs. Tous ces couples que nous avons poussés...

— Propulsés, corrigea Effie.

— ... vers l'amour éternel. Toutes ces fins merveilleuses.

— Allons, ma chère, le mariage n'est jamais une fin, déclara Gwen avec un sourire tandis qu'elle repensait au passé, à ces femmes qui avaient été comme ses sœurs, à tous ces amis qu'elles avaient aidés, et à Charles, dans le lointain. Le mariage n'est jamais que le début d'une nouvelle aventure.

14562

Composition
FACOMPO

Achevé d'imprimer en Italie
par GRAFICA VENETA
le 7 décembre 2025

Dépôt légal : janvier 2026
EAN 9782290423165
OTP L21EPSN002710-652436

ÉDITIONS J'AI LU
82, rue Saint-Lazare, 75009 Paris
securitedesproduits2@madrigall.fr

Diffusion France et étranger : Flammarion